新昌文学作品选

潘丽萍·主编

商力戈·题字

九州出版社
JIUZHOUPRESS

图书在版编目（CIP）数据

新昌文学作品选：2011-2021 / 潘丽萍主编．-- 北京：九州出版社，2023.5
ISBN 978-7-5225-1838-1

Ⅰ．①新… Ⅱ．①潘… Ⅲ．①中国文学－当代文学－作品综合集－新昌县 Ⅳ．① I218.554

中国国家版本馆 CIP 数据核字（2023）第 084962 号

新昌文学作品选: 2011—2021

作　　者	潘丽萍　主编	
责任编辑	沧　桑	
出版发行	九州出版社	
地　　址	北京市西城区阜外大街甲 35 号（100037）	
发行电话	（010）68992190/3/5/6	
网　　址	www.jiuzhoupress.com	
印　　刷	唐山才智印刷有限公司	
开　　本	787 毫米×1092 毫米　16 开	
印　　张	29	
字　　数	446 千字	
版　　次	2023 年 5 月第 1 版	
印　　次	2023 年 5 月第 1 次印刷	
书　　号	ISBN 978-7-5225-1838-1	
定　　价	98.00 元	

三种文学话语：精神共振的可能性空间

——《新昌文学作品选（2011—2021）》序言

◎霍俊明

诗歌、小说和散文构成了此次新昌文学作品选的三大组成部分，当我们从"文学"的角度出发，无论是诗歌还是小说以及散文，它们之间的彼此关联和内在性就有了更为切实的话题，也具有了相互打通、共振的精神质素和可能性空间。其中最具代表性和说服力的例子就是有的作者同时进行这三个文体的写作且有各自的独特禀赋。显然，同时处理诗歌、小说和散文这三个话语类型很是难得，也更具有难度和挑战性。与此同时，当我们从"同时代人"的角度出发，任何文类的写作者都必然要回应相应的话题，比如写作的难度，比如作者和时代、历史以及自我的复杂关系，比如创作的主体性、及物性以及有效性、活力、创造性等等。

1

我还是先从小说和散文说起。

就小说而言，我们看到了桑子、丁国祥、陈国炯、孔庆丰、张炎、丁小军、俞永富、俞金闪、石旭东这九位作者，而文本跨度则达十年时间——从2011年6月至2021年6月，发表的刊物多种多样，有《小说选刊》《红豆》《草原》《啄木鸟》《野草》等。

无论是《得克萨斯》还是《荷那河的水牛》，桑子总是格外关注战争叙事。为此她阅读了大量的关于战争、历史和地理、人文的相关材料，而她又总是能够在史料和虚构的有效融合中生发出一团团的精神云图，深度对应和还原了战争、历史、人性以及生命之间的复杂场域。在桑子这里，历史的现场化、情境化、想象化以及生命化、心理化的写作方式也拓展了女性视野下战争题材小说的新空间。丁国祥的《进城去》与《寒夜》都是以"靠石山村"为背景，这也是一个写作者的精神出处和坐标，但两个文本的质地却迥然有别。平心而论，我更喜欢《进城去》的温暖，它暗合了包括我这代人的乡土记忆以及最初的城市眼光，三十多里进城的山路、马路都是靠极其细腻、生动的场景、细节、动作以及心理意识来推动和完成的。尤其是饥饿的年代有困窘也有温暖，关于食物和胃的记忆是叙述和渲染的重心，里面浸润着化不开的人情和亲情。"大客车"带来的现代性惊颤到了今天已经不具备任何的心理挑动空间了，但是在当时却是时代进程中的新奇之物，这就是历史和现实不断变动和错位的结果。陈国炯的三篇小说基本上是从"历史""过去"以及"当下"三个角度来切入的，也大体突出了人物关系的反差和戏剧化效果。像陈国炯的《牵挂》、孔庆丰的《喝茶》以及俞金闪的《丑闻风波》这样涉及"时代主题"的写作（比如安置和拆迁，比如实体经济和虚拟经济，比如廉政、纪检）是不太好把握的，因为写作者必须将时代经验转化为修辞经验和历史经验，如何更为有效、有深度地处理好这类题材是写作者们共同面对的难题。张炎的小说题材跨度比较大，能够看出作者自身比较开阔的写作视野，《父与子》《采编方法》《如此对手》这三篇小说印证了"世事洞明""人情练达"在写作当中的重要性。任何作家都避免不了要处理世情和人情。

　　值得思考的是小说家如何能够把"现实""日常""小事"转化为不可替代的"精神事件"，而不是仅仅停留于"故事""趣味"和"戏剧化"的层面。

　　散文是抒发作者真情实感、写作方式灵活的一种记叙类文学体裁，本书收入的二十四位散文作者，浓郁的乡情是他们情感抒发的精神内核。新昌山水蕴秀，人文厚泽，唐诗之路、天姥山自然是创作不可或缺的源泉，他们把情感的指归托付了山水风光、故土家园，一些牵引乡愁的老物件以及弥足珍贵的人间亲情，都是作者情感喷发的"支点"。比如潘丽萍的《小城光阴》、张纯汉的《老家是幅古画图》、陆秀雅的《血液中的董村》、俞杭委的《烟山问茶》以及陈亚红的《天姥山的四季》、刘艾柯的《我的父辈》等，以他们特有的方式，从不同角度传达对故乡亲人的心理依恋和精神皈依情愫。可以说，这方山水血脉和山水所凝聚的文化，淋漓尽致地渗透在作者的文本之中，当然他们也在重构和文学布局方面，寻找一种突破口。

我最近几年一直参与主编花山文艺出版社的"诗人散文"出版计划。这也呼应了我对散文写作的思考和期望，因为散文写作并不是很多人眼中的"小文体"或"次要文体"，在我看来散文同样具有不可替代的价值和重要性，当然前提是写作的效力、活力、发现能力以及创造力。在读这二十多位作家的散文时我想到了本雅明对散文提示过的三点要求："写一篇好散文要经过三个台阶：一个是音乐的，这时它被构思；一个是建筑的，这时它被搭建起来；最后一个是纺织的，这时它被织成。"（《单行道》）也就是说，散文作者要意识到写作的难度，而不能局限于历史遗迹、乡土风味、心灵鸡汤、风物观光、知识炫耀、社会新闻、家庭生活以及日常小杂感的零碎复述。质言之，对于优秀乃至重要的散文家而言，他要尽可能地不断拓展散文的边界和内质，甚至要具有对一般意义上的散文进行反拨和重构的能力，也就是具有"反散文"和"非散文"的特征，进而为散文提供新的因子、可能性以及广阔前景。质言之，作为特殊话语形态的散文首先对应了写作者的精神难度和写作能力，它们应该区别于平庸的日常化趣味，区别于故作高深的伪乌托邦幻梦，同时也区别于虚假的大主题写作和日益流行的媚俗的观光体和景观游记。与此同时，散文一定具有特殊的语调，是思想、情感、经验、修辞、技艺以及个人化的历史想象力和求真意志深度参与的结果，从而呈现出别样的文本质地、情感空间和思想光芒。

此次选入了二十二位诗人的大量作品，时间跨度是从 2013 年到 2021
年。相较而言，对于这些诗人我更为熟悉。平心而论，这些诗人是优秀
的，甚至有的在国内诗歌界也具有广泛的影响力，他们的诗歌陆续在《人
民文学》《诗刊》《诗歌月刊》《星星》《扬子江诗刊》《鸭绿江》《延河》《江南
诗》等杂志发表，桑子、袁方勇、潘丽萍、梁子、骆艳英、俞杭委、孔庆
丰、张炎等诗人已在圈内频频露面。

总体来看，诗人们还是要注意诗歌的抒情、叙事、戏剧性因素的综合
参与，不能沉溺到以往的"抒情套路"中去，要有意识地构建起写作的个
人风格和总体精神向度，反之的写作就是零碎的、浅表的、狭隘的。对于
其中优秀的诗歌，更为打动我的是一个个具体的场景、空间、细节、动作
以及心理，它们被反复提升、过滤、变形和渲染成为幻象的褶皱云层。它
们如此真切而又莫名恍惚，如此切近、精细而又模糊、遥不可及。诗人把
它们投向世事、人心、事感以及人性渊薮的磨砺之中。这些诗实际上具备
相互打开的互文结构，彼此之间构成了讽喻化的时空织体和情感纹理，它
们与现实、经验、情感、认知相关但是又区别开来，尤其是半真半假、若
真若假、非真非假的幻象携带了讽喻、自审和批判的戏剧化效果。这些人
世、片断和自审的空间区隔更像是一次次的精神事件和心理寓言，是世事
如烟、人心向背中的幻象录和变形记。与此同时，这也是对时间、存在、
自我的另一种理解方式和表述方式，它们加深了诗人对内在以及外在世界
的理解程度。这一切都使得个体经验和心象、幻象彼此交织，在心理时空
的云层中它们不断对视、磋商、互否或盘诘。

对其中的优秀诗人而言，写作在很大程度上带有"心灵传记"和"灵
魂寓言"的性质。这使我想到葡萄牙的伟大作家若泽·萨拉马戈，"充满
想象、同情和讽喻的寓言故事，不断地使我们对虚幻的现实加深理解。"
（诺贝尔文学奖授奖词）值得注意的是很多诗人都不同程度地写到了"现
实"，比如城市化、乡土、身份、阶层、时代等因素的介入。诚如赞美和
苦难是一体的，现实（真实）与幻象也是缠绕在一起的双生结构，甚至幻

象、幻想和想象对于诗人更为重要。而从终极的生存角度来看叩访时间、探询自我是异常艰难的，这时往往会有白日梦和复活术用来缓解现实中的焦虑和分裂。需要提醒和强调的是我们应该从精神自审的角度出发来审视现实、时代以及历史，个体的生命体验以及现实经验要经过必要的过滤、提取和重组，它们构成了命运幻象，这一过程经过了情感、伦理、超验和想象力的综合参与。参与的结果就是"幻象"与生存、现实乃至未来有关，但又完全是另一个更富有情感当量、思想载力和精神重力的复合象征体。也就是说人与现实的关系通过幻象而发生了扩张与变形，甚至发生了质的变化。在现实的刺激之下，幻象式的诗歌更容易滋生出白日梦，诗人对事物、空间和记忆的整合更多是借助于幻象来安抚精神现实。幻象是境遇和超验的结合体，这注定是幻象与现实、记忆与遗忘时时较量的过程。

总体而言，新昌的诗歌、小说和散文在十多年间已经取得了丰硕的成果，我的阅读也受到不小的震动和启发。这三种文学话语方式打开了精神共振的可能性空间，提供了诸多的与历史、乡土、时代以及世相人心的对话。

当然，如果从更高的要求来看，我也期待着有更重要的作家和文本出现，它们不仅呼应着时代也呼应着历史，它们与深层的个体精神命运和灵魂激荡密切关联，它们又有可能面向未来的时间和读者。这是我的期待！

2022 年 9 月 19 日于北京

简介：霍俊明，河北丰润人，现任中国作协《诗刊》社副主编，著有《转世的桃花：陈超评传》《雷平阳词典》《笠翁对韵》《有些事物替我们说话》等诗学专著、译注、诗集、散文集、批评集、随笔集等三十余部，在《文学评论》等发表论文数百篇，几十篇被《新华文摘》以及人大复印资料等全文转载，编选《先锋：百年工人诗歌》《天天诗历》《诗日子》《青春诗会三十年诗选》《在巨冰倾斜的大地上行走——陈超和他的诗歌时代》《诗坛的引渡者——吴思敬诗学研究论集》等，参与"诗人散文"等长效出版计划。

目 录 CONTENTS

小 说

散 文

诗 歌

·

小

说

陈国炯

　　1964 年 9 月出生于新昌县北门外一个叫竹家山的小山村，有 50 多万字小说散见于《北京文学》《天津文学》《雨花》《飞天》《草原》《安徽文学》《中国铁路文艺》《厦门文学》《青岛文学》《当代小说》《短篇小说》《青春》等报刊，有 28 篇小说被报刊转载或收入各种年度选本和作品集，有 7 篇小小说被收入 30 多个省市自治区的各类试卷。小说集《梨花的雪》被绍兴市作协列入"鲁迅故乡作家文库"出版。同时在《民间文学》《上海故事》《山海经》《今古传奇》《故事世界》《新故事》《民间传奇故事选刊》等杂志发表故事 10 多篇。系浙江省作协会员、绍兴市作协理事、新昌县作协副主席。

春江花月夜

一

　　写完最后那个"落月摇情满天树"的"树"字后，张若虚狂喜不已，将手中的狼毫疯狂地甩向天空。那狼毫也像他的主人一样疯狂地在半空中蹦跳着，最后跌落于沃洲湖，划破了宁静的湖面，也撕开了灰蒙蒙的夜空，惊得还在沉睡的太阳一跃而起，匆匆地爬上了不远处的天姥山。

　　张若虚习惯地捋一把头顶，摸出了一头被露水浸染得湿漉漉的发际。张若虚没有多少在意，只是欣喜地发出朗朗笑声。这个题材他酝酿已久，又经过一夜的构思，落笔而成，他将笔疯狂甩出后，似释重负地一身轻松。张若虚虔诚般用双手捧着有些潮软的付诸一夜心血的诗稿，朗声吟诵道：

春江花月夜

春江潮水连海平，海上明月共潮生。

滟滟随波千万里，何处春江无月明！

江流宛转绕芳甸，月照花林皆似霰；

空里流霜不觉飞，汀上白沙看不见。

江天一色无纤尘，皎皎空中孤月轮。

江畔何人初见月？江月何年初照人？

人生代代无穷已，江月年年只相似。

不知江月待何人，但见长江送流水。

白云一片去悠悠，青枫浦上不胜愁。

谁家今夜扁舟子？何处相思明月楼？

可怜楼上月徘徊，应照离人妆镜台。

玉户帘中卷不去，捣衣砧上拂还来。

此时相望不相闻，愿逐月华流照君。

鸿雁长飞光不度，鱼龙潜跃水成文。

昨夜闲潭梦落花，可怜春半不还家。

江水流春去欲尽，江潭落月复西斜。

斜月沉沉藏海雾，碣石潇湘无限路。

不知乘月几人归，落月摇情满江树。

　　张若虚自我陶醉得如入无人之境，竟连妻子胡氏君莲的出现也没有发觉，惹得君莲很不高兴，对张若虚的自以为是发出很不屑的嘲讽：做一首破诗，熬得一个通宵，还疯疯癫癫，自鸣得意，愚昧。君莲嘲讽完后，把一壶早茶放于石桌上，张若虚每天起得早，起床后得慢慢地品一壶茶，然后才用早餐，这是他在做兖州兵曹时养成的习惯，因此，君莲每天早晨要做的第一件事是为张若虚煮一壶茶。今天君莲醒来见床上空荡荡，君莲知道张若虚又是一夜无眠，去玩他的破诗去了，对他的老而不知收敛十分不满，才出口伤他。这时，君莲有一种报复性的快感，君莲嘲讽完，转身准备入室做早餐。张若虚认为这首《春江花月夜》写得顺手，自以为是自己最拿得出手的一首佳作好诗，难免兴奋有加，向来退让君莲的张若虚此时对君莲的轻蔑有些不满不恭了，遂道：此诗何谓破？有能耐你也作一首让我听听。张若虚说的是气话，是表示对君莲的不满。张若虚的激将要如换作另一个女子自然不敢出声了，应该知难而退。但君莲没有被张若虚难住，张若虚一时忘记了君莲出自书香门第，君莲的父亲是张若虚的老师，也因为张若虚是君莲父亲的得意门生，君莲的父亲才把君莲许配给贫穷潦倒的张若虚的。而君莲是在她父亲的授意下，读过各种诗书，也被村坊上称为才女的。因此，君莲听了张若虚的话，又转回身，轻移莲步，以咄咄逼人的姿势走向张若虚，开口道：我作一首给你听听，羞一羞你这个不知自尊的老朽。

　　君莲极目远眺一番静谧的沃洲湖，略一思忖，眼前浮出年轻时的许多往事，像魂魄归来，附体不散一般，在她的思维中猛然喷发，在张若虚还没有反应过来时，君莲用已显苍老的音调吟出了一首听来还挺上口的小诗。吟完，君莲用不屑的目光打量一眼还呆愣着的张若虚，满含讥讽地冷冷一笑，转过身进入屋内，点火生起炊烟，开始做早餐了。

张若虚过了好久才回过神来，他虽知道君莲读过诗书，但他万万没有想到君莲会如此饱学，又才思如此敏捷。在这么短的时间里赋得一诗，对他张若虚本人也很难做到。张若虚这时才对君莲的才学不得不佩服，脱口叫了声：才女也。

张若虚这时想起把君莲的诗记录下来，张若虚虽说已过甲子，但他非凡的记忆力宛如年少时一般，没有丝毫减退。张若虚找出毫笔，静静地思索一下，根据自己的记忆，把诗誊录于纸上，也未经君莲核对，张若虚明白君莲是不会与他校正诗稿的，张若虚把君莲作的这首诗和自己的那首《春江花月夜》一起放进了用来存放诗稿的藤条箱内。伸了个懒腰，洗漱完毕，凭窗凝视着屋下的沃洲湖，思绪万千。

二

天气日益暖和，沃洲湖湖畔山野上的百花竞相争艳，闹得春意盎然，阳光照耀着湖面，泛出一道道金黄的猗涟。张若虚仍然坐在室外的石桌凳上，一边茗茶，一边欣赏着沃洲湖景色。这时，一只竹排缓缓地向岸边靠过来，竹排上跳下一位衣袂楚楚的汉子，从他的走姿看与他年龄相仿，这位汉子款款地向张若虚的小舍走来。张若虚细细打量，连忙站起身迎上去，远远地叫道：子夜兄，有失远迎了。子夜是姚天福的字，在杭州城开设文昌阁书坊，用雕版印书为江浙文人印书出集，在印刷界颇有名望。姚天福又对"吴中四士"贺知章、张若虚、张旭、包融的诗作情有独钟，又多有交往，最近，姚天福心血来潮，意欲出一套"吴中四士诗辑"，每人一辑，因为这吴中四士俱以文辞俊秀驰名于京都，在当初的文艺界争相传颂。姚天福既是吴中四士的朋友，也是生意人，他也想做成这笔生意。因此，姚天福特意寻访隐居于浙东新昌沃洲湖畔的张若虚。意欲取得张若虚的诗稿。

张若虚与姚天福携手拾级而上，来到张若虚自诩为"萱草堂"的居所，时值正午，张若虚叫君莲多加几道自己园中种植的蔬菜，又叫君莲把昨天钓来的几条鱼做成各种菜肴，拿出前些日子贺知章送来的绍兴老酒，两人小聚对酌。

张若虚挟一筷君莲刚端上来的清蒸鲫鱼，放进嘴里，眉头一皱，对厨房内的君莲叫道：这清蒸鲫鱼太咸了吧，听了张若虚的叫喊，姚天福愣瞪着眼看着张若虚，这盘清蒸鲫鱼明明是淡得无味，怎么说是太咸呢？张若虚没有解释，显得有些谦疚而无奈般微微一笑，此时只见君莲用小勺子把盐放进清蒸鲫鱼上，再尝，咸淡刚好适中，姚天福更是迷惘，张若虚明明叫的是太咸，这君莲怎么还要加盐，那不是咸上加咸，张若虚又尝一口君莲刚刚端上桌的鱼头豆腐汤，又嚷道：这汤太淡了。君莲听了张若虚的叫嚷，嘟哝道，就你事多。然后返转身，端走了鱼头汤走向厨房，加了半勺水，重新熬煮。这下鱼头汤的味道刚好，姚天福更是奇诧。

张若虚知道姚天福心里想的是什么，但他只对姚天福说，在这僻壤乡野，拿不出什么可招待子夜兄的好东西，唯这湖内鱼鲜众多，自家垂钓也算新鲜，怠慢兄台了。姚天福忙接腔道：张兄客气了，听朋友常谈及吃鱼之人多聪慧，我们何不多吃点鱼呢。张若虚听了呵呵地笑将起来。然后对姚天福说，子夜兄若有雅兴，饭后即可垂钓。姚天福说，别兄后还得去拜会季真兄。季真即贺知章也。张若虚呵呵地笑着，不多言，只举杯饮酒。

张若虚见君莲手挎竹篮走出屋内，去湖边洗衣服去了，遂对姚天福说，子夜兄一定在为刚才的一幕感到奇异吧？姚天福不知可否地笑笑，没有回答，姚天福懂得这种家庭隐私是万万不可乱问的。但张若虚没有在意这么多，他说，子夜兄一定听到过愚弟在扬州老家的那桩风流韵事吧。关于张若虚的这件不怎么光彩之事，在文艺圈子里当时传得沸沸扬扬，家喻户晓。但姚天福搭不上腔，开不了口，只是尴尬地咧咧嘴。张若虚像姚天福是个不知情者一样，重新向姚天福叙述了那件丑闻。

一个盛夏的晚上，张若虚与岳父也就是君莲的父亲在饮酒赋诗，气氛热烈，忘乎所以，喝了一壶又一壶，菜也加了一次又一次，一直喝到月上中空，两人酩酊大醉，走路都得扶墙而走，又几次跌倒墙根，几乎站不起来，张若虚跌跌撞撞地把同样跌跌撞撞的岳父送进内室后，忽觉尿憋得难受，借着酒兴，走到墙角放了一泡尿，放完后推开房门，摸进房内，上了床，忽有雅兴，遂压了上去。俩人都在迷迷惘惘中云雨交欢后，点了灯，两人都傻眼了，张若虚看到刚才与自己云雨交欢的女人不是君莲，而是君莲的嫂子。

那天合该有事，君莲的嫂子睡前忘记插上门栓，又因为君莲的哥哥去山西看望舅舅出门已有半月之久，君莲的嫂嫂春心萌动，早已在思念君莲的哥哥了，在张若虚压上去时君莲的嫂嫂正在做春梦，在睡觉中以为真的是君莲的哥哥回来了，在要她。又加上平常做这种事时，君莲的哥哥不让她嫂嫂发出声的，同样在关心丈夫的君莲一觉醒来还不见张若虚回房，遂走出房门，恰巧见张若虚慌慌张张地从嫂嫂的房内出来，这一下不得了了，君莲知道丈夫与嫂子做了对不起她、有伤门风的事了，遂大哭着叫醒了母亲。

君莲的母亲把个烂醉似泥的君莲父亲从床上拽出来，君莲的父亲听了酒吓醒了大半，知道自己度一时之快，酿出了大祸，屁也不敢放一个，任凭君莲的母亲辱骂。最后，君莲的哥哥一纸休书休了君莲的嫂嫂，君莲的嫂嫂住到娘家，也终遭白眼，自觉羞辱难当，自缢身亡。君莲在父母的开导下，仍与张若虚和好，后张若虚考取功名，就随张若虚去兖州兵曹任上了。但君莲始终无法忘记这件给她耻辱的丑事，也给她养成了与张若虚唱对台戏的心理，只要张若虚说对，君莲就不分青红皂白一定说错，说话做事都往反里来，张若虚知道自己给君莲造成的伤害，就百般迁就。张若虚掌握了君莲的心里后，反而好对付了。咸的说淡，去时说不去，要时说不要，好是说不好，给时说不给，只要反着说，一样能得到所想要的效果。两人生子养女，生活照样过得有滋有味，把当初的乌黑青丝过成了斑斑白头，只是外人听到了张若虚夫妻的对话，诧异不已。

姚天福听了张若虚的叙述后，明白了原因，对张若虚道，过去几十年了，嫂夫人仍耿耿于怀，也足见嫂夫人对兄之深情啊。说完两人又举杯共饮。

姚天福在张若虚的再三挽留下，逗留了两天，两人一起沿着古纤道登览了天姥山，又垂钓于沃洲湖，又商定了待张若虚把诗稿润色整理后交给姚天福，姚天福看了张若虚一个个藤条箱内散乱的诗稿，也只能这样了。

三

时已入秋，张若虚想到与姚天福约定交付诗稿的时间日益临近。张若虚把几个藤条箱一个个地搬出来，放于书房，掸去箱上的灰尘，打开箱盖，拿出里面的诗稿，有的已经泛黄，张若虚是个勤奋的诗人，尤其知道自己在仕途上无望时，诗就写得更勤了，有时三五天一首，有时一天一首，把自己的喜怒哀乐，美好的山水景致全写进了诗里，张若虚看着一箱箱诗稿，自己也吃惊了，他想不到自己写了这么多诗，至于到底多少，自己也没有算计过，但从箱数和写的时间上粗粗算了算，估计这几个箱内有上万首诗作，望着自己用毕生心血写就的一大堆诗作，张若虚百感交集，竟然老泪纵横。

张若虚翻着诗稿，犹如检阅着似水般流过的岁月，少年孤寂潦倒，青年春风得意，在即将步入中年时，又是一场丑事扬名，中年时却仕途不畅，唯有诗词伴随他打发岁月，或喜或悲或羞或怒或哭或笑。在看了几首思乡的诗作后，张若虚想到了离开家乡扬州已有好几十年了，自从出了那件风流韵事后，张若虚自以为没有脸面再见江东父老，又加上父母幼小时已散手人寰，因此，中举赴任后，再也没有回过老家扬州，只是把时间全放在仕途上，一心想上报效国家，下体恤黎民百姓，但他的命运多舛，仕途上总是郁郁不得志。因此，他在兖州兵曹任上，已生出归隐之心，但扬州他是无论如何回不去了，去那里？这使他头痛。在一次与贺知章的交谈中，把自己的想法告诉给贺知章。贺知章听了张若虚的想法后，向张若虚推荐了新昌，天姥山脚沃洲湖畔，贺知章的理由是连谢公（谢灵运）也筑小舍而居，岂有不美之理。贺知章选了一个春暖花开的季节邀张若虚到沃洲湖现场探视，山水环抱，花红草绿，湖内碧波荡漾，一下子吸引住了张若虚，遂委托贺知章帮助，买下地皮，建得几间小屋，取名"萱草堂"，房屋建成后的一个潇潇冬日，张若虚挂冠而去，携夫人君莲在运河上拦下船只，悄悄南下。他们不雇佣人，自耕自食，隐于沃洲湖畔。但现在见到随他漂泊几十年的诗稿，一件件一桩桩往事似蝴蝶般浮现眼前，历历在目，勾起他的辛酸和伤感，也对遥远的家乡有了丝丝牵挂和思念。

张若虚一边整理诗稿，一边回忆往事，他的思绪随他诗稿中的意境而波动，张若虚差不多用了一个月时间，才整理完毕。

那天，张若虚把整理完毕的诗稿一箱箱的重新码好，等待姚天福来把它运走。张若虚像往常一样"哈"地伸了个懒腰，忽然感到一阵晕眩，身子不听使唤，扑倒在地上。把已整理好的诗稿碰翻在地，一片散乱。

君莲听到响声，嘴里骂骂咧咧，人却趔进去看个究竟。一看张若虚倒在地上，吓得一声惊叫。忙将张若虚弄到床上，君莲惊恐地要去找大夫，张若虚一把拉住君莲，叫她不用去叫了。张若虚知道自己在阳间的时间不多了。他向君莲交代了一些后事，最后张若虚手指指散于一地的诗稿说：我死后，这些诗稿千万不能让姚天福拿走，你把它们全部烧掉，一首不留。说完就咽下最后一口气。这时，对张若虚作对头作了大半辈子，又对张若虚的痛痒无动于衷的君莲终于哭出了声。

君莲找人办了张若虚的后事，经过一段时间的情绪调整和身心休养，日子又归平静，这时她开始收拾张若虚的书房，君莲看到满地的诗稿，想到张若虚临终的嘱咐，要她把诗稿烧掉，不能让姚天福拿走。君莲"嘿"地发出一声冷笑道：你个死鬼，你做鬼我也不原谅你，你不想给姚天福，我偏把这些诗稿全给姚天福，一张不烧。说完后，一张张仔仔细细地捡起来，吹去纸片上的灰尘，整整齐齐地码进箱内，等待姚天福来运走。

时间一久，君莲显得孤寂清冷，也时常思念起张若虚来，君莲想，张若虚在世时，一点也不觉得他有多重要多亲切，人一死，反而思念起他了，连夜里做梦也全是张若虚的。君莲想与张若虚做了一辈子夫妻，也差不多做了一辈子的对头，细细想想好像自己也没有得到什么，君莲发生了一声"唉"的叹息。君莲想，他人也死了，还要与他计较什么？君莲想到张若虚最后的嘱咐，要她把诗稿烧掉。君莲想就依了他这个最后的嘱咐吧。君莲站起身，把几箱书稿搬进厨房，点燃火种，把诗稿一把把地塞进灶膛，火苗欢快地跳跃着，像是张若虚发出的那呵呵呵满足的笑声。

四

深秋，一派肃杀。

姚天福仍然是搭乘着竹排来到沃洲湖畔的，他下得竹排，眼看湖边坡上落叶漂漂，心里荡起一片悽凉的景况，忐忑地走向了萱草堂。姚天福看到萱草堂的门关着，姚天福心一惊，感到有一股寒气扑面而来。姚天福轻轻地敲了敲门，又敲了敲，终于发出了窸窸窣窣的声音。随后门吱呀一声打开了，姚天福看到了面容憔悴的君莲，叫了声嫂夫人，施了礼。君莲把姚天福请进室。

姚天福知道张若虚去世后，十分悲痛，急忙向张若虚的灵位鞠躬跪拜，施完礼，姚天福问君莲张若虚的那些诗稿放在那里。开始时君莲期期艾艾不肯说，在姚天福的一再追问下，君莲如实告诉了姚天福，说，诗稿已全部烧掉了。姚天福听了"啊"的一声惊叫，差点昏厥过去。姚天福想，其实出不出书是其次，如果真被烧掉，那张若虚洋洋诗作将永远流失，而这些诗作是张若虚一生的心血啊。

姚天福仍抱着一丝希望，问君莲，诗稿真的烧掉了？君莲很干脆地说，烧了。姚天福心灰意冷，带有一丝不快，又问君莲，烧掉诗稿是若虚兄的意思吗？君莲回答道：我那死鬼怕你拿走他的诗稿，临终时再三叮嘱把诗稿全部烧掉。姚天福听了，又问君莲：若虚兄是对你说：把诗稿全部烧掉，不能让我拿走，对不？君莲奇怪姚天福怎么会知道张若虚的临终的叮嘱，好像张若虚死时姚天福在场一样，说得分毫不差，遂用那苍老的声音回答道：是这样说的，你没有说错。

姚天福语气有些急切地追问，你真的把它烧掉了？

君莲说，烧了，我已经告诉你好几次了，我没有撒谎，也没必要撒谎。

姚天福忽然带着哭腔道：嫂夫人，你错了，错了！

君莲也被姚天福弄糊涂了，有些不高兴地反问：我怎么错了？

姚天福道：若虚兄知道你一直与他唱反调，所以他故意对你说，叫你不能让我拿走，把诗稿烧掉，那样，你一定不会烧掉，把诗稿让我拿走的。

君莲听了也傻眼了，心想，自己与他作对一辈子，最后依顺了他一次，竟然自己做错了。还是与他做了对头，唱了反调。

姚天福发出一声声的长吁短叹，嘴唠叨着，若虚兄一生心血付之东流了，可惜哉可惜哉地叫着，但姚天福仍不死心，好像那些诗稿根本没有烧掉，是君莲藏起来了一般。然后问君莲，能不能看看若虚兄的书房。君莲说，书房有什么看的，你去看吧。

姚天福走进书房，只见几只原来装诗稿的藤条箱，像一只只哭干泪水的眼眶一样，空荡荡地放在墙角，悲哀地看着姚天福无助地搜寻着。姚天福翻箱倒柜，全找了个遍，的确没有找见诗稿，正在姚天福悲观绝望时，忽然发现桌子底下的夹缝中有两张纸，姚天福如获珍宝，马上趴到地上，把两张纸捡了起来，一看是张若虚的两首诗作，兴奋不已。马上走出书房告诉君莲说，嫂夫人，找到了找到了。君莲问什么找到了？姚天福说，若虚兄的诗稿，两首大作。

姚天福也的确有些兴奋，两首诗稿是少了点，也出不了诗集了，但也终究没让张若虚的诗名绝迹。因此，姚开福也顾不得只有君莲一个孤老妇作听众，遂朗声吟诵起来：

代答闺梦还

关塞年华早，楼台别望违。
试衫著暖气，开镜觅春晖。
燕入窥罗幕，蜂来上画衣。
情催桃李艳，心寄管弦飞。
妆洗朝相待，风花暝不归。
梦魂何处入，寂寂掩重扉。

吟完，姚天福好诗好诗地赞叹着。君莲一听，姚天福吟的是她那天早晨，看不惯张若虚的张狂，一时兴起，所作的那首《代答闺梦还》诗，遂发出欢快的笑声，心想，我随口吟了几句破诗，竟被这位出版界名家说成是好诗，叫人实在好笑，作诗也太容易了吧。君莲想向姚天福解释，这诗不是张若虚作的，是她胡君莲作的，张若虚只是记录了一下而已。君莲最后没有解释，心想与那死鬼作对头太多了，这诗就送给张若虚那死鬼吧，算是张若虚的诗作，也算是对那死鬼的补偿吧。

姚天福带着两首诗离开了萱草堂，跳上一只竹排，回首凝望一番萱草堂，顺流而下。

从此，张若虚一生中留下了两首诗，一首叫《春江花月夜》，一首叫《代答闺梦还》，后人总说《春江花月夜》一首压全唐，是顶峰的顶峰，而《代答闺梦还》写得太平常了。

君莲听了，偷偷地笑。

原载《草原》2018 年第 4 期

溺　爱

二婶不但长得人高马大，与人讲话嗓门也特别大，陌生人听了以为她想吵架，心里总有点悚悚的。二叔性格内向，不善言辞，讲话像蚊子叫。开始时很多人认为二叔与二婶不般配，但二叔与二婶过得很和睦，从结婚到现在几十年没有吵过一次架。二婶好强，成了二叔家的当家人、主心骨，家里大大小小的事都是二婶说了算，二叔也乐得清闲，心里有时虽然不满，但也没有办法，因此也不抗争。在二婶的眼中，二叔是个温顺听话的人，自然对他百般呵护，呵护得近乎溺爱。

二婶大大咧咧，毛手毛脚，有时煮饭，一不留神把米放多了，这一顿自然吃不完，又舍不得浪费，只好把剩饭留到第二餐再吃，二叔有时会很男人地把上一餐剩下的剩饭拿过来准备吃掉。二婶看到了，一把夺下二叔的饭碗，对二叔骂骂咧咧地叫嚷着说，谁让你吃剩饭的，放下放下，你吃这个。这时二婶已把新煮的新鲜米饭端到二叔面前，催促着二叔吃刚盛的新鲜米饭，她自己则端起剩饭吃起来。二叔被二婶的举动感动了，也只好奉命吃那碗新鲜米饭，看着二婶吃着剩菜剩饭，还好像吃得津津有味，二叔心里有些酸涩。二婶虽大大咧咧，但她绝不肯浪费一粒米，一片菜叶，只要有剩菜剩饭，二婶总是给二叔做新鲜的吃，她自己吃那些剩下的，不能让二叔吃的剩饭菜全是她自己吃。

尽管二婶把好的东西让给二叔吃，二叔的身体好像根本也不吸收营养，脸瘦得像是用骨头撑起的一张皮，瘦得让二婶心痛。二婶买鳖买鳗，炖蹄髈，炖人参，一样样让二叔轮换着吃，但二叔如故意与二婶作对一般，就是没有一点起色，照样瘦得疹人，根本胖不起来。二婶看着二叔的模样就心痛。

二叔个子不高，人瘦，力气也不大，"双抢"割稻时，烂田陷没到二叔的大腿，在烂田里行走比二万五千里长征时还艰难，何况还要把用打稻机脱落下来的谷担挑到田坎上，又得挑回二三公里远的家里。刚脱落的稻谷带着水分，一担谷粒少说也有一百七八十斤，放满一点就二百多斤，二叔担着谷担行走在烂田里，像蚂蚁搬窠，也像蜗牛行路，似走非走，七跌八倒，看得二婶心痛，也看得二婶抑郁。二婶走过去把二叔肩上的担子夺过来，轻快地挑到田坎上，挑回家。从此，二婶只让二叔做最轻便的活，割稻、踩踏打稻机、挑谷担之类重活，都由她一人承担了。村里人都赞许二婶能干，同时都说二叔像女人，没有力气也没有刚气，二叔觉得在村里人面前抬不起头，有时埋怨二婶，二婶不听，说，我不能眼睁睁看着你累死。人家的闲话管这么多干吗。听了二婶的话，二叔愿听得听，不愿听也得听。

田里的重活二婶不让二叔碰，地里干活二婶也是抢着做的。每次去地里干活，不管是种玉米，种番薯，种麦子，不管是出工还是收工，总能看到二婶挑着担，天气热时捋一把汗珠，走在前面，用她的大嗓门与熟人打招呼。二叔肩上扛一把锄头或铁铲优哉优哉地跟在后面，一脸眯眯笑着，总是被大家忽视掉。有时二叔抢先挑起担子，想夺回点面子，二婶根本不去想面子不面子，只是像母鸡呵护着小鸡般呵护着二叔，把二叔肩上的担子重新夺回来，还与二叔开玩笑说，你空双手走路都七冲八跌，还要挑担子，我看着心痛，以后别挑了，重活苦活有老娘呢，把你养胖了养嫩了，养出了精神，只要你不做对不起我的事就好了。

那天，吃中饭时二叔吃得不多，二婶看在眼里，问二叔怎么了，二叔说身体有点不适，头有点晕，二婶连忙踌车去卫生院给二叔配了药，倒好水让二叔吃。二叔吃完药，她让二叔上床休息。看到二叔上了床，二婶才扛了锄头去山畈里锄玉米草，玉米地里的杂草已长得半人高了，必须得除去，否则肥料会被杂草吃掉，玉米穗就会瘪塌塌不饱满。二婶不怕中午毒辣的太阳，一个人到玉米地里锄草。山畈里除了"知了知了"的蝉鸣声，没有其他声音。二婶就专心地锄着草，用挂在头颈上的毛巾擦一把脸上雨水般稠密的汗水，口渴了拿过与热水瓶差不多大的保温杯。保温杯里装的不是热水，而是温开水，不烫口，因此二婶总会咕咚咕咚地喝下小半杯，然后再锄草干活。

正在二婶聚精会神地锄草时，玉米地里响起了窸窸窣窣的声音，在二婶反应过来好像听到有响声时，忽然发现面前站着一个人，一个男人。二婶熟悉，他是邻村的牛癞子，单身，平时耍无赖讹人。二婶还没弄明白他怎会到玉米地里来时，牛癞子一下抱住了二婶，二婶吓了一跳，骂道，你这男人这么不要脸，想吃老娘的豆腐，没门，给老娘滚远点。说完用力把牛癞子推了出去，牛癞子跌倒在地，二婶也不再理会牛癞子，兀自又锄起玉米草。牛癞子见二婶力大不好惹，站起来，拍拍身上的泥土，嘴里还不服气，骂骂咧咧地说，你个母夜叉，你男人是个软蛋，我来帮你还不识抬举。二婶一听牛癞子骂二叔软蛋，火气腾地蹿上来了，追上去提腿一脚把牛癞子踢飞出去。牛癞子掉到坎下，跌断了六根筋骨。住了一个月医院，回家躺了二个月的床。这事一下传开了，邻近几个村家喻户晓。从此，那些背后非议二叔，想打二婶主意的骚男人一个个把出口的风言冷语扪进了肚里，把蠢蠢欲动的花心摁灭在心底。

二婶不怎么注意自己的打扮，她不描眉，不染发，不画口红，一句话，不爱打扮，也没时间打扮。但对二叔的衣着很讲究，头发少微长一点，她就催促二叔去理发，胡须长时就把剃须刀递给二叔剃胡子，二婶还像导演给演员配服装一样，为二叔买白衬衣。二叔说，白衬衣快脏。二婶说，脏了洗，怕什么，只要是你穿白衬衣精神，我原意为你洗，说完二婶就朗声大笑。二叔本来皮肤白嫩，穿上白衬衣像个文化人一样，文雅。年轻人说，特帅。二婶却说，像先生，教师先生。二叔有些腼腆的样子，不再反抗，任二婶给他配服饰。家里农活越来越少，二婶像二叔雇着的长工，家里的活，田地上的活都是她包着干了。二叔真像个先生，时不时在村里转悠，喝茶、玩牌、赶集，很是潇洒。村里的妇女与二婶开玩笑说，你把你老公打扮得像公子哥似的，不怕被其他女人勾引去？二婶很开心地笑着说，我们家老二闷屁放不出一个，会有女人喜欢？除非在梦里。说完

"咯咯咯"地笑了。再有女人接着开玩笑，二婶会对她说，你要是喜欢我家老二，我就把他送给你，再搭给你一箱"伟哥"，逗得大家哈哈地狂笑。

一个盛夏的中午，村里的大多数男人女人进入了午睡的梦乡。二婶没有午睡的习惯，她拿来一把竹椅，放在门口，面前放着一只脸盆。脸盆里放着和得稀薄的红泥浆，然后拿过一只鸭蛋，在泥浆里滚动几下，直到整个鸭蛋被泥浆裹着，然后轻轻地放进旁边的瓮内。二婶一只只地用同样的工艺把鸭蛋放进瓮内，二婶在腌咸鸭蛋。

突然，二叔气喘吁吁地跑进来，也没管二婶有没有坐在门口，有没有挡住去路，把二婶的鸭蛋踢得满地乱滚，蛋清流了一地。二叔顾不得二婶的骂声，直接冲进了卧室。二婶很奇怪二叔的举动，从结婚到现在几十年，二叔总是温文尔雅，从不毛毛躁躁。正当二婶疑疑惑惑时，一位手抡菜刀的男人追到了门口，二婶想到这人肯定是找二叔打架的。那男人好像气得不轻，脸色有些发紫，也没在乎二婶的存在，想冲进二婶家砍杀二叔。二婶猛地站起来，挡在门口，用她的大嗓吼道，站住！二婶的大嗓门竟然发挥了作用，把男人镇住了。男人愣了一下，好像清醒过来一样，刹住了脚步。接着，怒气冲冲地说，叫你家那个乌龟王八蛋出来。这时，二婶看到后面还有三位手握锄头和木棍的男人也追到了。二婶知道二叔肯定是闯下了触犯众怒的事了。二婶仍显得很镇定地问，你们这是干什么？想与谁打架？

一个年纪稍长的男人手指指第一个追进来的男人，说，你老公偷女人，睡了人家的老婆，被发现了。你老公跳窗跑了出来。二婶听了，脑子"嗡"地一下，怔住了。那男人见二婶站着不动了，吼道，冲进去把那王八蛋拖出来。一刹那，二婶回过神来，往门口一挡，厉声吼道，谁敢迈进这门半步，我就踢飞谁的蛋蛋。刚想冲进门的几个男人停住了。二婶马上对他们说，你们不分青红皂白怎么就咬定是我家男人？那男人说，我认识你家男人，被我碰上了，幸亏他跑得快，否则，现在是你去收尸的时候了。二婶淡淡地一笑，对那男人和颜悦色地说，你当初在气头上，火冒三丈，眼睛在喷火，怎么会看得清楚呢，你看到的与事实的会有差别的。在几个男人像听故事一样听二婶唠叨时，二婶接着又说，你真的看错了，我中午一直坐在这里腌咸鸭蛋，一步都没离开过。我那死鬼中午一直在睡午觉,门都没有出去过,怎么会去偷女人,睡你老婆呢。二婶再次强调说,肯定是你们搞错了。那男人听了二婶的话气得牙齿咬得"咯咯"响,一半为他自己,一半为二婶这个傻女人。他申辩,偷他老婆的是二叔。二婶听了,脸色不好看了,二婶说,如果我男人去偷女人,我还能为他作掩护吗?我恨不得把他拽出来阉了他,劈死他,还会劳驾你们动手吗?可我家那死鬼中午的的确确在家午睡,门都没出,你们怎可冤枉人呢。你们如果还想赖我家男人,我可不客气了。几个男人看二婶一脸的无辜相,也开始怀疑当初是不是自己看错了。他们认为不会有哪一个女人听到自己男人偷女人还会那么镇静,同时也听说过二婶飞腿一扫废了牛癞子的事。几个男人在二婶的一再保证下,无奈地退了回去。

二婶看着远去的几个男人,腿一软跌坐在门槛上。她没有哭没有闹,没有骂一声二叔,也没有收拾散落一地的鸭蛋。她一直坐到毒辣的太阳落山,坐到室内的电灯亮了,坐到二叔像个做错事的孩子般走到二婶面前,向二婶认错。二婶没有动,二叔这时吓坏了。

待到我母亲赶到,在二叔的帮助下,把二婶搀起来时,二婶抱住我母亲放声大哭。二婶的哭声像她的骂声,很敞亮,整个村都听到了。

二婶向我母亲哭诉,我活儿不让他上手,新鲜的给他吃,我每餐吃剩下的东西,他喜欢吃的我买,他不喜欢的我自己喜欢的打死我也不会买,想不到他这么没良心,背着我去偷女人。二婶捋一把泪水,又哭诉,姐,你说说他在我身上一个月上不了一次身,口口声声说,人太累太累,你说活儿不让他沾手,怎么会累,想不到他把气力花到狐狸精身上去了,我真傻。

二婶在娘家是老大,她下面还有两个妹妹两个弟弟。二婶的父亲是做木匠的,长年在山下的村庄里游走着,从正月初八下山,到腊月二十五回家,活儿忙时要到大年三十日才回家。中间虽然会回家几次看看二婶她们,回来也只是看看,家里的农活就扔给了二婶的母亲。二婶的母亲白天忙农活,回到家还要侍候双目失眠的二婶的奶奶。二婶的奶奶每年要生好几次病,躺在床上,是二婶的母亲端汤奉药服侍着,家里七八个人的衣食起居杂七杂八的事儿全是二婶她母亲担承着。后来,二婶的母亲感觉到身体在逐渐衰退,实在撑不住了,就让二婶放弃学业,帮她分担家务。二婶听了母亲的话，连吭一声也没有就把书包扔给了妹妹，自己跟着母亲像个小子一般干起了农活。二婶母亲的身体越来越弱，弟弟妹妹越长越大，家里沉重的担子不断地向二婶身上倾斜，二婶一点抱怨也没有，整日地田间地头地劳作着。

　　二婶的年龄越来越大了，二婶的母亲开始操心起二婶的婚姻，在农村大龄女孩是会招来人家的闲话的，尤其是山里的女孩更容易成为剩女。二婶的母亲就开始四处张罗，托亲委友地为二婶物色对象。二婶见了一个个高的矮的俊的丑的就是没有点头。二婶明白，只要她一点头，家里沉重的担子就会压垮她母亲。二婶认为自己能迟一年嫁就迟一年，这样能多替她母亲分担一年。家里有重担，再加上二婶大大咧咧的个性，她的婚姻一直没有着落，这也成了二婶父母夜不能寐的一块心病。

　　二婶家有位亲戚给二婶介绍过一位条件不错的小伙子。小伙子的家在黄泽镇上，父母在黄泽镇开着有一定规模的百货店，卖烟酒糖果、盐油浆醋，家境殷实，是山里姑娘难得挑到的理想对象。那天小伙子骑着当年少有的铃木摩托车来相亲，二婶的母亲对这户人家和小伙子很满意，翻箱倒柜拿出家里比较好的东西招待小伙子。中饭后，二婶仍然没回答母亲试探性的问话，只是默默地扛着锄头去地里锄草。小伙子也跟了去。本来二婶心里也觉得这门亲事可以敲定了，但二婶想不到小伙子突然会浪漫起来。小伙子看着扭动着身子在锄草的二婶，忽然春心萌动，一把搂住二婶，要亲吻二婶。二婶一看小伙子的轻佻样，恼羞成怒，"啪"地一巴掌扇过去，把小伙子打愣了。二婶又发出打雷一般吓人的一声"滚"。二婶的大嗓门吓得还在发愣的小伙子猛然醒悟，摸摸焦辣辣已有红印迹的脸，跳上摩托车逃命似的冲下山去。亲事自然泡了汤。后来二婶相了好几次亲，一直没有结果，急得二婶的母亲晚上睡不着觉。

　　二婶与二叔的婚事也是经人介绍的。二叔因为家里穷，婚事一次次像肥皂泡一样吹了就破。每位到我们家相过亲的女方说得最直接也最一致的一句话是"连间像样的房也没有，以后的日子怎么过"，因此，建房成了我们家最紧迫的大事。

　　我爷爷死得很早，建房的事我奶奶想都不敢想。爷爷去世时，我父亲十五岁，我二叔十二岁，我小叔八岁，我姑姑六岁，我奶奶当时还年轻，经常有人给奶奶介绍对象，想让奶奶再招个后夫。奶奶也想过，但当奶奶看到一个个虎头虎脑的孩子们时，想到如果招个后夫来，万一后夫对孩子们不待见，那孩子们以后的日子就不会好过。奶奶想到孩子们可能会受委屈时，就把一个个想与奶奶亲近的男人拒之门外。奶奶意志力特强，她从三十四岁起就开始守寡，一直没有动过再嫁的念头。只把正在新昌中学读书的我父亲叫回家帮她分担农活，我奶奶也脱掉自己的布鞋，下田上山干起农活。幸亏我奶奶年幼时没有裹脚，干起活来像男人一样能干。但我奶奶再能干，也没有能力建房子。眼看着一个个孩子长大了，她也只能心里着急，背地里唉声叹气，偷偷摸几把泪水，根本解决不了造房子之类大事。我们一大家子人仍然窝在几间时不时会掉下泥土和毛毛虫的老房子里。也因为没有房子，二叔的婚事一黄再黄。眼看着弟妹们一个个长高长大，到了成婚论嫁的时候了，我父亲明白，建房迫在眉睫。

建房子要木材，尤其要桁木，而我们家虽说是山区，却山上只长柴草不长树木。要建房，得去四明山买木材。那时不像现在，能明目张胆地去买，也不是想买能买得到，得找关系。我父亲想到在黄泽镇上的表舅公。我父亲到表舅公家时，刚好二婶的父亲在为表舅公家做家具，表舅公听完父亲的想法后，就央求二婶的父亲帮忙，二婶的父亲也没推托，让我父亲去他家找二婶的母亲。

父亲带着二叔去四明山上的二婶家，二婶的母亲很热情，让二婶带着父亲与二叔去山上砍树木，砍倒一棵树后，他们根据房屋的宽度，把树木截成四米多长的木材，然后一根一根背下山。父亲计划建三间房子，每间房子要桁木五根，三间房子要用桁木十五根，父亲二叔二婶在山上砍了两天才砍完，然后一根根地准备把桁木从山上背下来。二叔个子不高，又细皮嫩肉，力气不是很大，背上一大根桁木在崎岖的山路上行走，像跳秧歌一样，歪歪扭扭，好几次差点摔倒，吓得跟在后面的二婶失声惊叫。二婶实在看不下去了，让二叔站住别动，然后把二叔肩上的桁木移到了自己肩上。二婶扛着桁木轻快地下了山，惊得父亲傻了眼，更让二叔满脸通红，自愧不如。父亲看着健壮的二婶，有了让二婶嫁给二叔的想法。房子还没有开始建，父亲又去了表舅公家，把自己的想法告诉表舅公，表舅公马上向二婶的父亲说媒。二婶的父亲知道我们家离黄泽镇近，只有三公里路，而二婶家离黄泽镇有二十多公里，又高高地蹲在四明山腰，纯属山窝窝。我们家的条件要比二婶家好，二婶如果嫁给二叔也算嫁到了好地方。但二婶的父亲做不了主，说要回家去征求意见，等二婶的父亲重新回到表舅公家做木匠活时，二叔与二婶的这门亲事也就定了下来。

三间房子建成，二叔也结婚了，后来小叔考上大学，毕业后留在城里工作，姑姑嫁了人，奶奶因劳累过度而过早去死了；那三间新房子分给了二叔，老房子成了我们家的家产。

这就是二婶二叔这一对冤家聚头的故事。而现在，又闹腾出这么一出尴尬戏出来。母亲为了息事宁人，宽慰二婶说，说不准真是人家冤枉我们家老二呢，你别往心上去。

一直唯唯诺诺、闷声不响的二叔听了我母亲的话，不但没有顺水推舟，反而不知从哪里来了胆子，也不怕气死二婶，竟然对二婶说，你什么都压着我、宠着我，好像是我的母亲，只有与她能和我平等交流，把我当男人。我与她在一起才有激情，才像夫妻一样。二叔的话一出口，惊呆得母亲与二婶鸦雀无声。

母亲想，难道真的是二婶错了？二婶也这么想。二婶病了，在床上整整躺了半个月，二婶一直在想到底是不是自己错了，又错在哪里。

半个月后，二婶病好了，重新出现在山上田间，但她再也没有让二叔闲逛，下田种地都让给了二叔，进进出出二婶也不挑担了。二叔用瘦小的身子挑着笨重的挑子吃力地行走着，二婶优哉优哉地跟在二叔后面。开始时二婶有点不自在，慢慢地习惯了。有时二叔挑着或背着什么走在前面，二婶悠闲地跟在后面嗑着瓜子，好像很是享受。

二婶也开始打扮了——买衣服烫头发，二婶也赶时髦了。

大家都说二婶生了一场病后，像变了个人。二婶笑笑，用她的大嗓门，笑得整个村的人都听到了。

大家弄不明白二婶笑的意思，只有二婶自己明白。

原载《厦门文学》2019 年第 7 期

牵 挂

一

村里人络络绎绎地搬迁到安置区，李倔牛仍然顽固地独居在半山腰上，不肯搬迁，邻居亲戚一个个上门做工作，费尽了口水，说得嘴唇起泡泡，李倔牛一点变化都没有，即使稍微动一动心也好，但李倔牛没有，仍然板着那张坑坑洼洼的脸，无情地说，都别劝了，再劝要伤感情的。听了李倔牛的话，亲朋好友把溜到嘴边的话赶紧缩回去，生怕伤了几十年的邻里和气，镇里的领导，县里来的工作组人员绞尽脑汁，用尽手段，陈明了利害关系，好话说了一筐筐，坏话也说了一箩箩，几十个工作人员在几个月内连番上门做李倔牛的工作，李倔牛油水不进，倔劲十足，只说两个字：不搬。李倔牛像一块冰冷的铁板，连缝也找不到，镇里的领导束手无策，县里的工作小组人员也没有了对付的招式了，最终大家只好采用搁置不议。李倔牛就成了山尖顶村唯一的一户村民，看守着已成废墟的山尖顶村。

山尖顶村海拔900多米，原来居住着四十多户人家，由于山尖顶村处在水土自然灾害区。几十年前，山尖顶村发生过一次自然灾害，泥石流下来时，把李倔头的老婆与两个女儿掩埋在下面，李倔头怀念他的老婆和女儿，再也没有娶妻成家，好多人像这次搬迁一样，一次次上门做工作，要他再娶门亲，成个家，也有那么一些人上门给他做媒牵线，但李倔牛头摇得像拨浪鼓一般，然后斩钉截铁般坚决，大家很无奈，叹口气随他去了，因此李倔牛成了孤寡老人，也成了一个名副其实的倔牛。

山尖顶村不是叶小麦的包队村，但叶小麦也像其他干部一样被抽调出来做过山尖顶村的搬迁工作，最主要的是让叶小麦去做过李倔牛的工作，李倔牛打量着文质彬彬的叶小麦，无形中心生慈爱，但李倔牛显露的只是对叶小麦比对其他干部和蔼点亲切点，至于搬迁的事李倔牛仍然没有松口。叶小麦没有因为李倔牛的倔劲而生气，叶小麦像没有做过李倔牛的工作一样，对李倔牛十分亲热，还帮李倔牛买过几次米，捎带过几回日用品。只要不提搬迁的事，李倔牛会像对自己的孙子一样亲热地对待叶小麦，一提搬迁李倔牛就铁青着脸闷声不响了。

二

　　叶小麦推开窗户，窗外是一片皑皑白雪，屋顶上的积雪厚已盈尺，而那棉花朵般的雪片仍在倾泻式地撒向大地，银装素裹，煞是壮观。

　　叶小麦刷了牙，洗罢脸，吃完已泡胀了的方便面，伸个懒腰，打个饱嗝，找出一把"抗台"时用的铁铲，去帮老李铲雪。老李挥舞着铁铲，已铲出了镇政府门前通往街道上的一大段雪道，差不多与镇里的其他街道连接贯通了。

　　老李看到叶小麦来帮他铲雪，劝阻道，叶书记，大年三十了，你赶紧回家去吧，这么一点活计，我一个人干就行了。叶小麦是镇里的团委书记，书记镇长们都称叶小麦为小叶或小麦，但老李每次都是很恭敬地称叶书记，叶小麦听了老李的话，说，不碍事，过年的事有我爸妈呢，用不着我瞎操心，迟点回家早点回家都一样。老李看着叶小麦的憨厚样，不再劝了，两人一边像天女散花般把雪抛向路边的雪堆上，一边唠嗑着闲话。

　　叶小麦人憨厚实诚，工作很勤奋，与同事间又好说话，因此，镇里的一些杂事难事都交给了叶小麦，叶小麦明明知道有些事不应该是他叶小麦做的，但叶小麦没有推辞，也没有怨言和情绪，仍然是高高兴兴地去完成，书记镇长很喜欢他，同事们也交口赞许他。由此，快到大年三十，书记镇长和其他同事都找了个借口，提前回家了，镇长知道每年到这个时候，大家都会像候鸟般离开镇政府大院，回到家，利用一年中最后的一天时间，帮家里人做一些过春节的准备，采办年货，打扫庭院，向长辈尽孝心，向爱人表忠心。大家归心似箭，留了大家的身也留不住大家的心，镇长与书记一商量就让大家提前回去，又让叶小麦辛苦辛苦，留下来值个班。镇长对叶小麦值班的理由是，你比其他人回家近一点，叶小麦的家在大耳镇，大耳镇与叶小麦所在的镇政府二十公里路，而其他人的家不管在城里还是乡下都离镇政府不少于四十公里，叶小麦的家的确比任何一位同事的家近。家近也成了镇长让叶小麦留下来值班的理由，叶小麦有些傻笑，但还是无条件地留了下来。

老李捋一把脸上的寒气说，今年的雪比往年大，几十年没有见到过这么大的雪了，叶小麦说，山下都这么大的雪，山里的会更大更厚了。老李说，那还用说，这里一尺厚，山顶上估计会超过二尺了。老李又说，每次下大雪总要压倒一批房屋，死伤几个人的。聊着聊着小叶的手迟缓下来了，最后没待老李反应过来，把铁铲往雪堆里一插，对老李说，我现在走了，你帮我把铁铲拿回去。老李被叶小麦突如其来的举动搞得一愣一愣的，连问也来不及，只见叶小麦急匆匆地往镇街上走去。

叶小麦在肉摊上割了七八斤猪肉，又到小超市上买了几瓶酒，买了一些零零碎碎过年用的日用品，向店主借了根小扁担，一头儿猪肉，一头儿是装有酒和日用品的蛇皮袋，叶小麦要去山尖顶村看望李倔牛，他担心大雪会把李倔牛的房子压倒。

叶小麦走出村口时碰到了卷毛，卷毛肩上背着猎枪，手里牵着猎狗神气活现地踏着厚厚的雪往山上去打猎。卷毛看到叶小麦挑着猪肉及蛇皮袋急匆匆往外走，有些惊奇地问叶小麦说，叶书记，你们大耳镇的东西比这里多，这里的猪肉也是从养殖场上进来的，又不是自家养的家猪，你还像白拿一样往家里搬，你不累？叶小麦笑了笑，没有反驳他，只是说，卷毛，你的持枪证办了吗？卷毛说，叶书记你放心，我卷毛绝对是良民，没有持枪证绝对不持枪。叶小麦说，我相信你。叶小麦与卷毛很熟，卷毛的猎狗也熟悉，叶小麦叫了声大黄，大黄呜呜呜地叫着，跑到叶小麦的跟前，亲昵地嗅着叶小麦的裤脚，转了几圈又跑到前面领路去了。

叶小麦与卷毛平时经常开玩笑，叶小麦看看跑在前面的大黄，笑了。卷毛见叶小麦无缘无故地发笑，就问叶小麦，你脑子被大雪飘晕了，无缘无故地发笑？叶小麦笑着说，我大脑没晕，是你们的名字搞颠了。卷毛不解地问，我们？叶小麦说，你应该叫大黄，大黄应该叫卷毛，你的头发染得这么黄，大黄的毛不是卷的吗。卷毛知道叶小麦又在戏弄他了，随手用枪托撬起雪块甩向叶小麦，两人一边逗闹，一边前行，走到一个路口，两人各选了方向朝自己的目标前进。

镇政府到尖坑山有七公里路，到尖坑山脚爬上山尖顶村山路弯弯曲曲又是一二公里，叶小麦知道路不好走，他将一把脸上的雪花，在路边折一根木棒作拐杖，望望白茫茫被大雪素裹着的尖坑山，然后继续咯吱咯吱深一脚浅一脚地向山上走去，一个个深深浅浅的脚印像是一根躺在雪地上的麻绳，无限的延伸着。

叶小麦一边喘着粗气咯吱咯吱地爬着山路，一边担心着李倔牛的房子会不会出问题，下了这么厚的雪，李倔牛有吃的吗。一不留神，打了个趔趄，差点跌入山沟，叶小麦拍打一下身上的雪，艰难地向山尖顶村继续爬行着。

叶小麦到李倔牛的门前时，李倔牛的门敞开着，叶小麦叫了一声李爷，李倔牛吓了一跳，李倔牛不会相信还有人能冒这么大的雪来到山上。李倔牛一看雪人一样的叶小麦挑着年货来看他时更是惊讶，想不到叶小麦会上山来看他，这么大的雪还挑着一担货，李倔牛忙说，小麦，你怎么上山了，快坐下烤烤火。叶小麦没有客气，坐到用一只破铁锅做成的火塘边。李倔牛拿过干毛巾让叶小麦擦头，让叶小麦脱下湿衣服，帮叶小麦放到火盆上烘干。李倔牛嘴里抱怨地说，不会是领导逼你来的吧，也不怕你冻坏身子。叶小麦知道李倔牛曾对镇长有过误会，叶小麦说，不是领导逼我来的，我怕你不安全，也不知道你有没有吃的，我上来看看。我知道你下山不容易，肯定没有采办年货，我就给你送点肉和酒，让你过个年。李倔牛很感动，眼睛有点涩涩的，然后不无关爱地说，你这傻孩子，不就是要我搬迁吗，你值得冒这么大的险吗，万一掉进山沟里冻僵了也没人知道的，你不值啊，孩子。叶小麦听了忙说，李爷，今天不谈搬迁的事，是我自己要来的，领导都不知道我来你这里。

李倔牛让叶小麦留下来吃中饭，叶小麦也没推辞，李倔牛起身去做饭去了，叶小麦自己站起来蹬蹬腿，活络活络身子，拿起一个长柄谷耙，帮李倔牛清除屋顶上厚厚的雪，这雪不清除掉说不准真把李倔牛的房子压垮，那是出人命的事。李倔牛见状连忙阻拦，却没拦住，只好让叶小麦冒着雪花清除着屋顶上的雪。

叶小麦清除完屋顶上的雪，李倔牛已做好饭菜，两个人围着火塘，倒了二杯酒，吃了起来。喝着喝着，李倔牛问叶小麦，你不会劝说我搬走吧。叶小麦说，我不会劝你的，但我会经常上山来看你。李倔牛有些诧异，问，你以后还要来看我？叶小麦说，我经常来，我给你送吃的穿的用的。李倔牛忙说，不行不行的，还是我自己下山买，我不能麻烦你了。叶小麦说，没关系的，你与我爷爷差不多大，如果我爷爷在这半山腰上我也肯定会来看他的。李倔牛听了叶小麦的话，喉咙好像什么东西噎着一样，一时说不出话来。

叶小麦下山时，李倔牛送到已成废墟的村口，最后，李倔牛对叶小麦说，小麦，以后你不要上山了，我不会搬下山的，即使你是我亲生孙子我也不会下山的。

叶小麦听了笑了笑，对李倔牛说，李爷，我不会强劝你下山的，但只要你在山上一天，我一定会上山看你的，因为我不但是一名干部，我还是个有爷爷的孙子，再说人是有感情的，干部也是有义务和责任的。稍停顿了一下，叶小麦接着说，我更不放心你一个人在山上待着。

三

过了十来天，雪化了，路也通了，李倔牛想去镇上买些盐油酱醋，也想去看看叶小麦，李倔牛想，人家冒这么大的雪来给自己送吃的，还冒着寒冷为自己清雪，自己也得去表示一下意思。李倔牛知道自己拿不出什么像样的东西，贵重了叶小麦也不会接受，因此李倔牛准备给叶小麦送一篮自家母鸡生的鸡蛋。

李倔牛在镇政府找不到叶小麦，他蹑手蹑脚地走进传达室，问看传达室的老李。老李不认识李倔牛，就告诉李倔牛，叶小麦在大年三十的那天冒着大雪去看望山尖顶村一个孤寡老人，吃了中饭回家时跌进了山沟，叶小麦人昏过去了，大雪差不多把他掩盖住了，这时有个叫卷毛的年轻人，带着猎狗在尖坑山上打猎，那猎狗通人性又聪明，呜呜地叫着，扯扯卷毛的裤脚，不肯走开，卷毛以为猎狗发现了猎物，连忙端起猎枪，准备射击，猎狗见卷毛站着不动了，就撒腿往山沟里跑去，用脚轻轻地刨开上面的雪，然后咬住衣服从雪地里拖出一个人，卷毛连忙上前去看，一看是叶小麦，吓了一大跳，也顾不得多想，深一脚浅一脚地把叶小麦从山上背了下来，送进了医院，因冻的时间长，把腿神经冻坏了，医生说如果再迟点发现，叶小麦就会残疾了。老李说完这些又带着抱怨地说，那个老头也真是的，山尖顶村的人都下来了，只他一个人留山上，山尖顶村有什么好，安置房在镇边，地方平坦，行走方便，多好，那个老头不知怎么想的，这次幸亏叶书记没事，不然看他的良心往哪儿放。李偃牛听了老李的话呆了，他默默地离开镇政府大院。

李偃牛找到了医院，把鸡蛋放在叶小麦的床前，嘴里不停地"你这孩子你这孩子"地唠叨着，一双皱得像松树皮一样的手，抓过叶小麦的脚，轻轻地揉搓着。叶小麦要阻止也没门儿。

离开医院时，李偃牛对叶小麦说，你一定要好起来。叶小麦说，李爷，你放心，我一定会好起来的，我现在已经能下地行走了，再过二三天就可出院，出院后我去山尖顶村看你。

李偃牛用满含浑浊泪花的老眼看着叶小麦，凄楚地说，你不用再去看我了。说完走出了病房，走出了医院。

叶小麦望着李偃牛远去的背影，回味刚才李偃牛的神色，总觉得李偃牛今天讲话的语气，显露的脸色有别于往常，有些怪怪的，但到底怎么回事，叶小麦一下子也揣度不出。

四

李偃牛回到家，已是傍晚，天色有些暗了。李偃牛觉得有些累了，晚饭没有吃，就上了床，但他睡不着，脑子里不断地浮现出老婆和两个女儿生前的身影，李偃牛不愿搬迁下山，就是因为放不下老婆和两个女儿，虽然现在一家人已是阴阳两隔，但只要李偃牛不下山，不离开山尖顶村，就像一家人团聚在一起一样，有种说不出的亲切感。李偃牛想着想着老泪纵横。

第二天，李偃牛起床有些迟，他洗盥毕，特意换了件平常不大穿的新衣服，刮了胡子，他又要去看老婆和女儿了。其实老婆和女儿的坟墓不远，只要一走出家门，稍微走几步路，就能看到老婆和女儿的坟墓，李偃牛远远地就看到了几个坟墓圪蹴在山坡上，好像他的老婆和两个女儿根本就没有死，而是坐在那里晒太阳聊天。

李偃牛把随身带来的几个肉包子和几根油条放在女儿和老婆的坟前，

这是他两个女儿和老婆最爱吃的，女儿小的时候，总是缠着李倔牛要吃肉包子和油条。放好后，又为老婆和女儿的坟墓四周清理着枯草，又清理泥沙。清理完，就坐在坟前，与老婆唠嗑。

李倔牛告诉老婆，政府说我们山尖顶村处在自然灾害区，要求我们村整体搬迁，房子是政府给建的。因此，村里人呼啦啦一下子就搬下山去了。其实我也清楚，政府是为我们老百姓好，政府还贴钱给我们，村里人现在住在平地上，行走也方便，我也想去过过这种舒服的生活，但我放不下你与两个女儿，我搬下去了，我们一家人就不能团聚在一起了，我舍不得你们，你们才是我的生命的全部，如果我离开你们独自搬下山去，我会孤零零的冷清死的，你们也会怪我的，因此，我不怕泥石流，我很想让泥石流再来一次，把我掩埋下去，这样我们一家人就可团聚了。我知道泥石流不是说来就会来的，但我不能不搬啊，镇政府有个年轻干部叫小麦，小麦人长得帅，人又憨厚实在，他还蛮体贴人，总是给我送吃的用的也有穿的，像我自己的孙子一样，一口一个李爷，叫得人都醉了酥了，我很喜欢他，他开始是为了来劝我搬迁的，但我没同意，他照样来关心我照顾我，我至今没松口，你说我是不是残忍了些。李倔牛自言自语地说，我是太残忍了，大年三十，小麦冒着大雪给我送年货，还帮我清理屋顶上的雪，回去时跌入山沟，被大雪掩埋了，差点丢了生命。我如果不搬下去，怎么对得起人家小麦啊。老婆子，搬下去我舍不得你们，不搬，我对不起人家小麦，小麦与我们毕竟无亲无故，凭什么要待我这么好呢，我一个孤老头子有什么可让人牵挂呢，还不就是人的一种感情。小麦这般待我，我不搬，别人家不是要戳我脊梁骨吗。

李倔牛坐到晌午后，才踽踽地独自下山，做了一餐自以为很丰盛的中餐，李倔牛想死也不能成为饿死鬼，因此，还喝了点酒，然后从院后面堆放柴草的屋里找出一个瓶子，这是一瓶用来杀菜虫的农药，李倔牛扭开瓶盖，他想只有自己喝下这瓶农药，就会与老婆女儿团聚了，也不会为难小麦了，这是一个最为圆满的两全之策。

"李爷，你在家吗？"又是叶小麦，李倔牛听到了，手不由自主地抖动了一下，手中的瓶摔到了地上，碎了。李倔牛很奇怪，小麦的脚不是还不利索吗，怎么又上山来了，李倔牛连忙清理着地面，叶小麦进来了，李偓牛掩饰着尴尬，对叶小麦说，小麦，你的腿不好，天在下雨，路不好走呀，你怎么又上山来了呢。

叶小麦闻到了农药味，问李偓牛是怎么回事，李偓牛说，跳虫太多，想放点药，一不留神瓶碎破了，叶小麦信以为真，也没再多追究，接着对李偓牛说，我今天是来请你去做客的，山下镇政府驻地今天在做戏，是浙江小百花越剧团，明天晚上是元宵节，我们一起看闹元宵。李偓牛很喜欢看戏，叶小麦通过李偓牛的邻居打听到李偓牛的爱好，李偓牛年轻时是个戏迷，几十里外他都赶出去看的，但现在老了，走路不方便了，戏文也做得少了，看戏的时候自然不多了。李偓牛心里动了一下，但很快就平息了，还看什么戏文，下山路远，天又下着雨，自己已不是年轻时了。李偓牛就推托着不肯去。叶小麦好像看出了他的心思，叶小麦说，李爷，你今天一定要去，这戏做得好不说，这剧团是全国一流的，最主要的是我把你当自己的爷爷来邀请的，如果我爷爷在世，我一定会把他请来看戏的，再说，我把你今天晚上睡觉的地方都安排好了，你不去，不是既浪费我的感情，还浪费为你准备的房间和晚餐吗？

李偓牛见叶小麦很真诚，把话说到这份上了，如果自己执意不去，害叶小麦面子上过不去，下不了台，自己也显得太倔拗了。李偓牛叹了口气，就找了把雨伞，随叶小麦下山了。

五

叶小麦与李偓牛到镇政府所在地时，雨已下得很大，本来在露天演出的戏只好临时改到镇政府的大礼堂，幸亏现在年轻人很少看戏，只有那些老年人才痴迷于戏文，因此，大礼堂上有现成的戏台，又能坐七八百个人。李偓牛与叶小麦到大礼堂时，戏文已经开场，叶小麦找到了自己早已摆设的位置，李偓牛一坐下来，旁边前后有很多人凑过来与他打招呼，李偓牛看到都是山尖顶村搬迁下来的邻居和远房亲戚，李偓牛此时滋生了一种亲切感，他们一边看戏一边聊家常，仿佛回到了从前在山尖顶村热闹的情景。

日场戏散后，叶小麦带李偓牛去吃晚饭，两人走进一家装潢得很考究的农家乐，李倔牛傻眼了，一个大厅里摆了五大桌子酒席，桌子周围已满满当当地坐满了人，见李倔牛进去，大家齐刷刷地站了起来，欢迎李倔牛与叶小麦入席。山尖顶村的老书记很动情地说，李叔你来了，我们山尖顶村才是大团圆了。然后开席，互相敬酒，一个个都端着酒杯来敬李倔牛，这种氛围激起了李倔牛沉睡几十年的暗淡的心，李倔牛整个晚上笑呵呵的。笑得合不拢嘴，几十年失去的笑，就在这一夜间补了回来。

李倔牛一高兴多喝了杯酒，有点醉了，李倔牛对叶小麦说，他今晚不想看戏，他想休息了。叶小麦说也好，就陪李倔牛去休息，叶小麦把李倔牛引进了一幢洋房内，开亮灯，放水让李倔牛洗脸，又放水让李倔牛洗了澡，然后扶着李倔牛上到二楼寝室，李倔牛看到床是新的，被也是新的，下面一楼的所有配置的物件都是新的，李倔牛看到这房子虽然装修简洁，但这是他见过最好的房子了，能在这房子里住上一晚也不枉此生了。

叶小麦已看出李倔牛的表情，问道：李爷，这房子你喜欢吗？

李倔牛说，当然喜欢，我以前做梦时常常梦到有这样一套房子，但那是梦，要是真有这么套房子，这辈子也算不白活了。然后，又说，小麦你太能了，居然买了这么好一套房子，像皇宫一样，你好福气。

叶小麦嘿嘿地笑笑，对李倔牛说，你喜欢，就住在这里好了。

李倔牛马上说，那不行，我可没有这么好福气。

李倔牛下山大半天，碰到了这些老乡亲，又住进了这么好的房子，在山上的那些伤感已一扫而光。躺在软绵绵的席梦思床上，耳畔响着窗外那条湍流奔突的小溪水的咆哮声，还有那哗哗哗倾倒般下着的大雨，心里惦念着山上的房子会不会被雨水冲倒，又想这房子这么好，要多少钱建造，这么漂亮的家具要用多少钱去买，想着想着，不知不觉中睡去了。

因为连续下大雨，元宵的灯会取消了，李倔牛想回到山上去，雨却实在太大，根本出不了门，又加上叶小麦的殷切挽留，李倔牛也只能住了下来，等雨停了再回山上去。

一直下了三天暴雨后，雨才止了，李倔牛要回山上去，叶小麦不放心他一个人回山上，请了个假，送李倔牛回山尖顶村。叶小麦与李倔牛路上有说有笑，真像一对爷孙般亲热。因为路被雨水冲得坑坑洼洼不好走，他们走走停停走了两个多小时，快到山尖顶村时，他们呆了。通往村口的道路没了，这山上发生了泥石流，他们急急地绕过泥石堆，爬了上去，李倔牛的房子早已不见踪影，李倔牛再往山坡上看时，他老婆和两个女儿的坟墓也不见了，李倔牛很伤心，蹲在地上一阵饮泣。

叶小麦硬把李倔牛拽了下来，李倔牛也没有了办法，只好住进了那幢漂亮的房子，李倔牛这才清楚，这是政府为他搬迁准备的房子，这一溜儿排开的全是从山尖顶村搬下来的邻居和远房本家。知道李倔牛搬下来了，大家都来探望和祝贺，大家对李倔牛说得最多的话是"我们终于团聚在一起了"。

叶小麦真把李倔牛当爷的，有事没事总往李倔牛这里跑，即使后来叶小麦调县里去工作，叶小麦也会抽出时间去看望李倔牛。

李倔牛开始与村里人走动起来了，脸上终日露着呵呵的快乐的笑。但李倔牛仍然很倔，时不时会独自爬上尖坑山，去看望被泥石流冲平了的山尖顶村，努力地搜寻着不知去向的他老婆和女儿的坟，因为李倔牛仍牵挂着她们。

原载《中国铁路文艺》2020 年第 3 期

丁国祥

浙江新昌人，1968 年生，中国作协
会员，以写中短篇小说为主，曾在《江
南》《芙蓉》《绿洲》《青年文学》等发表
散文小说若干。

寒　夜

　　我离开这个靠石山村的日子，阳光是多么的耀眼。它晃得我的眼睛生生地疼痛，多看几眼村子，多看几眼村子外面的雪山，就把我的眼睛刺得晃晃动动的。我并不想多看几眼村子，或是多看几眼村子外面的山，是我的弟弟跑来跑去，我怕他在雪地里滑倒；弟弟跑东跑西的，我也跟着他追东追西；被雪覆盖的村子与村子外面的山川就在我眼里晃晃动动起来，我的眼睛就生生地疼痛着。

　　这场临近春节的雪下得太大了，听电视里说是五十年一遇的大雪，村里人说着今年的雪时，都很夸张地说起夜里雪压树的声音，还有雪压竹子的声音。先是听得"夸"的一响，过些时间，才听见"哗"的声音，似乎树枝不甘于自己轻易地倒下，即使是已经折断了。雪一场接一场地下着，越积越厚，这样的声音越响越频繁，此起彼伏地响着，后来就听不清到底是"夸"先响起，还是"哗"的声音晚倒下。村里人说，明年的板栗是没有收成了，压得最多的是板栗树，板栗树的树丫枝太松了。村里人说，明年的柴是烧不完了——有人说，山上的雪压树多得拾都拾不完了；有人就说了，你放心，保证你抢也抢不着。村里人说，瑞雪兆丰年，明年的收成一定会不错。所以，村里人仍然习惯地把门神纸送到柏荣家去时，很多人说，柏荣，多写几张雪字。

　　雪倒是让山村多了些年味，喜庆。

　　货车停在后湾。后湾离村子还有半里地，这段路背阴，雪积得太厚，又冰得太紧，路边又是一片毛竹林，崩裂的竹子折裂倒地上，硬邦邦地结成了一堵长长的冰墙。我与弟弟，还有我的男友、四叔，绕着这堵冰墙小心地走着，我牵着我弟弟的手，我男友与四叔抬着电视机。

　　这个电视机是新的，是县里刚刚给我爹送来的。我爹享受低保有三年了，自从他在前年摔了一跤，他就再也没能用脚站起来过，他就享受了低保户的待遇。村里刚刚装好了有线电视，装好了有线电视又怎么样呢？像我爹这样的低保户，哪有钱去买台电视机来看看。这样一台电视机要一千多块，我爹没有钱。不要说一千多块钱，就是连每年一百四十一元的视维费也交不起。县里送来了电视机，还让我爹免交视维费，我爹才能高高兴兴地看上电视。我没有看见我爹看电视的样子，我想我爹是应该高兴的，他应该是看着电视整天笑呵呵的。我爹并不是为得到了一台电视机而笑，我爹笑，是因为他的低保待遇里，这个电视机最像人，像我的妈妈，像我的奶奶，像我爹希望看到的亲人。

这是我得到的最贵重的遗产，是我四叔力争得来的，我不得不带走。

属于我的东西还很多，比如土地，比如房子，这些我都懒得理。得知我要带走我弟弟时，四叔对我说，英珍，你走了，你把你弟也带走了，你爹的田地怎么办呢？我说，每年的清明谁到我爹的坟前上几炷香，我就把这些送给谁。我妈说我愿意。我冷眼看了看她，没有理她。我四叔没有说话。我等我四叔说话，我希望把田地留给四叔，留给四叔就等于留给了我奶奶，我奶奶在夏天也摔了一跤，摔得跟我爹一样重，重得再也不能用脚站起来，是我四叔一直照顾着的。

四叔一直没有说话。

我说，四叔，田地留给你。

四叔说，英珍，还是把你与你弟的田地给你妈吧。

我说，不行，我不留给他们。

四叔说，英珍，四叔受不起你这份情的，你爹坟前点炷香，你不把田地留给我，我也会去点的。

我说，四叔，我不是把它留给你，是留给奶奶的。

四叔说，有四叔在，奶奶不会饿死的。

四叔没有接受我与我弟的田地。

我爹死了，我并不悲伤，尽管流了很多泪，对我来说，就连替我爹办丧事的身份也是很勉强的。我有很多爹，你一听就会觉得这是个笑话。这不是笑话，我确实有很多爹，这个叫求鑫正的人是五个爹里的一个。

我有这么多爹，是因为我妈。

我妈好像是十九岁的时候从贵州老家被人贩子卖到河南一个叫驻马店的地方，跟一个男人成了亲。办完婚事，他便带着我妈来到了浙江新昌，在一个叫桐油山的地方修水库。上工前，他替我妈在县城找好了工作，在一家羊毛衫厂做工。他在工地做了不到两月，就逃回来了，因为工地太危险了。在这两个月里，他三次差点被放石炮轰起的石头给砸死。最后一次就有两个同伴给当场砸死了，他亲眼看见，一块石头砸在那个同伴身上。没有想到的是，回到县城他没有找到我妈。厂子里的人说，我妈只上了十几天班就没有来过。他从来没想到过我妈会跑，以为是失踪了，发了疯似的找呀找。

我问过我妈，我亲爹到底是谁。我妈说就是修水库的。那是很多年以后的事，我问时，我妈连我这个爹的名字都忘了。我说，你怎么肯定我就是他的。我妈说，你是我生养的第一个女儿。

这是个多么荒谬的推断，这也就成了一个很荒谬的回答。我妈与我修水库的爹的那次分手是有预谋的。我妈是跟着一个县城的年轻小伙子跑到了广东去了。他们在一起过了没几个月的日子，我妈怀孕了，那个男人就把她抛弃了。我妈说，我怀着你的孩子啊。那个男人说，他妈的，谁知道你怀的是谁的孩子。

这个孩子就是我。

我问过我妈好几次，每次我妈说得很肯定。我并不相信我妈的话，从时间推断，这两个男人都可能在我妈的子宫里留下我，永远无法分清我到底是谁的种，所以，这两个从没有见过的男人我都得叫爹。

第三个爹我叫了十多年。我妈怀着我回家过春节的时候，不知怎么的又被一个人贩子给盯上了，把她卖到了江西一个叫上琅的小山村。这是一个五十多岁的男人，我出生后就一直叫他爹。我不知道我以前有两个爹，这个爹我是叫得格外的亲切的。我的亲切并没有得到我这个爹的亲热，在我十四岁出外打工前，他一直毫无理由地揍我，我一直生活在对他的恐惧里。

第三个爹把我妈卖给求鑫正之前，我妈还被卖过两次。这个可恶的老男人认为自己用我妈是一种浪费了，他张罗着要把我妈卖出去。他曾经用六千块钱把我妈卖给村里的一个老光棍，这个老光棍睡了我妈几天后就把我妈送了回来，说我妈的味道太差。他扣了老光棍二百块钱，还要他去县城请了一顿饭。接下来他又把我妈卖给了邻县的一个老光棍，我妈仍然被送了回来，理由是我妈不会生养，这个老光棍家七代单传。他把我妈送回来时，还同时来了村里几十个人，说他骗他们，不仅要把钱全部退还，还要赔偿青春损失费。

几个男人中，我这个刚死去的爹是最幸运的。他来江西做马路，住在我第三个爹的家里。没过多少天，我第三个爹便知道我爹没有老婆，他就请了我爹一顿饭，说要把自己的女人卖给他。我爹似乎很聪明，他说，你女人不会生养的。他说，是不会生养，三千，一口价你要不要？我爹说，三千我要。我爹马上带着我妈回家来了，我妈又回到了浙江，这个叫靠石山村的小村庄。我爹带着我妈去办了结婚登记证，还办了酒席。我本来不想见我爹的，我对我妈像牲口一样被贩卖的生活经历欲哭无泪，我怎么会愿意去见另一个老光棍呢！可是我爹一定要见我，说我就是他的女儿。我妈还真带着他从浙江来了深圳，我见到我爹的一瞬间居然哭了，我对我妈说，妈，你总算遇到了一个好男人。我爹说，英珍，你不要在深圳做活了。我说，我不在深圳做活，你让我去哪？我爹说，英珍，爹自己没有本事，可是你有个哥很有本事，我让他把你的工作安排到杭州去。我没有答应，我甚至没有说谢谢，我低着头不说话，我自己知道，我不可能进入他的生活安排，自从我十四岁离开我娘，我的生活已经没有人能安排。不过，我对他的好感是明显的，在我妈与他结婚的第一个春节，我回去看了看。我爹与我妈在村口接我，我见到我妈时心里咯噔了一下，我妈怎么会怀孕了？那个七代单传的老光棍要是看见她这个样子，一定会气得吐血！

想到老光棍，我的心里又咯噔了一下，我妈肚子里的孩子，照时间推算，还是不能保证这就是我爹的儿子呀。

我爹的尸体放在村西口的祠堂里，那是一个徽式的古建筑，高高的马头墙，黑色的瓦片，斑驳陆离的石灰墙，几棵高大的枫树，树枝上满是积雪。听四叔说，村里死去的人都会放在这里。祠堂很大，天井、戏台、厢房，都很大。中午的太阳走到天井顶时，似乎能把整个祠堂照个透亮。我是在下午赶到祠堂的，我四叔在村口接上我，直接把我带到了祠堂，我刚一走进祠堂，还没有从祠堂外刺目的阳光中缓过劲来，便听见哭声喊起来。这是一种迎接的哭声，迎接我走进灵堂；这也是一种告知的哭声，告知我爹，你女儿来祭拜他了。我在这种哭声里请香，祭拜，我没有下跪。

我后来才知道，作为女儿是要下跪的，至少三跪九拜，也要放声号啕。可是我没有，我说过，我爹的死，我并不悲伤，虽然在请香时，我被哭声感染过，然而，那只是一种感染，说明我的心还会被死亡击伤。

我刚祭拜完，我四叔就过来对我说，英珍，四叔带你去看一看你爹住的屋子。四叔一边说，一边点上一支烟。四叔的烟是五一。在这个小山村，抽五一烟只有春节或是有红白喜事时才能抽得上。所以，我看见四叔从他破旧的、深灰色西服口袋里掏出烟时，那盒红色的烟盒觉得是那么鲜艳，就像我满眼看见门神纸的红色一样喜庆。四叔点好烟，深抽了几口，直到那灰烬断下，掉在他破旧的深灰色西服上，也不掸。

我说，四叔，我不去，我不想看。

四叔说，英珍，你应该去看看，你去看了，你才会原谅你四叔的。

听四叔这话，我无语以对。我谈得上原谅与不原谅吗？

四叔说，英珍，你不去看过，四叔心里一辈子不安。

我便跟着我四叔来到了我爹住的屋子。

英珍，你看见冰着的板壁了吗？四叔问。

我看见了。我说。

我看见冰从床的位置往上长着，我往上看，它就往上伸，一直伸到屋顶上，栋梁上，椽子上，都结了冰。

英珍，这是你爹死时盖的被子。四叔指着床上的被子说。被子被平整地铺在床上，半床被子结了冰。

英珍，你爹从这被子里取出脚时，冰打都打不碎。你爹是冻死的呀。四叔说。

我已泪流满面。

英珍，英珍，这是你爹盖在被子上的衣服，也结冰了，英珍，你看，楼板上也结着冰呢。四叔还一直在说着，英珍，四叔去城里办年货，大雪封路呀，三天没能回得来呀，你爹是饿死的呀。

四叔又说，鑫正，你女儿来看你来了，你女儿来看你来了，你女儿是个好女儿呀，老三，你要是活着多好呀，你有个好女儿呀。老三，老三，你听见了吗？你听见了吗？

四叔，我们走吧。我说。

英珍，你不会怪四叔吧，你不会怪四叔吧？四叔说。

我不怪你，四叔，我不怪你的，四叔，我们走吧。我说。我哭着说。

我妈呢？我问四叔。

我从泪水中清醒过来，刚才在灵堂里没有看见我妈。我爹是被冻死的，为什么会被冻死，我妈呢，有我妈为什么会被冻死呀？

你妈已经不是你爹的老婆了！四叔说。

四叔的话让我目瞪口呆，我手足无措地看着四叔。

四叔说，你妈去年就嫁给求洪了。

什么？我妈嫁给村里的求洪了，这个叫求洪的男人我要叫他爹了，那么，这个躺在床板上叫求鑫正的男人我现在应该叫什么呢？我可是因为他的死才千里迢迢、踏雪而归的。

你妈现在就在求洪家，他不肯让你妈来送你爹。四叔说。

我四叔说，村长把你妈介绍给求洪的。从四叔的话里我得知，求洪这王八蛋接手我妈、我弟弟、我爹的田地，却没有兑现他对村长与我爹的承诺，瘫痪在床的我爹一直由四叔与奶奶照料着，今年六月里，我奶奶也摔了一跤，我四叔里外里地要照顾二人，免不得心烦。四叔去城里买年货前还与我爹吵了一架，说我爹一个活死人，死了更好。

这到底是为什么？到底怎么啦？我的泪水夺眶而出。

我带你去见村长。四叔说。

我木然地跟着四叔往村长家走去，四叔的话让我的脑子完全地失去了反应能力。

村长，这是鑫正的女儿。四叔说。

村长打着麻将，麻将桌边上围看者有十几个人，他们一齐都看着我。

是鑫正的女儿呀。村长说着，就停下了手中的麻将，对身边的一个人说，来，你帮我打，我有事情了。

村长，我要说的话我都说过了，求洪不葬鑫正，道理讲到天边也不通的。求洪不葬鑫正，我不会让你好过的。四叔说。

老四，你还是这样说的话，这件事情我还真的不管了。村长说。村长说话时看了看我。

你不管做不到。四叔说。四叔的眼睛红了，红得要把村长吃了。

我就不管了，你种屁东西还能把我怎么样！村长说。

我种屁东西？我是屁东西。你不要看不起我种屁东西，如果求洪不葬鑫正，我就让你们把牢底坐穿。四叔说。四叔说话时嘴里叼着香烟，灰烬在他的口风里飞起来，在他灰蒙蒙的头发与破旧的西服间飞舞。

让我坐牢？你是法官？你讲让我坐牢我就去坐牢。村长说。

鑫正就是你们逼死的，你不坐牢，天也要把你劈死。四叔说。

我们逼死鑫正？你讲逼死就我们逼死了？你是兄弟，你为什么不照顾！村长说。

不是你把鑫正老婆讲给求洪，我老三会冻死？四叔说。

不要吵了，不要吵了。边上人都说。有人说，老四你讲的话最有道理，村长不去向求洪讨钱你会讨得来？话讲软点，把老三葬出去要紧。有人说，现在老三女儿也回来了，同道去问问她妈与求洪，三对六面把话讲清爽就好了呀，人都到齐了，会讲得清爽就讲得清爽，讲不灵清就讲不灵清了的。

老四头，不是看在死去的老三份上，你话讲得铁样硬，我就是不管呢，你想怎么样？村长说。

你不管就不要管，不少你管。四叔气呼呼地还想说，边上人就劝起来，老四，话少讲点，话沾光了，事情就不好办了。村长，你是村长，这件事情你迟早要出面的，和事佬做得早些好，老三躺在板头等，勿安心上路的。

我，村长，四叔来到求洪家。

求洪，求洪。村长站在求洪的屋门口喊道。出来接村长的是我妈，她看了我一眼说，你归来做什么？我没有说话，对这样的妈妈我能说什么呢？求洪家的房子比我爹的房子还要小，一个单间小屋，一张床，一个灶台，一张桌子，几条长凳。求洪，这个修了一辈子马路的男人，他也像我的第一个爹一样，被别人骗去了自己的老婆。而现在，居然成了我的爹。我弟弟在灶间玩火，我走过去抱起我的弟弟，帮他擦去鼻涕。求洪躺在床上，我妈走到床前对求洪说，英珍也来了。求洪从床上坐起来，喊了我一声。

求洪，老四说老三的丧葬费是要你拿出来的！村长说。

村长，你也知道的，我过年也过不去。求洪说。

求洪，话不能这么说，不管怎么样，当初是说好的，老三老婆跟你过，你们两个是要照顾老三的。村长说。

村长，你的大恩我是记得的，钱我是真的拿不出来的。求洪说。

什么大恩。村长突然大声喝叱起来，你给我省点事好不好，我再问你，你到底拿不拿钱出来？

没有。求洪说。

没有？老四说，没有的话你就不要接管老三家的田地了。村长说。

老三的田地我不要，我老婆与儿子的田地他管不着。求洪说。

谁是你老婆，谁是你儿子，你这个不要脸的东西，你还有脸皮讲这种话。四叔说。

不是我老婆难道是你老婆。求洪听了我四叔的话，突然从床上跳下来，一把把我妈推到我四叔的面前，不是我老婆，你去养去，你去养去。

你不要吓我，你如果不拿出葬老三的丧葬资费，我老四如果让你种安稳老三家的田地，我老四在村里倒爬十圈。我四叔说。

我吓你，我吓你，我吓你老四好不好？你有本事，你要脸，那你把老三葬出去呀，你把老三葬出去，你老四的名头在靠石山村一定第一，下届村长全村人选你当。求洪说。

我葬？凭什么要我葬？村长把我三嫂说给你时是怎么说的？田地你管去，小孩子你带去，老三的低保费你领去，三千老婆钱也没有收你呢！你算算，你扪着良心算算看，三年低保费你领多少，三年茶山你收了多少，三年田地你种了多少？我四叔说，我四叔说话时神情过于激动，指着求洪的手与声音都发着抖。

不要吵了，不要吵了，吵能吵不出结果吗？村长说，老四，让我给求洪说。

求洪，老四讲话是有点激，不过他的话还是有道理，做人做事是讲点良心，老四刚才算的账你得认吧？你刚刚还说你记得我的大恩，我不要你记我的大恩，你对我说，你能拿出多少钱来，能拿多少就拿多少？村长说。

我没钱。求洪说。

没钱？没钱好办，你不是不要我三嫂了吗！我领回去。我四叔说。

你领回去？村长说。

我领回去。四叔说。

你领回去干吗？村长说。

我领回去把她卖了。四叔说。

老四，你开什么玩笑。村长说。

我开什么玩笑，我就把她领回去。能卖多少就卖多少，不够我填。卖不出去我把她送到班房里去，给老三出口气。四叔说。

我妈突然在灶上哭了起来，我弟弟也哭了起来。这些哭声要是放在我爹的灵前多好。我多少年没有听见过我妈的哭声了，我突然听见我妈的哭声，心里难受得不得了。我似乎又看见我江西上琅村我第三个爹的拳头与巴掌，我妈妈泪水纵横，我第三个爹仍然挥拳不停。

你们不要说了，我爹我来葬。我说。

英珍，你说什么？四叔说。

四叔，我来葬，他是我爹，本来就应该是由我来葬。我说。

英珍，英珍，你，你，你……我四叔突然好像不会说话了。

定场饭，散场饭，吃过两顿饭，我爹的丧事算办好了。

我爹的葬礼花了六千六百元钱，我男友送来了三千，四叔出了三千，求洪最后也送来了六百元。这六六大顺的千百倍数是多么的吉庆，可是，在我的内心羞愧难当，这是靠石山村最简陋的葬礼，跟一个没有女儿的孤寡老人去世一样简陋的葬礼。所以，我想马上在这个山村里消失，永不再回来。可是，四叔说，英珍，过了年再走吧，给你爹做个头七。我说，四叔，不了，我还是走吧。四叔说，英珍，你爹看着你呢，他看着你这个好女儿呢，你头七不做就走了，他会伤心的。我就想起我爹赶到深圳来看我，我再次在心里自责起自己，我对我爹其实在内心并没有接纳他，所以，我很少回家。我男朋友说，英珍，四叔的话对的，爹对你是好的，做了头七走吧。

我们便又在这个小山村里待了两天，这两天里，村里又死了一个人，这个人是老死的，八十六岁了，是喜丧。村里人说起他的死时，都说他活够了的，没病没灾地走了，儿孙正是享福呀。我奶奶过了年也是八十六岁了，走是迟早的事。我与我男朋友去看过我奶奶。我喊，奶奶。我奶奶说，多懂事的姑娘呀，嘴那么甜，是谁家的女儿啦？我说，奶奶，我是你的孙女呀，是鑫正的女儿。奶奶不信，奶奶说，鑫正哪有这样一个女儿，骗人。我说，奶奶，你记性差了，我真是鑫正的女儿，奶奶，我对不起你，来看你太少了。奶奶说，真的是鑫正的女儿吗？奶奶眼睛看不见啦，你让奶奶摸摸你好吗？奶奶的手摸着我的头，摸着我的脸，摸着我的脖子，摸着我的肩膀，摸着，摸着，哭了起来。奶奶的哭没有一点声音，只是不停地哽咽，流泪，她擦呀擦呀，擦不干。

年夜饭是在四叔家吃的，我妈来叫过我，让我去她家吃年夜饭。我说，你们不是说年也过不去吗？

姐姐，你去我家吃饭吧。我弟弟拉着我的手说。我摸摸他的头，从口袋里取出一百块钱说，弟弟，姐姐不去了，给，这是姐姐给你的压岁钱。

我妈也没有再说话，拉着我弟弟走了，我看着他们走出四叔的屋子，雪光中，我弟弟高兴地挥舞着我的压岁钱，我妈一下从他手里拿走了，我弟弟哭了起来。我妈一把抱起我弟弟一阵小跑走了。

年饭夜吃到一半，进来一个人。四叔连忙站起来，又让座又让酒。来人说，老四，我相信你是硬气头人，钱说好几时还会几时还的，才没有来讨，最后，还是要我来讨。四叔说，新征师傅，我家老三过辈了，那钱用在他身上了。来人说，我也知道了，我不是相信你老四是硬气头人，你给我五分利我也不会借给你，不要说一分利了，你说一声，明年什么时候还，我立马走。四叔说，新征师傅，明年三十夜前我还一千五。新征师傅说，有你老四一句话，我这碗酒喝去的。他喝了一碗酒，走了。

四叔，那三千块钱你是用来还债的？我问。

前年造屋时借的。四叔说。四叔是醉了，四叔在醉中说，你四叔是穷，但你四叔在团近乡村硬气是有名的，是我老四嘴里说出的话，没有人不相信的。四叔还欠着六千多块钱，你四叔不愁，不出四五年，我会还完的。

吃完饭，我与男友躺在床上看电视，听见我妈站在门口叫我四叔的名字，四叔答应了一声打开了门。开门的声音还没有响完，便听见四叔的骂声响起来。他骂的人是求洪，四叔骂道，你这个畜生，还有脸走到我家门里来。求洪说，你老四现在是葬兄弟葬出名了，不要被贪财的名声坏了你的好名声。然后听见二人吵起来，好像是求洪要进四叔的家，四叔不让他进，推搡了起来。求洪说我不走进你的家可以，你把老三留下的电视机搬出来。四叔，你还有脸要老三的东西。求洪说，丧葬资费我出过，儿子还要我养，电视机当然也归我。四叔说电视机现在在楼上，英珍在看，你问问英珍。

他们一吵起来，我便要下楼，是被我男友拉住了。听四叔这样说，我立刻下了楼。看见求洪站在雪地里，被从门口透出去的昏黄的灯光映照着，长长的身影从门口一直伸进黑暗里，融入雪光里，我妈倚在门框架上，弟弟抱着妈妈的大腿，一双小眼睛溜溜地看来看去，四叔一只脚踏在门槛上，回头看我下楼来。

四叔说，这台电视机归英珍。我说不要，四叔，这台电视机你留着吧！四叔说，英珍，四叔也不要，我看不安稳的，你不要的话，我现在就把它砸烂。我妈说，求洪，老四讲电视归英珍就归英珍吧。求洪抬手就给我妈一巴掌，还踢了我弟弟一脚。弟弟号啕大哭了起来。我一把抢过我弟弟，尖叫着对求洪说，你这个畜生，你去死吧，你会在出去修马路的时候被石炮炸死，最好是像我爹一样躺在床上被冻死！

车子一个弯一个弯地往下走着，从后湾到新回公路是四公里路，却有大小七十二个弯。弟弟重复地唱着一首儿歌，"两只老虎，两只老虎，一只没有尾巴，一只没有耳朵，真奇怪，真奇怪。"

他是那么乖巧地偎依在我男朋友的怀里，在求洪挥手给弟弟一巴掌的时候，我几个爹的形象长满了我的脑子，我要带走他，我要让他长大了是个好男人。我的眼睛盯在车窗外，雪仍然很厚，山川无垠。我的手捋了一下挡住眼睛的头发，不自然地又摸到脖子上，脖子上什么也没有，吊了十来天的麻绳已经烧在我爹的神主前了。我不是一个称职的女儿，一个称职的女儿应该让麻绳在脖子上吊到七七四十九天满期。

突然，我想起来，那天去看奶奶，我是吊着麻绳去的，奶奶听说我是鑫正的女儿时，突然断肠般哽咽着流泪！

原载《红豆》2011 年第 5 期

进城去

睁开眼睛，黑漆漆的。

我睁开眼睛的一瞬间，闻听母亲床上有动静，窸窸窣窣的声音。侧耳细听，是母亲摸黑在穿衣服。我等待着母亲穿裤子声音响起来，一响起来，我就喊一声"妈妈"，然后，自己也起床。声音却停了，听见母亲轻微而平稳的呼吸声响着。

母亲穿好衣服后坐在床上歇着？

一会儿，听见母亲轻轻地喊了几声我父亲的名字。父亲很长时间才轻轻地哼了一声：

"几点了？"

母亲说：

"鸡啼过了。"

"是不是自家里鸡啼的，这只瘟鸡乱啼的。"

"是繁荣家的那只。"

在靠石山村，打鸣的大公鸡有六七只，我家那只叫得最早，凌晨一点多就叫，还晃点，有时半夜十二点也会乱叫起来。繁荣家的叫得准，凌晨二点准时开啼，接着村里其他几只就"喔喔喔"地啼起来。它们长幼有序吗？还是各司其职？你听，一起一落，抑扬顿挫。几分钟后，又煞煞静。我就是在繁荣家的大公鸡鸣啼声中醒来的。

母亲话音一落，床上又没有动静了。过了一小会儿，父亲说：

"别踢啦，我起来。"

听见母亲轻轻地笑了两声。窸窸窣窣的声音又响起来，接着楼板上响起"驼拉驼拉"的声音，是母亲的脚在找鞋子的声音，找着了鞋子，不是上床睡觉脱放时的摆向，要把它们调正了头。

听见父亲也在穿衣服了。

母亲走过我床前，脚步慢了一下，向楼下走去，走了几步，又走了回来，她在我耳边轻轻地说：

"志传，起床了。"

我一骨碌翻了个身，坐了起来。母亲说：

"你早醒了。"

我哼呵地笑了两下。声音特别清晰。

母亲等着我穿衣服。她在被子上摸到我的裤子拿着，等我穿好了衣服，把裤子递给了我。母亲自言自语地说：

"不知道城里冷不冷？"

父亲接过话去：

"担挑起来，还要出大汗呢。"

母亲说：

"归来呢！"

父亲说：

"太阳一出来，就不会冷的。"

等我穿好衣衫，也听见了父亲下床的声音。母亲走到大姐与二姐的床前。大姐没有动静。二姐却是醒来了，叫了一声妈。母亲对二姐说：

"小玉，我们去城里了，猪等到七点多再饲，兔草不要忘了。早上你们把昨夜剩下的两担花生择好，放着不要洗，妈回来洗。其他活不要干了。"

这是最后的两担花生了，连枝挑回来的，要把花生一节一节从枝杆上摘下来。如果不是今天要起早去城里，父母就会在昨天晚上择好。如果昨天晚上择好，就得择到十二点多。

二姐嗯了一声。

母亲又说：

"早饭你们不要做了，我留了几个糯米饼。先照顾弟弟们吃好，你们再吃。"

二姐又嗯了一声。二姐说：

"妈，你与爸爸弟弟去城里要当心点。"

二姐说着突然坐了起来。

父亲说：

"你这个傻丫头。"

母亲笑着说：

"躺着，躺下吧。天还早着呢！"

走到半楼梯，我听到大姐在被窝里发出"呜呜呜"的声音。大姐又哭了。她昨天晚上也哭过，哭得很伤心。

母亲就在楼梯上停了一下，但还是下了楼。

母亲摸黑走到灶头上拿到火柴，"嚓"地一下，母亲划亮了火柴，我看见母亲把火柴上的火焰移到煤油灯的灯捻上，灯花呼地跃了起来。三个人的影子就出现在屋子四壁，东倒西歪，变幻着，摇摇晃晃。父亲端着脸盘走到灶台上，从汤罐里舀着洗脸水。

母亲问：

"水还温？"

父亲就伸手试了试说：

"温。"

等父亲离开灶台，母亲走到灶台上，她揭开陶镬里的小镬盖，梗架放着一摞糯米饼。饼子白色夹杂着焦黄。白色是糯米粉的颜色，焦黄是煎塌时留下的，透着油、米的香味。我的鼻子里钻进了久违的猪油味。齿唇间似乎响起一声咬碎酥硬食物的声响。

我眼尖，一数是十六个。

楼上大姐的哭声不时飘下。

母亲说：

"给他们留七个吧？"

父亲正给我把毛巾放入洗脸盆，听见母亲的话，回头说：

"留八个吧，怕他们不够吃，我们不够去城里可以吃点。"

"城里吃多贵呀！"

"再贵也吃它一回。"

"那我们带七个吧，给她们姐弟多留几个。"

她们是四个人，我的两个姐姐，两个还在呼呼大睡的弟弟。

大姐的哭声好像大了起来。母亲拿了一个糯米饼上了楼。

父亲就带我去上东司。

外面的天还是黑的。好像还有雾，不过，墙、路等还有点浅浅的白影。

东司离家有二百多米。等我们回来，母亲正在洗脸。父亲问：

"赛英不哭了吧。"

母亲说：

"停是停了，我们一走，她一定还要哭的。"

父亲问：

"她糯米饼没有吃？"

母亲说：

"没有，我把它放在她的床头了。难怪她哭的，应该让她跟我们去城里的。"

父亲没有说话，扭转身走了。母亲提着煤油灯盏跟着。

堂屋里放着两担木柴，一担花生。木柴一担是父亲的，一担是母亲的，花生担是我的。

它们也去城里。

父亲掂了掂我的担子。他说：

"志传，你来悬下肩试试，重不重？"

我悬了悬担子说：

"屁轻！"

父亲把母亲的担子矫在手里，掂了掂，又掂了掂说：

"有点重，路上要多歇下。"

母亲说：

"你的呢？"

昏暗的灯光里，我看见父亲咧嘴笑了笑。他瘦小的脸上透出的是嘲讽，很不屑的样子。

母亲也笑了笑，对我说：

"现在吃糯米饼，还是挑到半路吃？"

我说：

"先吃半个！"

给我分了半个糯米饼，父亲与母亲也一人吃了一个糯米饼。

吃完糯米饼，三人就上路了。出村子，发现雾还不小，应该是刚起的雾，雾水还没有打湿路面，它露着白茫的影子，大致的轮廓还是看得清。

父亲、我、母亲三个身材矮小的人一出现，路与夜都行色匆忙起来。

在黄泥岭头，我回头看了一眼村子，村子被雾与夜色笼罩着。我却似乎一眼看见了大姐哭泣得发颤的身子。我关上门的一刻，大姐一下子嚎了起来。

大姐的哭声还会越来越大？还是在我们离开后就马上停止？母亲说会越来越大；父亲说我们一走，她就死心了，反正去不了城里，会停的。

过了黄泥岭就是黄家湾，父亲回头交代了一句：

"走得稳，不要跌倒。"

母亲在后头说：

"你前头走好了，我会照顾志传的。"

父亲就一声不响地往前走着。头也不回。速度很快地走着。

黄家湾有点风，雾气不怎么浓了，路面能看到更清了。深秋天，路边的柴草被乡亲们割倒，晒着。我们走着，露水没有打湿我们的双脚。这一段又是平路，约有一里半地。我们走得很急，脚下虎虎的风声响着。一里多地五六分钟就走完了。眼前就是拔直的高头岭了，有半里地。父亲的肩膀盘了一下柴担，回头对母亲说：

"你跟志传慢点走，我挑到高头学堂门口返回来接你。"

母亲说：

"现在不重，不要接。"

父亲说：

"远路无轻担的。"

父亲就头也不回地挑着走了，没几步，身影消失在一堵高大的田坎后面。不一会儿，传来父亲的一声咳喝声。听声音父亲已经到半岭了。他是在告诉我们他的位置。

父亲返回时，我们也到半岭了。父亲说走得这么快。问我累不累。我说不累的。母亲就笑了，说有城里好去，哪会晓得累的。

父亲让母亲把担子放下，自己站着填了一盅烟，擦着火柴，父亲脸上一片红光，脑门发亮。父亲出汗了。点完烟，吸了两口，火光一幽一幽的亮闪。父亲挑起母亲的柴担，母亲又挑起我的花生担。三人一溜烟就到了学校门口。父亲问：

"要不要歇一歇？"

我与母亲都说不要歇。不累的。

一出高头村口，眼前黑成了一个大窟窿。那是因为一出高头村，就下前倾岭了。前倾岭对面是八堡龙亭大山，山峰更高峻，中间隔个峡谷，山势没能从黑暗中透出来。高头村到前倾岭脚约四里地，设三个四洲堂。半岭一个，快到岭脚一个，大马路边的双桥一个。父亲与母亲已经说好，这段路就不歇了，要歇走到岭脚大马路歇，就是双桥的四洲堂里歇一歇。我们走得很快，一下下到了半岭的四洲堂。经过四洲堂时，我目光往屋里溜了一下，黑黝黝什么也看不见。我的心却是晃了一下，我知道里面坐着一个洲堂菩萨。一直想着洲堂菩萨，我慌兮兮，心神不定。快到第二个四洲堂时，虽然还看不见四洲堂的屋子，却似看见洲堂菩萨嘿嘿嘿笑着站起来了。父亲走得很快，跟我与母亲拉开了很远距离。我的脚步明显慢了下来，母亲问我是不是挑不动了？我说不是。母亲说那快点走吧，看不见你父亲了。我就带着哭腔说：

"妈，我怕洲堂菩萨。不敢走。"

母亲笑了起来。她歇住脚，大声喊着父亲的名字。喊了两声，父亲回过话来，听声音，其实也不太远，也就是在几十米远的水库坝脚，只是天仍然是黑的，我以为父亲走得很远了。母亲说：

"呐，你爹还在前面。不要怕。"

听见父亲的声音，我倒是不怎么怕了。四洲堂越来越近，越来越近，我一阵风似的跑过四洲堂而去。母亲在后面焦急地喊：

"不要逃，不要逃，慢慢走呀。"

母亲一阵小跑追下来，我听见她略微气喘的声音。父亲站着等我们。看我们出现，他笑着说我：

"被洲堂菩萨吓着了？下次不要去城里了，让你大姐来吧。"

我没有说话。母亲说：

"是被洲堂菩萨吓着了的。"

我说：

"一切牛鬼蛇神都是纸老虎。"

父亲在我头上拍了一下说：

"纸老虎你个头呀！洲堂菩萨哪里会害人的，他是善菩萨，菩萨心肠的，他只会保佑人，不会害人的。"

下水库坝，就是大马路了，这是城里通到回山镇的新回公路。夜色中，马路很宽，更白，边界更清爽了。一走上马路，父亲把柴担在肩上盘了一下，又盘了一下。母亲也盘了一下。三个人一下子走成了并排。我一下子兴奋起来，直直地往前冲去。突然，父亲在后面喊了起来：

"志传，前面有洲堂菩萨呢！"

我一下收住脚步，站着不动了。抬头一看，可不是，双桥四洲堂就眼前了。父亲说：

"走走走，你才是纸老虎，我们去歇歇，拜拜菩萨。"

父亲走带头，走到四洲堂前，把柴担歇在四洲堂门口，走进了四洲堂。四洲堂里有两条长长的木凳，一边一条。父亲也没有走进多深，就在靠四洲堂外头的木凳上坐了下来。母亲也歇下担子，走到另一个坐了下来。我放下担子，没有走进去，在门口找了块石头坐了。父亲说：

"进来坐呀！"

我说：

"不。"

父亲说：

"进来！"

我说：

"不。"

母亲就说：

"就坐在外头吧！"

一边说，一边站起来走到我身边，先是用手擦了擦自己的汗，然后，帮我擦头上的汗。我头上的汗很多，母亲先是用手指头拂去我额头上的大汗珠，然后掏出手绢擦着。母亲对父亲说我的汗太多了。说着手就伸进了我的衣服里摸汗。母亲的手一点也不凉。只坐了一歇歇，父亲就问我与母亲：

"你们累不累呀？"

我与母亲都说不累。父亲说：

"那就走吧，歇多了，汗收得快，要着凉的。"

说完，父亲转过身，双手合十对着菩萨拜了三拜，然后把手掌合在胸前说着什么，说完，父亲深深地躬身又拜了六拜。

过八里村，过石桥头村，我们在姚宫岭半岭歇了歇。走大马路太单调，看上去是平的，走起来却是七高八低的感觉。脚步沙沙沙地响，走的每一步都是重复的，脚下的路好像是越走越长。父亲与母亲也不太说话了，埋头赶路。三十多里路，不一步一步走掉它，是到不了城里的。时间真的很早，一路走来，还没有碰到过一个人，一辆车。我们就在白茫茫的马路上走着，两边是黑乎乎的山，不说话。有风，也不像说话，像个哑巴似的胡咧咧。一阵一阵的。走到姚宫，听见此起彼伏的鸡啼声。父亲与母亲在讨论是第二遍，还是第三遍了。也没有定准。父亲又提起我们家大黄花鸡，又说它是只瘟鸡。

母亲说："它长得比村里的哪只鸡都快。"

父亲就笑了起来，说："过年早点可以捉到城里来卖了。"

我对母亲说：

"妈，你不是说过年杀了吃的吗？"

母亲说：

"我们有两只呢。"

我问父亲：

"爹，走了多少路了？"

父亲说：

"刚走一半呢！"

我心头有些凉，才一半呀！担子虽然不重，肩却是有点火烫的感觉了。过一下，我就盘了一下肩，过一下我又盘了一下肩。父亲看见了说：

"肩痛了？"

我说：

"有点火辣。"

父亲说：

"你大姐来的话，她才不会叫苦呢！"

我就不响了。大姐也从没有来过城里。她是老大，力气又比我大，应该是她先来城里的。

父亲说：

"再挑一段，到捣臼岭我们再歇一歇。"

听村里来城里的很多人说起过捣臼岭，说那马路的弯道就像个倒放着捣臼，太弯，又陡，驾驶员打方向盘都来不及，常常出车祸。姚宫到捣臼岭约有三里地。

走了一段，父亲说：

"你妈的担是重的，珍老，你的肩红了吧？"

母亲说：

"也有点火辣的味道，担倒是不重。"

我说：

"爹，我的肩还酸呢！"

父亲说：

"酸就对了，肩嫩，压压好，慢慢压，压得不酸，不痛，你就长大了。"

我说：

"我要读书，不要挑担。读好书也会慢慢长大的！"

到城里，雾反又大了。天色变得黑而模糊。父亲与母亲不断地催促我要跟紧他们，别走丢了。大街上人不多，三三两两地来来去去，把灯光中昏黄的雾气划得一条一条，人一走过，它就歪歪扭扭地飘来荡去。让我大失所望的是，城里的房子并不像书上写的那么美，也不高大，黑不溜秋的。让我着迷的是香味，我跟着父母亲走过一家家热气腾腾的饮食店，那飘着的香味，似曾相识，却分明是不同寻常。它真勾人，勾得我直咽口水，一步三回头，脚步就变得杂乱无章。

我机械地跟着父母亲走着，香味几乎覆盖了我。等我回过神来，发现我们已经停下来了，不远处人声嘈杂，我向街的两端张望，街两边摆满了菜，有很多人。我问父亲这里怎么这么多菜，那么多人？父亲说这是城里的菜市场。我说我们来菜市场做什么？父亲说这里人多，我们卖东西快呀。

我们停在一条小巷子的口上，从我们面前走来走去的人很多，停下来问价钱的人很少。天色慢慢透亮起来，母亲说：

"天现在才麻麻亮，我们今天走得不慢。"

说着用眼睛看着我！

父母与我、两担木柴、两袋花生慢慢透亮在人们随时睃来的目光中。

终于有人在我们的面前停了下来。我第一次真切地看清在我面前站着的城里人的脸孔，身材不高，肥头大耳，穿着洗得有些发旧的中山装。我却猜不透他脸上的任何东西，我不认识他，我对这张脸孔没有任何语言经验可以描述。幸亏，我能听得懂他的话。他问我父亲：

"柴多少一斤？"

父亲说：

"同志，你出个价吧！"

他说：

"柴是你的，怎么叫我出价？"

父亲说：

"我们是乡下人，不懂城里的行情，我想先听听你的价。"

他就不说话了，眼睛一会儿看看父亲，一会儿看看母亲，一会儿看看我。又蹲下来摸摸柴。木柴一块块被我父亲精心地劈得匀匀称称的。头日底下晒了又晒，都发红了。来之前，听村里来卖过木柴的人说，城里人很精明的，不要投机取巧，柴晒得潮潮的是不起价的，越干燥的柴越起价，斤量虽然轻了，钱反而多卖。他看了看柴后，又站起来。他说：

"你的柴不会是从山上偷偷斫来买的吧？如果是偷来的，那是要没收的呢！"

我一下子抓紧母亲的手，身子颤抖了一下。父亲笑了笑说：

"今年的柴还要偷？山上的树斫也斫不及！松毛虫害了三年了，今年全山全山地开始死树，县里还动员大家去斫树呢！现在是十月里，山作都收不及，如果不是怕秋后卖柴的人多，我们才不会来呢。"

我很惊讶于父亲的胆量，竟然在城里人面前能说这样的话。或许是父亲的话赢得了这个人的赞同，他笑了。他一笑，我就松开了抓着母亲的手。他说两担木柴我全要了，二分半钱一斤行不行？父亲说要四分一斤，你看我的柴都晒得发红了，燥得很呢。他说价格不要做了，你都说了，今年山上的树矸也矸不完了，价钿贱了。

父亲说：

"同志，你给三分吧，我们是走了三十多里地挑来的呢，走路就走了三个小时。"

他"哦"了一声，没有回答父亲。他说你帮我送一送好不好？父亲说在哪里，太远就算了，我们还要卖花生呢。他说不远，就半里地吧。

父亲看了一眼母亲，母亲的眼神很清楚，是让父亲卖了吧。

我们三人又各自挑起东西跟着那人走着。城里的街道走起来比来时的马路还硌脚，总觉得路是不平整似的。乡里人走惯了山路，他们的脚步需要抑扬顿挫的姿态。走着走着，父亲问：

"同志，你们是哪个单位呀？"

"制药厂。"

"制药厂？"父亲的声音几乎一变。

"你有认识的人？"那人听出了父亲变了的声调。

"我们村有个人在制药厂的。"

"谁呀？"

"丁财唐，你认识吧！"

"啊，丁财唐？他是我们的行政科长呢！"

"排起辈分来，他要叫我叔呢，我们志传只要叫他哥就行了。"

"啊，你儿子只要叫哥，他才多大，我看也就十来岁的孩子吧，丁科长可是毛四十岁了呢！"

"财唐可喜欢我们志传了，说全村的小孩子就数他聪明，说他肯定有大出息。"

虽然无法核实父亲的话到底真不真，那人还是相信是真的了。木柴是按三分半一斤结的账。父亲与母亲可高兴了，回来的路上一直在说说笑笑。说当官真好，叫我长大了一定要当官。我却是一头雾水，当官好吗？还问父亲当官好什么呀？父亲说你这个傻子。我又问母亲当官有什么好？母亲说你还小，等大了再告诉你。我说你们刚刚还说呢，说财唐哥表扬我全村最聪明了。他们就笑了。

　　重新回到菜市场，天色是透亮了，雾仍然还浓，昏黄的灯光也还没有熄完，零星地还发出些光影来。目光所及的县城仍然朦胧不清。我们又在同一个位置停下来卖花生。母亲拿出糯米饼来，先分给父亲一个，父亲递给了我。母亲又拿出一个给父亲，父亲说：

　　"你先吃吧，我不饿呢。"

　　母亲说：

　　"你是高兴的吧，哪会不饿了的。"

　　父亲说：

　　"路上吃过一个了，还饱，你今天塌的糯米饼大。"

　　父亲边说着一边接过糯米饼吃起来。母亲吃着我出门时吃剩的半个。我咬了一口，糯米饼不酥脆了，也凉了，咬下去韧性实足，咬不断似的，而且是油腻味大了。我咬了两口就递给母亲说：

　　"我不想吃。"

　　母亲说：

　　"吃，吃，你先吃掉点，等花生卖完我们去吃肉馒头。"

　　我又接过勉强吃了两口，慢悠悠地吃着，心思又被满街的、似曾相识却明明是不同寻常的香气所覆盖，眼珠子转来转去满街地溜。

　　父亲很快吃完了糯米饼，一吃完就对母亲说你跟志传在这里卖，我拎一袋到别的地方去，分开卖会快些。没多少时间，父亲却回来了，后面还跟着一个人，一看是喜翁叔。喜翁叔也是靠石山村人，他入赘到城里来的。他年年回家看望父母，跟父亲交情好，总要跟父亲喝几口。喜翁叔手里拿着三筒跟家里做的麦饼差不多的东西，只是厚些，像嘴唇般肉厚。一见着母亲与我，就把它们往母亲的手里塞。母亲死活不肯接。他们推来推去，用劲很大，母亲被喜翁叔推得后退了几步。看得出，母亲真是高兴坏了，声音也大了，真是亮出了嗓子说话，无遮无遮的样子，跟在村里说话的样子一模一样。

　　母亲说：

　　"喜翁，我不要就是不要，你再推我们也不能吃的。"

　　喜翁叔说：

"这三个大饼你们不吃，那我回村里再也不去你们家喝酒。"

父亲掰着喜翁叔的肩说：

"喜翁，喜翁，你听我说，我们要一个，要一个，两个你拿回去卖。"

喜翁叔笑着说：

"三个全部吃掉，我多卖两个大饼会发大财啦？"

父亲说：

"不行，不行，我们要一个，要一个。"

推来推去，喜翁叔最终没有强过父亲与母亲。因为，母亲答应收下三个大饼，然后就把两只袋子里的花生一并，一只口袋里留了一半要他拿走，说你现在是城里人，样样东西要买的，花生也要买的，我们今年花生收成好，家里还有很多。这那么行，喜翁叔当然不肯收下。死推活让地又推了很长时间。母亲知道他不会收下了，就抓了几把花生，把他的两只中山装口袋装得满满的。他与父亲、母亲亲亲热热地说了一会儿话，拿着两只大饼走了。

父亲把大饼递给母亲，母亲把大饼递给我，我接着咬了一口，味道出乎意料的难吃。饼太厚，发泡，干燥难以下咽，油条也酥油条，这也不是我喜欢吃。但我还是嚼完了嘴里的饼沫。品了一下味，又回味了一下，酱香倒还不错。就因为留恋这酱香味，我再咬了一口，越嚼却越不是个味儿了。我把大饼摊开，酱发黄，涂满了饼子，很稀。我舔了几口酱，把饼还给母亲说不好吃，吃不下。母亲接过大饼，把大饼重新筒起来，随手递给了父亲。

父亲推了一下母亲的手说：

"你吃吧。"

母亲说：

"我刚才吃了半个糯米饼，饱，你吃。"

父亲看了看手中的大饼，对母亲说：

"你用手绢包一下，带回家去吧。"

天亮了，天空却没有露出来。

"今天阴天了。"母亲自言自语了一句。

父亲说：

"也可能是个雾青天。"

我问父亲雾青天是什么天？父亲告诉我就是早晨雾大，到九点多，太阳一出，又是个大晴天。母亲惦记着家里的事了，先是与父亲说着大姐会哭多长时间。父亲说哭一会就会停的。母亲说不会出事吧？父亲说，出什么事，她只是觉得委屈。母亲就说起两担花生了。担心大姐二姐择下的花生今天晒不了了。说话间，她把花生袋左右晃荡了几下，花生发出哗啦哗啦的轻响。母亲撮了一节花生，拿在手里看了看说颜色多白，会起价，太阳不好，晒几场不燥，就不会有这个白度了。然后，母亲剥开花生，把仁放到嘴里，"啪"，花生仁轻轻地发出一声响，被母亲咬断了，是脆生生地断开的。

她是听见了这声脆响吗？这个慈眉善目的老妈妈。她是什么时候，突然，笑眯眯地就站在了我们面前。她说：

"多白的花生，节节饱满，一看就是上好的小京生。"

"小京生？"我惊讶不已，我可是第一次听见花生还叫小京生。

"对呀，小京生，没听说过吧？"她居然听出我惊讶声中的意思，"在明朝它可是向皇上进贡的呢，叫贡品！不懂了吧，小后生，看看，多机灵的小伙子，读书一定好，如果你能读到京城里去，可要宣传宣传咱们县里的小京生！"

"小京生还要宣传？大妈，你去过京城？"

她含笑点着头。

花生被这位老妈妈全买走了。我的眼睛一直看着她走进我们身后的那个小巷子，她慢慢悠悠地走着，走得很慢，慢得像这条小巷一样静谧，让我感到神秘无限。

回转看父母的脸色，他们乐呵呵的样子，那肯定又是一个相当满意的价格。

木柴卖完了，花生卖完了，我们该回家了。我第一次的县城之行就要结束了。我好像是有些失落的，第一次来县城的失落远远大于新奇。我甚至有些后悔来城里，早知这样不好玩，还不如让大姐来呢，她就不会哭了。然而，在心里，我是不死心的，我想，在县城的某条街上，一定有高楼大厦的，都怨这该死的雾，什么也看不清了。

正这样想着，父亲对母亲说：

"你跟志传在这等我一下，我去去就来。"

大街上的人很多了，父亲没走几步，就隐入了来来往往的人群里，他在我的视线里交错着出现。父亲也没走多远，我的目光穿过交错往来的人群仍然能不时地发现父亲交替出现的身影。返回来的父亲递给我一样东西，我从没有见过，它被卷起来的，有半尺长，拿在手里软绵绵，两头没有卷紧的部分硬脆如羽，有点焦黄，应该是烤焦的，微微的烫。我换了一只手拿着。

父亲说：

"你吃呀。"

我说：

"这个好吃嘛？"

父亲笑着做了个来抢夺的样子说："不好吃给我吃。"

我连忙把它往嘴里塞，我先是轻轻地吃掉硬脆如羽的边端部，再一下子咬了一大口，一咬，很有韧劲。我使劲咬了一下，它就被我咬断了，咬断的时候还有软滑的阻力。香味很好闻，是麦香，熟透的麦香里还分明透着一股无法言说的香味，它更浓烈。我嚼了一下，停住了，我是被这股香味给镇住了，这是我的口腔从未体味地过的香味，它是什么香？它是什么香？我又嚼了一下，这香味里又被我嚼出盐味的本香，它与那股让我百思不得其解的香气混在一起，它模模糊糊地让我似曾相识，却分明又是天外来客，我的味觉突然崩溃了。

"爹，这到底是什么东西？"

"你真的不知道？你再嚼嚼！"

"好像有肉香！"

"还真会吃，是张好嘴。"父亲说，"是猪头肉，你没吃出来？"

"猪头肉？我才不信呢，猪头肉我吃过，没这么香。"我咧嘴笑起来说，"爹，你别骗我呀，告诉我它叫什么呀？"

"猪头肉筒饼筒。"

"猪头肉筒饼筒？"

"也可叫猪头肉筒春饼。"

"猪头肉筒春饼？"

"跟家里做的镬拉头差不多，也是麦粉做的，城里人做的，更好看，更香罢了。"

在县城，这条叫工农路的大街，在它与横街相交的东南角，一个叫梅湖饭店的店门口，第一次进城的我傻子似的笑着，快速吃着父亲给我买的猪头肉筒筒的春饼。眼前没有人来人往，没有大街，没有天空，没有城里的喜翁叔，没有财唐哥，没有多少还在内心里讨厌着的买柴者，也没有那位慈眉善目的老妈妈，或许，这一刻我是忘记了父母在跟前看着我吃春饼的。尽管我一边吃一边看着他们，还一边点着头。

快吃完时，我慢慢慢地松开春饼，看包在里面的猪头肉，是白切，带精带油。我用手指头点了下，肉皮有点硬度，我刚才咬着那股软滑的阻力主要来自它。

还有几粒毛盐，粗粗的，晶晶亮。

我一吃完，母亲就替我擦嘴巴，擦得母亲满手是油，母亲看着自己满手的油，有些不知所措，举着手对父亲说还真油。然后，母亲把包着手绢的大饼拿出来，她把手上的油在大饼上揩了揩，重新用手绢包起来。父亲的神色似乎在母亲的动作里停顿了下，就又向刚才买猪头肉饼筒的摊位走去。回来时，父亲手里提了只白色的塑料袋，里面也放着一筒猪头肉饼筒。父亲把它递给母亲，她把它与大饼包在一起，两个饼放在一起太大，手绢包不住它们了，母亲就拉起手绢的两只角系住了它们。跟它们一起躺着的还有一个糯米饼。

看母亲做完这一切。父亲用力在我的肩上拍了一下说：

"儿子，回家！"

空着手走路真爽，去的时候，三十里地我与父母大约走了近三个小时，回来时，走到双桥四洲堂我们歇着的时候，父亲指着半山腰的阳光说时间也就九点光景。我们从城里返回时，刚刚走到县百货大楼，楼顶的大钟又响了起来，一，二，三，四，五，六，七。它响一下，我就数一下，我数得准准的是七下。在六点准的时候它就响过，响了六下，我也一下一下地数。我是第一次听到这么大的钟敲响，我知道，它敲几下就代表了几点。七点的钟声响起，我离它是那么近，那铛铛铛的声音直胀满我的耳朵，嗡嗡地发震。我在钟声里想起母亲走时跟二姐的交代，猪七点后再饲，兔草不要忘了，花生择完就在家休息。当然又想起大姐的哭泣。她哭了多久？

七点到九点，回程我们只走了两个小时，到家还有半小时，比去时少走了半个小时。

离开大马路，刚走到水库坝脚，突然，山谷里响起一声尖厉的怪叫，它震得我惊慌失措，我恐慌得一下子跳下一条高坎，它足足有三米多高，那也是一块花生块，花生已经挖完，天很久没有下雨了，脚下的泥土松软异常，双脚把土铲得四射。尽管土很松软，我还是觉得脚下蹾得很重，脚踝隐隐阵痛传来，我倾身向后摔倒。我可顾不了那点隐隐的阵痛，灵活地爬起来，又冲向第二块土地，这两块地之间并不高，也就一米多些，我简直就似身轻如燕地跃下。就在我跳下第二块土块的时候，父亲也连跳两块地块，追上我，一把抓住了我的手臂。

父亲说：

"不要怕，不要怕，儿子。不要怕。"

却是哈哈哈大声地笑着，一边笑，一边抚着我的胸口，又拍了拍我的后背。这时，一辆涂着蓝白相间颜色的大客车轰隆隆地从山谷里开出来，它又尖利地响着嘟嘟嘟的喇叭声，屁股后面扬起浑黄的尘土向八里村方向驶去。

父亲是笑得太开心了，他的眼角笑出了泪水来。母亲也站在上面笑着。我是丢人丢大了，我在心里埋怨自己，平时总爬上高高的后门山去看大客车，你个胆小鬼，你个牛鬼蛇神纸老虎，居然被它吓得如此丢魂失魄。

回到家，弟弟姐姐们都不在。母亲看了一下屋里，花生已经择完，花生杆已经捆好，它们整齐堆放在堂屋靠东的地方，挨板壁放着。这两担花生真不错，满满地择了一大竹篮，放在道地的沿口上。这是大姐的细心，知道母亲要回来洗的，放在这个位置最合适了。桌子上还放着三大碗凉白开水。我拿起一碗就大口地喝着，父亲提醒我不要被噎着。母亲没有喝水就出门去找两个弟弟了。不一会儿，他们被找回来了，嘴里嚷嚷着要吃，要吃。母亲已经告诉他们带好吃的回来了。父亲问他们两个姐姐呢？他们说两个姐姐去后门山拔草了。母亲对父亲说："叫她们不要去的，她们又去了，这两个孩子。"

父亲笑了笑，脸上堆满了笑容说："会做，懂事，还不好呀？"

两个弟弟一个劲儿喊要吃，要吃。

父亲说："去，把姐姐们叫回来，她们回来了才能一起吃。"

两个弟就一溜烟跑了。

大姐与二姐不一会儿就到家了。

母亲问："你们拔草去了？"

大姐说：

"刚刚出去没多少时间，才拔了半篮。"

母亲定起神看了看大姐的眼睛，又看了一下父亲。父亲的眼睛也看着大姐。二姐一进屋就很高兴地说：

"爹，妈，你们饿了吧，我们还剩了两个糯米饼呢，我拿来给你们吃罢！"

父亲与母亲的神色愣了一下。

二姐说着走向灶台，提起陶镬里的小镬盖，梗架上放着两个糯米饼。二姐一手给母亲一个，一手给父亲一个。然后说：

"还有点温呢，是大姐放在陶镬里的，她说怕你们回来凉了。"

父亲把糯米饼递给了母亲，母亲收了起来，打开介橱的门，放了进去。放好，她关上门，回转身说：

"给你们吃好吃的！"

母亲先是把大饼拿出来，用刀切成两半，一半递给大姐，一半递给二姐。然后说，你们坐到门口去吃吧。大姐与二姐拿了大饼走了出去，坐到门口的长条石上去吃。等大姐与二姐走出门口，母亲取出了猪头肉春饼。切的时候，母亲看了我一眼，我的目光很坦然，我知道，我是不应该再吃它了，虽然我很想吃。母亲却把春饼切成了三块，我看着她切的，我心里一阵狂喜，我真的还能吃到它呢！！！母亲先是叫过来二弟，递给他一段，叫他坐到屋子里的桌子上去吃，再叫小弟，递给他，也叫他坐到桌子上去吃。母亲拿起最后一段猪头肉春饼，眼睛却是看了父亲一眼。我没有注意到母亲看了父亲一眼，正要伸手接，母亲放下猪头肉春饼，一刀把这段很短的春饼一切两段。

两个姐姐还坐在门口吃着大饼，听声音，她们还在跟村里的两个小朋友说话，话音有些含糊不清。

原载《创作与评论》2012 年第 7 期

丁小军

笔名沙叶，男，籍贯浙江新昌，1979年生人，曾发表小说、散文若干。现居绍兴。

孔雀开屏

年末，行道树上挂起了灯笼，路灯杆上换了祝贺新年的刀旗，街市也变得喧闹起来。车轮飞转，脚步匆忙，人们抛却了烦恼，挂着满脸的笑意，置办年货，互送祝福。时间似有了加速度，满载着一年来的欢欣和苦闷、盼望和隐忍、收获和失落，奔向春节，再也没有什么力量可以阻挡。

孔亮在茶市吃完早餐，沿着潜溪江畔向单位走去。俗话说，四九五九沿河看柳。不过，早晨的风里夹带着水汽，还是有些寒冷，道旁的柳树也未有出芽的迹象。他双手插在裤兜里，边走边遐想起来。这一年终于熬到了头，这是最末的班了。他陀螺似的转了一年，就快停歇了。这过去的日子，看起来同样都是二十四个小时，却是有深有浅的，各有着奇怪的模样。有几回，他觉得陷在了无底洞里，见不得一丝光。那会儿，时间是停滞的，空间是凝结的，觉得自己就像是封在琥珀里的昆虫。不过，随着新年的到来，那些沉闷的日子，连同冒险的经历，一概地过去了，就像一只塞满了废弃品的收纳箱，被藏到了阁楼上，只与灰尘作伴。

这是一个清闲的日子。他只需排好春节值班表送呈领导审定，检视好门窗和电闸电路，一年就算收尾了。除了单位里的事儿，他还记着与儿子的一个约定，去一趟烟花销售公司买一箱各色烟花。这是儿子最喜欢的新年礼物了。儿子还为此给自己封了绰号，叫鞭炮小将。对于儿子来说，少了烟花，过年是没一点儿意思的。

他走了十多分钟，到了单位，身子暖了不少。会所敞着大门，销售大厅里没打暖气，服务台上只坐着杨晓茹，戴着线帽，裹着羽绒服，怀里兜着热水袋，正对着手机屏幕吃吃地笑。直到他走到服务台的考勤机上，她才发觉有人。

"今天你还来刷指纹？"她笑着说。

"站好最后一班岗嘛。"他说。

"你可真敬业。人家路稍远的，早回家过年去了。就是附近的，也只是来露个脸，就不见影了。"她说。

"快过年了，各随各便，老板也不大会计较了。我是没法子，办公室里不能少人呢。"他刷了指纹，便上了楼。

他的办公室，在转梯口左边，设了电子门禁；右边有一道走廊，有四五个房间，分作了分管工程的副总办公室、打印室、书吧、财务室和洗手间。这会儿，一扇门也没开，廊道上黑魆魆的。走廊两端的转角处，又各连着两道连廊，底下正是销售大厅，一盏水晶吊灯从穹顶上垂挂下来，正好与走廊齐平。连廊通往一扇窗户，窗前摆着一对沙发，一个茶几。那沙发上，蜷着一个人，埋头划拉着手机屏幕。那人头发蓬松，脸颊瘦削、黝黑，缩在一件破旧的夹克衫里。在他脚边上，还靠着一个浅绿色的牛仔背包。他靠在转角处，细细一看，觉得有些脸熟。那人见这边有动静，扭头看了他一眼，还冲他露了一丝笑，算是招呼了。他也挤了一丝笑意，然后迅速移开视线，退了回来。这一对眼，他便想起了上周的事儿。

那会儿，他隔壁的副总办公室正闹得厉害，总包方、分包方、施工队、监理员一拨拨的前脚还没跨出门，下一拨便已涌进了门。老话说，欠债勿过年，过年勿欠债。只要年关一到，任有千万个理由，也是拖欠不得的。于是，那办公室就整日里闹哄哄的。那是一个危险地带，一旦涉足就容易遭到误伤。所以，没什么事儿，他就窝在自己的办公室，侧着耳朵听那边的动静。

那分管工程的李总，是个秃子。他就坐在中间的椅子上，顶着一头的亮光，对着周围的一圈子人，不停地解释、安抚、保证，实在招架不住，便只好僵着一脸的笑，沉默不语，任着旁人拍桌子、摔杯子，戳着他的鼻子恶骂。这些人，满腔满肚的，都塞着高能炸药，他就怕擦出一点火花，惹出些不妙的事来。他苦笑着为自己颁奖封号，称自己是消防队长、防火墙、活靶子、油炸麻花条。

这个黝黑的小伙子，上周也来了一趟。不过，他跟别的人不一样。他只是站在边上，看里面的吵嚷、谩骂和威胁，却并不参与。他像是站在风暴之外，一个人坐在窗前，玩着手机，偶尔打个电话，只等着这场风暴结束。他很早就来了，但直到一拨拨的人走了，他才最后进办公室，跟李总催讨工钱。李总被缠了一天，只想着早早地逃脱。

"下周一，一定给解决了。"李总笃定说。

"你上次也是这么说，我拖不起，今天必须给工钱。"小伙说。

"上次跟这次不一样，现在是实在没钱。"李总说。

"你每次都这么说，怎么信你？"小伙说。

"不相信也没办法啊，现在我也印不出钱来。"李总说。

"下周一还付不了，怎么办？"小伙说。

"我说的话，什么时候没算数？"李总说。

"不管怎样，下周一必须给钱。"小伙说。

这一天，正好是李总答应付钱的时间，小伙子是应约来讨要工钱了。对李总来说，这里简直就是个火坑，既然逃出了，岂有再投罗网的事儿？他想告诉一声小伙子，再等也是白费工夫，让他及早回去。不过，他细一思量，觉着还是别去谈的好。在这事儿上，当哑巴和聋子是明智的，否则一旦摊到自己身上，那可是怎么也甩不掉的。

"由他等着好了，耐不住了自然会走。"他心里想着。

他进了办公室，开了空调，启动电脑。他取了一个一次性杯子，撮了茶叶，想给小伙子递一杯去。毕竟，来者都是客嘛。不过，他一转念又放下了，只给自己泡了一杯安山龙井，编起春节值班表来。他挨个儿跟同事打电话，征询他们的意见。这些意见出奇的一致，谁也不愿在春节值班，更瞧不上这三倍工资。

"工资可以天天赚，年没法天天过啊！"有人直白地说。

"那三倍工资，让给别人吧，我就不来挣了。"有人含蓄地说。

这些话，自然在意料之中。换作他自己，也不免这样的说辞。当然，他面上是征询意见，其实只是走个程序，免得到时受人责怪，说事先没沟通好。所以，每次通话，他尽量留着余地，不把话儿说死。

在编排值班人员的当儿，他看到门口老晃着个人影子。那小伙子，等得有些耐不住，在廊道里转悠着，看看墙上的工艺油画，看看公告栏里的布告。偶尔，他还探过头来，朝他这边瞅瞅。晃了一会儿，便又安静了。他去洗手间时，并不朝连廊那边张望，只是用余光一掠，便径直穿过连廊。他以为小伙子耗不住，定然走了。不过，让他失望的是，小伙子却又每每出现在那余光里。他仍独自坐在窗前的沙发上，不时地抽烟，玩手机游戏。偶尔地，他还捧着手机，一会儿在向对方计算着路线和行程，一会儿又嗲声嗲气地通话，那笑容乐得跟孩子似的。他回到办公室，又看到了那个一次性杯子。他苦笑了一下，泡了开水，给小伙子送了过去。

"天冷，喝个热茶，暖暖身子。"他掬着笑容说。

"啊……谢谢……"小伙子有点惊讶，忙不迭地道着谢。

"你等李总吧？"他说。

"是啊，约好了今天来取工钱。你知道他几点来？"小伙子问。

"不知道，不知道！领导的行程，我这做小卒子的哪会知道。"他连声说。

"我今天是非拿到工钱不可……"小伙子气呼呼地，正要打开话匣子。

"那是的，那是的。你再等等看吧。"他赶忙打断了小伙子的话，走开了。

排好了值班表，上午的活儿便算结束了。他看了看时间，想起了跟儿子的约定，便关了门，落了锁，提前离开了单位。出门前，他特意从连廊那边绕了一下，发现小伙子仍守在窗前，朝窗外的停车场张望着。

"真是个死脑筋。"他想。

他乘了一辆公交车，转了几个站儿，来到了客运西站。西站附近，那些餐馆饭店都已关门，店老板多已停业过年去了。他转了一圈，最后进了一家兰州拉面馆，点了一份牛肉盖浇饭。草草吃了中饭，他便起了身去买烟花。烟花销售公司就在西站对面，只隔了一条街。那有左右两个房间，左侧的是售卖点；右侧的是仓库，写了张禁止进入的牌子，不容顾客近前。售卖点里到处都是人。他见了空隙，刚往里挤，里边就有人喊"别挤别挤"。售卖点中央是个服务台，设了几个座儿，咨询、签单、收银都在这里办了。售卖点四周围了一圈玻璃壁柜，上面摆满了各式的烟花，每一款烟花底下，挂着一张燕尾状的价签，上面写着品名、款式、型号和价格。他看柜前的顾客，有领着小孩任由其挑选的，有在电话里商量的，有的则跟他一样，独个儿掂量着买。对他来说，买烟花掂量的可不光是钱，还得掂量儿子的兴味。当然，最好的烟花，自然是价钱便宜，又能让儿子喜欢。他转了一圈，选一个换一个，换了一个再选一个，刚拿定的主意，转眼又是没了主意。

他看见门外进来一个小男孩，八九岁光景，正与自己儿子年岁相仿。小男孩见了展柜上的烟花，乐得又蹦又跳的。他爷爷随在他身后，乐呵呵地，由着小男孩牵着，一会儿东一会儿西地看着。小男孩见一款爱一款，巴不得把展柜上的烟花全买了。爷爷倒是聪明，见了价格便宜的一概允了，见了贵些的便挑着买几个。他选了好几款价格便宜的，又加了两款贵的，然后付了钱，领了出货单，到隔壁仓库里取了烟花。彩珠筒、火流星、万花筒、孔雀开屏、蝴蝶炮、震天雷……装了满满一纸箱。

这个春节够儿子乐的了！他想着想着便咧开嘴笑了。

他抱着纸箱子，转了几站公交车，回到了单位。纸箱子不沉，体积却不小，双手难有着力的地方。等他上到转梯口时，便觉得吃不住力。眼见着就快脱手了，忽然有人一托，一抬，把纸箱子扶正了。他一看，原是小伙子搭上手了。

"你还在等啊？"他抱着纸箱子说。"没法子，这工钱我一定得拿回去。"小伙子说。"你吃中饭了吗？"他问。"兜里没剩几个钱，这中饭省了。"小伙子苦笑着说。

"不可能吧，兜里再浅，管饭的总有几个吧？你简直是开玩笑，装穷也没必要这样装啊。你没钱，可我也没法儿管你吃用啊！我也只是个挣点小钱，养养家而已。真没钱，那我请你吃一餐吧！"他想了不少话儿，可都闷在肚子里。小伙子那话，让他觉得不管怎么应都是不妥的。那些话，就是送过来的导火索，只一星半点的火，便能炸出个惊雷。

"等了老半天，这李总会来吗？"他岔开了话。

"这李总坏得很，满嘴的假话。现在打他手机，竟然也关机了。"小伙子有了些愠色。

"估摸着，他也不会来了吧？"他瞅着小伙子，小心地说。

"不管来不来，反正我都等着。"小伙子铁定地说。

"真是头犟驴，那你就耗着吧！"他心里想，再耗个半天，兴许他就死心了。

他把纸箱子塞到了桌子底下，闲着没事，便靠在椅子上眯了眼，打起了盹儿。迷迷糊糊中，他听到叹息，一声长一声短的，回荡在耳边。他也听到了一些脚步声，有点儿凌乱和不安。接着，他隐约地听到一些笑声。他循着笑声往前走去，周围便渐渐清晰了起来。他看到了一条细长的小路，两边立满了果树，附近的水塘里，浮满了一队麻鸭和几只白鹅。透过一棵杏树，他看见儿子正从后院向他跑来。他放下纸箱子，张着手臂，正想来个熊抱，没想儿子却径直扑向了纸箱子。周围一片朗笑，他也憨憨地笑了起来。这一笑，他便醒了，才知是一个梦。

他去了洗手间，敷了一把冷水，醒了醒神儿。在廊道上，他遇到了销售大厅的杨晓茹。她说，销售大厅的门窗都已检查了一遍，且都已落了锁。然后，她朝他展了一个笑脸。那笑脸显得轻松，又惬意，仿佛卸掉了所有的负累。末了，她媚里带俏地，跟他道了一声"新年快乐"，哼着曲儿走了。

经过连廊时，他看见小伙子仍守在窗前，焦躁地蹀着步子。"他该是耗不下了。"他揣测着。这是关键的一刻，从满怀希望，到失望，到愤怒，再到沮丧，到疲累，眼下就快到尾声了。除了放弃，没有别的选择。

果然，他前脚刚回到办公室，小伙子就后脚跟了进来。他四下一看，寻了一条藤椅坐定了。他一会儿盯着地面，跟发了呆似的，一会儿不停地抖着右腿，一会儿又蹙着眉，喃喃地说着什么。

"这秃子，诓了人，跑了。"他有些沮丧。

"这个点上不来，就不会来了。"他估摸着小伙子也认得清了，顺势说了实话。他觉得，小伙子此时正需要一句话，一锤定音，碎了他最后的希望。

"再等等看吧。"小伙子几乎绝望了。

"一般总不会来了。"他看小伙子又生起了念头，便缓了语气，但仍试图让小伙子看清眼下的情况。小伙子沉默了，脸上的表情却如涌潮一般，一浪浪地涨着。

"听口音，你老家在苏北吧？"他觉得该缓和一下气氛。

"淮安的，出门一年了。"小伙子笑着说。

"离这儿也不是很远吧？"他说。

"一路上赶车，转车，老家又在乡下，一天还到不了呢！"小伙子说。

"家里小孩不小了吧？"他问说。

"虚龄十岁，三年级了。你那一箱子烟花，给你儿子买的吧？"小伙子问说。

"是啊，小孩子过年，就这点盼头。"他笑着说。

　　"我家小孩也喜欢得很，一见烟花，整个人就闪亮闪亮的了。这次回去，我也买一大堆烟花去，让他放个够，乐个够。"一提起小孩，他的眉头稍舒展了一些，只是很快又萎了下来。两人之间的谈话，也戛然而止，随之便又陷入了沉默。

　　他起了身，在会所里转了一圈，检查着各室各厅的门窗和电路。会所里的同事，已经走光了，只剩下他一人。待一切检查完毕，就该是奔着回家的时刻了。不过，他隐约觉得有点不安，不觉烦恼起来。

　　他回到办公室，尽管门窗都已关实，他还是故意挨个儿地又检查了一遍。他看了一眼小伙子，他仍坐在椅子上，一声不吭。他回到办公桌上，把水笔装进笔筒，把曲别针、长尾夹、起钉器收到了一个盒子里，把废弃的纸张撕成了片儿，扔到纸篓里。他尽量弄出点儿动静，让小伙子明白，他得下班了。不过，小伙子却任由他整理这个，收拾那个，定住了身似的，没有半点起身的迹象。

　　"你这事儿，今天难成了。"他双手搁在空桌子上说。

　　"他说今天付钱，还拍着胸脯保证了的。"小伙子说。

　　"你看这都快下班了，他还有可能来吗？"他说。

　　"不会来了，他就是个骗子。"小伙子说。

　　"做不了事儿，就不该应承下来。"他顺着他的心思儿，帮着腔儿说。

　　"他就是拿句话，放个烟幕弹，逃脱了。"小伙子说。

　　"这可真不厚道。可现在，你这么等着也不是办法哪！"他说。

　　"那我还有什么办法？"小伙子说。

　　"你这样耗着也等不来工钱。"他试着让他接受这个现实。

　　"我他妈的有什么法子……"小伙子恼怒地嚷着，眼里似探出两簇火头来。

　　"完了，该是走的时候，却又耗住了。"他发现自己被缠上了，不免有点儿沮丧。他有些后悔，觉得中午就应该趁着隙儿离开。这会儿，他就该捧着这满箱子的烟花，看着儿子乐呵了。

　　"你看……这会儿我也得下班了。"无奈，他只好把话儿挑明了说。

　　"今天，我横竖得领走工钱。"小伙子身子一靠，坐得更加稳实了。

　　"你再联系一下李总嘛！"他说。

"他整天儿都关着手机，存心躲着人家了。"小伙子说。

"可你这么空耗着，有意思吗？"他有点儿恼怒地说。

"谁耗着谁啊，谁他妈的愿意待这鬼地方。"小伙子发了狠地说。

"唉……可我这里更耗不出工钱哪！"他无奈地说。他意识到自己已经被缠上了，对方是铁了心，要闹腾出个结果来。两人僵持着又干坐了一段时间，早过了下班的时点。他看着天色渐渐暗落，终于耐不住了。他想起了跟儿子的约定，想起了暖暖的灯光，还有满满一桌子的饭菜和欢笑。

"冤有头债有主，我不奉陪了。"他说着整理了工作包，又把纸箱子搬了出来，决意要走的样子。不料，这时小伙子却从椅子上起了身，从牛仔背包里取出了一把链条锁，穿过左右门板的拉手，锁定了。

"今天，你也别走。你们单位非付工钱不可。"他说着，又坐回到了椅子上。

"你这是限制人身自由。信不信，我立马就报警。"他恼怒地说。

"好吧，你就报警吧。我就不相信，警察会帮着一群骗子和无赖。欠债不还，到底是谁眼里没了王法。年初打工到现在，你们说是资金紧张，到年终了一并结算，平日里每月里只给支取几百块生活费。可真到了年终，想着法子，能骗就骗，能哄就哄，实在哄骗不了，干脆就关手机，玩失踪，拿我们当什么了？这会儿，快大过年的，谁没个家，谁没个孩子，这年头苦到年尾，不就为着这个奔头吗？这事儿，成也得成，不成也得成。"小伙子说得气涌血突，青筋暴露，憋了一天的火儿全烧出来了。

"可你锁着我，也没用啊？"他说。

"你们不让人家过年，自己也休想安生。"小伙子眼里，他已经不再是独个儿的了。他除了他自己，还是那滑头的李总，还是欠了他钱的单位，还是出门讨生活的重压，还是那推了他远离故乡、尝尽思念之苦的一个个浪头。这一切，他得全部追偿回来。

夜幕终于完全降落下来。

他推开了通向阳台的玻璃门。黑暗深处升起的烟花，还有此起彼伏的爆竹声，它们是那么近，又是那么远。

他回到桌旁，从底下抱出那箱烟花，来到阳台上。

他往栏杆底下看了看。

"你可别往下跳，高着呢——"小伙子一脸诚恳。

"你想多了，我不会跳。"他笑了笑，"放个烟花。"这样说的时候，他已经从箱子里捧出最大的烟花，搁到地上。借着灯光，他小心翼翼地抠出了导火索。然后就愣了一下。

他不抽烟，但抽屉角落也许能找出一只打火机。

"我来吧！你站开点。"小伙子说。他看见他狠狠地吸了一口嘴里的烟，然后探身将烟头对准了导火索。火头刚一对上，他便像个孩子似的，慌忙撤了回来。导火索"嗤嗤"地吐着火星子，亮光忽闪闪的，映着边上的阳台栏杆，以及那两个身影。

"这烟花叫啥？"小伙子问。

"孔雀开屏。"他抬起头，对着夜空回答。

原载《野草》2019 年第 4 期

孔庆丰

笔名（网名）孔小尼。吉林扶余人，现居浙江新昌。曾为高中教师、纪检干部、企业管理者，现为杭州某高校兼职副教授。20世纪90年代开始习诗，在《诗刊》《星星》《南京评论》《诗江湖》《青年诗人》等文学刊物、媒体发表文学作品300余篇（首），著有诗集《含羞的情人》《另一半隐喻》等。

喝 茶

某市"美美茶文化艺术馆"里人头攒动。在一号展厅供人休息的长椅上，老赵没有接过冯春福递过来的香烟，也没有接过他的眼神。他用手指了指展柜旁边的"禁烟标志"，冯春福讪讪地把烟塞了回去，抬头看着还空着一格的展柜，心里有些空落落的。

一年前，这对老友还在有说有笑地喝茶聊天——天南地北、古今奇事……像两个超然物外的隐士，话语间满是采菊东篱下的怡然。

"各美其美、美人之美、美美与共、天下大同。一壶茶就是一场修行、一路风景。"老赵深深记得冯春福在茶文化讲座上的这句开场白。就凭这句话，老赵把冯春福引为知己，几十年过来，情谊日渐深厚。

生活里越是担心的事儿，越是要拐过几个弯来撞见你。

冯春福空的时候儿，总爱到老赵家里喝茶。他自己有好茶会带过来一起品尝，或者就干脆只带一个茶杯一包烟。

老赵对茶认真、讲究甚至挑剔。冯春福带来的茶叶十次有八次被老赵嫌弃，不是品相不行就是味道浮涩，索性过来闲聊，就连茶叶也不带了。

老赵工资大半儿都花在购买茶叶、茶具和古代茶文化艺术品的研究上。冯春福过来喝茶，也顺便听老赵讲些淘货的经历奇遇。老赵的老伴儿插不上嘴，就给两个人烧水打杂，空下来也坐在沙发上当听众。

老赵到外地开会的空当，喜欢到当地的小市场闲逛，既了解一下当地的风土人情，也看看有没有自己钟情的小玩意。这次到云南开会也是如此。晚饭过后，老赵一个人沿着江边，直奔附近交易旧物古董的小市场。说是市场，无非是附近居民的十几个小摊儿凑在一起，一边等客人，一边家长里短饭后消遣。

彩云之南的晚风更绵淡飘逸、若有若无，像小孙子的嘴唇在脸上浅浅地沾一下，然后就自顾自地跑远玩闹去了。

老赵掏出手机拨通了冯春福的电话。老冯，你替我把孙子接回来没有？这小子今天又淘气了？

老赵出差也放心不下自己的小孙子。老伴儿这段时间给女儿伺候月子，儿子、媳妇忙得见不到几次人影。老赵出差这几天，就由冯春福负责接送，反正他自己的孙子也要接送，一只羊也是赶，两只羊也是放。

只听冯春福电话那头说了句"放心吧，没事儿！我……"

后面传来两个小孩儿喊叫、打闹以及催促爷爷买这买那的声音，冯春福再说的什么就根本听不清了。

老赵放下电话，在身边的小摊儿上挑拣着，有一搭没一搭地和当地老乡闲聊。眼看两边的小摊儿基本被他检阅一遍，临了，在一个最不起眼的小摊儿上，一件小东西毫无征兆地跳进他的眼里。

老赵眼前一亮，拿起那个小家什儿仔细地琢磨起来。

这是一件锡制茶叶罐儿，像一面六棱小鼓，高近 10 厘米，线条简洁、柔和对称，包浆氧化自然，应该是有些年头的东西。

老赵淘这些旧货有独到之处。北京旧货市场潘家园他是去一次逛一次，百逛不厌。但这些年，潘家园真正的好东西却越来越少，多是一些做旧的假货，连那些做旧的手段老赵都一清二楚。有一次，他亲眼看到两个老外兴高采烈地把一尊小方鼎捧走了。这种青铜器做旧的最多，在烂泥里甚至是粪坑底下埋几年，挖出来再简单处理一下，拿到市场上瞪着眼睛说是西周晚期的。

老赵最见不得作假的东西。业余时间做过专业研究，再加上到各地走走多问多看，他早已炼就了一双火眼金睛。现在他手上的这个茶叶罐，可以肯定：绝对是真货。

老板，这个多少钱？老板伸出三个手指头。老赵心想，三万块太贵了，但如果真是乾隆年间的，倒也算是随行就市的价儿。

老板伸完手指头，嘴里说的是三千。这完全出乎老赵的意料，三千？太便宜了！原来还想着买些当地的土特产什么的给家里人尝尝，但现在买这么个玩意显然在他的预算之外了。想了半天，他狠狠心又问了一句，老板能便宜点儿吗？老板摇摇头。这货绝对真玩意，你要是懂行也喜欢的话，少两千八拿不走。

两千八，好，我要了。老赵付了钱，乐颠颠地回去了。

老赵从云南回来，就把这件东西擦了又擦摆起来了。冯春福来喝茶，一眼就看到了。

老赵，你这东西乾隆年间的没错，市面上基本上绝了，起码我没见到过。这罐子装茶叶，好是好，就是可惜了。

老赵眼睛一瞪，谁说我装茶叶了，这么好的东西我舍得吗？

放你这儿，你放不好，要不转给我？

转给你？想得美。我辛辛苦苦淘来的，干吗转给你？

我比你识货嘛，再说，我正有件事儿要想跟你唠唠。老赵看了看他没作声。

我那个小子冯迪安你是看着他长大的，前些年让我操了不少心。这两年改邪归正，专心在做一个艺术品文化公司。现在县里面要搞一个"美美茶文化艺术馆"，展品陈列设计整个这一块他来承包。你这件东西，可以放在他那里，好东西也可以让大家都看看。

老赵点燃一支烟。冯春福说的这码事儿，他想要表达的东西老赵一清二楚。

老赵这么多年东奔西走、费尽心思地泥里挖土里刨，就想着有朝一日，能把这些好东西摆在那儿，让大家都来看看，都来关心一下茶文化的传承保护，都来关心本地茶产业的持续发展。

老赵没作声，他老伴坐在旁边的沙发上不声不响。她当然知道老赵多年的心愿，但她不懂两个男人家的事儿，也不好多嘴。

冯春福走了，老赵心里却不得安生。按理说，也并非是他小家子气，不愿把这件东西拿出来。如果是为了公家的事儿，为了家乡的茶叶文化、茶叶产业做好做强，别说是这么个罐子，就是把这几十年淘来的所有东西都拿走，他也心甘情愿。

但现在事情的复杂性在于，他作为县农业局长和分管县领导拍胸脯保证过：我老赵要做的"美美茶文化艺术馆"，一定做成务实为民的好事儿。

好事儿是好事儿，好事儿的特点就是办起来总让人心里五味杂陈。

工程刚开始招标，老赵办公室、家里的客人就多了起来。相识的、不相识的、亲戚朋友介绍的，还有一些也不知哪里听风就是雨跑来送东西的人络绎不绝。对此，老赵向老伴儿下了一道死命令：无论是谁，东西一概不留，找我就说人不在。每天9点前关灯睡觉。如果有人把东西放门口，有主儿的送回去，没主儿的交纪委！

招投标就是招投标，程序的事儿就得按程序办，掺杂使假绝对过不了老赵这道关。

老赵的脾气冯春福自然心里清楚，所以他也从未提过儿子参与招投标的事儿，也正因如此，他和老赵还能该喝茶喝茶、该聊天聊天。

冯春福几次引起话头，老赵都故意不搭这个茬。

这段时间，老赵下班马上回家，在办公室多待一会儿，人就多好几拨。老伴儿正在给闺女烧鱼汤打算送过去。他突然想起孙子没接回来，就问老伴儿。老伴儿嗔怪他，你真是老糊涂了，我哪有空儿，不都是你接吗？

老赵拍了下脑门掉头就走。老伴儿在屋里喊——等你黄花菜都凉了，老冯已经替你接回来了，正在他们家跟他小孙子玩呢。对了，还有件事儿，那个罐子老冯拿走了，说你转给他了。

什么？我什么时候说转给他了？

老赵来到里屋，架子上果然空了，上面有个牛皮纸的袋子。他打开一看，整整二十万！

老赵去冯春福家接孙子，把二十万的纸袋子扔到老冯怀里，拉起孙子头也不回地走了……

冯春福有一年多没来老赵家里喝茶了。"美美茶文化艺术馆"已经建成开放了。

老赵捐赠的古代茶器艺术品在一号展厅，大小件儿共三百四十九件，那里观赏的人总是络绎不绝。

展品柜是檀木大格立式柜子，简约厚重。许多市民看了都不解地问："怎么有个格子空着？"

冯春福当然知道那个格子为什么空着。当老赵用手指着提示他不能抽烟的时候，他其实指的就是那个空格子。

"美美茶文化艺术馆"里的人越来越多，冯春福把锡制六棱茶叶罐端端正正地放了上去，大小刚刚好。

看得出那个茶叶罐确实保养得不错，焕发出令人感到惊艳却熟悉的神采。这种神采穿越漫长的沧桑岁月，照得见人性中同样闪亮的部分。

冯春福转身要离开，老赵终于开口说了一句："空的时候过来喝茶。"

冯春福怔了怔，微笑着点点头。

2015 年获第四届中国（浙江）廉政故事大奖赛三等奖

桑 子

　　籍贯浙江新昌，诗人，小说家，中国作家协会会员。著有《栖真之地》《得克萨斯》《永和九年》《雨中静止的火车》《野性的时间》等诗集、长篇小说和散文集十余部。获第七届扬子江诗学奖、第二届李白诗歌奖·提名奖、第十二届滇池文学奖、《文学港》年度文学奖、浙江省作协2015—2017年度优秀作品奖。曾参加诗刊社第29届青春诗会、鲁院第31届高研班。现居绍兴。

荷那河的水牛

> 我们日益变得简单，只谈论食物。少得可怜的自由和干涸的内心与我们虚弱的身体一样，贫瘠程度同样彻底、难分轩轾。

> ——德鲁克

我的眼睛在黑夜里开始以照相一般准确的手法，把过去发生和未来可能发生的情形记录下来，我变得勇敢起来，开始尝试独自面对一些惨烈的场面，迫使自己与它进行斗争。

凌晨时分，下了暴雨，我担心这样的雨夜被炮火突袭。大雨在悲哀地抒情，在痛苦地反抗，从来没有什么东西可以像雨这样彻底准确地表达我乱麻般的心情。

一早，天晴了。

我是被莱尔的歌声吵醒的，他在唱《荷那河的水牛》，他唱得很有感情，上铺的德鲁克挂下半个身子，把一包黑麦面包丢到我的床上，莱尔的歌声就这样轻而易举地打动了我的心弦。

将近两个星期的日子就这样在吃喝、闲逛与胡思乱想中过去了，战火没有打扰我们，这简直可以称得上是幸福的生活了。德鲁克已经变成了高贵的人，雪茄烟他只抽了半支就不抽了，并非常自负地说，他已经习惯这样做了。

一天夜里，我和莱尔尾随德鲁克来到一处黑乎乎的房子前，看他从后窗翻进去，约莫过了半支烟的功夫，他很困难地爬了出来，衣兜里鼓鼓囊囊的。

晚上他偷偷塞给我一小盒鱼子酱，我抓住他的一条胳膊，想对他说些什么，最终还是没有说出口。我倒并不担心偷窃这样的行为会不会损害道德之类的东西，只是他像父亲般的照顾，让我的心像橡皮一样柔软，这让我有些手足无措。

坏事总是不长久。

一星期后，德鲁克被人逮住了，少尉坐在办公室里，他让人把我们一个个喊进去，我们都表示对军粮库的盗窃事件一无所知，最后，只留下了德鲁克一个人，他被罚三天禁闭。禁闭其实也没什么，就像待在战壕中一样，还不用胆战心惊。禁闭地点是从前的一个猪圈，德鲁克一个人关在那儿，别人是可以去探望的，我们都知道怎么走到那儿，重禁闭跟坐地牢差不多，以前也有人被罚捆在树上，但现在已禁止这样做了。有时候，我们受到的待遇已经像人一样了。

德鲁克被关入禁闭室一小时后，我和莱尔、克罗斯就出发去看他，德鲁克像鸡啼一样欢迎我们，我们还给他带了一些食物，当然这些都是他两天前从军粮库偷来的，我们甚至觉得偷那么多粮食换来三天禁闭还是值得的。后来我们就打斯卡特牌，一直打到夜里，当然是德鲁克赢，那个善良的可怜人。

"下次我来干。"莱尔对德鲁克说。我们听了都大受鼓舞，这是我听到过的从莱尔嘴里说出来的最男子汉的一句话。

平静的日子从上一个平静的日子里推演出来，兵站的日子就这样排成行列。我在想，这段日子会不会成为我军人生涯中最美的光阴——我安适淫乐，乐不可支，还有点小幽默和小幻想。

人总是本能地排除万难，向往自由，奔向无限。勇敢地反抗固执者的死硬教条，欣然地创造着更优越的生活补偿自己。这一点德鲁克比我做得好，当然我也不赖。

这个地带温和多雨，我们若无其事地每天看着日头东升西落，两手空空站在那里，等待真是一种象征。等待神的降临，把我们变成所向披靡的人；等待也显露出一个庞大的现实——教养、学识、容貌和财富都奇异地改变了它们的比例，原先在我们心中坚固的信仰开始动摇，嘎嘎作响。也许对于整个人生和世界以及人与人之间的关系，同样的情形，我们从狂野的自然中，从战火的喧嚣中，从至真的本性中来观摩，会有更透彻的了解。

我们已经深刻地明白，见解与智慧并不包括在百科全书里边，也不在哲学论著中，更不在迂腐卡特的陈词滥调中，而是藏在美味的流油的鹅肉里，是藏在褐色皮肤的吉卜赛女人的怀抱里，也藏在每一个侥幸活下来的日子里。我们不相信补救的力量，谁也不相信，经过生与死的考量，我的脑袋里充满着许多奇思妙想，像一出轻松活泼的浪漫剧，打破了我习惯的桎梏。起先我以为我是掉入了下流恶德的深坑，时间一久，我意识到，"存在的一切便是最好的"。在战争澎湃的大浪涌进我的心灵之后，我已经不再小心翼翼去忏悔我曾经的过错，责备自己的懦弱与胆怯。在我看来，没有一件事是神圣的，也没有一件事是卑劣的，再没有"过去"爬在我的背上，从某种程度上讲，我的心开始衰老了。

隔着铁丝网，有一个高大魁梧的俘虏一直盯着我在看，为此，我老是不自觉地朝自己身子两旁打量，试图找出一些引他注目的东西来。每当我这样做的时候，他就憨然地笑了，笑得很凄楚，也许是一些自由的东西，也许是暖暖的阳光照亮了我还算健康的面容，这些东西一定是他非常向往的，但我不愿承认他只是在盯着我看，也许我像他认识的某一个人，也许他还有些别的想法，总之，这些我都可以置之不理，但是好奇心驱使着我。

有一天值哨时，我走了过去，隔着铁丝网，他朝我露出了两排洁白的牙齿。

"兄弟，能帮我寄封信给我家人吗？我知道这很难，但是我一定得尽一下努力，因为……"他支吾了一小会儿，"我很想我的孩子，你有孩子吗？"他充满希望的眼睛盯着我，但眼神马上黯然下去。可我虽然没有结过婚，但我能够体谅他的心情。他会德语，而且说得还很流利，这直接拉近了我们之间的距离，他掏出了一张皱巴巴但显然保管得很好的纸，把它递给了我。

我马上把它塞进了我的上衣口袋，我喜欢做些不可能之事。我问他以前做什么。

他说："我是银行的精算师，有很好的收入和幸福的家。"

我点点头，我向他保证，我会帮助他的。

……

晚上我躺在床上，翻来覆去地想，我这样做很危险，但我实在难以把他们想象成我们的敌人，他们是那么卑微与羸弱，风一吹就会倒下死去。其次，我还坚信，除了生命、不息的变迁、丰富的食物，没有东西是确定的，我对偏见已经厌倦，一心想做出一些与众不同的事情来。

时间消磨了一切陈规旧俗，眼下的生活已经彻底改变了我们。

接下去的两天里，我总是在黄昏时分隔着铁丝网与他说话，我对他产生了莫大的兴趣。他说他酷爱打猎，能够在丛林中生活几个月而不至于饿死，还曾徒步西伯利亚原始林区，可以不借助任何工具分别出方位。

我想有一样东西是不分国界的，那就是吹牛与想象。他说这话时，我不禁向天空望去，绚丽多彩的晚霞持续了将近一刻钟，一弯新月伫立在碧空中。只有不远处的白桦林和小云杉劈头盖脸地落满了红纱，那模样像羞怯、老实的庄稼人。

红霞像出了膛的火炮，色彩渐次演变，一只信鸽凭着嗅觉沿枯叶覆盖的小径匆匆赶路。

那个夜晚，我做了平生最大胆妄为的事。

我放走了他。我还顺手拿了卡特军士的一件长大衣送给了他，临走时，他把手放在胸口向我深深鞠了一躬。千真万确，我能肯定我做了一件不可思议的事，同样也是毕生最有价值的事。看着他很快消失在夜幕中，我心中生出了无限的荣耀，呼吸的空气也像创世之初般纯净，我的胸膛充满了自由的火焰，它简直快把我给灼烧了起来。

那夜，卡特像黑琴鸡用爪子耙遍了整个军营，他不敢相信他的军大衣会不翼而飞。只我睡得很踏实，梦见在寂静的白雪皑皑的林子里，每一朵雪花都那么栩栩如生，它们互相交谈、窃窃私语，用我不懂的语言。

后来我来到了莫斯科，又遇见了那位不知名的俘虏，我们肩并着肩说着话，他说他喜欢云杉，不管压在身上的雪多重，宁肯断裂也不弯腰，而白桦只要有一点压力就会弯下腰来。云杉是真正的勇士，而白桦只知哭鼻子。

醒来后，莱尔告诉我，"昨晚有位叫伊夫的俘虏逃跑了，听说他还是个人高马大的家伙。"

"顶多是一头快瘦死的骆驼。"德鲁克说。"我估计他逃不出十英里。"

"他这会儿去瑞士，还可以赶上一年一度的滑雪节。"克罗斯懒懒地说，太阳正透过窗棂照在他的脸上，阴影部分像一条条疤痕。

"瑞士早关闭了国境线，封锁了公路和铁路，伊夫可不是阿尔卑斯的苍鹰。"德鲁克纠正道。

"上头决定今天击毙一部分俘虏。"史托姆军士第一次走进我们的营帐。"你，还有你——出来一下。"他命令我和莱尔。

我有些紧张，三只由"担心"产生的鸟儿在我胸中扑腾——恐惧、沮丧和坏消息，这三只不怀好意的鸟儿，在心头不祥地转悠，老是在嘲笑我。我随史托姆来到了他的办公室，当然还有莱尔。我回头看了一眼莱尔，莱尔朝我扮了一个鬼脸。

"你们知道伊夫的一些事吗？"史托姆很平静地看着我们。

"我并不认识他。"我矢口否认。

"但是，有人看到你们常在一起，他逃走的前晚一直与你在一起。莱布尼兹·杜德下士，请你看着我的眼睛说话。"

"报告军士长，我不清楚他叫伊夫，我只知道昨晚我与一名俄国俘虏呆了十五分钟，他说我迟早会被榴弹炮炸成稀泥。"

"然后呢？"史托姆军士问。

"然后，他问我要香烟抽。"说完，我认真而无辜地看着史托姆军士。

他点点头，示意我继续说下去。

"我给了他一支烟，叫他抽完可以去死了——"

"没其他了？"

"报告军士长，没有了。"

"好，莱尔。你说你昨晚看见伊夫和莱布尼兹·杜德在一起？"

我转过头狠狠地盯了莱尔一眼，我真想掐死他。

"对，我看见莱布尼兹·杜德了，长官。"

"伊夫呢？"

"当然。伊夫跑了，允许我向您坦白，尊敬的长官，您看到了，今天阳光灿烂，他选了个好日子，这会儿他已经在瑞士边境，他会用他的麂皮靴子买通警卫，当然他还会许诺一些黄金，然后在暖阳的山坡上喝松露酒，若是能来点上好的牛排也不坏……"

"你给我闭嘴！霍特雷夫的农民，你在戏弄我？"

"不，我只是调节下气氛，不过我得承认，这个令人发疯的世界，伊夫对我们作出了说明和申诉，他给其他俘虏带来了慰藉和兴奋。我们活在世上责无旁贷的任务是'反抗'，把不为人知的事物公之于世。长官，每个人的灵魂都是属于苍生的，由神灵主宰着，我们体质粗鄙，还处在最低下的进化阶段，我们在报复，史无前例的野蛮堕落，淫猥的享受欲望，像面对稀有的美食和美色一般……"

"自以为是的蠢夫，是什么把你迷了心窍引上了歧路？"

"不切实际的思想，执拗的愚痴和可耻的良心。迟早我们都会死，长官，我所关心的不是庸俗的死，而是从卑鄙的深渊中脱身，在自由的死吻下骄傲的逝去。"

我看着霍特雷夫的农民——莱尔先生，感觉自己像一封信被装进了信封，贴上了邮票，盖上了的邮戳，然后长出了翅膀，开始被一种感觉所震撼，并悠悠荡荡，飞上了天空。收信人是德鲁克待过的废弃的猪圈——我和莱尔被关进了这里，禁闭三天，时间是下午四点钟。

你一定奇怪，我可以准确地报出时间，因为，阳光正斜斜地落在猪圈的小窗户上，一万片桦树叶子一齐在嘲笑我们，笑得前俯后仰。

猪圈是比较开阔的那种，禁闭只是在门上加了一具锁，并没有什么粗暴的待遇。在这里可以轻易地集中思想，小窗户外有一股温暖新鲜的空气透进来，整个春天在微妙、饱满地流露出来，它让我们像个诗人。

屋内的光线严肃、阴沉地胶着了片刻，就融化在窗外绚丽的光亮中，深沉的阴影与饱和的金色阳光交织在一起，明亮的天空映衬着雪白的树枝，枝条柔和、分明。

太阳卡在枝梢掉不下来，它的光芒比之前更浓郁更温和。莱尔坐在屋子的一个角落里，他躲着阳光，低头轻轻哼着小调，短短的一节音乐，一段调皮的升扬的旋律，拖着长长的尾巴，这时夕阳开始落在了长长的云带上，好像将整个林子都点燃了，一丛丛金黄色的树叶，在风中跳跃翻飞，像火，像战火，像炮轰倾泻出的橘色光辉。

"伊夫是我放走的，莱尔，你相信我会这样做吗？"到现在，我自己都开始怀疑是我亲手放走伊夫的现实。

莱尔抬起头看了我一眼，他那张亲切的脸上有一种似乎是抑制着的微笑。

"有一天他会举着枪瞄准你。"

"我赌他不会。"

"这可说不准。"莱尔有些严肃地看着我,"不过,我不愿意跟你争辩,否则你连取得谅解的梦也做不出来了。"

我只是想要建立一个完整的自由的精神世界,我是这个世界的王,我可以发号施令,做一切自己认为对的事情,我的占有欲和进攻心所向披靡。

我无法确定,伊夫是否已经成功地逃出了德占区,愿上帝保佑。

第一天,我是在无边的想象中度过的。我仿佛回到了少年时代,每当星期天或者节庆日,我就会爬上老榆树,透过密密的树丛谛听远处传来的召唤坎特拉山农民去教堂的钟声,我倚靠着大树干,默默地倾听那虔诚的低吟,教堂铜钟的每一记颤音都使我那颗童真无邪的心感受到一些悠远的忧伤,这情绪仿佛从很远的地方一波波地漾过来,淳厚质朴、安静祥和。现在我明白了,那不是从很远的地方,而是从很久以后的今天包围过去的,这钟声里有亲人和故国、生命与死亡、过去与将来。这就是宗教的魅力,它无所不知,无所不包,让每一颗冷酷的心都会毫不犹豫地颤抖。

晚上刮了一夜的南风,熏得我有些心慌意乱,我竖着耳朵听着屋顶上运输机飞过的呼啸声,久久没有入睡。莱尔一向起得很早,今天却对自己的性子让了步,一直睡到了晌午。我内心有些负疚,脑袋昏沉,神情紧张,斗志不昂,再加上空气中开始有了暧昧的春的气息,平添了一股忧伤。

莱尔说,等禁闭结束,他要再去运河对岸,看看他的姑娘。然后他拿出了香烟来抽,我的头顶上开始烟雾缭绕,他舒展着四肢,伸着懒腰,笑声朗朗。士兵要是没有烟草,是难以想象的,它是我们忠诚的伙伴。

德鲁克给我们带来了热乎乎的油炸土豆饼,他用锡纸包着揣在怀里,还给我们带来了果酱,他总是有办法弄到好吃的。

他给我们带来了一个坏消息。

他说:"早上巡逻兵在林子外发现了一个越狱的俘虏,一枪把他击毙了。"

我张大了嘴,顺手把一块土豆饼塞进了自己的嘴巴,我吃得狼吞虎咽，我已经好久没有吃到这么美妙的食物了。我内心很难过，可我得掩饰这突如其来的情绪，从某种程度上来说，是我害了伊夫，他本来可以多活些日子。

"谁想获得新生，必得先准备死亡。"莱尔说出了一句比较有哲理的话。

我细细地品味了一番，发觉这句话带着耶稣殉道的崇高和斯巴达勇士的气概，涌起的感慨使我心头发紧——不可思议，我变得如此多愁善感。

"为什么我们要对其他人那么疯狂？"我的问话很轻，因为我心头有更准确的答案。

"这不是疯狂，准确地说，是一些人要做一件事，另一些人要做另一件事。"德鲁克像洞穴人一样蹲在我们身边，我喜欢他的真实。

"我觉得有时候灵魂与肉体并不合二为一，自由更无从谈起。"

"我对自由不感兴趣。"莱尔插了话。

"你呢？"我问德鲁克。

"我什么都不要。"德鲁克回答，"除了活着。"

"就这个？"

"是的。"

我后来才知道，逃跑的俘虏被杀是军方编出来的谎言。

对我而言，战争有一种幽灵般大雾的感觉，持久和浓重。一切的感觉都缠绕在一起，秩序和混乱交织在一起，正确和错误含糊不清，我丧失了将事物辨识清楚的能力。

伊夫从此成了我生命里的故事，如果我活着，我还要把这事告诉我的孩子，在邪恶之中，你想成为一个好人，像死后重生一样，你认识到了什么才是最有价值的，你爱上了自身和周围的一切，包括你的敌人。

原载《东海岸》2019 年第 2 期

石旭东

男，浙江新昌县人，中学高级教师，浙江省中学语文研究会会员，中国散文学会会员。2003年，农村读物出版社出版中短篇小说集《红蝶结》；2006年，大众文艺出版社出版中短篇小说集《脱落的彩色羽毛》；2007年，作家出版社出版长篇小说《泪痕红浥》。

鞋 缘

那是一个春暖花开的午后，我骑着新买的摩托车"野狼"，一路飞扬从县城回家，车把上挂着一双新买的我非常喜欢的"皮鞋"，自觉比新科状元游街还要威风。突然，头顶上一声闷雷，我抬头一看，已是"山雨欲来风满楼"，叫声"不好"，便赶紧加大了油门，我知道前面不远的地方有一个叫"随缘"的凉亭。

待我到得凉亭，已是大雨倾盆，我赶紧想推车进凉亭，谁知凉亭里已挤满人了。这一班不速之客聚在一起，似乎特别兴奋，天南地北的，全然不理我。我只好把摩托车丢在亭外，只身钻进人群里寻找我的落脚点。忽然，我发现人缝里闪着一双眼睛，星星般的明亮，似乎是在向我示意。于是，我便立即朝那边挤了过去。随即伸来一只纤纤的小手，接过我手中的鞋盒，放在一块她刚刚坐过的青石上，原来，她是让座给我放鞋子的。我低头一看，青石上居然已经放着一个鞋盒，和我的一模一样，是同一个牌子——"红蜻蜓"，正好凑成了一对儿。我心里一阵热乎，回眸瞧她，却被别人的脊背挡住了视线……

雨停了，一片混乱之中，叽叽喳喳的"劳燕"们又开始纷飞，我也随即去取鞋子，却只有一个盒子了。我赶紧四处搜寻，发现她已被一个女人拉着手步出了凉亭，我想立即追上去，却又被一个大块头男人挡住了去路……

"去了就算了，萍水相逢，反正她也只是替我让座放了一双鞋子，我心存感激就是了！"于是，我便骑上"野狼"，一溜烟回了家。我喜滋滋地捧着"红蜻蜓"新皮鞋，爱不释手。我喜欢"红蜻蜓"，觉得这个牌子富有诗意，有个电视剧也叫作《红蜻蜓》，可有意思啦！我徐徐打开了盒子，不觉"啊"的一声，傻了眼……

我原本并打算买新皮鞋的，刚刚买了摩托车，也该有个饱饥冷暖。可是，我母亲再三催促我，说是明天有个媒婆要带一个姑娘来为我说亲，姑娘家是在一家厂里做礼仪的，生得有模有样，非得要我穿上新西装、新皮鞋不可。母亲说："三分人样，七分衣装，相亲衣冠是最要紧的。"我说：

"庙堂里的烂泥菩萨，花花绿绿的，你能中意吗？"母亲两眼一瞪，骂我道："呸，兔崽子，铁钳嘴，懒蚕身，有本事，带个田螺姑娘来给我们瞧瞧！都毛三十岁的人了，还连个老婆屁股大小都不知道！"我理解母亲的心情，便依着她去城里买了这双新皮鞋。如今倒好，"眼睛一眨，老母鸡变鸭"，"红蜻蜓"变了性，"雄"的变"雌"的、"雌"的变"雄"的了，我带回来的居然是一双雪白的女人尖头高跟皮鞋！亏得没让母亲看见，我赶紧把它塞进了床头柜里……

媒婆果然来了，姑娘家也果然生得有模有样。母亲很高兴，嘴唇皮挂在耳朵丫上，又是沏茶，又是端水果，还不时地向我递眼色；媒婆一张莲花嘴，巧舌如簧，口若悬河，大夸了姑娘一番，也大夸了一番我；那姑娘却是一直低着头，不露声色，我感觉她是没有相中我，因而，我也像根蜡烛插在一旁。果然，亲事最终没谈成，媒婆说是"我和她没缘分"。这于我没关系，反正这样的相亲已经不止一次、两次了。不过，母亲这回却是生气了，说："到了嘴边的肉又丢了，这样好的姑娘打着灯笼也难找！"母亲抓住了我的把柄，"打破砂锅纹到底"，一股脑儿追问我为什么不买新皮鞋，似乎这桩亲事不成与我不穿新皮鞋有关系，还说我一定是把钱泡在网吧里了！我除了闭嘴还能说什么？我知道是她在凉亭里把鞋盒子拿错了。她肯定不是故意的，还为我让了座，我能怪她吗？说不定她拿了我的那双大头皮鞋比我还尴尬哩！我真后悔当时没追上去问她一声姓谁名谁、家住哪里……

母亲仍然不时地在为我在说亲，也常唠叨那双皮鞋的事。起初，我也很担心那双女皮鞋，如同藏着颗定时炸弹，好几次想拿出去扔掉，但终于没扔掉，幸喜没被家人发现。

我家承包了一片毛竹山，我跟我父亲马不停蹄地奋斗在竹山上。科学育竹，长年有笋，抹不完的笋屁股。我喜欢写作，一有空闲，便在纸上描绘青山绿水，歌翠竹，赞春笋，报刊上也出现了我做的几块"豆腐干"，热辣辣的，味道好极了。别人家在桌上筑"长城"，我则在桌上爬"格子"。有人笑我是书呆子，我却觉得我要比他们高雅得多。有时，我也想到老婆问题，但不胡思乱想，也没想入非非，老话说得没错，"万事有个定数"，且随缘吧！只是那双女皮鞋倒是时常要在我眼前冒出来……

一天傍晚，我正在爬格子，弟弟"多头"（我妈生下弟弟时正好实行计划生育，就叫他"多头"）神秘兮兮地附在我耳上说，说是要我晚饭后去"随缘"凉亭，有人在等我。"好个'多头'，我好不容易才平静下来，又来兴风作浪了！"我一把抓住"多头"，举手便要打。

"哥，真的，有人在等你，我骗你就是大王八！""谁在等我？""你去了就知道了！""你耍我，看我不剥了你的皮！""我若耍你，连筋也让你抽掉！""你……""哥，你一定要去的，不去是要后悔一辈子的！""……"

一抹红霞渐渐地变黄，又渐渐地昏暗、消失，几朵乌云闪过，露出一弯新月，立时又被一朵乌云吞没。我满腹狐疑走向久违了的"随缘"凉亭。夜蝉声嘶力竭地鸣叫着，给朦胧的黄昏增添了几分神秘和不测。凉亭在我的视野中渐渐清晰起来，黑洞洞的，仿佛是一个魔窟，我不免紧张起来：那里面到底会是谁呢？蓦地，凉亭里闪出一头长头发来："是你约我来的？""什么？……不是你约我来的吗？""什么，你没有约过我？""什么，你也没有约过我？"

"那可是遇见鬼了！""非鬼也是怪了！""不是鬼，也不是怪，是'红蜻蜓'，'红蜻蜓'！哈、哈……"

忽然间飞出一对少男少女，女的唱道："月上柳梢头，人约黄昏后……"男的接着唱：

"隔墙花影动，疑是玉人来……"那声音就如同越剧名家王文娟和徐玉兰。"丹竹，你这个死丫头，连姐姐也来调排，看我不撕破你的嘴皮！""且慢，丹梅姐，你真是'狗咬吕洞宾，不识好人心'，我和丹竹可是在为你们做红娘啊！看，多可爱的一对'红蜻蜓'哟！""多头，你这个小杀头，这回，哥真的要抽你的筋了！""哥，你别着急，该不该抽筋剥皮，还得先要问问它们！"多头和丹竹笑盈盈地分别把一对"红蜻蜓"皮鞋递给了我和丹梅，转身不见了踪影。我和丹梅捧着一对"红蜻蜓"，我看看她，她看看我，仿佛都如六月里吃到了飞雪。

"如今的青年人呀，胆子也真够大的，才拿到大学录取通知书，便谈上恋爱了！"丹梅感叹道。"他们呀，岂止是自己谈，还帮着我们谈哩！""这一对鬼精灵，肯定是偷了我们的'红蜻蜓'相互去献媚，难道他们早就知道我们的皮鞋换错了？""肯定的，要不，哪来这个精心'杰作'！

看来，'红蜻蜓'倒还先为他们作了媒！他们呀，是灯笼里的蜡烛，我们却是电灯下的瞎子！""也真难为他们了！""是呀，不然……我可没有张君瑞向白马将军借兵的本领！"

"啐，我可不是崔莺莺！""我们哪，简直比《西厢》还《西厢》了！""啐，臭美！""这就叫作'有心栽花花不发，无心插柳柳成荫'呀！""去你的，你哪有心思栽过'花'呀？""栽过，栽过的，自从'随缘'凉亭里见到你，我就一直把你这棵牡丹花栽在心里了！你的心中可栽着我这棵芍药花呀？""我可没有！""不可能！""要说有，那就是你那双该死的大头皮鞋！""这就对了，物即是人，人即是物，爱屋及乌，睹物思情嘛！""好了，好了，你是作家，'狗嘴里能吐出象牙'！唉，这一对'红蜻蜓'啊，终于是物归原主了！""不，这一双可是我送给你的！"我恭恭敬敬地向丹梅呈上了那双女式"红蜻蜓"，丹梅一把夺过，把那双男式"红蜻蜓"塞给了我："那，这一双就是我送给你的！""哈哈，这可是男有情女有意，小龙女终于向柳毅赠送夜明珠来了！""啐，看你今日油腔滑调的，当日在凉亭里可是一尊老实头菩萨！""油腔滑调的可是你，我这双大头皮鞋呀，肯定是你在凉亭里故意拿错的！""去你的！""只怕我去，你还舍不得了哩！""扑哧"一声，我终于看到了她的两个香甜的大酒窝……

原载《当代写作》2012 年第 3 期

俞金闪

男，浙江新昌。中国微型小说学会会员，"中国作家在线"签约作家。曾在《百姓作家》《在线作家》《作家故事》《华中文学》《文学百花园》《现代作家文学》等刊物发表《腐娘》《探亲记》《赵家异变》《八爷招亲》《葫芦娃新传》《小鸟从不依人》等100多篇小说、故事、散文。另有《双龙抢珠》《人间冷暖》《丑闻风波》《空手道》《较量》《堡垒》《投票》等作品在征文比赛中获奖。

俞金闪

丑闻风波

（一）

马书记阅毕举报信，皱眉锁脸沉思了片刻，拿起话筒通知四名纪检人员立马开会。

纪检会议室"忠诚，干净，担当"六个红色大字醒目地映入大家眼帘。马书记见全体纪检人员快速就位，严肃地说："今天召集大家，主要是针对刚收到的匿名举报信进行研讨，并议定计策，对被举报者采取进一步处置措施。"

"马书记，匿名信往往陈述模糊，证据欠足，大多存在诬告诬陷等现象，咱过去一向……"

"闭嘴！少提陈年旧事。大家听明白了，从今往后，凡来人来电或来信反映问题，不管实名匿名，大事小情，一律一视同仁，咱纪检部门务必认真辨别是非，务必事事查核清楚，务必件件有个着落，如无结果，决不罢休。毛平，你先把匿名信念一念，大家听后再议议。"马书记说完，将匿名信提给了毛平。

毛平接过信件，身子打了个寒战——想不到往日平易近人和蔼可亲的马书记，进入角色却一反常态的逼真。毛平慌乱地摊开信函，仿似学生般一字一顿地朗读起来：

关于牛俊违法乱纪的举报

尊敬的纪委领导：

今天举报的是现任区政府副区长牛俊，他在原公司任职期间，生活极不检点，婚外长期霸占小秘杨丽，致使杨秘书生育一子（孩子名杨公，就读于六一小学二年级，可查证）。他老牛吃嫩草之事，给当地造成严重恶劣影响。为严肃党纪国法，要求纪委立即查明真相，彻底肃清流毒，还原一方净土！

举报人：知情者

马书记听毕，扫视下各位，说："这是一起严重败坏社会风气的典型案例，给一方百姓造成的恶劣影响不可估量，咱们千万不可小视。这样吧，咱们兵分两路，毛平与王姐去实地核实情况，我与吕昌直接找被告人牛俊与受害人杨丽约谈，争取早日了结此事。"

好！

同意！

可行！

大家纷纷表态，马上分头行动。

（二）

毛平自驾车和王姐一同赶到六一小学，已是晌午，这时候正是老师和学生吃午饭辰光。机灵的毛平几经折腾，很快在班主任陪同下，领来了一个圆头圆脑小男孩。王姐相见，笑眯眯迎了上去，亲切问候：

"小朋友好可爱哟，叫啥名？"

"阿姨好，我姓杨，叫杨公。"

"妈在哪工作？知道名字吗？"

"妈妈杨丽，在公司上班。"

"真棒！你爸呢？"

"不知道。妈妈告诉我，只有牛伯伯。"

"牛伯伯待你怎样？"

"牛伯伯可亲啦，之前每天放学，牛伯伯总会备些糕点水果在等候，让我自个儿挑，每星期还给些零花钱。可，可现在牛伯伯调走了，就，就一直没见过。"

杨公话没说完，泪已满面。

"不哭不哭，乖孩子，牛伯伯挺忙，待他闲了，一定会来看你。"

"老师，打扰了，您先带杨公回去吧。"

毛平从班主任那儿了解到，杨公母亲上班的公司就在学校附近，孩子上学由母亲每天早晚接送，来回费时不下半个钟头，挺辛苦的。班主任还透露，她从来没见过杨公的父亲。

王姐了解这些后，很感不舒，中饭已丧失胃口。

"毛平，你慢慢用餐，我就不吃了，去周围散散步。"说完离别而去。

"这么大寒风，小心感冒。王姐。"

冬日之正午，阳光仿似月光，只显明亮不觉温暖。王姐嫩白的脸颊，被呼啦啦西北风肆虐吹刮，不时隐约感知疼痛，她本能地裹衣低头，欲努力避开狂风，不料"吱啦"一声撞上飞驰而来的三轮电瓶车，差点酿大祸。

"大爷，不好意思，是我误闯红灯，您没事吧？"

"这位阿姨，以后可要当心啊，万一碰上轿车就殃了。"

"是啊是啊，我今后注意，一定注意。大爷，我打听个人，不知您是否了解？"

"谁？"

"牛俊！"

"牛大胖啊，谁人不知？谁人不晓？牛大胖是位大好人哪！好人有好报，好人有好运。你可不知，牛大胖已升官啦，区长，咱们的牛区长。"大爷见有人打听牛俊，边吼边将车子移至路边，自己竟下了车，拦住王姐说个不停。

（三）

牛俊的确是位名副其实大胖子——身矮体圆，大腹便便，短腿移步，仿如不倒翁，一晃一晃，很费劲。

据档案资料显示，牛俊，男，1972年生，属牛，大学学历，曾任公司总经理助理、副总经理、总经理。牛俊一路牛气冲天，把公司产品远销五湖四海，甚至漂洋过海。这不仅凭老牛能说会道爱吹牛特长，更是老牛实力之体现。眼下老牛已破格提拔调任区政府副区长，分管全区企业规划与发展工作。

杨丽，女，1987年生，属兔，博士生，竞聘招进公司后，一直是总经理专职秘书。杨秘书擅长编写，能把破事圆成美事，是位难得"吹鼓高手"。

由于老牛嫩兔相处多年，嫩兔对老牛吃啥喝啥喜好啥一清二楚；而老牛对嫩兔在岗离岗爱干啥亦了如指掌。老牛嫩兔间的爱好与秉性，双双简直比家人还透悟。

牛俊虽有妻室十几个春秋，却无半个子女影子；而三十几的杨秘书没有丈夫，却添了个孩子。如若不知内情者，谁都怀疑这孩子是老牛和嫩兔多年相处的结晶。

杨秘书自老牛升任副区长后，日思夜想欲紧而随之，急盼换个新岗位："牛区长，您最了解咱，您总不会让咱一棵树上吊死吧？"

"小杨啊，你不提都记着，不急不急，时候一到，如愿以偿。"

俗话说得好，脑阔多诡计，矮子多肠子，就是这么个大头大脑矮灯泡，脑汁足，心计多，仿佛天生是位足智多谋官神爷，人人对他刮目相看。

牛区长明知杨秘书身高与己相仿，但体重，三个杨秘书也顶不过自己。多年的相依相伴，老牛十分欣赏杨秘书小巧玲珑和活泼灵敏之"仙气"，长期以来，老牛有嫩兔相依辅助，正好弥补自己欠缺和不足，从而一路顺风顺水成就了自己。老牛调离总公司后，只要遇上事儿，脑海里总不自觉地浮现出嫩兔杨秘书，少了她，好像丢了魂似的。

"大爷，咱听说牛大胖是个老色鬼，您却夸他大好人？说来听听。"

"说他老色鬼？那是疯言疯语，胡说八道！牛大胖向来正人君子，他虽是一方大老板，但他待人平和，不摆贵人架子。我爱人在他公司上班十几年，最有发言权。用她的话说，牛大胖不仅是公司员工福神，更是当地一方大神，少了他，似乎少了些依靠。去年疫情大暴发，公司全员放假两个月，工薪全额照发不拖欠。牛大胖创办的公司是他私人的公司，不是公家集体呀！为了大家平安无事，他下面一千多号员工休假不休薪，不计巨大损失而为之，谁能做到？你说牛大胖不是大好人是啥？"大爷越说越来劲：

"说牛大胖是老色鬼？我呸！口说无凭，这种隐私，牛夫人最了解，可去探探她的口风。"

（四）

"喂！毛平，吃完饭赶紧过来，咱们去西南庄园见识一下牛夫人。"

"好的好的，马上。"

王姐已摸清牛区长家址，他的家就在距此地六公里的西南庄园8号。于是自作主张约毛平贸然前往。毛平依据车载导航，七转八拐，精确无误地到了目的地。

牛区长的家是一幢独特而醒目的豪宅，无数向天尖刀威严地阵列于高墙，把豪宅天井围得严严实实。毛平和王姐悄悄来到大门口，双双透过门缝四处张望，欲按门铃打探。突然一条大黄狗狂吼着疯癫般扑了过来。

"谁啊谁啊？大黄闭嘴！大黄闭嘴！"

女主人随着一阵女高音尖叫，飘然而至。只见她——白皙脸蛋，弯眉大眼，丰乳肥臀，浓密黑发精致盘缠于头顶，粗观细察，仿如一位古典贵妇。她边吼叫，边挥手，镇住大黄狗，喜盈悦色打开了大门：

"你们这是找谁啊？"

"想必您就是牛夫人吧？哎哟！牛区长金屋藏娇哪！牛区长在不？"王姐相见这么可敬的女神，心慌意乱，故意问候。

"您不清楚今天周一？今天不是咱老牛休息时间。有事？进屋聊，请！两位请！"

"哦，对了，今天周一。牛区长挺忙的，平时很少回家吧？"

"错！咱老牛在总公司上班时光，几乎每天回家吃晚饭，极少在外过夜。如今去区里任职，虽然远了点，但他每周必回一次，他呀，不回家，似乎放心不下咱。"

"好羡慕！牛夫人真幸福！您孩子上大学了吧？"

"这个呀，说到点子上了。让人见笑了，咱和老牛没孩子，天意啊，没就没呗，这样挺好的，咱爱干啥干啥，一切自由。"

"不好意思，对不起！牛夫人。"

"没什么，这是事实，没关系。你们知道咱公司的杨丽吗？这姑娘人美，心更美！如今三十几岁的人了，还不嫁人，却养了个孩子。我和老牛曾陆续为她介绍三四个对象，她就是不上心，上心的却是那个孩子！这姑娘天下少见，我也挺喜欢。"

嘟嘟嘟——马书记来电话。

"马书记好！啊？叫我们回？好，知道了。"

"王姐，马书记来电催咱俩回去。"

"牛夫人，打扰您了，我们得赶回。"

"王姐，我们这边基本确认，那封匿名举报信系诬告。告诉你，咱和吕昌上午找牛副区长，牛区长去省城党校学习深造已久，没碰上面。刚才找到杨丽，问起孩子之事，她一直沉默不语。经咱再三盘问，她从包里取出一个红本本。你猜，这红本本是什么？"

"马书记，您就别卖关子了，那红本本是啥？"

"收养登记证！孩子是四川地震遗留下的一名孤儿。"

……

原载《作家故事》2021 年第 1 期

俞永富

籍贯浙江新昌。在《人民文学》《山东文学》《文学港》《黄金时代》《东风文艺》等刊物发表小说若干。出版有散文集《驿路漫踱》、中短篇小说集《迟误的春天》、散文集《那一只渔笼》、诗集《栓锁与游荡》、长篇小说《再见，北京爱情》、随笔集《勇超之诺》等。另有《乌蒙山传奇》《骇道途》《和泥丸》《张如冠脑袋里的怪东西》《陪伴》《穿越者》等书稿待梓。现居宁波。

仓储员

　　用采购员小林的话说，杜大姐是一个小樱桃嘴小眼睛小圆脸的小个儿女人，连她脸上的雀斑也显得细碎小巧，仿佛开了一束雅致的满天星。她是公司里一个微不足道的仓储员，专与物品打交道，寂寞而无聊。她的肚子是一家子的骄傲，她生了一对龙凤胎，配得上英雄肚的荣誉称号。每当跟人家说起她的生儿经历，满脸就容光焕发。如今，一对孩子都进了高中。

　　周一上班，在仓储办公室里，杜大姐对同事周远鸿说，这个周末我真真气煞人啦。叫老公到镇海打扫我们房子的卫生，此去不远，一个多小时的车程，他不去，他哪怕不干活，站在我身边装装样子也好哇，活可以由我来干，他就是不去，拉他也不去。他认为，房子打扫和不打扫是一样的，租客租去了房子自然会打扫。

　　她还说，我觉得正相反，房子扫干净了，租客一看，心情舒畅，就愿意住下，如果看到脏兮兮的房子，谁会愿意租房？那一套房子已经两个月没有租出去，闲置着，没有租钱啊。我要通过房产中介租出房子，他要通过网络租房，我俩的意见总是存在分歧。

　　她说个不停，还有，我老公的公司要招一位文员，我给他们物色了一位四十来岁的人，去了会干活，跟我们同一个小区。而他要一个年轻漂亮一点的女子，要有文凭。他还真从劳务市场找了一个年轻文员，其实能力不及没有文凭的。他总是要与我唱反调。

　　她继续说，我给他做好了晚饭，叫他吃，他不吃，他到弟弟家去吃。我无意中把女儿身边的凳子踢了一脚。女儿说，妈妈，你发什么脾气？她训人的口气很重，我吓了一跳。我说，你说什么哪，我发脾气了吗？我跟你爸爸发脾气，没跟你发脾气呀。

　　明显地，女儿向着她爸，因为她爸会给她零花钱，从不训她，这个女儿很乖巧，善于察言观色。

　　我儿子向着我，他要向他姐姐和他爸爸斗嘴。他爸烧的咸鱼，因为咸鱼没有浸泡，太咸了，我和儿子都不吃，他们父女吃。

后来，我做了一次咸鱼，烧鱼前，我先把咸鱼浸泡了三天，咸鱼被泡淡了，我去烧好了，我们母子吃，我女儿就是不吃。

一家两营垒，同一营垒里的人，脾气和食性相近，互相呵护。

周五那一天，行为刁钻的女儿对她爸说，爸爸，我也不小了，十六周岁，也是妇女了，你猜猜，今天是什么节啊？

给你，拿去，自己去买礼物，她爸说，三八节快乐！

女儿接过她爸手中的钱，扬着手，斜了我一眼，有点挑衅的意味。我赌气地对儿子说，儿子，这点钱给你，给老妈买什么节日礼物呀？儿子接过我的钱说，欧嘞，我去买老妈最喜欢的礼物。

后来，女儿悄悄地跟我说，妈妈，我是逗你玩的，这叫欲扬先抑，先气气你，礼物是为你买的，等买来后送给你，给你一个惊喜，祝妈妈三八妇女节快乐。

死丫头，一脑子歪脑筋。

远鸿，你说气不气人。唉，我这样说一说，心情也好了些。

周远鸿终于舒了一口气，怕她还要说下去，就找了个借口离开了。

在员工食堂里吃中饭的时候，杜大姐对客房部的褚杏儿说，这个周末我真真气煞人啦。叫老公到镇海打扫我们房子的卫生，此去不远，一个多小时的车程，他不去，他哪怕不干活，站在我身边装装样子也好哇，活可以由我来干，他就是不去，拉他也不去。他认为，房子打扫和不打扫是一样的，租客租去了房子自然会打扫。

她还说，我觉得正相反，房子扫干净了，租客一看，心情舒畅，就愿意住下，如果看到脏兮兮的房子，谁会愿意租房？那一套房子已经两个月没有租出去，闲置着，没有租钱啊。我要通过房产中介租出房子，他要通过网络租房，我俩的意见总是存在分歧。

她说个不停，还有，我老公的公司要招一位文员，我给他们物色了一位四十来岁的人，去了会干活，跟我们同一个小区。而他要一个年轻漂亮一点的女子，要有文凭。他还真从劳务市场找了一个年轻文员，其实能力不及没有文凭的。他总是要与我唱反调。

她继续说，我给他做好了晚饭，叫他吃，他不吃，他到弟弟家去吃。我无意中把女儿身边的凳子踢了一脚。女儿说，妈妈，你发什么脾气？她训人的口气很重，我吓了一跳。我说，你说什么哪，我发脾气了吗？我跟你爸爸发脾气，没跟你发脾气呀。

明显地，女儿向着她爸，因为她爸会给她零花钱，从不训她，这个女儿很乖巧，善于察言观色。

我儿子向着我，他要向他姐姐和他爸爸斗嘴。他爸烧的咸鱼，因为咸鱼没有浸泡，太咸了，我和儿子都不吃，他们父女吃。

后来，我做了一次咸鱼，烧鱼前，我先把咸鱼浸泡了三天，咸鱼被泡淡了，我去烧好了，我们母子吃，我女儿就是不吃。

一家两营垒，同一营垒里的人，脾气和食性相近，互相呵护。

周五那一天，行为刁钻的女儿对她爸说，爸爸，我也不小了，十六周岁，也是妇女了，你猜猜，今天是什么节啊？

给你，拿去，自己去买礼物，她爸说，三八节快乐！

女儿接过她爸手中的钱，扬着手，斜了我一眼，有点挑衅的意味。我赌气地对儿子说，儿子，这点钱给你，给老妈买什么节日礼物呀？儿子接过我的钱说，欧嘞，我去买老妈最喜欢的礼物。

后来，女儿悄悄地跟我说，妈妈，我是逗你玩的，这叫欲扬先抑，先气气你，礼物是为你买的，等买来后送给你，给你一个惊喜，祝妈妈三八妇女节快乐。

死丫头，一脑子歪脑筋。

杏儿，你说气不气人。唉，我这样说一说，心情也好了些。

杏儿说，很正常啦，青春期的孩子就有一段逆反心理期。

周远鸿坐在离杜大姐不远处就餐，听得清杜大姐的谈话，一模一样的话语，他听了第二遍，他觉得杜大姐简直是一台高保真的留声机。他发现她是个名副其实的仓储员，把家里的气储藏起来，然后，到外边遇到什么人，就把"气体产品"分发出去，她那清空的"仓储"，不断进货，不断发货。当然，她不能对家人倾诉，因为，气体产品的原料来自家庭成员。

第二天，采购员小林送采购单到仓储室，杜大姐向他讲起了她家两个营垒的故事。杜大姐对小林说，这个周末我真真气煞人……

原载《山东文学》2014 年第 1 期

翼　人

我看到了有史以来最顶尖的羽翼人，或者说翼装侠。

一个黑色羽翼人，女的；一个白色羽翼人，男人。他俩都能够飞。黑衣女翼人，在空中飞舞，引着一张怪异的弓，引而不发。奇异之处，弦是多线的弦，搭箭一拉，弦线跟蛛网一样，变成一个大网兜。她与鹰在相向飞舞，翔宇蓝空。一个俯冲，将及地面，鹰飞走了，黑衣女似要撞上地面。倏地，只见她又升起来，很舒展地在一块草坪上落地。俗常的翼人只能顺着惯性向下向前滑翔，你叫他起起落落翩飞，他绝对无能为力。她绝对是个顶尖翼人。

我问她："你怎么做到舞姿优美翩翩而飞？"

"我想飞啊。"她说。

"这么简单，其中有何奥妙呢？"

"就这样简单，是意念之间，人自轻而飞翔。"她说。

白衣男翼人，也能飞，衣衫轻盈而薄明，尾处有两个风筝一样的尾翼或脚蹼。他飞将起来，可以绕树三匝。

有一个妇女，颤巍巍地走到白衣男翼人跟前说："你好，你身上的白翼衣能否借我一用？"

"你穿不了的。"

"没错啊，我是穿不了，有人会穿得了的。"那妇女说。

"谁？"白衣男翼人说。

"她。"老妇指着身后的女孩说。

试衣的是一个小姑娘，长相与老妇人一模一样，那眼睛，那鼻梁，那一张小嘴，母女都是十分相似。她穿上白翼衣，蹦跶了几下，没有飞起来。

我提醒她："你脚下的助飞跑道需要延长一点，再长一点，铆足劲奔过去，再在悬崖边纵身一跃，肯定能飞。"

"我怕。"小姑娘说。

我说："怕？你当初别穿上这身白翼衣。"

　　姑娘面有愧色，虽然心里害怕，仍鼓足勇气照我说的做了。可是结果，她奔到跑道尽头，只听得咚的一声，人栽下崖去。连一片羽毛都没有飞上来。

　　我正待去穿上白翼衣。我不知道，明知凡夫俗子飞不了，除了几下趔趄，便是坠落山崖，为什么还要跃跃欲试呢？我一点都不思考事件的结果，一点也不顾忌结果有多糟糕。

　　穿上白翼衣后，觉得自己很臃肿。我忙着脱衣，撩开自己的衣服，有两件线衣要脱，三下五除二，脱去两件线衣。再一撩里面，竟还有一件毛衣，也脱去。贴身的背心或内衣是没有的。我想，穿着白翼衣是够了。穿着白翼衣，须遮遮掩掩着才行，因为发现自己丑陋的鸟儿蛋儿裸露着，很不好意思。对着众人，我双手掩面，哭了。那哭样儿，似哭非哭，似笑非笑。我说："各位爷爷奶奶、姑姑婶婶、大舅小姨、父老乡亲、左邻右舍，我给大家献丑了。"

　　我在想，我只能用意念，除此别无他法。在默地里，我想自己飞翔于蓝天白云、白山黑水，飞翔于浩渺河湖、草原林海。想自己的骨骼多么轻盈，想自己水袖善舞婀娜多姿，毫不逊色俗常的以及不同寻常的林林总总的翼人。我做好了准备，站在几根石柱子旁，开始意念起来。

　　我觉得，即使惨遭失败，壮烈坠亡，能为大家蹦跶几下，能为各位看官乐呵一下，也是应该的嘛。不尝试，哪知自己有多大能力，哪知自己能否飞舞。至于他们——黑衣女翼人、白衣男翼人，多么轻盈，多么曼妙和纤巧，能飞善舞，那是他们的本事高。我有吗？我真有吗？我一再喃喃呓语。

　　我觉得有必要跟随那位女孩后尘，疾步助跑，临崖起跳。

　　原载《东风文艺》2014 年第 4 期，《小说选刊》2015 年 11 期

张 炎

1981 年出生，男，浙江新昌人，浙江省作协会员，新昌县作协副秘书长。作品散见于《椰城》《当代人》《少年文艺》《青年作家》等文学期刊，入选多个权威选本，著有诗集《江南寻梦》《我的村庄》等多部。

父与子

　　天姥山乃钟灵之山。山中林繁叶茂，鸟雀相闻，时有啸啸而过之风，潺潺而流之水，实乃滋生养物之佳地。

　　山之阴有一老父，名曰黄吕。年过七旬，鹤发童颜，颇具仙家之风。老父有一独子，单名曰武，已知天命，一副慈眉善目，和蔼可亲之态。父子二人正互酌对弈，一旁有小儿嬉戏，女子濯洗。天伦之乐，说也无穷，道也不尽。

　　黄吕少时，其父规其习文。然老夫无度，未遂其父所愿。文不好文，整日往返山林。欲觅求得道高人，教习拳脚。

　　山野无痕，高人无踪，然黄吕三载后出山，能擒狼伏虎，断石裂木，被惊为天人。

　　有一都帅，乃重义尊贤之人。闻知有黄吕这等奇异之士，遂乘独骑，亲来聘求。黄吕甚为感恩，随其入营出帐，冲锋陷阵，尽己所能，立下汗马功劳。

　　都帅有一军师，乃能掐会算，精通奇门遁甲，上知天文，下知地理之士。与黄吕相交甚深。与之长处，老父深感文才不足，故时而讨教之。

　　一日，军师邀老父同饮。席间，赠黄吕一书，外有丝绢包裹。曰：吾与兄相处日久，志深道同。今有一物，望兄能收受，此乃穷愚所能而成。若能对兄有益则吾愿足矣。吾视当今天下，佞臣当道，蒙蔽圣听。良将言背，料定他日必有忠贞之士屈死于刀斧。都帅才智出众，屡建奇功，必为所难。你我恐难逃所祸。一旦有此一遭，望兄速离此地，隐姓埋名。

　　黄吕一笑置之，曰此乃杞人忧天，不足为虑也。

　　未料，果与军师所料非差。正当军威日昌，士气日足之时，朝中佞臣惑众，处心积虑陷害都帅。皇帝恐督帅拥兵自重，夺其江山，连下十诏招其回宫。督帅不疑有他，帅亲兵数人，军师、黄吕相伴，日夜兼程回京面圣。皇帝不见，并下诏诛灭九族。军师难以幸免，黄吕也在受难之列。入狱五年，黄吕吃尽奇屈，苦不堪言。后庆幸新帝即位大赦天下，黄吕得以重生。

出狱后，黄吕深感悲戚，厌弃世风之驳杂，人心之不古。不足与竖子同谋。正值而立之年，然沧桑已非一般。

遂依天姥而筑草庐，娶妻生子，以圈鸡养羊为生。春播时分，其子降生，并无啼哭，呈沉思状。黄吕夫妇深为惑矣！因黄吕好于拳脚，故为其取名：武。望能承其衣钵，然此子与黄吕同一秉性，事事由己，不遂黄吕所愿焉。

武不喜武，常饮朝露瞑夕霞。虽书卷不着边手，然浑身一股书生之气。无师自通，竟能作诗填词、遣文造句。妙语佳句，犹如过江之鲫，鱼贯而出。

黄吕见其子能成文臣之材，将军师所赠之书，转赠于武。曰：读此书，能成将官之师也。其子视若珍宝，常以诵读之。日渐精晓佐治之术。此子之名日显于方圆。

一州官闻之，欲聘其为幕宾。入幕三日，武即收拾行囊，欲辞馆而去。

州官劝阻之，问曰：何故？

曰：去因有二。公视吾为宾师，吾亦想诚佐公也。不想，公锦衣玉食，绫罗绸缎，些许官饷，焉能如此过活？此为一也；案卷累牍，灰尘蔽卷，实非勤廉之所为。其为二也。夫官之禄，民脂民膏。食民之禄，岂能不尽民乎？吾又岂能恋栈？

州官闻之，悚然悔悟。表痛改之心，央武佐之，思之再三，武亦诺之。

此后，州官励精图治，常日三省其身，以武之言是为要义；武亦恪尽职守，勤查押犯、督促勘验、细批呈词、捉刀书启、酌定审期、金差传拘、暗中侦访、堂后听审、剪裁供证、推敲判词，凡己之事，竭力而为之。

州官对武言听计从，三年光阴铸就清官美名，武亦名扬州县。所治之地，官民同乐，夜不闭户，路不拾遗。

皇帝听闻，龙颜大喜，降召：授州官官品二等；武乃州官。

在任三年，所治之地，亦官民同乐，夜不闭户，路不拾遗。三年州官，走时无一两金银在身，可谓两袖清风。圣上欲再加官，武谢拒曰：圣上重用，臣感激不尽。吾乃一介山民，家有老父，需要照料，以尽人子之孝。

皇帝允诺，并赠一匾额。上书曰：忠廉孝义。挂于门楣，并命其所在之村为武村。

村人问其为何不继续为官，其笑答：人日曝于外，肌体岂无害焉？

此后，与老父共享天伦之乐，悠然自得也。

原载《山东文学》2011 年第 6 期

采编方法

去新闻部报到的路上，莫凯还在回味县电视台周副台长的叮嘱："新闻部是我台新闻工作的最前沿，很多有价值、轰动性的新闻报道都是出自新闻部的同志们之手。部主任张辉同志管理有方，经验老到，工作卓有成效。你要虚心向他学习，把在传媒学院学到的本领都在工作中检验一下，争取能够早日挑起大梁。"

和张辉的见面多少令莫凯失望：矮个子、塌鼻梁、烟熏牙，没精打采地坐在办公室旁，根本不像副台长所说的是个精明能干的新闻部主任。

"看人不能看外表，也许他真有实力。"莫凯暗中提醒自己。

张主任分配给莫凯的工作是接热线电话，并且一再提醒他有什么新闻线索不要自作主张，要及时向他报告。

莫凯不免有些失望，但他是新闻工作的新兵，想做什么由不得自己挑肥拣瘦。

头两天，热线电话一个都没打进来，莫凯就老老实实坐了两天。第三天上午，"丁零零"的电话铃声响起，莫凯条件反射般一把拿起话筒："你好，这里是县电视台新闻部，请问有什么事？"

"我是广成乡长林村村支书裘武军。刘冰因为没有结到村路施工工程费，和村主任吵起来了。他还叫了不少人拿来器材要掘新浇筑的路面，根本不听劝，请你们来一下好吗？"

"好的，我们马上派人去采访。"莫凯放下话筒后，立刻进了主任室，向张辉做了报告。

听完汇报，张主任眉头一皱："这个刘冰是村里的二流子，仗着家里有钱，强抢去的这个工程，村民意见比较大，拖一拖他的工程款也压压他的嚣张气焰。你告诉村支书，让他自己控制一下局面，不要乱起来。我们这里记者都出去采访了，暂时没有人手。我说莫凯，我提醒过你不要擅作主张，你当耳旁风啊！"

没有人手？办公室里明明还有三位记者在上网、看报，没事情做呢！

"还不赶紧去打电话，愣着干吗！"

过了一刻钟，热线电话再次响起。

"电视台吗？我是裘武军，刚才打过电话。刘冰已经带人掘了路面，村干部拦也拦不住。请赶紧派记者来吧！"

莫凯一阵迟疑，到底该不该向张主任汇报呢？

"又来电话了？"

"嗯，说村路已经被破坏了。"

张主任翻了一下通讯录，找到广成乡长林村村支书的号码后拨了过去："我说老裘啊，多大点儿事情，你们村干部都压制不下来？他要是再乱来，你让乡里派出所民警出面，关他几天不就得了。"显然，张主任和村支书是老相识了，对长林村的情况也有所了解。

不到十分钟，热线电话又一次响起。

"电视台吗？刘冰用水泥铲把村主任铲伤了！血都流出来了。派出所我也打了电话，说马上赶过来，请你们也马上派人来吧！"裘武军的声音透着焦急。

"莫凯，马上通知吕均带上摄像机，我们一起去长林村！"

赶到长林村，满脸是血的村主任、掘得高低不平的村路、阻挠拍摄一脸嚣张的刘冰、控制现场的派出所民警、一脸气愤的其他村干部，在张辉的提醒下，被摄影机一一记录了下来。

当天晚上，张辉亲自操刀的新闻不但在县台，而且在省市台播出，引起了很大的反响。这条新闻还被省台评为"好新闻"二等奖，获奖证书上的名字有张辉，有吕均，也有莫凯。

面对证书，莫凯的心情却十分沉重……

原载《啄木鸟》2013 年第 4 期

如此对手

杜源在山城的康阳路开了家作文馆。他原先是县城一所小学的老师，教了二十来年的语文，是首屈一指的语文名师。看到作文培训的商机后，辞职下海，专职教起作文来。

由于名声在外，学生家长纷纷前来试听。杜源讲课有一套，方法新颖多变，学生乐意学，家长乐意送。经他培训的孩子，语文成绩噌噌往上冒，作文也是上报又上刊，学生囊括了城区各所小学，生意相当红火，甚至到了"一位难求"的地步。

谁知，赵永也看上了这块蛋糕，来到康阳路，就在杜源作文馆斜对面开起了作文培训班。这边牌匾写着"杜源作文馆"，那边匾上写着"赵永作文馆"。成心的吧，来打擂台啊！

杜源心里恼火，每天开课前，他会站在门口，盯着对面的作文馆抽烟，直到烟屁股烫到手才作罢。时间一长，学生家长就看出了苗头，杜老师来对手了？不过杜源作文可是县城响当当的牌子，这个赵永能是杜源的对手吗？

的确，这边熙熙攘攘，赵永那儿门可罗雀。杜源每天只上两节课，讲完就回家，然后带着家人游山玩水去了。他说，人得有点追求，钱是挣不完的，够用就好。隔三岔五，有学生家长来找杜源，希望给自家孩子插个班，或者建议多开个班，给他留个名额，结果都不能如愿。

杜源开培训班，心境淡然。再淡然，面对赵永的挑战，他也很不高兴。他说，自己不能默不作声，得积极应战。

他的应战方法特殊、简捷，也很有杀伤力。他建了微信群，名为"山城作文"，成员都是已经参加培训的和想要参加培训的学生家长，老老少少，两千来号人。每周，杜源不定时的只发布一条消息，开放插班名额，就一个，先报先得。抢到名额的，像中了头彩，欢喜异常；没抢到的自怨自艾，谁让自个人不关注群消息呢！

一天，杜源发布消息了，不过不是开放插班名额，而是这样一条消息：赵永仗着自己有点能力，就想挑战我杜某人，痴心妄想！

大家纷纷劝说：杜老师，别生气，和气生财嘛！这位赵老师看上去挺和善，也挺好讲话的。

杜源说：再和善，再好讲话，我也不能容忍他的挑衅。

有学生家长试探着问：赵永的作文教得怎样？

杜源实话实说：马马虎虎，还算过得去。

群里就沉默了。第二天，有家长带着孩子去赵永的作文馆试听，讲得真好，很有感染力，互动效果也不错。但细细一品，发现叫法上少了杜源的活泼多变。大家虽好奇，报名参训的寥寥无几，而杜源的作文培训名额，仍是供不应求。

又一周，杜源在群里发了另一条消息：这个赵永想胜过我，还得下点功夫提高自己，不然是白日做梦。消息后面，还配上了哈哈大笑的表情，显得颇为得意。

没两天，杜源发消息的时候就不笑了。原来，他特意让家里人去试听了赵永的作文课，对方的作文讲得也活泼多变了。他询问群里的学生家长，这是怎么回事？大家都猜测着，有的说是偷学了杜源的教法；有的说人家开始亮绝招了；也有的说眼见为实，耳听为虚，找个时间带孩子去听听。

杜源断言，人家不是科班出身，没有丰富的教学经验，绝对比不过自己。

果然有学生家长去了，得到的结论是，讲课风趣幽默，旁征博引，内容贴合小学语文要求，方法浅显易懂，甚至比杜源更加全面深入有操作性。

杜源不再夸海口，为了顾全面子，他撂下一句话：那小子就仗着是省级作协会员，写了几十年文章，翻不出大浪来。

不这样说还罢，杜源这么一说，不少学生家长，尤其是还没报上名的更是起了去听作家上课的心思。赵永的门前，顿时车水马龙起来。杜源老婆看到就老大不高兴了，埋怨杜源明的暗的帮赵永，还把多年积累的作文辅导经告诉赵永。

杜源一脸无辜地说："我没告诉他啊。"

老婆说："别骗我，赵永老婆都告诉我了。"

杜源笑笑，不再说话。

老婆说，绝招透露也就罢了，怎么还在群里替人家打免费广告呢？

杜源给老婆竖起大拇指，露出敬佩的神色道："不简单啊，这你也看出来了？"

"傻子才看不出来。"老婆没好气地瞪了他一眼。

杜源告诉老婆，赵永也不容易，辛辛苦苦积攒的家底，2020 年投资失利都赔光了，还欠了一屁股的债。前几年刚买了房子，每月还得还毛六千元的房贷，头发都愁白了。他找到了我，告诉了我他的处境，希望我能帮他一把。我寻思着，谁还没个碰上难处的时候，就把教学方法都告诉了他，没想到赵永领悟能力挺快，几天时间就学会了。作文馆是开张了，可局面不是说打就能打开的。我手里有那么多资源，分他一些又何妨。这样，他生活压力减轻了，我们看着也高兴不是？

老婆说："我们学生资源呢？"

杜源说："放心，不会比过去少。"

果然，杜源的作文馆，学生依旧满员。赵永的作文馆也热闹着，每个班次排得满满当当。

不久，杜源把赵永拉进了微信群。赵永把杜源帮着自己打开局面的内幕说了，群里人一色挑着拇指道："杜老师，高！"

原载《北方作家》2021 年第 3 期

·

散

文

陈亚红

女，浙江新昌人，浙江省作家协会会员。出版《破茧成蝶》《大道至简》《你不努力谁能给你想要的幸福》《名家的成才之路》等多部个人著作。

天姥山的四季

　　天姥山，在新昌县城东南方，是从天台延伸过来的一组山脉，它没有雄伟挺拔的山峰，没有险峻奇特的岩石，但是在历史上，它的名气并不亚于三山五岳，在唐朝，很多诗人来过这里，留下许多关于天姥山的诗，最有名的，要数李白的《梦游天姥吟留别》。

　　虽然天姥山没有奇峰怪石，没有奇花异草，可是我对它有一种发自内心的亲近，或许是因为李白的诗，让我自豪于家乡有这样一座山。我去过很多次天姥山，一年四季，它呈现出不一样的美丽，用丰盈的姿势，述说自己的故事。

　　春天的天姥山，温柔而妩媚。红艳艳的映山红，开满了整个山坡，沉睡了一冬的大山，红红火火地热闹起来。许多不知名的小花，竞相开放。

　　阳光，透过树林，斑驳地落在灌木丛里。小鸟迎着阳光歌唱，抑扬顿挫，此起彼伏，仿佛在森林里开演唱会；各种颜色的蝴蝶，扇动着美丽的翅膀，不知该在那朵花上停留；调皮的松鼠，在树上窜来窜去，灵巧的身影忽高忽低；偶尔抬头，能看到飞机在蓝天中飞翔，转眼，就消失在天空尽头。

　　静静细听，有水流动的声音，顺着声音走去，看到涧水从高处落下。潮湿的周围大片大片的青苔，郁郁葱葱。努力向上，是每一棵植物的愿望，哪怕卑微如苔藓，仍使劲吸收着根下的营养，向着蓝天靠近，认真而又执着。

　　摇曳的风，送来一股清香，一块平地上，大把大把白色的太阳花，疯狂盛开，诱惑着你的欲望。终于还是抵制不住，奔过去，采了一大把，回家置于案头，春天就这样搬回了家。

　　夏夜，城市热得像蒸笼，人们躲在空调房里，不敢出去。天姥山的夜晚，却是清凉和静谧的。带着帐篷，携着爱人，天姥山的草坪，是我们最好的选择。

　　并肩躺在帐篷里，敞开的天篷上方，蓝色的天空，像妈妈身上洗得发白的蓝布衣，满天繁星，就像一个个发光的小纽扣，钉满妈妈的衣服。小时候，我们都像张衡一样，在无数个夏夜，数过天上的星星，尽管我们的数学知识越来越丰富，可是我们终究没有数清过。

童年的歌谣还在耳边，我们却已长大。流萤在林间穿梭，忽明忽灭，就像走进一个童话世界。每一个农村孩子的童年里，都有萤火虫相伴的晚上。从田野里捉来大把大把的萤火虫，塞进刚刚收割下的麦秆里，挂在床前，好奇地盯着，直到不知不觉进入梦乡。

童年时光消失在时间的长河里，记忆深处锁住的那些美丽片段，不经意间常被翻起。所有的遇见都是久别重逢，今夜，我们相拥而眠，在寂静的夜晚，有流萤作伴，这些精灵，是孩提时曾经见过的其中一只吗？

当落叶树的叶子开始五彩缤纷，当松针开始厚厚地铺满山坡，灌木丛里的野果熟了，沉甸甸的秋天，在云淡风轻中，来了。

硕大的山楂，在枝头羞答答地低下头，酝酿了一季的果实，等待遇见。大部分野果，成了鸟儿们的美食，偶尔，有从城市深处走来的驴友路过，看到红彤彤的山楂，就像见了稀罕物，赶快你一把，我一把的摘下，放入囊中，带回家献宝似的给老人和孩子。吃惯了大棚蔬菜和水果的城市人，对这种原汁原味的野果，情有独钟，它唤起人们心底对自然的向往。

满山的蘑菇，也赶趟儿似的，从厚厚的落叶中探出头来，东一簇，西一簇，这一丛，那一丛，到处都是。有毒的，没毒的，可以食用的、不能食用的，如果不是熟悉这片山林的老农，是不敢采回家的，如果误食毒蘑菇，能让一家人死于非命。

神奇的自然，是可爱的，也是可怕的，你只有不断地亲近它，它才以真实的面目来见你，敞开心扉，与你做朋友。

热热闹闹的秋天，就在野菊的掌声中过去了。冬，在呼啸的北风中，带着雪花来了。

下雪的天姥山，到处白雪皑皑，一片一片的雪花，无声地从空中坠落，四周，万籁俱寂。风，也被雪的盛大怔住了，失去了往日的威猛，世界只剩下白茫茫的一片。

独自行走在这样的天姥山，陪伴你的，只有身后不断延长的脚印。前不见古人，后不见来者，天地悠悠，鸦雀无声。沉默的苍山，飞舞的白雪，还有自己的呼吸声，和着脚步落在雪地上发出的细微踩踏声。这让你想起《红楼梦》中宝玉出家的镜头，天地茫茫，唯你独行，穿着红色披风的宝玉，历尽红尘恩怨，终于抛却尘世情缘，独自走向苍茫的天涯。

空气中飘着若有若无的幽香，一个转弯，眼前豁然开阔，前面居然出现了一排房子。房前空地上，几棵不高的树上，积满雪花，香味是从那传过来的。凑近观看，原来是梅树，几朵红梅在雪中露出红色的花瓣、黄色的花蕊，正与雪比美呢。房子里，有笑声传出，透过窗棂，看见几个人围炉而坐，他们红扑扑的脸上有着灿烂的笑容。

被无数诗人推崇的天姥山，在历史的烟云中，历经繁华，却依然宠辱不惊，只看山前花开花落，以自己的方式，迎来送往每一位过客，不管是名满天下的才子，还是名不见传的民众，你来，敞开胸怀接纳你；你走，沉默着含笑告别，缘来则聚，缘去则散。

天姥山，你是我们新昌的骄傲，新昌，因你更美丽。

原载 2017 年 7 月 7 日《新华每日电讯》草地周刊

秋徜夹溪大桥

时间太瘦，指缝太宽，它总是不经意地在指缝间悄悄溜走。仿佛还沉浸在春日的繁华中，转眼，绿树成荫的夏天已然过去，居然连五彩缤纷的秋天，也只剩下一个尾巴。趁秋天还来不及转身，为了不错过最后一抹秋色，一个阳光灿烂的中午，我放下一切，决定去野外感受秋之美。

去哪儿赏秋呢？在决定赏秋的一刻，脑海中就有了一个绝佳的去处。那是一个远离尘世的地方，那里的天空明净得洗过一样，纯净透蓝；那里的空气清新爽洁，仿佛是谁用布筛子细细滤过；那里的阳光一尘不染，就像纯净的花生油。

这个地方，就是号称"浙江第一高桥"的夹溪大桥，位于金华市磐安县境内，是磐（磐安）新（新昌）公路的咽喉工程，在磐安和新昌的交接处。从新昌县城出发，只要一小时的路程。

因为夹溪大桥横跨在 200 多米高的"浙中大峡谷"上，只要站在桥中央，即使是夏天，也感受不到酷暑的炎热，只有凉爽的风，从身边一阵一阵吹过。在这样的深秋，那风虽然还不至于刀割般的凌厉，但是断然不会再温柔。

我给自己准备了一件羽绒服和一套野外用的茶具。蓝天下，阳光中，俗世外，在山水之间，品佳茗，观山水，放空自己，做一回大自然的主人，这是一种绝妙的享受。

一切准备妥当，独自上路，一路朝西。蜿蜒曲折的盘山公路上，到处能见到杜牧诗中描绘的景象："远上寒山石径斜，白云生处有人家。停车坐爱枫林晚，霜叶红于二月花。"在一路的秋高气爽中，我的思绪早已插上翅膀，飞到那高高的大桥上，不知不觉，脚底加劲，加快了车速，车外的大树迅速向后退去。

经过一小时的行驶，转过最后一个弯，夹溪大桥宽阔的桥面豁然在目。我在桥头停下车，桥的这头是新昌，那头便是磐安，故乡和他乡，近在咫尺。我从车上下来，带着阳光味道的山风，立即裹住了我，我赶紧穿上准备好的羽绒服，然后朝着桥中走去。

随着接近桥中央，越来越大的风，从空旷的峡谷中穿梭而来，扑入我的怀中，钻入我的衣服里。走到桥最中间段，视线顿时开阔起来，长长的夹溪，把山分成左右两边，形成著名的"浙中大峡谷"。朝着远处眺望，巍峨的群山连绵起伏，延伸向遥远的天际，最远的山峰，挨着天空，起伏的峰顶，连着蔚蓝的天空。

在延绵的群山间，坐落着一处白墙红瓦的村庄，村庄的颜色，给静默的群山添了一份烟火气。阳光落在远处的玻璃窗上，折射出明晃晃的光，那金色的房子就像童话故事里的城堡，里面住着幸福的王子和公主。

离村庄不远处，隐隐约约有一条公路，有大巴车不时在群山中出没。那大多是上海牌照的旅游大巴车，夹溪大桥就是其中一个景点。这些车通过高桥时，司机会有意减低车速，让游客短暂观赏一下这里的风景。这时，车上的人游客纷纷从座位上站起来，努力往窗边挤，把脸贴在玻璃上，挤成一个个不同的表情包：有的一脸惋惜，大概在遗憾不能下车亲近；有的大张着嘴，好像在惊叹这桥的雄威；有的嘴巴不停地张合，估计是在和同伴交流；有的脸上荡着甜甜的笑，可能是对这次行程很满意……

世界是个万花筒，不同的人有不同的脸，不同的脸有不同的表情，就像我站在桥上看风景，不同季节，不同时刻，不同天气，不同角度，看到的景色都截然不同。就连谷底的水，它都是多样性的：阳光照不到时，像一位穿着翡翠绿衣服的少女，侧身在谷底酣睡；阳光照射在它身上时，像一位穿着金丝服的姑娘，衣袖拂过，金丝雀跃；蓝天白云飘过时，它又变成一个青花瓷般的女孩，腼腆而沉静；深秋的午后，它披上五彩斑斓的华服，像要去赶赴一场盛宴……

这里的山山水水，仿佛有一个神奇的手指在随时指点，手指移过处，山水就有了不一样的风情，让人流连忘返，频频光顾。再望向那高远的蓝天，如洗的碧空，就像一块巨大的蓝色印花布，没有一点污斑；那轮太阳，就像一颗璀璨的明珠，镶嵌在万里碧空中，温柔地注视着这个世界。

那边，一群大雁飞过来，变换着方阵不断靠近。我把两手拢到嘴边，想大声地和它们打个招呼，又怕突兀的声音，惊扰了它们的行程，赶紧捂住嘴巴，只是目送着它们，渐渐消失在我的视野中。

近处，斑斓的秋色，一览无余。落叶树上，是深浅不一的黄叶，在风中凌乱地飞舞。有的飘在空中，像一只只蝴蝶，不停地朝着远方追逐；有的落在桥上，被来往的车辆不断碾压，无声地结束一季的梦想；有的从我眼前飘过，晃晃悠悠落下谷底，优雅的姿势，仿佛在和我挥手道别；更多的叶子，来不及随风跳起最后一曲舞，安静地在树下栖息，等待来年给大树做一份养料。

那些常青树，还是一身的绿，不过颜色已由鲜绿换成黛青，这是时间沉淀后的深沉。常青树的叶子上，表面大多包裹着一层油脂，能够减少养分的流失，有利于它们更好地过冬。阳光散落在叶子上，风吹过，叶子泛出金色的光芒。

野蛮生长的灌木丛中，长着很多红色的小果子，沉甸甸的，压弯了枝头，一树丰收的喜悦，丰盈了这个季节；还有一丛丛野菊，在凌乱的石缝间，凸出的岩石旁，疯狂地盛开，为这个季节献上最后一份厚礼。

头顶的太阳还是光芒万丈，毫不吝啬地照射着我。可是阳光抵不过风儿的肆虐，体内的热度被逐渐驱散，我赶紧拢拢被吹乱的头发，折身往回走。

走到车旁，拿出茶具和坐垫，在桥头找个无风的地方，点火煮茶，悠悠茶香，在逐渐升腾的热气中，漫漫溢出。倒茶水于杯中，端至鼻下，茶香沁入心脾，呷一口，口齿留香。

生活，不止眼前的苟且，诗和远方，也不止是在梦里。只要我们愿意，选一个阳光灿烂的午后，放下一切，走进自然中，置身山水间，灵魂就的到来一次滋养。山还是那山，水还是那水，对世界却多了一份温柔。

深秋风景处处好，而我，偏爱这大盘山的夹溪大桥。这里，没有尘世的喧嚣，没有躁动的灵魂，只有一个安静的我，轻盈地放飞在大自然中。

2017 年，获浙江省"大盘山杯"生态散文大赛·优秀奖

没关系，那是我爸爸

女儿读高中后，两三周才能回家一次，不休息的周日，下午三点到六点没课，这个时候，学校允许父母去看望孩子。那个周日，女儿又不能回家，我买了点水果和零食去看她。

学校有两幢宿舍楼，一幢男生住，一幢女生住。女生宿舍楼禁止男人进出，那些去探望女儿的爸爸，只能站在宿舍外面的空地上。女儿住的宿舍楼，分左边和右边，中间是过道，她们的寝室靠路一边，窗口刚好对着外面的空地，每次去，总能看到那块空地上，站着一些来看望女儿的父亲。

当我走过那里，看到女儿舍友点点的爸爸站在窗口，我和他打招呼，说："你好，这么早来了，怎么站窗口，女儿不出来吗？"

他说："在玩手机，不肯出来。"

我边说边走，进了宿舍楼，找到女儿寝室，女儿一见我，连忙伸过手

来对我说："妈妈，把手机给我，让我玩会。"

我说："妈妈这么辛苦来看你，难道你不想和妈妈聊天，只想玩手机吗？"

女儿听我这样说，吐吐舌头，指指正在玩手机的点点说："点点在玩，我也想玩一会嘛。"

我看向点点，只见她眼睛盯着手机屏幕，两手不停地在手机上滑动，哈哈嬉笑着。我对点点说："你爸爸这么热的天，跑这么远的路来看你，他站在窗口，你却只顾自己玩手机，也不陪你爸爸聊聊天，好意思吗？"

她眼睛没有离开手机屏幕，说："他是我爸爸，没关系的。"

我侧头对她爸爸说："你看这些孩子，我们这么远跑来看他们，他们却一点都不领情，好像理所当然。"

点点的爸爸说："是啊，我一到就问我要手机，我想和她说句话，她都不理我。"

女儿的学校在乡下，从县城到学校，要坐公交车去车站，然后再坐半个小时的农运车，来回一趟，光车上就要两个多小时，还不算等车的时间，看一次，等于是费了半天时间。

我转身对女儿说："妈妈来看你一次，要耗去半天时间，因为其他同学的父母都来看，妈妈不愿让你感到不被重视，所以才来看你，如果你对妈妈的付出，看成理所当然，享受得心安理得，那么我告诉你，你错了。父母来看你们，是父母的情义，你们要尊重大人的这份付出，不要觉得是自己的父母，怎么样都无所谓。我看到外面站着很多同学的爸爸，他们来学校的目的，是为了看看孩子，你们却不理他们，任他们站着，如果这样，父母来看你们还有什么意义？到这里来，父母是客人，你们是主人，你们应该拿出接待客人的热情来，让父母心里感觉温暖。"

女儿看看她的舍友，大家都低下了头，有点不好意思起来，挽起我的手说："妈妈，我们去校园里走走，母女俩讲讲心里话。"这时，我再看点点，她的目光已经从手机里移开，看着地面，若有所思。

女儿挽着我，走在学校的林荫道上，我对她说："一个人要学会感恩，懂得感恩，首先要从身边的人做起，一个人如果连家人的付出都看不见，更不要说去感恩别人？就像你爸爸，以前每天下班回家，做饭给我们吃；

周末，只要有空，就带我们去玩。这是他在付出，我俩要感恩他对咱的好，虽然是一家人，也不能无视一个人的付出，一个人对另一个人好，付出一方和懂得一方，同样重要。如果一方不断付出，另一方却不知好歹，认为自己享受得天经地义，付出一方迟早会感到厌倦。就像现在，每次你来学校，爸爸送你来，你回家，爸爸接你回家，不要觉得他是你爸爸，理所当然应该这样做。你这么大了，没有人有义务要对你这样做，你要怀着感恩的心，看到爸爸的付出。"

时间是最无情的，有些东西在我们年轻时，我们无法懂得，当我们懂得时，却已不再年轻，古语说"子欲孝而亲不待"，有些东西一等失去，永远无法弥补，只能徒留遗憾。女儿，当我在对你说这些话时，妈妈也在想自己的父母，可惜很遗憾，我与父母早已阴阳两隔，再也无法在他们膝前承欢，他们也无法再对我循循善诱，这种遗憾，是任何东西都无法换回的。

不管是亲人还是路人，不管是熟人还是陌生人，一生中，总会遇见有恩于我们的人，对那些人，我们要铭记在心，一旦机会来临，滴水之恩，当以涌泉相报；等我们有能力时，也要力所能及地去帮助别人，让自己成为别人感恩的人，这样，我们的内心会越来越富有。

在日本北海道有个关于柿子和喜鹊的小故事，故事说：在北海道的乡村公园边，有很多柿子林，每当金秋十月，会看见大批采摘柿子的果农，那些果农采摘过的柿子树上，留有一些又红又大的成熟柿子，每个路过的旅人，都会忍不住问为什么，他们说，这是留给喜鹊的食物。

把辛辛苦苦种起来的柿子，留给喜鹊当食物，这是不是太可笑了？路人忍不住好奇，一再追问。果农说，喜鹊把这里的果园当成家园，每年冬天，会在树上筑巢安家。有一年冬天特别寒冷，整整下了十几天的雪，很多喜鹊因为找不到食物，饿死了。第二年，当柿子树长出新绿时，一种泛滥成灾的毛毛虫，把刚刚长出的柿子都吃完了，那年，果农们一无所获。从那时起，每当秋收，果农们都会留些果子在树上，果子吸引了喜鹊，慢慢地，这一带的喜鹊又多了起来，果园又呈现出欣欣向荣的繁华来。

父母给了你生命，老师给了你知识，同学给了你友谊，路人给了你微笑，所有在你生命中出现的人，都会给你特定的礼物，当我们在享受别人的馈赠时，常常忘记了感恩。一个人只有怀着感恩的心，才能尊重遇见的每一个人，学会感恩，懂得感恩，自己的情感会越来越丰富，人生会越来越充实，当一个人成为情感的富豪时，即使物质贫乏，即使身临困境，他的内心都是强大的，有强大内心的人，处处都能找到温暖，永远不会感到孤独和彷徨。

原载《山东青年》2018 年第 3 期

陈泽民

　　热衷于文学创作，作品散见于求是网、《绍兴日报》《钱江晚报》《图书馆与读者》《绍兴广电生活周报》、腾讯、网易、搜狐等网络媒体和报纸杂志，发表多篇学术论文，在文学比赛中屡获大奖；曾获青年创业创新大赛铜奖。曾在新昌工作。

说桑葚

　　情人节那天，爱人说要吃车厘子就去逛了超市，可惜下架了，只买了一盒桑葚和两盒蓝莓，"卢橘梅子黄，樱桃桑葚紫"，恰好我这三盒都是紫色水果。网上将桑葚评价为"农人之所爱"，就像农村特有的零食，让我回想起小时候的覆盆子、蛇莓、马兰头、商陆和美人蕉花汁。

　　桑葚是聚花果，一粒粒聚集在细细的花梗上，恰似一串迷你葡萄，送入口中酸甜尽可知，再将花梗一抽，便染红了指头，此时便读懂了"殷红莫问何因染"的韵味。长这么大，这还是我第一次品尝桑葚。以前听过也见过，却从没想过要特意买来尝下。小学时养蚕宝宝是一种男女皆宜的风尚，我也偷偷养过。诵读课文时用书本遮挡住老师视线，悄悄从桌子下抽出养蚕盒，然后看上几眼蚕宝宝，为枯燥的课业增添一丝欢愉。为养蚕我向同学要过桑叶，却只知桑树不知还有桑葚。大学的好友陶工（工程师）是湖州织里人，他们那边每家都会种几棵桑树，每次谈起桑葚，陶工脸上都会洋溢着迷醉的表情，转头跟我说"好吃"。可惜与他同窗四载及至去喝他喜酒，都未曾品尝过他家的"农家零食"。

　　在超市和农村我很少有看到桑葚了，家里也从未用它来招待客人，偶尔看到街边有小贩在兜售。不过别看桑葚在水果界"不入流"，想当年它还有"帝王命"咯。这里讲个故事，西汉末年，刘秀兵败逃亡，躲在破砖瓦里，靠吃桑葚才保住了性命，后来刘秀做了汉光武帝，下旨给桑树封王。可那时桑树果实已经摘完了，太监错将旁边硕果累累的椿树当成桑树宣了旨错封了王。

　　桑葚每年四到六月份成熟采摘，那时味道更津甜，而我在春风二月就吃到了，按时下网络语说：我可能吃到的是假桑葚。桑葚成熟的季节也是情怀烂漫的时候，乡人陆放翁"湖塘夜归"时写下"郁郁林间桑葚紫，芒芒水面稻苗青"；李石在《左右生题名》写道"泮林春风桑葚熟，集鼓坎坎闻晨挝"；王迈写有"桑葚熟时鸠唤雨，麦花黄后燕翻风"。白居易、柳宗元、欧阳修、范成大等亦留有诗词作品，可谓"桑果铺成满地诗"。桑葚当以紫黑色的为佳，诗有云"桑葚熟以紫""止醉桑葚黑"。东汉蔡顺遇饥荒拾桑葚充饥，一天碰到赤眉军问他为什么将黑色和红色的桑葚放置在不同的篓子里，蔡顺说黑色的甜留给母亲，红色的酸自己吃。赤眉军被他的孝心感动，送了白米牛蹄给他。

一颗桑葚，勾起往事典故；一颗桑葚，引得众多文人骚客赋诗填词。感怀之余，心痒也写了一首。

桑葚

阅尽湖光丝绸府，

遍寻织里蚕树镇。

恰是春风二月时，

犹记陶友说桑葚。

聚花密果似葡串，

清甜舌尖染指红。

救驾光武错封王，

午月熟时满地诗。

原载 2017 年 3 月 3 日《绍兴广电生活周报》

图书馆情缘

沈左尧图书馆陪伴我走过了大学时代，我与她有一种挥之不去的情缘，是一种自然而然的需求与吸引，这不仅是学习需求，是阅读需求，还是生活品质与精神追求的需求，是岁月宁静、灵魂憩息的向往。

其实，我与图书馆的情缘还蛮坎坷的。初三那会儿课业紧，有一次去校图书馆借了本《美国历史》，刚回到教室门口就被班主任抓到了，班主任很和蔼没没收也没批评，只是提醒我说：时间不多了学习可要抓紧啊。最刺心的责备便是那温柔如风的关怀，之后我再也没有踏进校图书馆了。

高一时，向同学问了去市图书馆的路，去了两次都没有找到，可能我真的是"书呆子"吧。有一次坐公交早下七八站路去找还是一无所获，每天两点一线让我与社会有些脱节，难道我与图书馆真的"无缘"吗？还好上了大学，我可以经常泡在图书馆里，也算弥补了当时的遗憾吧。

我有时在想，我们读书时真正喜欢看的书应该不是"应试"课本而是那些课外读本，生活中也很少有人整天捧着教材工具书在看，我们真正喜欢阅读的往往是那些"闲书"。阅读不仅为了丰富知识拓宽视野，还有身心的愉悦与慰藉。而这两者，图书馆都能给予我，从此处，从此刻，我便爱上了阅读。最怀念某天下午没课，总不着急回寝室，下了课就拐进图书馆，捧上一本书狠狠啃读一番。到了暑假则能在馆里泡上一天，蹭着凉爽的冷气，畅游在知识的海洋。

"养心莫若寡欲，至乐无如读书"。仿佛间，我生长在一个《平凡的世界》，听过《365夜故事》，度过漫长的《一千零一夜》，脑海中时常浮现出《十万个为什么》，渐渐有了《少年维特之烦恼》，敬仰《红岩》懂得《钢铁是怎样炼成的》，身在《围城》体会《百年孤独》，如今开始《追忆似水年华》。品读着《鲁迅全集》，针砭时弊中激荡着我的爱国爱家乡情怀；翻阅着余秋雨的《文化苦旅》，换个角度看待中华文化思考良多。当然，还有金庸、莫言、冰心、张爱玲、王安忆等大家作品。一晃象牙塔时代过去了，好多事情都发生了变化，莫言获得了诺贝尔文学奖，余秋雨著书和对盗版的抨击也少了，"转型"当了青歌赛评委以及到世界各地演讲。哦，如果要说还有不变的，那便是莫言老师还是"买不起"北京的房。

也许在图书馆汲取知识营养的那段岁月，悄悄地在我心里种下了文学的种子，"熟读唐诗三百首，不会作诗也会吟"，我开始喜欢写一些文章和诗词，附庸风雅一番。我很感谢在图书馆阅读的那段时光，时间是很好的积淀，珍惜你身边发生的每件事每处景每个人，终有一天会幻化成有用的"素材"。

虽然现在网络购书很方便，但有一些属性是网络书店所赋予不了的。现在很多人喜欢用 iPad、Kindle、手机阅读，主要携带方便，可我用这些电子产品看书，不久眼睛就会发酸疲累，阅读便索然无味了。关键它拾不起我的阅读激情，让忙碌的心安静不下来。翻开崭新雪白的书页，闻着悠悠印刷的墨香，这才是书籍阅读该有的样子。清朝姚文田曾说过"天下第一件好事，还是读书"。阅读真是一种不知不觉的习惯，可能图书馆那种阅读氛围更浓吧，她对我而言已不是一种学习需求，更是一种生活方式。书荒的时候或者周末有闲暇，我总喜欢去图书馆精心挑选几本书，有时我喜欢品着咖啡，翻看着感兴趣的书，任时光云卷云舒，慵懒地度过一个下午。这里的一切，都让我满心欢喜，对无穷知识的渴望，对读书氛围的沉醉。

2014 年我有个简短的演讲，主题是"'世界读书日'与全民阅读"，脚步走到哪里，书籍和思考就应该跟到哪里，这样，纵然有一天世界格局变幻，内心不"潦倒"，不彷徨。我特别希望我们能营造全民阅读的氛围，重新拾起阅读特别是纸质阅读的激情。

沈左尧图书馆，近 60 年风雨华章，那里有我驻足的身影和专注的神情，我爱这爿蕴藏乾坤的天地，我希望陪你一起走下去，一起继续阅读。

2017 年，获《图书馆与读者》杂志征文一等奖

何海玲

中学语文高级教师，国家二级心理咨询师，绍兴市作协会员，新昌县政协常委，新昌县作家协会秘书长。热爱生活，热爱阅读，努力在文字里优雅穿行，在尘世中诗意栖居。

在家里，我们都是孩子

——读《我们仨》有感

"钟书吃饱了，也很开心。他用浓墨给我开花脸。"请允许我们展开想象的翅膀：一对意气风发、才华横溢的年轻夫妻，在异国他乡，在饭后茶余，用案头的墨在脸上作画，这是怎样的情趣？这是怎样一对心无芥蒂，纯真得如同孩子一样的夫妻！

被誉为学界泰斗、文化昆仑的钱钟书是生活中的低能儿。当杨绛生孩子那会儿，独自在家的他打翻了墨水，砸坏了台灯，弄坏了门轴，像孩子一个苦着脸，犹如孩童见妈妈一般的诚惶诚恐，外加极端的依赖。

在家里，他们都是稚嫩的孩童。他们完全放下了戒备，悠游自在，他们可以互相拉帮结派，互相嘲笑。笑钟书的种种笨拙，笑他的色盲；笑杨绛的反应迟钝；笑女儿的学究，说她是笨蛋，是傻瓜。简陋的小屋里时时飞扬着温暖的笑声，斯是陋室，唯其情真，这样的陋室怎么不是人间天堂？而可以坦然接受嘲笑，哪怕是善意的，这样的心灵一定是无比强大的，纯净的，透明的。

他们像孩子一般充满了好奇心。不管是初到牛津的风华正茂，还是长途跋涉之后的幸福安顿，饭后、工作之余散步街头巷尾，是他们乐此不疲的事，他们仨一起，他们俩一起，犹如探险从未到过的丛林、海滩。"钟书每和我分离，必详尽地记下家中所见所闻和思念之情"，这种琐碎犹如"潮落潮退留在海滩上的石子"，一次一次拿出来把玩，欣赏，这会是怎样温馨甜蜜的时光！年与时驰，但是这纯真的童心永无老去。

女儿圆圆像姐姐，会照顾妈妈，怪不得每次钟书出门都会这样嘱托圆圆；像妹妹，陪着妈妈。有一天，圆圆病了，作为妈妈的杨绛还真不敢一个人走过一片荒地去听音乐；她还常常化身为妈妈，耐心细致地照顾自己的学者妈妈，即使自己生病住院期间，也依然想着妈妈的饮食，画在纸上告诉妈妈做菜的方法与步骤。

父亲在女儿圆圆面前彻底地卸下了盔甲，返老还童般成了一个孩子，与圆圆一同读书一同玩闹，无话不谈，如同好哥们。他会趁她睡着的时候，用墨笔在她脸上画胡子，在肚皮上画鬼脸；他爱玩"埋地雷"的游戏，喜欢在女儿的被窝里埋藏玩具、书本、小梳子小镜子等障碍物，令她措手不及，他自开怀哈哈大笑。

　　有人说，这个世界幽默的男人很多，有趣的父亲很少。的确，有趣比幽默更难，需要不同寻常的大智慧。因为他懂得何时欣然独笑，何时冷然微笑，他放下身段，以自己特有的方式为或沉闷或灵动的人生透一口气，为家庭里的女人和孩子添几分通彻的欢笑，以此来演绎对世间责任最好的成全。他以赤子之心与书生之气深深爱着自己的女儿和妻子，令她们在风雨飘摇的乱世里拥有一份宝贵的安稳与静谧。

　　丈夫有趣，稚子活泼，此种美好映入女人的眼底心尖，大概就是人世间最美丽的光景吧，想想都会嘴角上扬。

　　是的，杨绛是幸福的，拥有如此丈夫和女儿，拥有如此两个永远长不大的孩童。尽管也曾颠沛流离，也曾贫病交加，也曾委曲求全，甚至斯文扫地，不堪耻辱，但他们仨都是幸福，因为他们拥有一个自在敞亮的家，一个真实的心灵避难所，一个虽然简陋但足够温热的港湾，他们可以脱下沉重伪装，做回最初的自己，听得见彼此的心跳。这样的家是一片沃土，让每一个生命茁壮成长；这样的家是一方蔚蓝的天宇，让幸运的鸟儿自由自在地翱翔，嬉戏，休憩。

　　回顾周身，不少父亲们常常以严肃、稳健、沉静的形象出现在孩子面前，他们或者不苟言笑一本正经，仿佛只有这样才能显示父亲的尊严，或者威严得令人害怕。就像我们小时候，不敢在父亲面前跑，跳，大笑，甚至都不敢正眼看父亲的眼神。父亲的眼睛能说话，一个眼神就可以让你放下刚刚夹住的一块好肉，因为那是留给客人的；放下刚刚抢到的玩具，因为那是给弟弟妹妹的。而当今的爸爸们，要不忙着做不完的工作和上气不接下气的应酬，要不与掌上的手机热乎，有多少时候也让自己也回到童年，与孩子一起做些当年的恶作剧，一起灿烂地欢笑？

　　家里的气氛有时是沉闷无比的。曾经会为了家务的多少而吵，会为了一丁点的小事冷战好多天，指责、抱怨随时都有可能诞生，甚至会为了孩子的某一点不如意而大打出手，撕破家的宁静，于是封锁与防线渐渐多了起来，连天真的孩子回到家里也是小心翼翼，躲躲闪闪。这样的家恐怕连苍蝇蚊子也不是很喜欢呢。

只有在自然、安全、宁静的状态下，生命才有最美丽的绽放。

在家里，让我们都做回孩子吧。

世界可以喧闹，芜杂，但家应该足够和美，温馨，轻松，活泼。在家里，阳光满院，生机勃勃，欢笑声穿透了红砖粉墙；在家里，我们都是孩子，脱下外衣，放下陈见，甩开包袱，还生命以轻安自在，淳朴，开放，坦诚相见，永葆童心，细数光阴的点点滴滴，尽享我们千百年修来的美好缘分，幸福地携手相伴，直到地老天荒。

原载《绍兴教育导刊》2018 年 9 月

李招红

女，1975 年生，新昌县人，本科学
历，绍兴市作家协会会员，新昌浙东唐
诗之路研究社秘书长。至今已发表、出
版各类文学作品 50 余万字。在《人民
日报》《工人日报》等各级媒体发表散文
百余篇，出版有《在路上》《唐诗之路散
记》《浙东唐诗之路学术文化编年史》，
获多次奖励。

李招红

诗路漫谈

一路山川谐雅韵

"浙东自昔称诗国，间气尤钟古沃洲。一路山川谐雅韵，千岩万壑胜丝绸。"这是书法家启功先生晚年为浙东唐诗之路题写的一首诗。

"北有丝绸之路，南有唐诗之路。"唐诗之路与丝绸之路同为唐朝极具人文景观特色，深含历史开创意义的区域文化，同样影响着中国唐代的文化版图。

在浙江省东部地区，一条文人的山水走廊，风流千年，生动地阐释了文人和山水的关系。浙东的地形，像一个倒放着的"爪"字，上面（即南面）一撇是括苍山与大盘山，下面自左而右（即自西而东）三撇依次为会稽山、四明山、天台山。

据唐诗之路首创者竺岳兵先生考证，唐代有 451 多位诗人先后来到浙东，徜徉在这条从浙东运河西起绍兴、东至宁波；从嵊新过天台山下温岭、温州的唐诗之路上。这条路主要是水路，水路难以为继之处便舍舟登岸。沿途千岩竞秀，万壑争流，茂林修竹，清溪浅滩，竹筏木舟，古寺道观，村野牧歌，目不暇接……

在这些诗人中，既有四入浙江、三至越中、二登台岳的李白这样的诗仙，年少时就入台越、游冶忘归达四年之久的诗圣杜甫，也有王维、孟浩然、白居易、元稹、刘禹锡、杜牧这样的大家，还有"初唐四杰""中唐三俊""晚唐三罗"等名家。他们或溯流而上，或顺水而归，或壮游，或宦游，载酒扬帆，击节高歌，也有终隐于此的，还有 60 多位本籍诗人，无不尽情赞咏浙东风光，留下大量脍炙人口的名篇佳作。游历过浙东的诗人数量接近收载于《全唐诗》2200 余位诗人总数的五分之一。当时浙东面积仅全国的七百五十分之一，却有这么多诗人遨游吟唱，是一个非常罕见的文化现象。

唐代诗人们来到浙东，大多是乘船走水路。即从扬州经运河南下，渡钱塘江，从西兴进入新昌，礼拜江南第一石窟大佛，登游东南眉目沃洲天姥，再沿剡溪溯流而上，登上天台的石梁。有的还从临海出海，到温岭、温州，作为浙江之行的终点。其中剡溪上游，路经黄坛、五马、上海、慈圣，到与大兴坑相接的石梁，登上华顶峰。从新昌到天台慈圣，直到20世纪70年代还可以通竹筏、木排。古时植被繁茂，那里的航道一定更为通畅。从孟浩然《舟中晓望》描绘道："挂席东南望，青山水国遥。舳舻争利涉，来往任风潮。问我今何适？天台访石桥。坐看霞色晚，疑是赤城标。"从诗中不难看出，当年孟浩然走的正是一条"越中—剡溪—石桥"的水道。

　　如今，水道的功能已日渐沉寂。取而代之的是便捷的公路，走在这条道上，不会有唐代诗人们那般艰辛，但只要用心体会，诗路蕴藏的深厚底蕴总会令人击节感叹。

　　从杭州出发，过钱塘江，沿古代浙东运河，从104国道经萧山、绍兴到曹娥江，一路堤桥随波，扁舟时见，让人领略到了诗仙李白"竹色溪下绿"的意境。从曹娥江向北，会稽、四明两山对峙，中间一条清澈如练的溪流，由南向北汇入东海，它便是发源于天台山的剡溪。溯溪而上，至三界镇，只见两山束岸，峭壁悬天，李白"扪涉穷禹凿"的禹凿就在这里，山水诗人谢灵运曾在此地建有始宁别墅。他描写的"拂青林而激波，挥白沙而生涟"的剡溪景色，依然如故。在淝水之战中担任前锋都督的谢玄和谢灵运的前辈均葬在这里。溪的对面，是东晋大臣谢安的故居东山。不远处，有东汉思想家、文学理论家王充之墓。

　　过三界镇向北行约数公里，进入嵊州新昌盆地。眼前豁然开朗。在嵊州城关东有大书法家王羲之墓，旧时嵊州城南门叫"望仙门"，意为向南望仙境。果然，行不多远，便见青山巍如屏嶂，绿水萦迥而过，有一山城屹立，那就是如今的新昌县城。高达16米的"江南第一大佛"——新昌大佛寺近在咫尺。还有状如各种飞禽走兽、仙人佛祖的潜溪石林和有"海迹神山"之称的南岩寺，与大佛寺组成了一个风景名胜区。距城不远，有"连峰数十里，修竹带平津"的穿岩十九峰，峰峰壁立，剡溪支流澄潭江围绕其间。还有李白"天姥连天向天横，势拔五岳掩赤城"的道家第十六福地天姥山和第十五洞天沃洲山，夹湖耸立。自晋代永嘉之乱，五马过江，多少雅士高僧荟萃于此。唐代白居易《沃洲山禅院记》云："东南山水，越为首，剡为面，沃洲天姥为眉目。夫有非常之境，然后有非常之人栖焉！"佛教史上著名的代表人物竺道潜、支道林等十八高僧和对士族文化作出重要贡献的王羲之等十八名士曾在此荟集，历史上传为佳话。

沿着 104 国道前行，沿途还有刘阮庙、惆怅溪、司马悔桥、斑竹古街、会墅岭、太白庙、万马渡等古驿道遗迹和自然风光，汉明帝时刘阮遇仙的传说也发生在这里。

在新昌县与天台县交界处有象鼻山，唐代孟浩然"遥见石梁横"的诗句，就是在这里写的。过象鼻山就是剡溪源头，即著名的石梁飞瀑风景区。石梁飞瀑，因有一块长二丈的横空巨石，架于两山之间，巨石下千寻瀑布穿岩飞过而名。李白"侧足履半月"和白居易"天台山上月明前，四十五丈瀑布泉"诗句是对石梁飞瀑的生动描述。

天台是中国佛教天台宗的发源地、道教南宗祖庭。天台山神奇灵秀、绚丽多姿的自然景观和历史悠久、丰富多彩的人文景观相得益彰，美不胜收。

唐诗之路一路上处处是景，步步有诗，内容之丰富，难以言尽。

走在唐诗之路上，走在明山秀水间，走在千年流淌的诗情画意里，我总忍不住回头张望。凝眸处，大唐诗人们的身影已化作历史烟云，但大唐诗歌的魅力却依然光鲜如初。

唐诗之路的前世今生

从浙江省地图上打量上（虞）三（门）高速公路，它北连杭甬高速，东南连接甬台温高速，起自杭甬高速公路的上虞沽渚，终于甬台温高速公路的三门吴岙，犹如一个"H"的中间一横，串起了沿途的上虞、嵊州、新昌、天台、三门，全长 142 公里。

巧合的是，这条连接浙东与浙东南的经济大动脉与一条著名的文化路线——"浙东唐诗之路"正相吻合。1600 多年前，451 位唐代诗人先后从杭州钱塘江出发，经绍兴、上虞、嵊州、新昌至天台山石梁瀑布，然后翻越天台山下灵江去临海、温岭，沿途优美的风景和丰富的人文古迹，使他们吟咏不已，流连忘返，形成了独特的唐诗之路旅游线。

然而，多年来由于交通条件的制约，使唐诗之路的辉煌逐渐隐退。高速公路开通之后，使唐诗之路的盛景得以重现。浙东唐诗之路沿线县市将整体包装这一瑰丽的历史文化遗产，并迈出申请世界非物质历史文化遗产的重要一步。其中，以新昌最为典型。

新昌风景秀丽，丰富的人文古迹，被白居易誉为"东南眉目"，旅游资源极为丰富，境内有人文和自然景观300多处，景区面积120平方公里，拥有天姥山国家级风景名胜区和大佛寺、穿岩十九峰、沃洲湖三个省级风景名胜区，还有一个国家级硅化木地质公园。

新昌交通便利，景区间线路顺畅。上海至新昌仅300公里，经沪杭甬高速、上三高速、甬金高速直达新昌，新昌离杭州萧山机场、宁波机场各1小时左右车程。

近年来，依托独特的旅游资源优势和区位优势，确立了旅游业的支柱产业地位，加大旅游景区的综合开发力度，注重旅游服务设施配套建设，强化旅游市场的宣传促销，着力构筑小县大旅游格局，取得了明显的成效。旅游业已发展成为推动全县国民经济发展的重要支柱。

"唐诗之路"的发现和提出，使人们得以知道，新昌这个浙东的山区小县，乃是中国山水诗画之滋生地、佛教中国化和道教巩固充实时期之中心地和唐代诗人的乐园。竺岳兵"唐诗之路"的学术观点得到了当代著名学者的肯定，在海内外学术界引起了强烈反响，认为他为中华民族找回了一份珍贵的文化遗产。

新昌县人民政府于2007年成立唐诗之路申报世界文化遗产委员会之后不久，浙东唐诗之路所经之地各市、县，纷纷要求申报世界遗产。

2008年5月，嵊州市人民政府、上虞市人民政府相继成立了浙东唐诗之路申报世界遗产领导小组、浙东唐诗之路申遗联谊会。嵊州市开展全民"我爱背唐诗电视擂台赛"，上虞市摄制完成《唐诗之路》电视片，以诗人、书画家、摄影师、新闻家为主体，开展了"重走唐诗之路"的活动。2010年夏，宁波市报业集团与宁波市环保局主办的、由市委书记、市长带头参加的每年一届的"山·江·海环保故乡行"活动，以唐诗之路为主题，和读者一起寻访宁波境内的这条"唐诗之路"。台州市以台州大学为中心，开展《"唐诗之路"综合实践活动的案例研究》等，对"唐诗之路"进行数十项课题研究，还开展了"唐诗之路"天台山的申报世界遗产工作；台州利用"唐诗之路"，以雕塑、碑亭等形式美化公路、建起公园。舟山市则结合本地特点，提出了"海上唐诗之路"一词，对"唐诗之路"进行研究。去年底，一个由高级知识分子组成的温州市道德文化学会一行150人考察"唐诗之路"。

真可谓"出水难留菡萏红"，国家文物局古建筑专家组组长、中国文物学会会长、国际古迹遗址理事会中国委员会副主席罗哲文先生对此盛况，欣然题诗云："漫漫申遗路，新昌创始人。群英齐奋力，指日庆功成。"

原载《中国公路文化》2011 年第 5 期

梁 扬

原名梁启栋，1961 年生。1978 年开始业余创作，1986 年开始发表作品。简历被中国散文学会编的《中国散文家大辞典》收入。

老屋的记忆

天台的望回山、新昌的马鞍山两座高山之间有个四周低、中间高的毛洋山。毛洋山的形状像张开翅膀的鸭，东边的木勺琅山和西边的仙泥岗山像鸭的二个翅膀，中间的茅洋岗像鸭的头颈伸向王渡里，村后的大弯岗像鸭的屁股。

毛洋山到王渡里有三条岗，木勺琅这条岗通下去在王渡里大村的东边，仙泥岗通下去在王渡里的西边。王渡里村中间通上来的茅洋岗头是一丘四四方方能割六七担谷的马鞍丘。马鞍丘隔三丘大田有一口大塘，大塘里边竹园山下有十来间房子。我就出生在十来间房子的东北角那间居头屋里。

据我爸说，塘里边原先是王渡里朱家人的坟庵屋。坟庵屋是矮屋没有楼上的平房。土改时把朱家人的坟庵屋改给我爷的三个兄弟。爷的三个兄弟把东边和北边改成有楼下楼等的楼房。门口的塘本来没有这样大的，只有二十来步见方。农业学大寨时，王渡里派来劳力和毛洋山人一起把这口塘搞大。塘下的一丘丘小田并为三丘大田。我家在北边东大房旁边的东二房。东二房再东面没有房子，所以也就成了居头屋。

我妈是爷爷从小从王渡口抱来养大的童养媳。我妈成人后，爷让我爸和妈住进东二房的居头屋里。为了我姐和我出生时方便，吃睡在居头屋的楼下。我三四岁的时候，我爸是生产队里的经济保管员，后来教过我小学的陈相桃老师是生产队的会计。记得有一天的夜晚，在饭桌旁边的屋柱上点着煤油灯，爸和陈老师在我家的吃饭桌上算账，妈带着我和姐先睡。可我和姐在床上又蹦又跳玩得很开心，一直玩得累了才睡觉。我五岁，姐九岁那年，我的亲生母亲因有病去儒岙医病归来。姐不肯和妈睡，睡到爷爷奶奶那里去了。妈半夜死了，我睡意蒙眬还要扒到妈的胸部上去吃奶。我不知道死是什么意思，只看见妈妈睡着了。奶奶在床边出眼泪。我妈妈葬出去时是二姑姑抱着我送妈出去的，我的头上戴着白帽，我把头上的帽取下来丢掉。姑姑哭着看见了立即捡起来戴到我头上。我不知道这些事，是后来我长大了姑姑告诉我的。

我妈去世后把床移到楼上。在楼上北边铺了一张朝南的柜床，中间铺了一张朝西床。

我爸找我妈去了。出门前不放心地对我说，肚子饿了，把小凳放到四尺凳前，爬上小凳再爬到四尺凳前，再爬到饭桌上，把饭篮取下来，自己盛来吃。饭吃后盖好盖挂到钩上去。否则鸡飞上去把饭吃了，自己要饿肚子的。那时我不知道什么叫肚子饿，只玩了一会儿就回家把小凳放到高凳前爬上去盛来饭坐在桌子上吃，吃了后下地去玩。

我六岁那年，家里来了个妈。来到我家是由好几个年纪和妈一样大的人陪来的。这下我神气地告诉小爷的比我小一岁的三女和娟说，你妈再打我，我有妈了，叫我妈打你妈还。妈到了我家，把家里搞得清清爽爽。我和姐穿上了干净的衣裤，还经常做新鞋给我们穿。我家里的客人也多起来，客人们喜欢来我家。说我妈客气，说我妈打算得好，说我妈烧的东西好吃，说我家清爽。

我十岁那年，我在父母睡的床上看着姐姐从王渡里学校借来的连环画，看完后目光透过蚊帐发现窗上做着个蜂窝，蜂在飞进飞出。我怕蜂窝做大，蜂多起来要咬人，决定把蜂窝敲掉。我想把蚊帐放下来，把棒从蚊帐里伸出去，拷掉蜂窝。这样蜂飞不进蚊帐，人就不会咬去。谁知我把棒从蚊帐里伸出去拷蜂窝，蜂还是隔着蚊帐把我咬去五六口，腮帮子肿起来像馒头，眼睛肿起来看不见东西。我妈连忙把猪食缸水涂在咬去的地方，过了好几天才恢复。

十三四岁的时候，我身边一有零化钱就赶到儒岙新华书店买连环画。我把连环画排在靠北朝南床东边的窗里，怕连环画被雨淋湿在外面钉了尼龙布。到十六岁时，窗里放不下在墙上钉着二枚钉头找了块木板，两端吊上铁丝，把连环画，小说，故事书放到木板上。

有一次，我躺在床上想：将来我也写文章，印到书上去。别人到我家来借书，看到我的文章也印在书上别人会夸我。那时我多少自豪哇！

十八岁那年，我高中毕了业。我把楼下饭桌前那张旧书桌搬到楼上放在朝南床的床前，桌子上放着墨水瓶，靠墙码着一码书，这标志着家里有读书人。由于劳动的艰辛，所以一有空就看书写文章。心想万一写成功了说不定成公家人。在办公室里一杯茶，一支烟，报纸看看，书看看，文章写写，领着工资过着神仙似的日子。据说写文章还有外快（稿费）。于是不论是寒冷的冬天还是炎热的夏天，只要有空不是看书就是写作。

我爸爸为了造新屋，不管是冬天还是夏天，蚂蚁啃骨头啃出二间房子的地基。可那时的我顾自看书写文章，父亲在干活我一点也不感到难为情。直到父亲去世后，我才感到深深的愧疚。后来，我住进爸新造的二间泥墙瓦屋，于是我三餐吃在老屋，看书，写字，睡觉在新屋。

三十岁那年我有了妻，接着我和父母分了家。老屋里去的次数就减少了。我四十岁那年，我父母年纪大了。我和妻把楼上的床移到灶旁，西边南边靠墙。四十三岁那年，我在弹簧厂里上班。早晨出去前去老屋跟妈讲，我上班去了，要什么吃跟妻讲，下班回来看你。妈说你上班去好了。到下午三点光景，妻打来电话说妈不行了。我立即请假骑着摩托车赶回家。妈的肚子一起一伏，口里有一口呼呼呼的出气，喊她已经不会应了。到晚上九点时，妈睁开眼睛看了姐夫、姐、我和妻后，口里那股气没有了。又过了三年，我在一家公司搞质量体系，妻打来电话说爸不行了。我立即赶到家时爸已经去世了。在生我养我的老屋里，我送走了我最亲的亲人——我爸、我的生母和养母。

现在看来上代交给我的楼房守不住了。我和妻虽在挣钱，但不多。自从儿子上高中至今一边挣一边化还不够用。现在儿子还在读大二，还要读二年多。我们的日子是过得比较艰苦的。

二年前的冬天，天冷得厉害。屋后的毛竹全身结上冰弯下来压在老屋的瓦上。冰雪融化后，许多瓦片断裂。一盖全是破瓦就不敢去动它。我和妻商量，是否把瓦揭下来。现在揭下来至少有一半可用。柱脚，搁栅，穿栅，板壁拆下来当柴烧。去修肯定不会去修，修要花钱。问题是修起来也无人去住。我们只要这二间新屋就够了。妻不同意，宁可让它自己倒。

虽然我人在城里打工，但老屋常常让我记挂。老屋的往事老是闯入我的脑海。才八九岁时，我在学校里偷来粉笔把家里可画的地方都画上了解放军，背着枪。在十来岁时，正月里来了客人，夜里点起二盏煤油灯放在对角搓牌。而我冷冻冻坐在桌角津津有味地看他们一局又一局地搓。看着一副三天双九的牌被人家打得七零八落；看着天天九被人家三长或三短结去；看着三光天还要拿出钱很是有趣。记得秋天，玉米收进来了，邻居都赶来帮我们挖玉米。我爸一边用玉米钻钻着玉米，一边讲天话给我们听。时间过得很快，一下子把玉米挖完了。记得我写稿时，夏天天气热，用毛巾扎在手腕上抄稿，怕汗湿透稿子。记得春天的早晨，我还在梦中，木勺琅山上一只鸟叮铃铃声音很脆，很动听。冬天，夜里比平时要暖，天一亮打开窗门一看，地上，树上，茅屋上落着厚厚的积雪时。我冷也不怕，穿上衣裤去塑狮子，塑人，塑菩萨，打雪仗。记得劳动很累，躺在暖暖的被窝里听着婉转凄美的越剧……

　　每次回家，我对着老屋发愣。老屋不久要倒塌，我的心很是忐忑，仿佛眼睁睁地看着自己的亲人离开而无回天之力一样。

原载《西部散文选刊》2020 年第 4 期

母亲的往事

　　我的亲生母亲因病医治无效，在我五岁那年不幸去世。我六岁那年又有了母亲。这个母亲个子比我亲生母亲要高，而且眉清目秀，身材修长。她虽然很勤劳，但她穿着一年四季从没邋邋遢遢的时候。她去拔猪草，拔兔草，衣裤上很少有草渍和泥土。去大村加工厂碾米，磨粉，机饲料一回来她就洗头，洗脸，换上干净的衣裤。在我的记忆中母亲一天到晚脚手不歇地为我们这个家操劳着。

　　母亲到我家时，六岁的我还穿着开挡裤，露着大腿。母亲来后把旧衣服旧裤子拆了，改成我和姐姐的衣裤。邻居和亲戚都夸我妈能干，把我们姐弟俩打扮得冬有冬衣夏有夏衫。不像有的人家那样冬天是这套衣裤，夏天也是这套衣裤。

　　我母亲烧吃的，村里人能烧起来她也能烧煮出来，而且比别人好吃。我母亲烧的食物看去清爽，进口味鲜，咸淡合适。有的人喜欢咸一点，有的人喜欢淡一点，但吃我母亲烧的食物咸的人说好吃，淡的人也说好吃。

平时客人来咸菜里加点猪油，炖个鸡蛋，炖碗洋芋片汤，炒碗鲜菜或做点芋饺加鲜菜放汤下饭，客人吃了都说我妈烧得好。那时，大队里有个副业队。队里有两个理发员，他们是在大队里记工分的。他们到我们小队里这里来理发，中午回大村自己家吃饭不方便，这个月来是这户，下个月来是那户轮流的。一年要来十二次，理发员喜欢到我家。说我家碗不黑，说我家煮的饭香，说我家的菜口味好。理发员每年到我家一次，有几户二三年内干脆一餐也不去吃。

我母亲是一个把好一点的东西自己舍不得吃，把好的和比较好的留给别人吃。她每次去我外婆家或大姐家回来有零食总要分点给别人的。她常对我讲：自己吃了到粪缸，别人吃了传四方。因此每当吃新鲜的东西，或者不常烧的东西总要端一碗去给邻居尝尝。过年年糕去水堆里臼回来总要切几片要我送去或者自己送去。每当自留地的梨子、李子、桃子熟了摘下来分点给别人，仿佛不给点别人心里过意不去似的。别人给过我们东西她记在心上，等自己有了新鲜的东西首先想到的是他们。

我二十六岁那年，我母亲看到村里的一个年轻人戴上了手表，就和我爸商量给我买一只。当时，戴手表是一种人家好昌不好昌的标志。没手表戴着出去就像低人一等似的，连块手表也买不起啊！母亲在承包给我家的茶地上采摘茶叶，茶叶开始时有三四角一斤，谷雨一过茶叶价每天五分五分地下跌，一直到一角一斤，甚至五分一斤。我妈顶着太阳流着汗在采。冷空气来了，手脚在阴雨天里冷得麻木，为了采得早价格高顾不了回家添衣服。早晨露水打湿衣裤根本不当一回事。三十五元花了我母亲多少心血啊！买回了一只中式航天牌手表。这只手表不戴已经快三十年了，至今躺在我乡下新屋的写字桌里。

三十一岁那年，我在离家十八里的雅张完小代课。当时代课教师工资每月只有八十九元。一天上午，我妻去割猪草把又鲜又嫩的菜虫药当草割来倒进猪舍。猪吃了又鲜又嫩的草，中午就死了。我爸去看了说，媳妇错把菜虫药当草割来猪吃下去死了。当时猪肉是二元五一斤，这猪有百来斤重。妻心痛得在出眼泪。我放学回家到村还有一二里地，天已是昏暗。母亲已拔满草坐在路边。我见了说，妈草拔满了，天要黑了，还坐在这里干什么？妈说在等我。我以为草提不动就去提。妈阻止我说，你放学迟，肚皮饥，我自己会拿的。你回去千万不要骂老婆。我被母亲说得莫名其妙好端端去骂她干什么？你又不是不知道，我是不喜欢骂人的。妈听了我的话放心地说，媳妇把菜虫药当草割来猪吃下去死了。她心痛极了。母亲说话时揩着眼泪。我听了母亲的话心里好感动。妈在等我是怕我回去骂已经心痛得在哭的媳妇。我说猪死了骂她猪又不会活过来。她又不是故意要把猪药死。我拎起妈满篮的草要走。她夺过篮子说我自己会拿。你在学校里吃过中饭到现在没吃点心饿了不让我拿。

　　我的母亲虽然是后母，可她对我比亲生儿子还亲。我妈的勤劳和一些美德以及关怀我们的事不是三言两语能说完的。母亲的恩情是无法比拟的。虽然我妈走了有十二个年头，但梦里常常见到她，仿佛仍和我们生活在一起似的。

原载《西部散文选刊》2021 年第 2 期

刘艾柯

新昌人，2002年生，现就读于复旦大学。喜欢写作与阅读，希望摹写出自己眼中的人世画卷，感受人生的垂坠感，见证一些生命深处的幽微明晦。

我的父辈

我们承认父子之间深深藏匿的某种不便与外人言说的温情，在某些我们都懂的时刻，正是因为这种情感的不轻易流露才使其显得更加动人与珍贵，显现出一种沉默又坚实的力量。

是在某次傍晚的餐桌上，那是一次平常的晚饭，我们一家五口，三代人，都围坐在一张八仙桌边。餐桌上浮的热气里，不知被什么牵动了思绪，祖父端着小半碗酒——是父母亲给身体不好的他限的量——突兀地开口说："以前的天气比现在还要冷，冷得多了。我还记得那时候我骑着自行车，带着勇苗（父亲的名字）去镇里供销社上班的时候，天气冷得厉害，我的脸壳也被冻僵掉了，一点也没有感觉了，怎么会有那样一种冷？勇苗当时只有两三岁，那么小的一个孩子缩在后头，冷得抖，我只有不停地拼命快蹬快蹬，和他说，快到了，快到了……后来的一整个冬天，他住在供销社阁楼上的被窝里，黑乎乎的，一连几个月连床也没有下来过……那时真的是难过……"

我看见这个犟了一辈子、硬了一辈子的老头，在我记忆里第一次抬起大衣袖子不加掩饰、不顾体面地擦了擦眼睛。祖父一辈子没有学会过普通话，在他那硬邦邦、朴素平直的家乡话中，全家人都读出一种饱含愧疚的罕见的温情，浓烈而粗糙，不加修饰。

在沉默中，祖父与父亲隔着方桌凝视彼此。这仿佛是父子之间长期以来的第一次坦白的凝望，穿过了几十年的人世光阴，看看彼此在岁月的长河中各自蹉跎、消磨成了什么样子。也许也会看见各自的过去、未来的一点隐喻与线索，或者交流几十年不曾好好诉说、传递过的情感。我只能隐约读懂对视目光中的一点微末，真正的意义，只能存在于每一对中国父子心中各自反复咀嚼、领会与叹息。

对祖父而言，这可能是一种亏欠与说不清道不明的父之于子的守望。祖父年轻丧妻，在万般艰难中拉扯自己的三个亲生孩子以及去世哥嫂的孩子长大，对一个倔强又固执、不怕苦不怕输的父辈来说，或许很难匀出一点精力照料完备各个孩子；父亲行三，又是独生子，可同样没有得到太多的爱抚。时光飞逝，曾经的孩子也同样追随他成为两个孩子的父亲，一家五口的支撑。他原想表露的温情已经没有地方发挥流露，终于这成了一种情感上的无法越过的永恒的亏欠与后悔，也许让他每每思及都内心焦灼不安。而这种守望来自父亲成家之后，将生活的担子缓慢而又坚定地接了过去，他也许正在重温他的过去时光，是如何从一个少年变为一个破落家庭无所畏惧的顶梁柱，不叫苦不叫累全部扛下。而如今，祖父已经年老，只能望着他的儿子在生命的路上走着，苦着，忍受着，盼望着，和当时的他又有什么区别。父亲对祖父的凝视之中，包含着安抚以及子之于父的追问与思索，更像是后一代人对前一代人的深深的致敬，无论是在谁眼里，父亲都称得上十分孝顺与体贴。曾经在我尚且年幼时父亲摸着我的头说："以后当个作家的话，把你爷爷的一生写下来，足足是可以写一部小说的。"有一次也许是母亲和无理取闹的祖父怄气，父亲说："可是不论怎么样，他还是……他也很苦的，我们还可以对他更好的……但是再怎么好，他人生也都很苦。"至今父亲难过而自责的面容仍历历在目。这也许是所有中国式父子关系中儿子的态度吧，内心再怎么温存，总是不动声色、不善表达的。在过去的一次次生长中，父亲心目中祖父无所不能，强大坚硬的形象渐渐瓦解了，他终于看见了一个暮年的父亲，不复回归于他幼年时心目中那个形象。父亲自己的力量逐渐凸显，而他的父亲却日益在生活与岁月剥夺中显现出一个平凡个体的苍白与无能、软弱与多病。在这跨越餐桌也跨越岁月的一次凝视之中，他消除了内心中祖父父权的曾经强烈凸显，看清了每一个平凡的男人的共同命运与惺惺相惜。在那令人吃惊的祖父的眼泪之中，作为儿子的父亲可能第一次真正理解老人的心，重新认识了他的父亲，强大又平凡，倔强又柔软。在他的孩提时代，祖父是神；在他少年时代，祖父是枷锁；在他青年时代，祖父是落在身后的背景，而如今人事消磨，风尘正厉，他终于读懂了祖父的幸与不幸，冷与暖，以及挣扎与忍耐。

　　人海交错，至亲的这两个人却都选择了沉默。情感上的克制与埋藏，让父亲与祖父渐行渐远；可是父之于子的温情，子之于父的眷恋却永远不会消失，哪怕从未说出口，从未诉诸言语。父亲与祖父之间的凝视，我在读了北岛的《城门开》之后，才能揣测到冰山一角。北岛说："你呼唤我成为儿子，我跟随你成为父亲。"局外人永不能得之于心的父与子两种力量相较间产生的隐晦情感，说不出口的流动的情绪，默无声息，却永远不会缺失。

在这样父子凝视的时刻，没有什么言语可以传达。

原载 2021 年 11 月 29 日《绍兴日报》

陆秀雅

现居新昌，当过兵、记者、编剧、导演、国企总经理。1983年开始发表文学作品，出版有长篇小说《举报者》《渴望良知》《无法逃离》、大型戏剧文学剧本《血泪春秋》、长篇传记《中宝志》《万丰志》（上中下）等。中短篇小说、文学剧本、散文、文学评论、报告文学散见于《解放军文艺》《青年文学》《作家》《戏文》《中华文学》《浙江作家》《三峡文学》《野草》等文学杂志。作品曾获解放军歌曲优秀歌曲奖、原南京军区政治部"青年文学"奖、中国机电报"巨龙杯""三圆杯"两次报告文学奖、浙江省戏剧文学奖、绍兴市第四届鲁迅文学艺术百花奖、绍兴市戏剧文学奖及国家艺术基金创作项目。

血液中的董村

虽说，我的出生地不在新昌，但从有点懂事起，就知道了新昌有个地方叫作董村。

或许由于从小也在群山掩映、人文厚重、古老神秘的山村中长大，神秀山水何其多，尽管自小就知道新昌的董村跟我有着一定的关系，亦未曾有过什么想象与憧憬。后来，即便定居新昌生活了四十多年，也一直没有动身去过董村。

浮生中，有些事情，若非百不得已，心里虽然一直惦念着，却又总觉得来日方长而定有机会的。

这一次，终于来到董村，是因作协牵头组织了文艺家"行走乡村、文化润乡"活动。

眼前的董村，俨然是一个飘落在崇山峻岭中，却有着奇特山水风貌的古村落。村里村外的蟠龙亭、俞宝宅、龟溪石、悠然居、元石刻、古枫树、俞氏宗祠及不远处的小黄山大峡谷等文物古迹与众多景点，也在告诉你它的悠久历史。

董村离新昌县城有 45 公里，处于僻静的群山环抱中，在过去则称其为深山冷坳。据《新昌县地名志》载：董村古称龟溪，因村前溪中有二块岩石一大一小，形如乌龟得名。后来龟溪改为董村，则始于唐代，由姓氏得名。民国《新昌县志》记载：始迁祖董舜祖（851—922），原籍龙游立德乡，乾宁间（894—897）官剡县令，时天下大乱，义军四起，弃官退隐剡东石壁龟溪，繁衍成族为董村。

在学而优则仕的封建时代，十年寒窗苦读，一朝金榜题名。想来，这董氏的始迁祖董舜祖官剡县令，其实当属于文人。那么，董舜祖弃官不务政事而退隐山林，也即是从入世走向出世。

当遭遇官场的混浊与残酷，世道的艰险与人情的冷暖，却又很无奈时，就选择一处世外桃源，在大自然的水魂山魄中洗涤疲惫的身心，让在勾心斗角中跃进搏击的心灵慢慢沉寂下来变得简简单单。寄情山水，也可以说是一个参照，从一石一木、一丘一潭、一曲一溪的山水性灵中，感知生命的机趣与超拔力量，使自己得到了宽厚与超脱。

人在自然山水中放情，心在自然山水中平衡。宋代陆游曾在《故山》这首诗中写道："功名莫苦怨天悭，一棹归来到死闲。傍水无家无好竹，卷帘是处是青山。"

时在唐代，董氏的始迁祖非得选择剡东石壁龟溪作为隐居之地，想来，或许洞晓其时盛行的占验堪舆术数。四象风水，左青龙，右白虎，前朱雀，后玄武。其中所谓的玄武，指的是一种由龟和蛇组合成的灵物。董村古称龟溪，是因前溪中有二块岩石一大一小，形如乌龟。也即是说，现如今董村的自然环境风貌与地理方位，也正好印证了古人堪舆术中所指的藏风聚气之风水宝地。

因而，有些学者甚至于认为，从时间维度上纵观中国古代人生哲学历史，所谓的道家思想的发展，在实质上，自列子的神仙思想之后，就已没落衰退。尤其时至隋唐，老子的那种顶天立地的性格及深奥的哲理，庄子的豪放哲学及上与造物者游的精神超越境界与外死生的生命态度，早已被抛诸脑后，留存的，反倒是炼丹、画符、算命、看风水等充斥社会，并成为人们人生观的准绳，不仅在民间盛行，而且是文人的信仰，活脱脱的追逐对肉体生活的保存以及民间庸俗生命的感受。也即是说，所谓寄情物外，托性山水，其实已超出了道家修持的范围，而进入道教追求肉体的生命方面了。

不过，据传说，到董舜祖之孙董宁（913—994）时，因溯流而上钓鱼中，发现了另一处风水宝地，于是举家迁至新昌雪溪，而董村也就由来自山东青州府河间县的俞氏子孙留居。之所以，现如今董村的村民，也是绝大多数为俞姓。

今人不见古时月，今月曾经照古人。景物依旧，人事已变，或者说时代的不同，我们无从知晓当时董氏的始迁祖到底处于一种什么样的心境，然而，现如今董村的风貌却是今非昔比的了。在这太平盛世，恰恰正是这样一处曾是古人弃官避乱的退隐之地，获评为全国文明村镇。当年与世隔绝、荒无人烟的董村，现如今却有着闻名遐迩的全国彩虹骑行山道与浙江第一小黄山漂流，成了网红地，时常游人如织。小黄山的奇秀，也成为骑友和摄友的一个热门旅行拍摄基地。

　　按照活动安排，原定计划攀登小黄山，因为雨天，考虑路滑不安全，取消了行程。小黄山，据称原名叫巧王山、石猫山等，而现称小黄山，显然是旅游攻略，巧用"巧王山"的谐音来提升品牌。

　　有曾经攀登过小黄山的同行者介绍说，小黄山山势高峻，怪石嶙峋，各种奇岩怪石比比皆是。

　　站在文德书院的云台上，举目四望，只见雨雾缭绕，很有些"不识庐山真面目，只缘身在此山中"的境况。因为没有心驰神往的念想，此次没能登上小黄山，也就没感到有什么遗憾。浮生登临过众多名山，要是问及有什么感触，我一直说不出个所以然来，大都仅是百闻不如一见，到此一游而已。

　　郁郁青山皆见般若，清清溪水满目菩提。然而，于心念混沌的我辈而言，是难以达到心斋坐忘境界的，要走进那个灵性世界，怕是一件勉为其难的事情。

　　午间，在书法家们前往董村"立德书院"进行书法表演时，我却有意无意间独自在村边走动，来到前溪，并跨过一座不知名的桥。过了桥后，无意间发现马路一侧的树林里，有一条的狭窄山路。乱石铺阶，因为正好又是雨天，褐黑的乱石看上去既潮湿而又溜滑，心想这山路应该是一条古道。

　　正好有一村民路过，也就上前讨问究竟。村民热忱地介绍说："自从这里通上马路后，这条山路就没人走了。从这条山路一直往前走，可以走到新昌小将。在以前，董村这边的人，要过县界到台州去，也可以从这条山路一直往前走的。"

　　听到这话，一时间，我的心情莫名地变得凝重，也情不自禁地迈步踏上了这条山间古道，并向着深处寻去。随之，神志也变得有些恍惚，仿佛看见了肩扛木器织布机的远祖正从那一头向我走来，并有脚踩落叶与枯枝的巨响一声声传来，于是，脑海里也就浮现出小时候祖母告知我的那些与董村有关的画面与记忆。

　　祖母说，织土布在我的家族中是祖传的手艺。远祖从五六岁开始，就能为大人打下手，并开始学习织土布手艺。到了十八岁，身强力壮的远祖就开始出门挣钱，独自一人扛上木器织布机，翻山越岭，沿着山间崎岖的羊肠小道，见有村庄就走进去扯起嗓门喊叫："做布了！做布了！……"

十九岁这一年，远祖跨界过县，到了新昌董村，被一户人家叫住，说要织布。远祖也就歇脚留了下来。这户人家，也就成了东家。

在生产力落后的古时候，农户先在地里把棉花种出来，再用木制的纺车纺成线，然后由手艺人扛来木器织布机织成布匹。这种布，也叫"自做布"。也即是，教科书上所说的，由宋末元初黄道婆所创造与传授而来的棉纺织技艺。

因为织土布全是手工，工序非常繁杂，即便仅仅织匹一布，也得花上好几个月的时间。当时的织布手艺人一旦遇上有人愿意做东家，事先会跟东家商量，支付一定房租与伙食费，借东家做据点，让自己蹲点住上一年两载，甚至更长。因为，这样一来，方圆几十里的农户也会闻讯而来，不用再费周折，只要拿着纺好的棉线找东家，就可让手艺人织成布匹。对于手艺人来说，在这方圆几十里内，也是用不着再去走村串户揽活了。不过，这也只有善心的人家才肯做东家。

或许，正如佛所说，诸般烦恼的根源皆因各种业障。殊不知，大概不到一年时间，远祖竟与东家的二女儿互相喜欢上了。刚开始时，他俩的事神不知鬼不觉，后来，东家二女儿挺起了大肚子就再也瞒不了谁。两人意识到了问题的严重，只好双双跪在了东家面前从实坦白。

在封建社会自然没有自由恋爱一说，发生了这样的事，重则开祠堂浸猪笼，轻则逐出家门自生自灭。对于东家来说，自然是伤风败俗而颜面尽失；对于我的远祖来说，则是勾搭成奸而罪不可恕。好在东家念及远祖本性善良，并有不想自取其辱而存心掩盖之意，也就暗地放走了远祖，让他回家后赶紧差媒婆前来提亲。

这事在当时是以明媒正娶了结的，但并未就此息事宁人。因为远祖娶东家二女儿进门不到五个月时，儿子就出生了。也即是，一波未平一波又起。

东家二女儿虽然在事实上已成为远祖明媒正娶的妻子，但未娶先孕的事实，却无法隐瞒，这自然也属于伤风败俗。于是，在村里，只要被人遇上，无不冷眼以对。据说，由于人言可畏，后来连公婆也当她是仇人，一旦心情不好，张口就骂她是扫把星。最终，在孩子刚满周岁时，东家二女儿选择了自杀。失踪三天之后，让人发现她的尸体浮在了邻村的一口水塘里。据说，我的远祖自此一蹶不振，若干年后，含悲抛下儿子去世了。

在西方的哲学体系中，常将"我是谁？我从哪里来"作为人生哲学命题。窃以为，生于斯，长于斯，"我是谁"和"我从哪里来"不过是姓氏家族中的后人，那生命，也不过是家族基因所致。

换句话来说，也即是我的血脉其实与新昌董村的某一族人存在一定的关联。只不过，即便我查阅了族谱，因为以父系为线，也就无从知晓到底是我这支家族血脉传承中的哪一代的远祖。正如祖母曾说的，这是代交代的传说，到底是哪一代的祖上，却不得而知。

浮想昔人昔事，站在被遗弃的山间古道上的我，不由感慨万千。人生一世，草木一秋，时过境迁而往昔已成为过去，一切都留在了昨天，而昨天曾经有过的也早已没入古道上的杂草丛中。

在人类历史发展的舞台上，无不是由英雄豪杰与仁人志士做主角，或是鼓动了流离乱世，或是创造了太平盛世。尤其在等级制度森严的封建社会，至于一般百姓，通常都依"民以食为天"的方式过活，或者说，他们的人生多是顺着良知过活。之所以说，只有成为一个时代的精英，才有可能改变命运的走向，而一般百姓只能是身似浮萍随水流而已。

如果说，我的远祖与东家二女儿的事情，也算是一出爱情故事的话，无疑充满了悲情色彩，是一曲凄婉的爱情悲剧。那么，我的这一次董村之行，说来，也算是一次缅怀寻访。

不过，现如今的抚今追昔，无非是对董村倍感亲近而已。由此，于我而言，董村还是传说中的董村。

原载《中华文学》2021 年 12 期

骆艳英

女，浙江省作协会员。20世纪80年代末期习诗，20余年后，与之重逢。作品见于《星星》《诗歌月刊》《诗江南》《延河》《山西文学》等。著有诗歌合集《越界与临在——江南新汉语诗歌十二家》（2013年），辑有个人诗集《鹿鸣呦呦》（2018年），诗集《从树皮和苔藓中诞生》（2022年）。有诗作获全国性诗歌大赛奖项。

朝 颜

　　年逾花甲的孙桂萍这次从外地赶回新昌，是特意的。她青春时候正赶上对理想不明所以，却又处处涂满理想主义色彩的那个时代。作为知青，她被下放到现在的新昌县羽林街道拔茅村，经历过心智与体力的锤炼，她与当地女青年戴云成成了闺中密友，要好到无话不谈。拔茅村的村民们还因此送了她们一对雅号，称她们为白蛇与青蛇，形影不离到要喝同一碗小汤圆。

　　所以，现在，闺蜜戴云成的儿子陈天衣自编自导自演的第一部电影《朝颜》即将上映的时候，她必须抛开所有家事，买了车票，再远也要坐班车第一时间赶来。她当然还要买《朝颜》的电影票支持她从小看大的天衣，而不仅仅只是接受青春时期结下的友谊的馈赠。这多像她的名字，一棵桂花树，平素安安静静地站在院子里，等到秋天，每一朵细小的绽放，都愿意把极其微弱的香气吐露给这个季节。

　　赶来向天衣妈妈道贺的还有许多：她的同学、朋友、邻居、乡亲，她治愈过的病人……似乎这不是一场电影即将公映的庆祝仪式，而是一位导演妈妈独自经历过世间所有的美好与葱茏、心酸与阑珊之后，被一个特殊的时间所邀约，此刻聚焦到她一个人身上，而呈现出的安稳与自在。

　　新昌县是位于浙江省绍兴市东南部的一个小县城，人口不足 50 万，土生土长的老百姓听说身边凭空出了一个导演，他的电影还在国际上获得了 10 多个大大小小的奖项，奔走相告之余，对于他们来说，更多的是意外与惊奇。但是在我看来，忘年朋友戴云成养育出一个做导演的儿子，是迟早的，意料之中的一件事。因为在她本人身上就无时无刻不在散发天然的艺术感染力，似乎表演是上天降临在她身上的一种漫不经心。有一次，聊起她在国外起急找不到公厕的经历，云成在我们面前又模拟了一次，她把裙子往膝盖前后一裹，微微墩身，然后并拢膝盖，急急忙忙走几步；聊起她学生时代扮演过的各种老头，她说因为身高不够，只能扮扮小矮老头，一手捏一烟袋，一手持一烟棍，头点地走路的样子……微乎其微的一件事，一经她肢体与语言的诠释，都会生动有趣起来，她的这种即兴叙述与表演的才能，这种惟妙惟肖，也常常惹得我们哄堂大笑。无论她的表演是高尚的，还是低级趣味的，都是来源于最最普通的日常。有一句话说得好：美，有着千差万别的解释。然而，这样一个她，她的职业与身份竟然是一位乡村医生，一家村卫生院的院长。因为她的操持，她爱干净的生活习惯，她的卫生院一直都是同级别卫生医院的典型与窗口，是上级部门检查工作的必到之地。有时候，生活就是这样，自己热爱的、喜欢的、没来得及实现的，恰恰会潜移默化给她身边的人，儿子陈天衣无疑继承了他妈妈身上的这种典型特征，并且经由生活，创造了自己第一部不受时空限制的、因为真实、因为触及灵魂而慈悲而坚强的作品。

电影《朝颜》讲了这样一个故事：

在中国北方相对封闭的农村里，生活在同一个村的李八玥（袁梵饰）、陈家兴（陈天衣饰）、王玉海三人自小关系甚好，初中毕业，陈随家人搬至县城后与李八玥一直书信往来，懵懂的感情也逐渐的清晰。此时由于陈在一次打架斗殴中进了少管所。断了书信往来的李八玥去了陈家，陈母亲不堪将真相告知，谎称陈外出打工。李八玥误以为是陈想与其分开找的借口，俩人就此别过。因父亲的陈旧观念李八玥失去了上大学的机会。高中毕业李八玥答应了追求已久的王，与之结了婚。此时，刚出少管所的陈得知二人结婚，便不再联系二人。婚后得知真相的李八玥也渐渐面对现实，相夫教子，将自己的缺失与希望统统放在了女儿可心身上。六年后，王在一次医疗事故中过世，还未在丧夫之痛中走出的李八玥逐渐感到单身公公对自己的异样态度，李八玥不得不重新踏上一段改变命运的人生旅程……

朴素，具备乡野草根气息的一个真实事件，活生生的残酷与致命的伤痕，这让陈天衣感触良多，为何不把李八玥的故事记录下来？以电影的形式致敬女性碎玉飞花般凛然的生活姿态？在科技与文明越来越全球化的今天，相对封闭的中国北方农村里，她们又是怎样生活？拿什么与命运抗争？对国内农村女性精神生活的多重思考，促使天衣着手剧本创作，历时三年，全方位地、本真地还原了当地农村的生活。其中艰辛，自不待言。然后他把影片寄给各个组委会，出乎意料的是，影片寄出后几个月，他陆续收到了获奖的邮件。

我在微信里问天衣：国际电影节为何要颁发给你如此之多的奖项？你

有没有获奖感言？

他说，等我以后做出自己觉得骄傲的成绩再说吧，我还差太远。一个优秀的导演需要深厚的文学底蕴哲学思想、艺术上美学上过人的造诣。还需要丰富的人生阅历，各种技术上的专业知识，故事美术表演台词摄影音乐剪辑特效等等。所以电影这门艺术其中包含了其他很多艺术，这些是创作电影的材料。

陈天衣还感慨说，最重要的还不是这些，这些东西至少都是可以学的，最重要的是说不清道不明教不会学不来的那些与生俱来或是成长环境中渗入作者灵魂的东西。也可以归类为天分。

他说如果有机会，如果有一天自己能对这些应用自如，那肯定头发都白了。

我想，出生于农村，成长于农村，又在自己的作品里回归农村，在透明的能够一眼望到边际的农村生活里扎根，挖掘底层老百姓，尤其是女性的作为"人的精神"生活，对坚韧而酷烈的生命力予以赞美，通过电影这种形式，重建了艺术与现实的联系，为普通的生命注入了巨大的能量，这大概是《朝颜》获奖的理由之一吧。

天衣另外发了一段采访给我，我也把它粘贴在这里：

问：我看《朝颜》拿了很多独立电影奖项，您对独立电影是怎么个理解。

答：影片价值观上、制作模式上都比较自由一些。毕竟电影设涉及的领域太多，独立也只是一个相对的概念。

问：对你自己的这部电影满意吗？打几分？

答：这个应该交给广大观众！他们肯定比我准确客观。

这次对电影的表现手法还是有自己的一些想法，比如情绪处理上比较含蓄内敛，形式表现上也只是使用了比较传统保守的电影语言，所以很多看惯商业电影的观众可能会觉得有些脱节，影片题材选择了最原始纯粹的表现手法。越是简单有时候处理起越困难，所以细节上的处理还是有些遗憾的地方，但是对于全片整体调子把控还是做得比较统一的。

问：在你看来电影的口碑是衡量一部电影好坏的唯一标准吗？

答：从大众电影的角度去看应该是这样的。毕竟是拍给大众看的。但是电影有很多种。有的是电影语言的探索、有的是事件的记录、有的是宣传，这些和故事片衡量标准都不同。

从这些互动中，看得出，1982年出生的陈天衣，已越来越多地对生命对生活保有敬畏之心，在《朝颜》之后，乡亲们相信他能拍出更多更优秀的电影，塑造出更多让观众难以忘怀的人物，并在探索艺术之路上越走越远。

原载 2020 年 9 月 26 日《交通旅游导报》梅花碑副刊

吕 宏

新昌，是我最为重要的学习、生活、成长的地方。先后供职于新昌邮电局、新昌电视台以及杭州日报报业集团旗下的《风景名胜》《都市快报》。目前旅居海外。

约翰的爱情故事

在格罗夫街社区节遇到约翰。他右胳膊上的文身十分引人注目。走向前去和他聊天，知道了那是他去世九年的太太的肖像。"我们在一起度过了美好的时光。"很朴素的一句话却非常打动我。那样的故事，未必波澜壮阔，但必定惺惺相惜。

肖像上有一串字符"laffingdogwoman"，这是他太太电脑的登录名。似乎每一刻，他都能通过这串字符，抵达她的心灵。

她如天使降临

佛州甘城（Gainesville，佛州中部的小城。佛罗里达大学所在地，被中国学生称为甘城）格罗夫街社区节，它的创办人是我在圣达菲学院的英语老师玛利亚。在十一月三十日举办的十五届格罗夫街社区节，她约我用中英文朗诵一首中国诗歌。我选择了海子的《面朝大海，春暖花开》。

在梦想花园见到约翰时，他正在小松树上悬挂红色的缎带。他穿着T恤，他裸露的胳膊上，有一个微笑着的女人的肖像。

"我太太罗拉。她去世九年了。我们在一起度过了美好的时光。这真是一个很长的故事。"约翰说。

于是，我听到了一个关于男人的成长，一个男人解读的什么是女性的美的故事。

约翰生于1955年。他1975年在美国空军服役，四年后退伍回到甘城。他一直没有找到工作，他情绪焦虑，整日酗酒，找不到生活的方向。他搬出了父母家，住在一个移动房屋里。他清楚地记得他住在4号房。而罗拉就住在6号房。罗拉是个单身母亲，带着两个十岁左右的孩子。

"那个小区的名字叫天堂，对于我来说，那真是天堂。"约翰说。

因为有一天，平时毫无来往的罗拉忽然来敲约翰的家门。

"我们能聊聊吗？"约翰还记得当时罗拉和他说的话。带着孩子的罗拉，在甘城监狱系统工作。抚养孩子，辛苦工作，她的世界里已很久没有可以倾诉的人了。那一天，他们聊了许久。约翰忽然就喜欢上了这个爱笑的、个子矮小的、有着一头红色头发的女子。他们成了最好的、可以倾诉心事的朋友。

"以前我寻找爱，但找不到；但当我放弃寻找时，爱找到了我。"不久，约翰在甘城的邮局找到了工作，他觉得罗拉像是天使，给他带来了好运。更重要的是他戒掉了酒瘾。他觉得生命里的空洞被罗拉的爱填满了，他们了解彼此，身心愉悦，这让生命充满了力量。

慷慨、幽默就是她的美

罗拉生于 1950 年，大约翰 5 岁。

"她很美！美在哪里？眼睛？红发？不，是她的慷慨和幽默。这是她最美的。"说起罗拉，约翰眼里总是闪着泪光。

在他眼里，罗拉就像《我爱露西》这部二十世纪六十年代风靡美国的热播电视剧里的女主角露西，她总是能在平凡生活里找到乐趣，并感染他人。和露西一样，罗拉也有着爽朗的笑声，善良、直爽的个性。

约翰和罗拉准备结婚，他们驾车前往罗拉的老家芝加哥。在路过田纳西州查塔努加的时候，他们被那里的美景迷住了，临时决定就在这个小城的法院办理结婚手续。

那是 1985 年 7 月 24 日。

当时很有趣，法官正在审理一个案件，听说约翰和罗拉要办理结婚手续，马上终止审理，先为他们办理。

"只要有爱、忠诚，有生命力，你们的婚姻就会持久。"这是约翰清晰记得的法官的证婚词里的一句话。后来，在约翰和罗拉的婚戒上就镌刻着来源于这句话里的 Love、Fidelity（爱、忠诚）两个词。

那天，他们搭乘直升机俯瞰这个小城，身高 1.55 米的罗拉，站在身高 1.85 米的约翰身边，"她就像是我的芭比娃娃。"

没有口头承诺，没有华服，婚礼非常简单，但约翰和他的朋友们都认为这是一个非常美好的婚礼。

结婚后，他们以 45000 美金的价格在甘城买了一所建于 1948 年，120

平方米左右的房子。每月支付 400 美金的按揭。看房时，罗拉一眼就相中了这所房子，便宜。"我们那时没有钱，我们只有爱。"约翰说。

房子虽小但住了十一个人。约翰夫妇、罗拉的两个儿子、罗拉的母亲以及没有住所的当时失业的罗拉的妹妹一家人。

"要知道那个房子只有一个厕所。每天早上，上厕所都要排队。"但庞大的家庭，琐碎的家庭事务，都没有影响罗拉快乐的天性。

罗拉的母亲曾是二战时期美国海军陆战队战士，她操持着一家人的饮食，所有生活费用都需要罗拉和约翰支付。

"罗拉善良。任何人需要帮助，只要她有的，她都会慷慨解囊。她是一个能把任何平凡、琐碎的事情都变得有趣的人，你不知道下一刻会发生什么，你对生活充满期待。她就是这么美！"约翰说。

19 年的爱，19 年的快乐

约翰和罗拉共同生活了十九年。

"哪一天你记忆深刻"？面对这样的问题，约翰说，每一天。十九年里的每一天，每一刻都让他难忘。

他和罗拉都上夜班。

休息的时候，他们几乎都在一起。他们曾经养了五条狗。"laffingdogwoman"，罗拉电脑登录名的这串字符的意思就是"大笑的养狗的女人"。

他们还热爱旅行。去了美国近十个州游览。电脑里留下的那些照片记录了他们一路的快乐。

1985 年秋，罗拉怀孕了，但不幸流产。他们没有再生育自己的孩子。约翰承担起一个父亲的责任，抚养大了罗拉的两个孩子，现在他们都生活在芝加哥。

"我的成熟或许是从四十岁开始的。也许大多数男人都是这样。没有一个男人会自然而然地改变、成熟，直到遇到一个给他带来爱的女人。"约翰说。

2004 年台风频繁。

八月刮了一次台风。九月又刮了两次台风。

九月五日，一个台风天。罗拉午睡醒来后忽然感觉心脏不舒服。约翰开车送罗拉去医院。沿途，高大的橡树被强劲的风折断了枝丫倒伏在路上，天气阴沉得可怕。电也停了。沿途的红绿灯都停止了工作。

罗拉被诊断为心肌梗塞。医生要为她插管救治。罗拉怎么也无法忍受插管过程的剧烈疼痛。医生为她打了麻醉药。

罗拉一直昏睡着。当时医院夜间不能陪房。约翰就睡在医院的一间储藏室里，时不时去看望罗拉。

九月十日凌晨 3:37，罗拉停止了呼吸。

约翰清晰地记得和罗拉在一起生活的重要时刻。说起这些，他甚至不需要思索片刻。

"她到这个世界就是为了拯救我的。她给了我 19 年的快乐生活。然后去了天堂。我不遗憾。"

约翰没有止住他的泪水。

生活是美好的

现在，约翰和一条叫苏安的狗生活在甘城。他依然住在和罗拉在二十世纪八十年代买的房子里。那里有着他们共同生活的记忆。

罗拉去世后，约翰把罗拉的肖像文在了他的手臂上，除了罗拉的生卒年份，还有一串字符"laffingdogwoman"，这是罗拉的电脑登录名。似乎每一刻，约翰都能通过这串字符，抵达罗拉的心灵。

约翰 1962 年随父母从弗吉尼亚搬迁到了甘城。约翰的父亲是一位军人，参加过二战等重要战役。2002 年去世。约翰的母亲现在 92 岁，生活在甘城的敬老院。每个周末，约翰会去探望母亲。而约翰的外婆是在 101 岁时去世的。

约翰觉得他或许会像外婆、父亲、母亲一样长寿。

罗拉去世的时候年仅 54 岁。还没有到退休年龄。按照当地的规定，约翰目前可以领取罗拉的部分退休金。在罗拉慷慨帮助别人的时候，约翰始终默默支持，所以约翰觉得这是在天堂的罗拉对他的回报。"她到现在都在照顾我。这个慷慨的女人。"

"So, life is good."（所以，生活是美好的。）

这是约翰在结束他的故事时说的一句话。

原载 2014 年 1 月 20 日《杭州日报》

吕瑜洁

浙江新昌人，亲子教育、历史文化畅销书作家，毕业于厦门大学历史系，浙江省作家协会会员，樊登读书会签约作家，作家出版社等多家出版社签约作家，浙江省家庭教育讲师团成员。出版亲子教育系列畅销书《我的心里住着一个孩子》《我的心里住着一个世界》，出版历史文化系列畅销书《历史的背影和回眸》《榴莲一样的红楼梦》，即将出版百万字长篇历史小说《红豆生南国》。在绍兴图书馆开设《绍兴历史上的八个高光时代》系列讲座。

英雄也要知道"出处"

1

亲爱的欢乐：

你们还记得 2016 年那场由摇滚大咖崔健领衔的"迷笛音乐节"吗？那场音乐节，在古城绍兴制造了一场音乐的狂欢。虽然你们并不知道崔健是谁，但现场那种音乐的震撼，一样让你们兴奋不已。

不过，和震撼的音乐相比，让我更难忘的是音乐节的系列海报。请看——

其一，绍兴很有胆，2500 年前，勾践告诉你：无兄弟，不摇滚。投醪劳师，一壶黄酒定乾坤。

其二，绍兴很有爱，900 年前，唐婉告诉你：无真爱，不摇滚。沈园遗梦，一壶黄酒酿痴情。

其三，绍兴很有范，500 年前，徐渭告诉你：无自由，不摇滚。桀骜不羁，一壶黄酒博古今。

其四，绍兴很有型，400 年前，张岱告诉你：无才华，不摇滚。诗意江湖，一壶黄酒话平生。

言简意赅的四张海报，道尽了一座城和一些人。今天，妈妈就和你们聊聊绍兴的历史和文化吧。

2

绍兴是一座神奇的城市。我们的脚下，是一片神奇的土地。

武侠小说里，一写到英雄和大侠，总会说一句"英雄不问出处"。

我想，英雄可以不问"出处"，但作为英雄本人，却要知道自己的"出处"。这个"出处"，不是身家门第，而是一种传承。

武侠小说中，是武林门派的传承；现实生活中，则是历史文化的传承。

历史文化需要传承，每个人都应明白自己国家、自己家乡的历史文化，特别是对于生活在绍兴这样一个拥有 2500 多年建城史的我们来说，了解绍兴的历史文化，是义不容辞的使命和责任。

3

"绍兴"这个名字，并非自古就有。

大禹治水告成后，在茅山会集诸侯，计功行赏，死后葬于此山。从此，茅山改名会稽山。

春秋时期，於越民族建立越国。越王勾践卧薪尝胆的故事，你们从小耳熟能详。公元前 473 年，吴王夫差战败自杀，吴国灭亡，越王勾践成为春秋时期最后一任霸主。

公元前 221 年，秦始皇统一天下，实行郡县制，在吴越设置会稽郡，会稽郡辖山阴等二十余县。

隋开皇九年（589 年），废会稽郡，设吴州。

隋炀帝大业元年（605 年），废吴州，置越州。

南宋建炎四年（1130 年），宋高宗驻跸越州，于翌年改元绍兴，升越州为绍兴府。"绍兴"二字，取"绍祚中兴"之意，直至今日。

4

绍兴有座山，名叫府山。每当春暖花开，或是秋高气爽时，我们就喜欢去府山走走。

府山，又称卧龙山、种山，与绍兴古城内蕺山、塔山鼎足而立，以盘旋回绕、形若卧龙而得名。又因为越国大夫文种葬于此山，又名种山。

公元前 490 年，越王句践让越国大夫范蠡兴建越国古都。范蠡先选择在种山（今府山）东南麓兴建"山阴小城"，后又在小城以东兴建了"山阴大城"。府山是范蠡所筑山阴小城的核心，越王句践在此生活了 19 年。

当我告诉你们，从公元前 490 年算起，绍兴已有 2500 多年建城史时，你们一脸惊讶，觉得不可思议。

在中国大地上，绍兴虽然不是建城史最悠久的城市，却是自建城以来城址格局基本未变、历史文脉始终延续的城市。

据考证，建于春秋时期的诸侯城市多达 140 余座，但幸存至今的仅有苏州、曲阜、洛阳、开封、太原和绍兴等六处。而历经 2500 余年，至今城址不变，并且仍然是当地政治、经济、文化中心的，唯有绍兴与苏州两处。

这，堪称世界城市发展史上的一个奇迹。

5

2500 年来，於越人民在绍兴这片土地上繁衍生息，孕育出了太多集天地之精华、日月之灵秀之人。他们群星闪耀，星光灿烂，就像一束从远古时代穿越而来的光，不依不饶地照亮了历史！

这些名字，你们应该知道并记得。他们是舜王、禹王、句践、文种、范蠡、西施、王充、王羲之、谢安、贺知章、陆游、唐婉、王冕、马臻、王阳明、徐渭、张岱、章学诚、蔡元培、鲁迅、周作人、邵力子、陶成章、徐锡麟、秋瑾、竺可桢、马寅初……

绍兴，用"人杰地灵""名人辈出"来形容，当属实至名归。

6

人杰地灵的地方，往往人文荟萃。2500 多年的历史，让绍兴的每一块青砖都充满了故事，每一处河水都波动着灵性。绍兴，是一座没有围墙的博物馆，有太多文物值得我们去探寻。

你们听说过越州三绝吗？越州三绝，一曰越瓷，二曰越剑，三曰越镜。越瓷可以聚宝，越剑可以镇宅，越镜可以辟邪。

因为你们曾去参观青瓷博物馆，那就和你们聊聊越瓷吧。中国是世界上首创瓷器的国家，绍兴是中国青瓷的发源地。通俗地讲，就是"世界青瓷看中国，中国青瓷看绍兴"。

关于青瓷的起源、发展、成熟、巅峰，那是一部洋洋洒洒的青瓷发展史，绝非三言两语可以说的清楚。

关于青瓷的介绍，我听过的一句最形象的话是："青瓷的生命，是一系列遇见。只有当水遇见了土，土遇见了木，木遇见了火，再融入制瓷人满腔的期待、足够的耐心和对生命的敬畏，才有了最后的五行俱全之器——青瓷。"

是的，青瓷以土为骨，以水为血，在烈火中升华，历经 72 道磨难后，以宝石般的色彩和金属般的声音，呈现在世人面前，这多像我们生命的磨炼。

7

周恩来总理曾满怀深情地说："我是绍兴人。"

简简单单五个字，对绍兴这座城市的深情，已尽在其中。

孩子，我们脚下走过的青石板，或许曾被千年前的古人走过；我们沐浴着的阳光，呼吸着的空气，饮用着的舜江水，也都被千年前的古人共享过……

千年光阴，如白驹过隙。这样的历史，这样的文化，这样的缘分，不是每一座城市都能拥有。

身为绍兴人，请问自己三个问题："我是谁？我来自哪里？我去向何方？"只有明白其来有自，才能走好未来的每一步。

请尽自己最大的努力，珍惜之，学习之，传承之。

2017 年 10 月 8 日

摘自《我的心里住着一个世界——写给孩子们的 50 封信》，作家出版社，2020 年 6 月出版

唯书和时光不可辜负

亲爱的欢乐：

某晚 9 点，我下班回到家，姐姐卧室的灯还亮着，捧着《意林》，看得如痴如醉。我说："不早了，快点睡吧。"姐姐说："哦，我想把这个故事看完。"于是，我轻轻掩上门，不忍再去打扰。妹妹已酣然入梦，床头手机里的有声书正播放着一个个儿童成语故事……

孩子，你们都已经爱上了看书、听书，享受到了书带给你们的快乐，妈妈很欣慰。

如果说有一样东西，无论你开心、忧伤，抑或烦恼、孤独，它都会无怨无悔地陪伴你，那么，我首先想到的，就是书。如果今生选择与书为伴，那么，这一辈子，你的精神世界都不会陷入绝境。

我从小就喜欢看书。从有记忆以来，家里就有很多书、报纸、杂志。别人家的爸爸是"饭后一支烟，快活似神仙"，我爸爸却从不抽烟、很少喝酒，最大的爱好是看报纸、逛书店。虽然父母工资微薄，但买书、订报的开支，父母从来没有省过。

每次去新华书店，我最喜欢去儿童书柜台，里面有各种连环画和小人书，好像是 5 毛钱或一元钱一本。我把脸凑到柜台玻璃上，仔仔细细地将每本书的封面看一遍，从书的封面猜测内容是否好看，选好后让售货员阿姨拿给我。每次去，爸爸总会买几本送我，我会开心一整天。

10 岁那年，爸爸妈妈送给我一套少年儿童出版社出版、林汉达先生主编的《上下五千年》。共上、中、下三册，外面有一个深蓝色的书套，是二十世纪八十年代的畅销书。林先生深入浅出、生动流畅的叙述风格，开创了通俗历史读物的一个新时代。最近回老家，我又找出了这套书。虽然纸张已经发黄，书角已经起皱，但我仍视若珍宝，并准备推荐给你们看。

小学高年段时，父母带我去新昌图书馆办了借书证。从此，我如鱼得水，就像大文豪高尔基先生说的那句话——"我扑在书上，就像饥饿的人扑在面包上。"我陆陆续续看完了《365 夜》《一千零一夜》《安徒生童话》《皮皮鲁和鲁西西》《三毛流浪记》《十万个为什么》……二十世纪八九十年代孩子们爱看的书，我几乎都看过。

初中、高中的六年，虽然学习越来越忙，作业越来越多，但书桌上的课外书似乎一直没有间断。那时正是"为赋新词强说愁"的年纪，我的阅读口味从儿童故事转向了文化散文。

那几年，余光中、余秋雨、刘墉、张晓风、席慕蓉、三毛、罗兰、张爱玲、白先勇、舒婷等作家的书，滋润着我的精神世界。特别是刘墉写给他刚考上高中的儿子刘轩的系列书信集——《超越自己》《创造自己》《肯定自己》，深深吸引了我。如何面对青春期的迷茫？如何蜕变成一个成熟的人？这些书给了我答案。

当然，我也瞒着父母，读完了琼瑶的50多本爱情小说。从《窗外》到《在水一方》，从《六个梦》到《梅花三弄》，无数个夜晚，我默默地在别人的故事里流着自己的泪。

琼瑶喜欢在书中引用诗词曲赋，读得多了，我也渐渐爱上了唐诗、宋词。爸爸的书架上有一本《唐诗三百首》，他常引用古人的话说："熟读唐诗三百首，不会作诗也会吟。"初中毕业那年暑假，闲来无事，我每天都背一首。记得第一首是张九龄的《感遇》，第一句是"兰叶春葳蕤，桂华秋皎洁"。"葳蕤"两字见所未见。于是，一边读唐诗，一边翻《新华字典》。一句一句读，一首一首悟。这样坚持了一个暑假，把《长恨歌》《长干行》《蜀道难》《将进酒》等一批"巨无霸"都啃下来了。后来意犹未尽，买了《宋词三百首》《古文观止》等，但功课越来越忙，终究没有像对唐诗那样好好下"笨功夫"。

高中毕业，整理书房。课本和教辅书，大多要么送人，要么卖给收废纸的阿姨。但这些陪伴我走过童年、少年的课外书，我一本都不舍得处理，好好保存着。它们是我最初的精神家园。

大学四年，是一个人一生中最可以肆无忌惮看书的时光。摆脱了中考和高考的束缚，可以真正到书的海洋里畅游了。我到大学报到后的第一件事，就是办好了学校图书馆的借书证。我要求自己每周至少看3本书，并特地买了一个笔记本，登记看过的书。望着笔记本上与日俱增的书名，我有很大的满足感和成就感。打个不恰当的比方，有点像欧也妮·葛朗台数金币时的心情吧。

大学毕业时，登记在册的，有750多本。记得本系有位师兄，也是嗜书如命，竟然看书看得视网膜脱落，我自叹不如。

我的专业是历史学。课程表上，有《史学概论》《中国历史文选》《中国历史地理》《中国经济思想史》《中国文化史》《世界通史》《世界现代历史进程》等课。每堂课上，教授都会推荐和这门课相关的学术参考书。

我常常在课后就去图书馆找这些参考书。在看这些书时，作者会注明他引用观点的论文出处和参考书目。我顺藤摸瓜，继续去借这些参考书目。渐渐的，看书范围越来越广，对书的质量高下也有了一定的眼光和品位。

阅读，就像一个圆，如果半径代表阅读量，圆周代表未知世界，那么，读书越多，半径越长，未知世界就越大，探求未知世界的好奇心也越强烈。

印象最深的是费正清、崔瑞德两位汉学大家主编的《剑桥中国史》，共15卷、17册。我最爱其中的《剑桥中国隋唐史》。有一段时期，我喜欢一批旅居国外的汉学家研究中国历史的著作，如黄仁宇的《万历十五年》《赫逊河畔谈中国历史》、唐德刚的《晚清七十年》、孔飞力的《叫魂》、史景迁的《追寻现代中国》……渐渐明白，我们只能无限接近历史，却不可能还原历史。而这，也正是历史学的魅力所在。

因为喜欢经济史，一位在浙大经管学院读研究生的师兄就给我开了长长一串经济学著作的书单。如马克斯·韦伯的《新教伦理与资本主义精神》、弗里德曼的自由资本主义、约翰·纳什的博弈论、道格拉斯·诺思的路径依赖……

沉浸在这些书里，渐渐觉得，学问没有界限，无论是哲学、历史学、经济学、社会学、人类学，最后都会水乳交融、触类旁通。杨振宁先生也曾说过："物理学研究到了尽头就是哲学，哲学研究到了尽头就是宗教。"

大学四年，开卷有益的读书方式让我收获了很多。我渐渐明白，学会用历史学、哲学、经济学等思维方式思考、处理问题，远比我们只会记住历史事实本身，要有用得多，且受益终身。

工作后，也继续保持着看书的习惯。苏轼说："可使食无肉，不可使居无竹。无肉令人瘦，无竹令人俗。"同样的，无书，也会令人俗。有段时期，孩子还小，忙于工作，忙于家庭琐事，无法静下心来看书。时间久了，就觉得自己面目可憎，腹内草莽。

我喜欢带你们泡图书馆、逛书店，也常和你们开玩笑说："妈妈最享受的事，就是每晚睡前，一边泡脚，一边看书，这是真正属于我的世界。"

最近夜深人静时写文章，曾经读过的书，竟奇迹般地一一苏醒。即使是当时觉得艰深如英国历史学家汤因比写的《历史研究》，如今想来也倍感亲切。

人生路上，朋友或许会辜负你，但我们读过的书，度过的时光，不会辜负你。你的身上，会有你曾经读过的书的味道。孩子，愿你们也喜欢并享受这种味道。

2016 年 4 月 1 日

摘自《我的心里住着一个孩子——写给孩子们的 50 封信》，作家出版社，2021 年 4 月出版

潘丽萍

　　笔名青荷，中国作家协会会员，绍兴市作协散文创委会副主任，新昌县作协主席，先后在《人民文学》《海外文摘》《诗歌月刊》《经济日报》《女人街》等报纸杂志发表作品 500 多篇（首），出版有散文集《女人有味》《许我一段光阴》《那一场繁华如锦的相遇》、诗集《花朵的内伤》等书。曾在《绍兴晚报》上开设"听她说她""生活大爆炸"散文专栏。荣获 2019 年度中国诗歌春晚"十佳新锐诗人"奖。

廊桥旧梦

　　廊桥，是古意而浪漫的，像一缕缥缈的青烟，又如一幅缓缓展开的淡淡水墨，守候在沧桑岁月里，等风来。

　　浙江省新昌县巧英乡三坑村的风雨廊桥，当地人都称之为风雨桥，文雅点的叫它廊桥旧梦。据说，此桥建于嘉庆十九年（1814 年），是从宋代《清明上河图》中简化而来，现为新昌县级文保单位。

　　廊桥精巧古朴，却有一份雅致从骨子里渗透出来。桥是木拱桥，桥长16.8 米，宽 4.78 米，桥廊用 36 根木柱支撑，两侧木制板作桥栏，一块块竖着披下来，远远看去，犹如少女的百褶裙；桥栏上，间隔着露出几个窗口，如果有佳人依窗而立，就多了些韵味。

　　廊桥有些老了，亭廊两侧的栏杆曾经被漆成朱红色，如今已剥蚀得斑斑驳驳，可供行人避雨和小憩的桥廊因坐的人多了，被磨得黝黑闪亮。廊桥边几棵古老的垂柳倒显精神，汪青滴绿，翠碧得能透出水分来，而路边那些红的蓝的粉的白的花儿，认真而热烈地绽放着自己的最美。

　　这廊桥，建在新昌、宁海两县交界的古道上，也是三坑村对外的一个窗口。也许，这里曾经人面桃花，杨柳青青，在暮色四合炊烟袅袅之中，倦容满面的盐商驮夫路过此地，坐在廊桥歇息，目光肆意地掠过走过桥边的姑娘们，就连疲惫的骡马喷着响鼻，仿佛嗅到了让它们兴奋的荷尔蒙。旅途长长，唯有春光能慰藉寂寞的心灵。

　　每一座廊桥都是一件艺术品，因而有些地方称廊桥为花桥。其实，廊桥多是男女相约的地方，"月亮走，我也走，我送阿哥到桥头"，"我在桥头盼归鸟，窗前守候暮鼓晨钟"……在江南，最美的桥要数廊桥。

　　小桥流水，当碎银子一般的月光在桥下的河沟里激荡，廊桥的阴影里，是否有一位同样荡漾着的少女之心？窗棂把她美丽的影子拉得长长的，也把她的目光拉得长长的。阿哥呢？阿哥怎么还不到来哟。莫非他忘了我们的誓言？他是否另有了一位心上人？一颗心辗转着，在廊桥的风雨里叹息，再长的时光也化不开隐隐的忧伤。

　　廊桥，应该是滋生故事的地方，就像美国麦迪逊的廊桥，因为罗伯特·金凯的到来，因为与弗朗西斯卡的相遇，才有了《廊桥遗梦》的经典。这位无约而来的摄影师有过妻子，也有过情人，但他一直在漂泊，在无数个白昼和黑夜里有一种光亮，吸引着他的脚步。终点，就是守望着他的弗朗西斯卡。短短的四天里，一个纯粹的男人，一个纯粹的女人，心无旁骛地相爱着，在他们眼里，世界上的一切仿佛失去了意义。

金风玉露一相逢，便胜却人间无数。故事并没有结束，此后两人不复相见，而回忆一遍遍浸润着他们的心灵深处，男人不再有其他女人，女的珍藏着相见时穿的长裙，在遥远的时空里，俩人的爱情天长地久。

这世上，不是每一个人都有这样的幸运，能够在合适的时间、合适的地点遇到与自己灵肉相通的那一个人，也很难碰到可以终其一生来守望的那种情感。大团圆的结局固然美丽，但谁说缺憾不是另一种美？正是因为廊桥的"遗"，才有了"梦"的美丽，才使这个故事艳凄恻恻，一次又一次震撼人心。

三坑的廊桥历经百年，是否上演过这样经典的爱情故事，不得而知。但依傍着如此优美的廊桥，不发生几个《廊桥遗梦》的故事才不可思议。是一段缱绻的浪漫？或是一份道不清的情缘？那一截截木板，一扇扇窗棂，还有那长长的回廊，一定见证过美轮美奂的爱情。只是，这样的故事被时光忽略，被历史尘封。

风雨廊桥，在晚春的薄暮中有几许淡淡的寂寞，它静静地守候着旧梦，不言不语，不喜不悲。沧桑之间，那美竟然不惹一丝尘埃。

原载《文化月刊》2014 年 9 月号（上旬刊）

小城光阴

集市上的香气

我又想念故乡的集市了，也往往这个时候，脑子里会突然想起《斯卡布罗集市》这首歌。

莎拉·布莱曼的声音犹如天籁，纯净得不带一丝尘土和繁华，听过一次就忘不了，像生长在斯卡布罗小镇上的洋芫荽、鼠尾草、迷迭香和百里香，香气迷死人。斯卡布罗是英国曾经繁华的古镇，而我的故乡，是在一个叫儒岙的江南小镇。儒岙的集市，曾经与许多乡村的集市一样，热闹而又质朴，能从心底里长出来温暖的花来。

每月农历逢二、逢五、逢八是儒岙的集市，小时候一直盼望赶集的日子快快到来，我可以牵着妈妈的手买一些喜欢的东西。其实，那时候也未必有什么好的，无非是一块大冰糖、一串糖葫芦，倘若能撕一块花布做衣服，那是天下顶美的事了。

出门，转过几条巷弄，路过一口池塘，集市仿佛展开了序幕。街是窄窄的一条小路，临街两边都有店铺，开杂货店的，做拉面的，卖豆腐的，打春饼的，甚至还有拍照相的，走上几百米才到街的尽头。而这里，才是真正集市的地方，平时空旷的大操场多了一份热闹，不知从哪里冒出许多人，熙熙攘攘，挨挨挤挤。除了能买到吃的用的东西，还能见到一些稀奇古怪的杂技，比如大力士表演，他的肚子和胸部上放一块石板，石板上再放一块砖，另一人用锤子砸砖，砖被砸碎了，大力士却毫发无损；再比如一个人把什么含在嘴里，一张口，一团火焰就从嘴里喷出来。这些最能吸引小孩子了。

后来，好像是秋天的某个集市，我遇见了我的同学。同学是个男生，后脑扎一把头发，背着一个画夹，行走在街边的一座古桥上，在凡俗的闹市里有些脱尘。后来，我像领亲戚一样把他领到了家里，他送了几张自己的画给我。再后来，他外出闯荡，成了上海一名大画家，去国外办过画展。如果有机会遇见，我要跟他说，画一幅集市风俗图吧，不是《清明上河图》那般繁华的都市风貌，而是人间烟火般温暖的小镇风情。

在集市上行走，我很少说话。我愿意在一堆散发着清香的果实上透视一些生活的细节，更愿意循着这股清香，想象洋芫荽、鼠尾草、迷迭香和百里香的花香。

一段光阴

小时候跟母亲去上夜班，是为了得到那一碗好吃的肉丝面。如果没跟去，夜里也是睡不着觉的，老想着那味儿。母亲自己舍不得吃，肯定把一碗面拿回家，给我和弟弟两个人分享。

从街口到家里，大约有十多分钟的路程。我不停地算计着时间，简直等不及，感觉时光慢得要死掉一样。终于等上，一碗面也有些微凉了，面条泡久了，一根根粗得像蚯蚓，我讨厌蚯蚓，但我喜欢这粗壮柔韧的面条，还有酱红色的飘着肉丝的汤。

等我自己会做的时候，用同样方式烧了无数次，甚至用最好的佐料，没有一次能够吃出当初的味道来。

这碗面一直潜伏在心里，留下的滋味，任何山珍海味也无法抵达。

还喜欢过一件暗红色的滑雪衣。有个越剧团的女演员，演花旦，是我同学的姐，平时也熟，遇见的时候，她穿一件红色滑雪衣，小巧精致，犹如芙蓉花开，比舞台上的花旦还婉约。说不出惊艳这个词，但的确是惊心了。

原来衣服可以剪裁得那么合体，原来身材可以衬托得那么玲珑。好马配好鞍，对了，滑雪衫，我暗恋你！

找了份工作，有薪水了，急着把梦想变成现实。一个朋友在杭城读书，托付她一定给我挑一件好看的滑雪衫。暗红的底色上，同色的丝线一路蜿蜒，看似针脚随意，却疏密有致，收放自如，枝枝蔓蔓间，突然开出一朵朵暗花来，色彩温婉，款式雅致，韵味十足。乍一见，犹如《西厢记》的莺莺，遇见张生的那份欢喜。

心若桃花，一直照亮我的青春。

夏夜里

最喜欢山村的夏夜了。喜欢死了。

夏虫有吗？应该有的。此时，或许躲在黑夜深处，暗地里打量这一群不速之客，屏住了声息。因为我们的侵入，因为我们的歌声，因为我们肆无忌惮的说笑，它们肯定乖乖地伏成一团，做一回忠实的听众。

还有那些好看的花儿，也轻笼面纱。白天的阳光太猛烈，热情得有些过分，红扑扑的小脸儿过度透支，似蔫了一般。晚上呢，它们要抖起精神，一点一点取出骨子里的清香，若有若无地缭绕在我们身上。夜晚入睡，自然不用空调的。天上来的风就在外面飘荡，然后穿过纱窗细细碎碎地进来，像一个旧时代的小脚女人，悄悄地来，又悄悄地走，如此缠绵不休。

离此不远的儒岙一村，我家住在一个叫高台门的地方，大院里有十来户人家，最多的时候有 50 余人，大部分是叽叽喳喳的小孩子。夏夜是他们最兴奋的时候，身上所有的细胞都调动起来，像疯狂的爵士乐激情四射。风是干净的、纯粹得似一个未经琱琢的少女，一股清香味。院子里的大天井，会慢慢聚拢一些人，奶奶点燃一把晒干了的艾草，先在四周来来回回地挥动着，似乎要赶走蚊子虫子什么的，然后把艾草堆在中间，任其慢慢燃烧。整个院子里就弥漫着淡淡艾草香，很好闻的一种味道。

安静下来，挪来竹椅子或者躺椅，看天上的星星。这个时候，往往容易想起鲁迅先生写的《从百草园到三味书屋》，想到文中长妈妈讲的故事：一个书生晚间纳凉时，有个美女在墙头叫他，他答应了。老和尚说他脸上有妖气，一定是遇见"美女蛇"了；这是人首蛇身的怪物，能唤人名，倘一答应，夜间便要来吃这人的肉。然后老和尚给他一盒飞蜈蚣，治死了美女蛇。

一边纳凉数星星，一边想着骇人的故事，然后像鲁迅先生一样，看看四周墙上，有没有美女蛇出没。当然这担心是多余的。况且那么多人，美女蛇看上的应该不是我，而是院子里哪位帅小伙。

芋饺的传说

特别喜欢芋艿这两个字，像一个乳汁饱满的女人，细腻软糯，内心藏着欲望，在热气腾腾的锅里跨出来，她的欲望就是迫切想要与番薯粉粘在一起。因为她知道，番薯变成粉，千年等一回，为的是与她相遇。

芋饺是芋艿和番薯粉和在一起做的。番薯本是平常之物，貌不惊人，虽然长在同一块土地上，但芋艿就不一样，她的枝叶碧绿，亭亭玉立，像撑开的荷叶，真的像啊，城里来的姑娘乍一见，就喊：看，这里有荷！我笑了，哪有荷长在土地上啊！从土地中走出来，芋艿是清新脱俗的，小巧精致，一身细毛，像一位珠圆玉润的姑娘，透着一股清香。过后，她被抬进农家，安居一隅，她看到一筐番薯也被抬了进来。土头土脑倒也罢了，有的歪瓜裂枣般，有的被虫子咬过，伤疤似蚯蚓一样。但她知道，主人挑这些长相难看的番薯，是有用意的。在主人眼里，他们登不上餐桌，只能把他们整理，粉碎，打磨成另一番模样。

番薯们列队进了磨房，在叽叽咕咕的机器声中，变成了水淋淋的一堆浆，然后被主妇们装入一条尼龙袋，滤水，压浆，倒掉番薯渣，沉淀在水底的是白茫茫的一层番薯粉。脱胎换骨。番薯粉细细的，滑滑的，比婴儿的皮肤还嫩，我觉得，天底下没有比这更润滑的粉了。现在，他回到了芋艿身边，他展开怀抱，一把搂住芋艿熟透了的滚热的身子，糅合，交融，诞生了一道美味。

芋饺貌似北方的水饺，又有点像馄饨，它的做法很独特，芋艿和番薯粉在一起，不用一点水，按比例调好，和着和着就成了一面团。也不用擀面杖，橡皮泥一样的面团，想怎么捏就怎么捏，但一般都捏成三角形的，里面放了馅，中间留一眼气孔。

芋饺是新昌著名的特色小吃，自清代乾隆年间流传至今。那时候有一家叫"一溜下"的芋饺店，非常有名，现做现卖，颇得客人喜欢。这名字也取得特别好，一溜下，多好啊，软糯嫩滑的芋饺一入口，居然骨碌碌地从喉咙里滑了下去，啊哟，都不知道肉馅的鲜美味道了。不，再来一个，又吃，咬开，那个香啊，又一溜下去了。

滑溜溜的芋饺，晶莹剔透，吃起来很是筋道。后来，在一个叫大市聚的地方，有人办起了一家天然芋饺厂，当时也名噪一时。可是，从机器里出来的芋饺，自然不如手工的好吃，吃着吃着就没劲了。

一直怀念手工芋饺的滋味。菜市场里有几个老婆婆坐着，面前放一个粗瓷碗和一把米筛，从碗里的芋饺面团中摘一小团来，先捏成薄薄的小圆饼，裹进肉馅，三下两下就捏成了一只三角饺，然后放在米筛里，而米筛永远放不满，因为芋饺做好就被买走了。

当然，更欢喜的是，自己下厨亲手包一回芋饺。

原载《海外文摘》2016 年第 4 期

长安：那一场繁花似锦的相遇

古意长安，汉唐风姿。一直暗暗喜欢着。

长安应是一块辽阔的、风月无边的锦，很华美、很繁丽，像是浓缩了的锦绣河山。若比作女人，她一定是杨贵妃，饱满的、丰腴的，那充盈着热欲和肉感的女子，有着致命的美，欲擒故纵，让人欲罢不能。

所以，古代帝王一直迷恋长安，热爱长安。

"长安自古帝王都"。长安建都时间最早，建都朝代最多，有 13 个朝代在此建都，长达 1062 年。最值得一提的是，她是中国历史上最早达到百万人口、最早实施城市建设和管理的大都市。长安和雅典、开罗、罗马、伊斯坦布尔齐名，是世界著名的五大古都之一。

喜欢长安，尤其喜欢汉唐时期的长安。

东方丝国，仙境流云，据说在汉代，从长安采购的丝绸不仅漂亮，而且还能防虱子臭虫，穿上它甚至不怕打雷闪电。真是神了邪了！不管怎么说，长安作为丝绸之路的起点，经中亚、西亚到罗马，途经地区，对丝绸莫不崇拜之极，需求量巨大。

的确，两汉时的丝绸生产，工艺极高，从华贵厚实的织锦，到薄如烟雾的绉纱，从线条流畅的刺绣，到型板加手绘的敷彩印花，甚至贴金、贴羽、起绒圈等，各式工艺应有尽有。轻柔飘逸的中国丝绸，令罗马人大为倾倒。

长安，是商人们梦想中的锦绣天堂。

除了丝绸，还有中国各地的漆器、瓷器等把长安作为中转站，与西域各国及的土产、良马、珍宝互相交换，与波斯人、希腊人、罗马人做起了生意，长安城由此繁荣，并成为东方国际贸易中心，衍生了一批富可敌国的巨贾商人。

而唐代，丝绸之路的繁荣达到了顶峰，中国丝绸不仅通过陆上丝路输出，同时也通过新兴的海上丝路，分别输往东南亚与阿拉伯国家。由于中外文化交流的发达，丝绸艺术融汇东西，精彩纷呈，具有华丽、饱满的特色，堪称"大唐之花"。

繁华的长安城，正如一位风姿绰约的贵妇，奢靡着，妖娆着，稍微露出一点淫荡的表情，浑身上下散发着奇异的光芒，令人为之惊艳。

如此风情，唯有国色天香的杨贵妃才配得上，倾国倾城的容貌、曼妙的舞蹈，那丰盈的体态和别样的情调与长安相辅相成。"回眸一笑百媚生，六宫粉黛无颜色。"回头一笑能迷住众多的人，六宫的妃子都失去了美色，想想吧，这一笑的妩媚妖艳有多大的魅力啊！

这样的女子，一定是人们的梦中情人，或是大众情人。长安城，高鼻深目的西域胡人来了，金发碧眼的欧洲商人来了，他们苦练汉语，为的是可以顺畅地进行商贸交流。顺便说一句，当时的汉语已成为世界通用语言，类似现在的英语。

大量胡人的涌入，长安城到处闪耀着浓郁的异域风情，那是一种张扬的美，而古罗马的浴池、拜占庭的凉庭、印度式的莲花基座这些玩意儿，又给唐人增添了生活的乐趣。东西结合的文化和时尚，把这个城市包装得富丽堂皇，美轮美奂。

长安的丝绸到达罗马，一站站运输，一道道贩卖，价格堪比黄金。长安城的西市，由于极度热闹繁荣，被誉为"金市"。据说，长安城有东市，西市，人们出门，不是去西市就是去东市，"买东西"一词由此而来。

可以说，唐长安这个曾经是全世界最流光溢彩的地方，绝世风华，无与伦比。她曾经宽绰，到处闪着金，尔后，慢慢地冷下来，沉下来，凝结成一种特有的气质，风姿嫣然，暗自妖娆。

我若在唐，定在长安

每个人的心里，是否都有一座长安。

一千多年前照在长安城的那轮明月，与如今的月亮没有多大的改变，清风也如此，一缕一缕过来，又一缕一缕走远。然而，物是人非，曾经繁花似锦的长安，却似烟尘飞散，去无影踪。

盛世的长安，大唐的长安。

如果可以，大唐长安是我最想穿越的地方。不知道是否受了唐诗的诱导，还是因了唐代红颜的影响，那时的杏花春雨、床前明月，甚至凄风苦雨、两地相思，都快乐得那么明媚，忧伤得那么纯粹。

总是在记忆中飘忽着盛唐的碎片，总是在梦里遇见大唐的一些事物。莫不是我曾在大唐生活过？或者，本来我就是长安城里一个罗衫布裙的青衣女子。

竟如此喜欢和钟情大唐。

春暖花开，长安的街道，太阳的味道正浓。我轻轻地走过来，花颜云鬓，黛眉轻挑，领子微微敞开，衣角处缀着细碎的玉石铃铛，眉心贴着状如三角梅的翠色花钿。对了，眉心贴花，突然想起一个故事。据说那是上官婉儿多看了张昌宗几眼，惹恼了武则天，一只玉簪扔到她的额头，留下了一个伤疤，聪明的婉儿就剪了个花瓣贴住，居然成了当时流行的妆扮。

是的，武则天的大唐，华贵的、奢靡的盛唐。

"花须连夜发，莫待晓风吹。"喝了酒，诗意满怀的武则天，下诏让百花一齐开放，貌似荒唐的做法，霸气十足的一代女皇，谁人敢敌？

比北京故宫大三倍的大明宫，美轮美奂，承载了多少盛衰兴亡。我一定驻足，凝望过这座辉煌的宫殿。宫顶最高处的金凤昂首而立，上触云霄，下视四垠，象征着武则天的绝世风采。

此刻的大唐，是女人的天下。是否因了武则天，唐代的女子才是强势的、开放的，个个都是铿锵玫瑰。除了武则天，还有韦后、太平公主、上官婉儿，一双双纤纤素手，在大唐的政治舞台上翻手为云，覆手为雨，何等豪迈！

而我，必定不是这类女子。

只是路过。

或许，我会选一个微风的日子，去长安郊外的终南山，踏过堆积着的秋叶，虽然不是锦口绣心，兰心蕙质般可人，但也作得一二句好诗，低吟浅唱。

或许坐着七宝香车，在青石板上辘辘地碾过，绚丽的流苏在阳光下一闪一闪发着金光，挑起珠帘，眼波流转中，突然与策马而来的书生相遇。

"春风得意马蹄疾，一日看尽长安花。"应是这样一位书生，科举及第，心花怒放，在春风扑面的长安城，惬意自得。路上邂逅，结一段姻缘，续一个佳话。

记得曾经写过一首诗，《如果我是唐朝的那个女子》：

如果可以
我一定坐在唐朝的月光下
一纸素笺，两袖清风
淡淡地写一个人的名字
然后吟成一首诗
让优雅的古韵
一次一次回响和呼唤

如果可以
我一定在大唐的三生石边
守着挂满枝头的誓言
你来与不来
我不管
只在你走过的路边，独自
享受花开的美丽

如果可以

我不上绣楼，不抛彩球

曾经流转的那一眼，注定了

生生世世的牵挂和眷恋

等你，等你唤一声小娘子

我心里的月光就跑出来

一路锦绣，满园春色

是的，这是大唐，我的长安。

所以，我要枕着大唐的月，吹着大唐的风，梦上一回，大醉一场。

闻一闻西安的味道

现在的西安，便是曾经的长安了。

相比之下，我比较喜欢长安这个名词。如果是西安人，更甚。西安人喜欢叫这座城市为"古都"，或者干脆直呼长安，有人甚至要求国家更改城市名称，叫"长安"或"西京"。可见，钟爱长安的人，毕竟不是少数。

但还是要称西安的。

2009 年初夏，我游过西安，短暂的二天，记忆中还残存着一些碎片。

到西安的时候，天已黑了。因为坐了很久的车，肚子有些饿，大家都为晚饭叫急。恰好一位同事是在西安读的大学，城中还有留守同学。同学早在筹划，安排当地名吃——羊肉泡馍。

在当地很有名气的一家饭庄里，见到了传说中的羊肉泡馍。馍，无非是一种白面烤饼，每人取了面前两个，一点一点将其掰碎，似黄豆般大小正好。谁也不能闲着，做手工活一样，比谁掰得碎，掰得均匀些，然后交给厨师，厨师在一碗碎馍里放些熟肉、原汤，并配以葱末、白菜丝、料酒、粉丝、盐、味精等调料。用我们的话说，就是用羊肉汤泡出来的面疙瘩。

西安牛羊肉泡馍的特点是料重味重，肉烂汤浓。习惯了江南风味的清淡，这味儿，倒是浓了些。

然而，这就是西安的味道，古都余韵，回味悠远。

西安实在太老了，从历史的烟云中一路走来，她的身上笼罩着太多的传说。如周幽王为博爱妃褒姒一笑，登西安东郊的骊山烽火台，乱点烽火以戏诸侯，最终酿成亡国之祸，留下"一笑倾城，二笑倾国"的典故。骊山脚下的华清池，温泉水与日月同流不休，水清见底，无色透明，"春寒赐浴华清池，温泉水滑洗凝脂"，唐明皇与杨贵妃的故事使华清池除了优美风光之外，更增添了不少传奇色彩。建于唐高宗三年大雁塔，专为玄奘藏经而建。今天的大雁塔是西安标志性建筑，同时也是西安古都的象征。

古城墙、钟楼、鼓楼、明城墙、大秀塔、西安碑林……西安是一个角角落落都充满神秘的城市。

中国历史上最动荡也最繁华的城市，莫过于长安。今日的西安，虽无盛唐的霸气，但依旧是中西部的经济文化中心，依旧有着一份历史的厚重感。像是舞台上艳光四射、风生水起的一场表演，盛装之后还其本色，回归朴素淳厚。

一个有着太多故事的地方，错过未免有些遗憾。因此见缝插针地游走一些名胜，如黄帝陵、兵马俑。对了，来西安，怎能不去看兵马俑？

兵马俑是秦始皇陵的一部分，秦始皇兵马俑博物馆在秦始皇从葬坑的基础上修建而成。当我站在兵马俑博物馆的一号坑前，猛然一惊。尽管这只是"泥人"，可这气势毫不逊于千军万马，车兵、步兵、骑兵各司其职，严阵以待，仿佛一支整齐威严、浩浩荡荡的秦朝军队，守卫着秦始皇地下王国的安全。更令人称奇的是，所有兵马俑造型逼真，无一雷同，难怪被列为"世界八大奇迹"之一。

一生叱咤风云的秦始皇，尘埃落定之后便安葬在西安市东面的临潼区境内。这回，征服世界的不再是金戈铁马，而是永恒不朽的艺术魅力。

天有些暗，风也微凉。我拍了很多照片，然后安静地离开。忽然觉得，有一种深厚而苍凉的味道从背后暗暗袭来。我明白，那一定是西安的味道。

原载《参花》2016 年第 4 期

任少英

新昌大市聚镇（现沃州镇）人，20世纪80年代末90年代初就读于武汉大学，在一家知名企业的北京分公司和杭州总部工作近二十年，目前从事投资工作。

听妈妈讲那过去的故事

父母在，人生尚有来处。

我的父母，算是小镇上街坊邻居交口称赞的典范，一生蹉跎，却培养我们三个孩子都进了不错的大学。

父亲在六年前突然病逝，一向健康的妈妈，在父亲走了以后，身体也出现各种问题，高血压、心脏病都出来了，包括之前被忽略了的腿伤也在这一年多以后成了老伤，多方寻医问药难以治愈。三年前的某一天老妈感觉尚好，坚持要回老家住一段，突然有一天没了血压，幸亏有邻居在，帮着紧急送县人民医院，腹部B超一片模糊完全做不出影像，幸而遇见胆大心细的杨医生，剖腹检查才发现动脉破裂，抢救回一条命来，这一切犹如天助！

那次手术后老妈就各种虚弱，发胖，每天只能在小区里逛逛，最多门口菜场走个来回。我再也不敢放老妈独自回老家生活。这又过了三年，老妈身体终于恢复到手术前，体重也恢复了。

那天周日，有老家同学送了我好多家乡的板栗。老妈发现里面有虫子，就拿来纸板摊开了板栗，和阿姨两个坐下来挑。我家阿姨40多岁，来自安徽，身子很弱小，平时稍动一下就需要休息，但好在脾气够温和，也不爱往外跑，正好能慢慢陪老妈聊聊天。妈妈挑着板栗就跟阿姨聊开了："你看，你现在拖地都没力气，我年轻的时候，一个人挑150斤板栗到上海去卖，换作你，早就垮了！"

"一百五十斤？"我正陪孩子作业，也很惊讶，从没听老妈说起过上海买板栗的事。

"外婆，你那么厉害？！"女儿也放下作业，跑过来围着外婆听故事。

我的父亲，是返城知青。说起来，他们还是比那些远远下放到东北黑土地和西北西南农村里的知青们要幸运很多，他们是从县城和镇里，下放到了家乡附近的一个茶场。整个茶场，除了一位老人家，其余几十户人家都是知青，大家住在一个两层楼的大四合院里，上班计工分，下班下棋打牌，虽然，那个年代，父亲因为所谓成分和言论问题，也遭遇各种批斗。

但对尚不更事的我，那四合院旁边传说有狼出没的竹林，门前一棵无比高大挺拔的桃花树，操场边那棵可以攀上爬下的歪脖子老樱花树，给了我满满的童年回忆。更何况还有和小伙伴们一起采茶叶、采蘑菇，茶厂的大炉子里煨红薯、煨土豆，每天步行一公里到旁边的村小上学，放学搬板凳到电视机房抢位置看第一部科幻电视连续剧《大西洋底来的人》……

　　说远了，话题说回老妈怎么去上海卖板栗。

　　爸妈从知青点回到自己家的镇上，应该是 1978 年了。那时候，老家小镇还只有一条堪比乌镇的老街，远近的乡人三天一赶集，我家老房子正好在老街的中间，每天门前熙熙攘攘，煞是热闹。爸爸在粮管所工作，妈妈就在家门口开了个小店，那时候 80 岁爷爷还抽烟丝，拿了自己喜欢的烟丝放在家门口，摆上一个箩筐卖烟丝。我的奶奶，因为解放前就自己开布庄，"文革"期间差点没沦为资本家，后来虽没戴上更可怕的帽子，作为工商业者给予了供销社工作，但仍然时不时被拉去戴上高帽挂上牌子跪地接受批斗，"文革"结束后不久，一生强势而心力交瘁的奶奶就辞世了，享年 66 岁。奶奶过世后，小镇终于通上了自来水，结束了小镇居民家家户户挑井水的日子，记得当时街坊们都说，我奶奶一生没有享过清福，连自来水都没享用到。这一年，已是 1981 年。

　　妈妈说，大概就在那一年的秋天，听说上海的板栗可以卖 7 元一斤，而在我们老家只要每斤两元。她就约了雪琴阿姨，两个人各在集市上收了一百五十斤板栗，两个女人家（这时候妈妈 36 岁，正是年富力强的时候）就这样一人挑一副担子出发了。一路从小镇汽车到县城，从县城长途到杭州城站火车站。那时候，我哥刚上浙大，为了节约行李费，妈妈让我哥约上一位同学，买好月台票进站，硬是帮着她们将 300 斤板栗从火车窗口一袋袋塞进车厢。到了上海虹桥，还要担心出站收费，先跑到检票口看有没有检查的，一看没人，赶紧挑起重担逃出车站！

　　好不容易来到离火车站最近的农贸市场，刚到门口，就见市场管理人员手拿大钩秤："来来来，先过称交市场管理费！"我的妈呀，我妈赶紧说："我们不卖，是拿来送人的！"

　　"你猜我们把板栗藏到哪里了？"老妈说着大笑，告诉女儿说，藏到了立交桥下面隐蔽的地方。然后，他们在市场旁边发现了一个老太太家门口有块空地，于是，送了那位老太十斤板栗，将桥下担子里的板栗分小袋装了，一个看住担子，一个一趟趟拿到老太家门口卖，两人轮换着来，就这样，一天，卖完了三百斤板栗！

"上海人精明得很，每个人买一点都还要额外多抓一把！"老妈说。当晚，两个成功的女人住到老家一个搬到上海多年的街坊家里，第二天俩人美美逛街，一人给自己买了一身布料，"然后，给外公和我自己每人买了一斤全羊毛线，外公的是黑色的，我的是栗壳色的，那件毛衣现在还在！回到家，还被你外公说了一顿，说我们两个傻女人，赚点钱这么累死累活！"老妈这样跟专心听故事的女儿结束她的故事。

"外婆，你还买了什么？"女儿意犹未尽。

"喏，还有家里那个搪瓷罐，还在那里，那时候只要两块一毛钱！"女儿于是跑到厨房，找出那个描着大红花朵的大搪瓷罐来："原来你是外婆卖板栗赚来的！"

这个搪瓷罐，我小时候老妈经常用来做酒酿，没想到，它还有这么曲折的来历。

谨以此文向我的勤劳而从不向生活屈服的父母致敬！并怀念过早去了天堂的父亲！

原载 2017 年 12 月 30 日《富阳日报》

桑 子

籍贯浙江新昌，诗人，小说家，中国作家协会会员。著有《栖真之地》《得克萨斯》《永和九年》《雨中静止的火车》《野性的时间》等诗集、长篇小说和散文集十余部。获第七届扬子江诗学奖、第二届李白诗歌奖·提名奖、第十二届滇池文学奖、《文学港》年度文学奖、浙江省作协2015—2017年度优秀作品奖。曾参加诗刊社第29届青春诗会、鲁院第31届高研班。现居绍兴。

诗的梦境与现实

诗的生成

我的屋外是8万公顷灰蓝的大湖、原始森林和灰白的雪山，万物都沉浸在柔和、蔚蓝色的大气中。每个黄昏，落日燃尽，天空留下大片灰烬般带着温度的暖。没有一丝完整的线条，没有一片均匀的色彩，没有一个相同的瞬间，一切皆离奇变幻，光怪陆离的阴影和无穷无尽的混乱正在交织消融。

有时候十二月狂烈的风会吹来大片火红的云团，东风或者那柔和、持续不断的西风带着醇香的松涛味道，传来安静而轻微的抚弄或颤抖。会让我感受到，顽强而变化不定的自然要素的力量与精神上奇妙的、想象的欲望相结合，现在是、将来也永远是永无止息的诗歌的摇篮。

待在洱海边，看太阳东升西落，看月缺了又圆，有时月亮像一颗巨大的宝石镶嵌在深蓝的夜空中，但是它放射不出长久生活在湖边的人内心柔和而清丽的光芒，蔚蓝的大湖把天地间的一切打磨得细致、绵长而剔透，而阳光又每一次分解成几百次静悄悄的念想和梦中的官能享受——风吹过的痕迹、几树花朵和果实、三两句话和许多个瞬息即逝的微笑——再把一年分解成几百个日子，成了，我们在世间的百感千愁就这样潺潺流动了起来，日夜滋养着我们寂静而自足的日子。

我们上山下山，从湖边步行到山顶得走上一个小时，沿着湖有一道斜坡，向下的堤脊斜插入洱海的水面，向上的堤脊则斜插入深蓝的天空，石壁也是悬崖，过路的人就像站在一道栏杆前，把胳膊肘支在石壁上，俯瞰洱海，湖对岸是苍山十八峰，有时下雪，但雪只落在山顶，一下雪，时间就变得缓慢，纷纷扬扬像是巨大的安慰和给予，但事实上，它总是从这里取走了什么，以至于大多数人看到雪，总觉天地更虚无，心更空旷，它像死亡一样征服所有人，让我们感受到永恒的力量。

大理古城有个诗人叫北海，他曾在1994年开始，千里走单骑，周游全国，每到一个县市，都要对当地文化、文物古迹、民情风俗做一番了解和考察。漫游之后，归田园居，白日躬耕、写作，夜间在街头鬻书，灯火下，他独坐于街边向外伸出脑袋，那笑容神秘而纯良，如我们抬头邂逅一轮明月，顿时心旷神怡。

明崇祯十一年（1638 年），徐霞客于腊月廿二首次登上鸡足山，背着同行的迎福寺僧人静闻法师的骨灰和法师"禅诵垂二十年"刺血写成的《法华经》，辗转 5000 余里，历时两年，来到鸡足山，并写就了 2 万字的《滇游日记》。

我总是这样跟自己说，尽情感受自由的召唤，体味人世的艰辛喜乐吧，如此可以获得一种神明的力量，不再畏惧，也不必担心，我们在苍洱身上创造了情感，然后一种无限把我们的灵魂结合在一起，而永恒又把这情感保存了起来，似一颗珍珠，璀璨无比，山水之间有隐者幽人，好风水只滋养有情有义之人。

生活在季节更替，春耕秋收和鸟类迁徙的时间里，我们与星辰和神明之间一无阻隔。为了能够更好地生活，我们愿意作出任何的让步，如果我们能够知道这种让步到底是什么的话。

"苍山上已经绝迹的动物啊 / 你们啃啮过的蕨类 / 正披着光芒的长袍 / 四处招摇"——《神在细小的事物中》

自由的光芒

毫无抵挡，细微地感受着某种温暖的波浪直抵内心，并汹涌澎湃、四下扩散，带来罕见的愉悦，这种扩展与进涌的强力，使整个胸膛都变得开阔起来，一个灿烂辉煌的时刻从心中冉冉升起。

诗是生命最本质的核心，某一瞬间，形象化的细胞被箭镞穿透，一切生长的本原都从这细胞里进出，他们经历了数以亿计的分秒，但是始终只有一秒，绝无仅有一秒钟——交融的这一秒——使整个内在世界翻腾起来，就像创世纪的那一秒钟，隐藏在生命温暖的内部，没有一种精神代数能够算出它来。

形形色色的琐屑的自由，就像路上的泥淖和丑恶的癞蛤蟆，拦住我们的去路，七情六欲都想控制住我们，一切都渴望能够统治我们的灵魂。但是，思想才是它最坚实的依附体。

自由的不朽的思想才能创造出哲学体系以及让我们获得解开一切谜底的神秘指令，否则自由只是凶狠而愚蠢的蛮力。

没有哪个人愿意成为棋盘上没有独立意志的"相"。许多人会去诗中寻找自由，但如果没有独立的思想，自由只是一个无知的孩童。

人们在建造上帝的庙堂时总会投入如此多的时间、思想和创造才能，使得其他建筑相形见绌。米开朗琪罗的穹顶画，伯尼尼廊柱。加冕，受洗，婚礼，葬礼，祷告，布道，这是神祇的殿堂，也是人的灵魂寓所。神的旨意——那庄严的词义正穿过银白色的天穹低低地回响，而让每个人的眼中有一种内在的光芒——这是属于诗的自由的光芒。

醉与梦

无边的想象是甜蜜的，但只能得到一时的满足，到最后还必须有一个对象才成。一些醉生梦死的人，根本不知道自己在盼望些什么，他们大致记得这一信条——谜一样的东西是不容易受伤的。

他们热衷于一种游戏：总是在幻梦里与神秘的一切缠绕在一起，这种游戏有趣的地方是它能穿透一个人的内心。

那谜一样的东西就是诗人的宗教。他们耽于梦境，梦有着无法征服的温柔和无懈可击的魅力，他们在追寻某种东西，仿佛一种天赋的本能，是"无限"的有力的要求，这种令人晕眩的挑逗把诗人的心压得脚步都踩不稳了，连理智都不知道说什么好了。诗人一旦做起梦来，连大理石柱也有了自己的梦想。千万种颠三倒四的念头，一个接着一个扑来，他们迷上了这种冒险的极乐之境，享受着有人从背后把自己推向未知的世界。

并且坚信梦可以穿越前世和来生，梦中的一切并非虚幻，它暗示事物的来处和去向，某些时候，它高于现实，是神的启示。而死是世间万物所不能避免的东西，一些死像铅块，日积月累的疲惫和时不时游荡的幽灵般的衰亡梦魇，把她吞噬；还有一些死亡，则是突然来临，没有一丝征兆，好像看到一只欢快的野鸟，它正在视野中振翅扑飞，却冲撞在山崖猝然逝去。但不管是何种死亡，总能或多或少在别的灵魂里泛起无端的惆怅来，臆想症就是靠这些无端的惆怅滋养着的。

许多人是心甘情愿患上这臆想症的。因为他们的现实生活太过于理性，只有介于虚实之间的梦幻之地才是他们的理想窝、休憩地，他可以无边无际地想象，想象骑马佩剑的英雄，想象理想主义的辉煌遗产——殉道者，自由的信仰，大同世界的虔诚，或者也可以中了邪似的点燃仇恨和战争的炽热火焰。

但诗人说："我从来不喜欢让自己耽于幻想，那会让我像个随便的小姑娘。"

他们喜欢饮酒如喜欢做梦。有了酒的滋润，诗人的思想就不再那样晦涩艰难了，简直换了一个人似的。好像不是诗人选择了酒，是酒选择了他们，通过这种选择，那些不同颜色的液体就成了哲学家、思想家、艺术家甚至刻板的历史学家的细胞，见证着天才的思想秩序和本分。

"才对你爱慕？/ 我心里充满着甜蜜的激荡 / 你生得如此讨人喜欢 / 我不断听着你细腻的呼吸 / 一片甜蜜的语调令人着迷 / 怎样的风笛和彭铙，我怎样的狂喜"——《爱慕》

他们喜欢把自己安置在现实和梦境之间的空白地带，满足于一种无行动的懒散与沉迷，像醉酒后那诱人的潜意识，无意识。这对一个清醒后便是痛苦与烦扰的敏感灵魂来说该是多么珍贵。

孤独和勇气

有些问题，思索越多，就变得越困扰，越纠结，越是企图去理解它们，它们就越回避你的尝试，最后你不得不发现，所有的问题之所以成为问题，原因是因为你不够勇敢，不敢果断。

"趁着好时节，到处都在刈草 / 现在不宜去同花朵、甲虫和蜜蜂作隐秘的交谈 // 现在练习刈草，铁砧安在树墩上 / 打出了大镰刀，刈去一部分

草 / 便可见创世的光芒"——《刈草》

自然界是经受得起生灵的相互残杀和受苦的，苍鹰一口吞下麻雀，蛤蟆和蛇在路上被碾死，在战场上，人类的血肉会像雨点一样落下来。不要过分介意，在智者的印象中，世间万物是普遍无知的。

我见过一种鹰，有人叫它墨西哥的食蛇鹰，夜晚借宿在巉岩或是云霞间，它像未经勘察的世界一样，永远狂野与神秘。

鸷鸟不群兮。诗人也是，诗人喜欢孤独，却比常人更害怕孤独，但在与孤独的交流中诗诞生了。

火红的太阳在早上升起，窗外深红浅紫，这是天空在沉思默想。"热情的空想也能够像冷静的思维一样深刻揭露秘密。"同时，愚蠢是一种性格缺陷，和智力没有多少关系。

美学纯粹与时间边界

诗同样有完全不顾及道德的那种美学上的纯粹——一种强有力的，无情的真实。

战争是地狱？很明显，这个定义还不及它全部意义的一半，因为战争还是神秘，恐惧，冒险，勇气，探索，神圣，怜惜，绝望，渴望和爱情，战争是杀气腾腾的，战争是好玩的，战争令人毛骨悚然，战争是苦役，战争让你成为勇士，战争让你死去……战争也让灵魂复活。

真理是互相矛盾的。

实际上，战争也是美，当你目瞪口呆地看着丑陋的战争威严，战争满足视觉，战争指挥你，你恨它——但是你的眼睛不恨，就像一场森林大火和显微镜下的癌症一样，任何战役和空袭，任何炮轰和狙击，都具有完全不顾及道德的那种美学上的纯粹——那是一种强有力的，无情的美。

夜已经很深，互不相关的万物披上了同一件肃穆的衣服。尘世如废墟，四野是青苔与野藤，一些伟大的建筑物，与岁月鏖战后，倒卧在地。

这世上多少庞大而令人敬畏的东西，到头来都化成了尘埃，而区区草芥却生长旺盛，留存天地间。所有深刻的东西都与时间有关，有春天的花朵开在十八世纪的墓碑上。太阳每天从东到西大跨越，它只做好一件事，让一切事物看上去不那么艰难。

　　每一天我们路过万物，它们就是另一个我们，它们生长或者死亡，就是我们的生与死，它们在四季轮回里，我们就是它们的感受力，负责帮助它们成为自己或自己的神。

原载《星星》理论版 2019 年第 12 期

石旭东

男，浙江新昌县人，中学高级教师，浙江省中学语文研究会会员，中国散文学会会员。2003 年，农村读物出版社出版中短篇小说集《红蝶结》；2006 年，大众文艺出版社出版中短篇小说集《脱落的彩色羽毛》；2007 年，作家出版社出版长篇小说《泪痕红浥》。

车轮滚滚

从襁褓里出来，我就坐上"车"了，这种车叫"坐车"，从坐车上下来我便坐父亲自己制造的车：下面四个轮子，上面一块平版，前方一个"把式"，我们管它叫"平板车"，平板车伴随我度过了整个童年，读初中时我还玩耍，直到外出读高中为止。

从高中到大学，我虽则不玩车子了，可也从未离开过车子，从家里到学校，来往坐的是汽车、火车；在校期间，星期天上街、游玩，坐电车、公共汽车；有时还去坐一坐三轮车、横包车，换换新鲜。

大学毕业我回家乡当上了中学教师，第一想到的就是要一辆自行车，说干就干，省吃俭用，一年时间便积累了资金。其时买自行车很困难，要凭票，我千方百计通过同学的关系，终于买到了一辆"永久牌"载重型自行车，单价为一百七十三元八角，这在那个时候也是一个大数目了。我的这辆车是我们区（行政区）上第一辆私人自行车，"物以稀为贵"，可谓"凤毛麟角"，威风的很，骑到哪里，哪里就滚来一片眼球。自从有了自行车，我就几乎不步行了，几十米远的路也要骑车去，除了方便，自然还有耀武扬威之意。

我的妻子是外县人，从我家到她家有三百多华里路，其时，坐汽车去中途要换三次车，早上五点钟出发，下午五点钟才能到达，还要跑上一段机耕路。有了自行车后，我就决定暑假里要骑自行车去丈母娘家。这么远的路，又有不少是山路，我也有些担心。为了"远征"顺利，我特意早晚去山路上练脚力，几个月下来，不仅脚力增强，车技也大有进展。一放暑假，我便叫妻子坐汽车去娘家，自己则骑自行车去。清晨四点，我便带上水壶、干粮出发了，还特意去买来了一副太阳镜，这在当时也是非常"摩登"的。骄阳如火，一路风尘，我心里美滋滋的，心想："这一回，到达丈母娘家肯定会有一番新景象！"一路"山重水复，柳暗花明"，渴了，喝几口茶水；饥了，吃一点干粮，上坡时虽则紧皱眉头，下坡时却是眉飞色舞，有时还哼上几句"黄梅戏"《女驸马》里的唱段："为救李郎离家园，谁料皇榜中状元，中状元着红袍，帽插宫花好啊好新鲜……"待我到得车站，我妻子乘坐的班车还未进站哩！于是我便得意洋洋地在车站等她，载着她"夫妻双双把家还"。我们一进村子，果然立马就有一群人围上来，男女老少都有，有的夸奖我的车子，有的夸奖我的车技。我还真有点儿"洞房花烛夜，金榜题名时"的感觉，我知道，我的这辆自行车在我妻子的家乡也是独一无二的！

骑了五六年自行车，便偶尔有摩托车在我眼前晃动了，于是我也便想要一辆摩托车。摩托车价钱大，不得不来个全家总动员，"节衣缩食"了三年，一辆"野狼"终于替代了我的"永久"。"野狼"马力大，气势足，派头粗，比起"永久"来，那简直是"喜鹊"和"麻雀"了！然而，不久，便又有了新款"踏板车"。"踏板车"不仅新鲜好奇，而且要比"档头车"方便、安全多了，于是，我又经不住诱惑，想方设法要了一辆"雅马哈"踏板。嘿，一个人同时拥有两部摩托车，那可正如苏轼《江城子·密州出猎》里所说的"左牵黄，右擎苍，锦帽貂裘，千里卷平冈"了！山路上，我牵上"野狼"；平路上，我拉上"雅马哈"，两副架势，两样特色，各显其能，大饱了"车福"，出尽了风头！自然，去丈母娘家不必再骑自行车了，可是，其时的"班车"也多起来，还有直达的，因而，我也就不愿头顶蓝天骑摩托车去弄成一身泥了！

然而，没几年，便又刮起了"轿车风"，我辈有不少人去赶"潮头"买了小轿车，说是"按揭"买的。"什么，买轿车还可以按揭贷款？天下竟有这等好事?!"我的心便又立时膨胀起来。"自行车"比"摩托车"是"麻雀"比"喜鹊"；"摩托车"比"小轿车"可是"喜鹊"比"凤凰"了！我这么喜欢玩车的人，怎甘落在别人后头？说什么也得去搞一辆威风威风！于是，我便去"按揭"买来了一辆豪华型"一汽马自达"，简称"M6"，款式新颖，新出道的"钛灰色"，十分亮丽。"鸟枪换炮"，有了轿车，摩托车便又被我冷落在屋角里了。昔日是骑自行车去丈母家，这回可是要开轿车去丈母家了。想起当年骑自行车去博得一片喝彩的情景，我不觉心潮澎湃，心想："这一回不知道会怎样轰动了?!"然而，当我把轿车开进村子的时候，我吃惊了：竟然是"门前冷落车马稀"，无人前来问津！"这是怎么啦？"我怅然若失，环顾四周，猛然发现已有好几部轿车泊在村中了，我近前一看，好家伙，还有"奔驰"和"宝马"的！哦，原来如此！想不到今日的"M6"轿车，还不及当年的"永久牌"自行车威风哩！

转首回眸，车轮滚滚，一路风尘，从"坐车""平板车"，到"自行车""摩托车"；再从自行车、摩托车，到"小轿车"，我没离开过车子，车子也没离开过我，五花八门的车子铺就了我丰富多彩的生活之路，让我越走越宽广，越走越光明，越走越妩媚；脚下轮迹逶迤，斑驳陆离，印记了我的人生旅途，印记了我的精彩人生！车轮滚滚，一路向前，前途无限，我的"梦"还在继续，将越来越精彩！

2011年，获绍兴市"党在我心中"庆祝建党90周年网上征文一等奖

水殿月影

人称水殿下。野生摄影师，爱草木，
爱诗词，爱书法，爱明清散文。

桥上风月

我愿化身石桥，受五百年风吹，五百年雨打，五百年日晒，只为你从桥上走过。

这段话出自佛教四大经典爱情故事之一《石桥禅》。其爱之深，不仅令人动容，简直让人羡慕嫉妒恨。

桥，是水上的图腾。桥上迎面走来的情侣则是点睛之笔。桥上因为有了那一对含情的身影而染上了感情色彩，于是那桥便活了，湖光山色在那一刻格外明艳动人。

生活在小桥流水人家的江南，最不缺的就是桥。从小到大不知走过见过多少桥，又有哪座桥没有承载过爱情？其中人们最耳熟能详的莫若西湖之断桥了。断桥残雪是西湖十景之一，断桥也因许仙白娘子的凄美爱情故事被人们称为西湖的情人桥。

许仙和白娘子缠绵悱恻的爱情故事就是从断桥邂逅、借伞定情开始的。在断桥，他们相识，同舟归城，借伞定情。水漫金山之后又在断桥重逢，言归于好，谱写了一段旷世持久的爱情传奇。

越剧《白蛇传》里，白娘娘凄惨惨唱道：想那时，三月西湖春如绣，与许郎，花前月下结鸳俦，实指望，夫妻恩爱同偕老，又谁知，风雨折花春难留……看断桥未断我寸肠断，一片真情付东流。听到此处，不禁潸然泪下，心也随着白娘娘断成几段。心里只恨那许仙呆头傻脑，受了法海蛊惑，不分好歹，害白娘娘肝肠寸断，伤心欲绝。

许是因了《白蛇传》中许仙白娘子缘断于此，这座桥才被命名为断桥吧。对此，杭城人们另有解释，倒也不必深究。

纵观历代文学作品，诗词也好，传说也罢，许多爱情故事都跟桥有着千丝万缕的关系。

相传，春秋战国时，有个名叫尾生的年轻人和一位美丽的姑娘相约在桥下会面，结果那女子不知何故失了约。时逢河水暴涨，尾生为了践行信约，竟抱柱溺死于桥下。何等凄绝！

《红楼梦》中宝黛共读西厢的地方便是在沁芳闸桥畔的桃花林下。书中写道：

那一日正当三月中浣，早饭后，宝玉携了一套《会真记》，走到沁芳闸桥边桃花底下一块石上坐着，展开《会真记》，从头细玩。正看到"落红成阵"，只见一阵风过，把树头上桃花吹下一大半来，落的满身满书满地皆是。宝玉要抖将下来，恐怕脚步践踏了，只得兜了那花瓣，来至池边，抖在池内。那花瓣浮在水面，飘飘荡荡，竟流出沁芳闸去了。

后来林黛玉也来了，肩上担着花锄，锄上挂着花囊，手内拿着花帚。接着就是经典一幕——宝黛共读西厢。良久，贾宝玉望着黛玉痴痴唱道：我是个多愁多病身，你就是那倾国倾城的貌。

林黛玉佯怒，扬言要告诉舅舅去，贾宝玉急了，连连讨饶。不料黛玉反而悠悠道：我以为你也胆如斗，呸，原来是个银样蜡枪头。少年宝黛朦胧的情愫氤氲开来，弥漫成香。正所谓：情不知所起，一往而深。

《红楼梦》里还有一处写到关于桥的感情纠葛。第二十六回"蜂腰桥设言传心事，潇湘馆春困发幽情"：

小红刚走至蜂腰桥门前，只见那边坠儿引着贾芸来了。那贾芸一面走，一面拿眼把小红一溜；那小红只装着和坠儿说话，也把眼去一溜贾芸：四目恰好相对。小红不觉把脸一红，一扭身往蘅芜院去了。

读至此处，你的脑海里是否会浮现出这样一座弯弯的桥来，两头宽，中间窄，状如细腰蜂。大观园里的姑娘们每每从桥上经过，水里便映出五彩斑斓的各式衣裙。她们追逐嬉戏，她们情窦初开，她们以物传情。凡此种种，石桥都一一见证。

说到桥，说到爱情。牛郎织女鹊桥相会的故事自然不能不说。每年七月初七，成群的喜鹊就会从四面八方飞来为他们搭桥。人间的爱情尚且诸多阻挠，有情人终成眷属者寥寥。更别说人与仙，人与妖的恋情了。牛郎织女一年一度鹊桥相会，自然有无数的话要说。所以，每到农历七月初七，姑娘们就会来到葡萄架下，静静聆听牛郎织女的深情耳语。并乞求上天能赐予自己像织女那样心灵手巧，祈祷自己早日找到如意郎君，七夕节也由此而来。

金风玉露一相逢，便胜却人间无数。诗人笔下的桥又另有一番风情。

杜牧写：二十四桥明月夜，玉人何处教吹箫？那么多的桥，吹箫美人又在第几桥呢？月色朦胧，心思朦胧。清冷的箫声，若有若无地撩拨着诗人的心弦，情丝缥缈，有那么一点动心，却不知为谁。这便是中国传统文化的含蓄婉约之美。姜白石接着写：二十四桥仍在，波心荡，冷月无声，念桥边红药，年年知为谁生！昔日繁华褪去，取而代之的是眼前的萧条。抚今追昔，诗人低首沉吟，谁又能说他不是在思念心上那个美人呢？

伤心桥下春波绿，曾是惊鸿照影来。陆游在《沈园》中写到的春波桥位于绍兴名园沈园附近。这座桥正是因为陆游和唐婉的爱情故事而闻名于世。

从《梁祝》的草桥结拜，到《情深深雨濛濛》的上海外白渡桥，桥上上演过多少绝美的爱恋！我的家乡也有一个关于桥的传说，相传汉明帝时，剡人刘晨、阮肇入天台山采药迷了路，在桥上遇到了仙女，并双双与仙女结成夫妻，半年后因思家心切，执意而返，才知人间已过七世。再回头，已无路可寻，两人只好立于桥头叹息。如今桃树坞还留有迎仙桥，纪念这段仙侣奇缘。

每当我们感情受到挫折，总会以"船到桥头自然直"来安慰自己，两个人分手了就说从此"路归路，桥归桥"以表决绝。情到深处更是以"谁若97岁死，奈何桥上等三年"来表明对情人的至深之爱，至死不渝。

朱雀桥边野草花，乌衣巷口夕阳斜。前尘往事已远，而桥面上留下了岁月的痕迹，年深日久，石头上斑驳的纹路，石缝里密密的青苔，桥面上丛生的野草，或还有些蛛丝马迹，一任后人凭吊与想象。

原载《文化月刊》2014 年 25 期

吴宏富

　　1963 年出生，新昌人，杭州大学中文系毕业，长期从事文字工作。现任《当代化工》杂志社副社长。梅溪文化学者。中国散文学会会员，中国诗人作家档案库认证会员。发表多篇散文诗作。编著出版多部文史作品。

恩师流芳翰墨香

——怀念林世堂先生

一个尘封了18年的手稿纸箱，被一群不忘初心、身怀感恩的学子们轻轻地打开。

这是一群年过半百的"老学生"，他们中既有昔日的新昌中学文科状元，又有如今的高校领导身影，还有远在海外工作的同学，更有一批从文从教、从政从商的学生……如今他们都怀着崇敬之情，戴上老花镜，端坐在电脑前，利用自己的宝贵时间，一下一下认真地敲击键盘，整理起老师的56本约550万字的文学遗稿，同学们都希望能将凝结着老师毕生心血的各类作品尽快付梓，流传于世，发挥其"以文化人"的价值和能量，这位让学子们思念不已、难以忘怀的老师就是林世堂。

林世堂（1915－1998）先生何许人也？为何在他逝世18年之后，还能如此得到学生的爱戴？

林世堂20世纪30年代毕业于杭州之江大学，受业于国学大师吕思勉、古文学家钱基博、词坛泰斗夏承焘门下。学生时代即在报刊上不断发表文史作品，文笔优长，擅长诗词，受到文学界和新闻界注目。林老师生于宁波，却是新昌人的好教师、好诗人、好学者。他出身于知识分子家庭，有良好的家庭承传，自幼好学深思，忧国忧民，大学毕业后，在育才救国思想推动下献身教育事业，倾注了毕生心血，受教者数以千计，可说桃李满天下。

战争年代，林老师是一位勇敢的文化战士；和平时期，林老师更是一位尽职的辛勤园丁。

新中国成立后到浙江省重点中学——新昌中学任教。1958年，以言论获咎，被打成"右派"，遣送到外地盐场和农场"劳教"20年。

1978年平反，新昌中学用无限深情迎回了这位饱经风霜的老师。岁月的劫难，虽在老师的容颜上刻印了痕迹，却不能磨损他孜孜以求好学的精神。林老师其时已64岁，仍诲人不倦，勤奋敬业，一如既往，并加倍努力，潜心执教治学，并带动年轻教师成长，深受同行及学生的爱戴。

　　五十年代流传着林老师的一则笑话。说新昌中学有一位姓林的教师，只知读书、上课，其他一概不知。有一次，他想缝一颗纽扣，没有针。他跑到街上文具店买针，营业员告诉他，这儿是文具店，不售针。到杂货店去买。他才若有所悟，但又问："什么叫杂货店？在哪儿？"一位教师，不知什么店卖针，也称笑话了。人们说这林老师也称是个书呆子啦！

　　后来，县成立小学教师进修班，这书呆子竟当了进修班的兼职语文教师，成为老师的老师；后来在县级机关干部业余学校任教；担任电大新昌站的辅导教师……凡听过他讲课的人，都为他深厚的国学基础、精湛的教学艺术和认真的工作态度所折服。一传十、十传百，书呆子的威信越来越高，大家公认他是王牌语文教师。

　　林老师在新昌中学任教多年。新昌人父子两代是他的学生不少，也有三代是林老师的学生，所以说起林老师谁都知道。他的名气和威望遍新昌。

　　我作为新昌中学80级文科班学生，能聆听林老师的教诲，真是三生有幸。正是受林先生的影响，我走上了从文之路。他那宁波腔的普通话，丰富的语文知识，整齐的板书，隽永的作业批改，虽时隔35年，仍恍在昨日。

　　离校后，我与林老师见面的机会不是很多。记得1992年国庆，当时我还是医药报的驻地记者，看到新昌广电正在进行最美老师的宣传活动，便和另一位在电视台工作的同学，一起专访了林老师。林老师向我们滔滔不绝地讲解了他正在编纂历代诗话诗评，工程巨大，一定要赶在有生之年完成。当时，我看到他的斗室里，满是书和整齐的卡片。其间，我给林老师拍了一张照片，老师坐在书房，背靠书橱，微笑着，手里拿着书。照片洗出后，老人十分高兴，说是拍得好，要加洗100张送人。这张照片至今在新昌中学的网站上挂着。更加意料不到的是，时隔20多年之后，我会亲手整理林老师的书稿，汇编《林世堂诗文集》。不过，我和同学们都很开心，大家似乎又回到了上学时代，正如同学诗中所写"每逢夤夜誊遗稿，几度依稀教诲时"。

　　林老师国学根基深厚，擅长作诗赋词。他将新昌大佛、千佛禅院、天姥山、穿岩十九峰、刘门山和长诏水库等旅游胜地尽收笔端，抒情创作新昌竹枝词多首，宣传新昌的秀丽风光。《长诏水库题咏》一诗收录入《新昌县文化志》和《新昌县地名志》。

新昌大佛享有"江南第一大佛"的美誉，林老师为新昌大佛寺大雄宝殿撰写的楹联，更是大气张扬：

> 一象独蹲，圣地苍生霑法雨。
> 九狮环拱，普天群黎沐慈云。

该联描写了石城山的风光形胜。由全国政协副主席、社会活动家程思远书写。

离"大佛寺"牌坊不远，锯解岩旁的"悟真亭"联"心意诚时佛可见，功夫到处石能开"也系林老师所撰。

还有新建外山门那长联，是林老师于1991年所撰，大佛寺方丈悟道改联，镇江焦山定惠寺和尚茗山书写：

> 飞凤参禅蟠虎闻经，大佛巍巍兴古刹。
> 灵旗凌空木鱼醒世，祥光烁烁耀新昌。

林老师以其学识之长致力于地方史志研究，先后担任《新昌县志》编纂顾问、县政协文史委指导师、新昌《大佛寺志》编委、新昌县文联顾问、新昌县第一至四届政协委员，为新昌地方文化的繁荣发展作出了巨大的贡献。

颇具特色的《新昌诗话》作为新昌地方史志丛刊第二辑出版的单行本于1995年发行。这是林先生在古稀之年发愤写成的，何等难能可贵啊！新昌人民把它作为史诗来读，评价很高。该书文笔酣畅，清通流利，读来轻松愉快，津津有味。《新昌诗话》以一个县域为范围写地方性"诗话"，不仅在新昌是一项拓荒和奠基性的文化工程，即便在文艺评论和地方史志研究领域内也属独树一帜的创举。作者确实为新昌精神文明建设做了一件大好事，奉献出一份有永恒保存价值的厚礼。时任《新昌地方史志丛刊》主编的陈百刚如是评价。

林老师一生攻苦食淡，弃华尚素，高雅如兰：

> 此花不是上林花，浅土薄泥也长芽。

金谷园中无旧迹，钟情只在野人家。

这首"为友人题画兰"诗作为其代表作入选《中华诗词学会人名辞典》，诗如其人，名副其实。

林老师的文字生命，愈到晚年愈是光彩夺目。

古稀之年才退休的他更加忙碌，孜孜以学，笔耕不辍。林老师每日工作至少达十六小时，这是常人的一倍呀。就这样，林老师在垂暮的二十年中，硬是把失去了的时间，高效率地夺回来了：《李白梦游吟的和诗》《秋瑾到过新昌》《沃州山禅院记注释》《新昌竹枝词》《石城与佛教的因缘》等一篇篇诗文，见之于《中华诗词》《浙江诗词》《绍兴诗词》《天姥新吟》《绍兴文史资料》《新昌文史》《新昌文史工作通讯》《新昌政协文史资料》《新昌政协简讯》等。

林老师发现我国现有的古诗论、诗评缺少系统性专著，于是一头扎入书山，二十年如一日，潜心编纂，为后人留下了一份丰富而宝贵的遗产，他的《历代诗论选》将散落在诗歌王国的名人名家诗论，从90多部专著中精心捃撷，多达630余条，各家之说并陈，有助于读者明辨是非，开阔视野。

——《诗评汇纂》不仅是一部研究和欣赏古代诗歌的资料工具书，更是一部极富创造性、含有研究成果的学术著作。其最有价值的部分是每一专题后面有作者的一篇"概述"，见前人所未见，言前人所未言。

——《史记人物集评》汇集了历代名家评论、歌咏《史记》中历史人物的诗文，更有作者独到的见解，是一本读《史记》的有益参考书。

——《诗话类钞》约130万字，系从200多种诗话、笔记中摘录有关古典诗歌的条款，分类编排而成。全书分体制、评论、创作、人际和名篇五大类。该书可补经史等巨著之不足。

——全面编纂古诗论诗评，从中国第一句诗论诗评开始到清代为止，裒辑而成一部350万字的巨著《诗话裒辑》，手稿多达34本。裒辑者，汇集而编辑也。足见其付出之艰辛。

另外，《语林散叶》和《写作的故事》是林老师结合几十年的从文从教经验，在语言之林撷取的一些古今中外有关语言的小故事。作者通过这些小故事，畅谈语言文字的常识，透析相关的知识节点，激发学习语言的兴趣……

　　林先生一生治学勤奋，成果累累，著作等身，总计不下六百万言。

　　主要著作有：二十世纪四十年代出版的《写作的故事》（上）；二十世纪五十年代出版的《怎样学习中国语法》《常用字辨》；二十世纪九十年代初印制的《古典诗歌名篇集说》《诗评选笺》（上）、《新昌诗话》《剡溪诗话》。

　　已编写成书的有《写作的故事》（下）、《语林散叶》《诗评选笺》（下）、《诗评彚纂》《历代诗论选》《诗话类钞》《诗话裒辑》《史记人物集评》等，这些成果有待出版界及有识人士的支持，使其早日付梓，为我们的时代发挥作用。

　　尘封18年之久的书稿，第一阶段整理已告罄，作为林老师的学子，我们相信他的心血不会白流，我们的功夫也不能枉费，因为我们在"坚定文化自信"的最强音里，已嗅到林老师笔墨的馨香！

　　原载2016年11月25日第8版《企业家日报》"潮头"副刊；《辽海散文》2017年第1期

《拔茅纪事》解乡愁

　　几天前，40余年未有联系的张中枢老师，突然给我打来电话，说他写了一本村史，要我帮他看看改改。张老师是我在拔茅中学读书时的老校长，早在两三年前，我就耳闻他在写"村志"。由于自己当时一直忙于梅溪文化和剡中文化的研究，也就没有过多关注。我虽是拔茅人，但出来求学、成家立业后，回去的次数不多，每次回老家看望长辈，都是匆匆来去。对村中之事心虽牵挂却无暇顾及。张老师的电话让我喜出望外。

　　说起来真是无巧不成书，本月初，新昌天姥诗社社长袁铁军先生来电说，我给《天姥新吟》"诗路屐痕"栏目提供的稿件《县名"新昌"入诗，源远流长》已收到，并问我认不认识张中枢老师，说张老师在写拔茅村志，想选用我在《天姥新吟》中刊登过的几篇文章。我回他道："张老师是我读中学时的老校长。他要用就给他。"袁社长接着说："张老师现在我这里，请他跟你讲。"于是，张老师接了电话，张老师说："宏富，我找了你好多年，你在同学录上的电话我怎么也打不通！"我赶忙向张老师解释："为了女儿上学，我搬家了，从咱们县城东，我几经折腾，现在已定居杭州，所以，手机也换了。"张老师那久违的声音，听起来还是那么熟悉和亲切，我清晰地记得张老师教我们化学课的情形。

这次通话后，我与张老师互加了微信，为联络方便还加了他小女儿的微信。当天夜里，我就收到了小张发来的关于村志的原始文档，共17个文件，我怀着兴奋的心情，边看边整理，忙乎了一夜。令我感动的是，张老师从事一辈子化学教学和学校行政管理，退休之后，却投入到地方文史的挖掘和整理的新领域，东奔西走，日积月累，花了五年时间，为家乡留下一部内容丰赡的"村志"。其资料之全、考证之细，实在是令学生钦佩！尤其难能可贵的是父女共上阵，父亲撰稿，女儿打字，数易其稿，终臻完美，这堪称史志文化中的一段佳话。

在编校张老师《拔茅纪事》的书稿过程中，我不止一次被书中的故事带回过去。

说起我的故乡，他坐落在浙东千年古邑新昌县东的一个大村——拔茅，地处交通要道，是通往天下名山沃洲、天姥的交通要道，剡溪之上源，是佛教、道教、儒家和诗人的必经之地，在历史中蕴藏着丰富的人文内涵。身为拔茅人，我感到很自豪。拔茅，一个富含深意的名字，宋时始名白卯，明清时称白茅。取《易·泰》"拔茅连茹"之义改名拔茅。这个具有近千年历史的古村落拥有龙母云栖的古老传说，明朝兵部尚书何鉴墓，清代恢宏建筑千柱屋，优美的山水风光，肥沃的土地，吸引潘、张、许、吴等各姓氏前贤先哲纷纷到此定居，繁衍生息，所有这一切，积淀成一部厚重的拔茅文化历史。

我是正宗的拔茅人，我的老家就在拔茅10队红洋庙，不过在2012年已被征用拆除，成了工业园区，住了32年的老家永远成了记忆。新家统一被安置在何尚书旁边的山角岭新村，邻近明代的何鉴墓。红洋庙，那里是拔茅大村之外的一个自然福地——高蟠湾口，享有着小龙亭白龙娘娘的庇佑，那高蟠湾水库的水，通过水渠，淙淙直流到家门口，可以说，我是喝着高蟠湾的水长大的。记得小时候，凡是发大水，高蟠湾水库里的鱼就会跑出来。我放学后，就会到水渠流过的田缺中，捉到一篮头鱼。高蟠湾水库的鱼以鲜嫩出名，加上我奶奶、母亲的烹饪，便成了一道美味，至今余味犹在。我们台门的人，对小龙亭情有独钟，凡有人上门募捐修葺小龙亭，都会积极相助。

我小学、初中、高中都在拔茅完成。现在做梦常常会梦见上小学时，翻过家屋后的茶山，在茶树蓬间隙中穿来穿去，走过9队那古老的石子路，到拔茅大祠堂去上学的情境。教室在祠堂楼上，楼梯、楼板一有人走动，就会发出咯吱咯吱的声响，加之传说祠堂中有"扫帚柄"鬼，因此，放学后大扫除都不敢一个人打扫。到现在做梦，常常会在这个地方被吓醒，可见当年的影响有多深。在拔茅的就学阶段，正碰上打倒地富反坏右、批林批孔、反击右倾翻案风等一系列活动，鼓吹读书无用，赞扬白卷英雄，老师不能好好教，学生不能好好学。况且学校每星期有二三节劳动课，去帮农户割稻，更多的是到王泗洲新昌江上游段抬石子，用来填建拔茅学校的操场，从初中到高中，一直这样，因此，没有读进多少书。后来进入新昌中学文科班复习，遇上了浙江著名学者、优秀的语文老师林世堂先生，在他的引导下，我走上了从文之路，一辈子成了一个"文字匠"，与先辈的"木匠世家"彻底无缘，家门手艺从此不传。

说起故乡，就有说不完的话。

我家是爷爷辈迁入拔茅村的。我爷爷吴法相、小爷爷吴相照两兄弟，原是桃源赤土刘门坞人。青年时，他们自桃源撑排帮人运送木材，沿新昌江自上而下运送至拔茅排厂头，来回往返。有时江水过大，无法撑排返回桃源，只得暂住排厂头。这样终不是办法，后来看到排厂头旁边的红洋庙不错，北面屋后是小山坡，可远眺小龙亭；东连下庵，西离排厂头不远，南边全是水田、沙滩，一眼可望到王泗洲，不远处有条小溪，常年不断流，方便清洗，真是个好地方，于是，两兄弟一合计，就在红洋庙筑室定居，就有了后来的"吴家台门"，一门出了四个木匠：爷爷吴法相、小爷爷吴相照，大阿叔吴联瑛，父亲吴伯成。其中我爷爷的名声最大，在拔茅，只要提起"法相作头"，无人不知。全乡镇凡有名的木匠活，大多出自我爷爷的手艺。他有一门绝活，即不用一个钉子，全用榫头相连建造房子。有人不信，做了试验，结果外面的泥墙全倒了，而我爷爷造的木结构部分却屹立不倒。最后，砌上泥墙，又能住人了。待我上学时，爷爷已经上了岁数，常年在拔茅大祠堂给学校修补课桌椅了。小爷爷则在大队兔场，常年修理全大队的木工活，手艺也是一流。

每到夏天，一大家子的七八个小孩坐在台门前的长条凳上，听大人们讲故事，特别是爷爷讲本家"显超部队"打日本佬的故事，至今记忆犹新：有一次，吴显超从旧东门进县城，将长枪去掉木托，放置在油布伞中。当日本兵弓腰搜身时，吴显超将枪顶在鬼子后背，"砰"地一枪，杀死鬼子。自己乘着敌人慌乱之时，顺利脱身。如此传奇的故事，在当地颇为流传。冬天，吴显超有时带兵路过拔茅，就会到红洋庙，我爷爷家中吃夜饭，然后乘着暮色，穿过门前新昌江边那片溪滩长满半人多高的茅草蓬，路过王泗洲，经章竹坞、后岸、央于、兰沿的山中小径，返回桃源白沙驻地。由于我爷爷、小爷爷两兄弟与吴显超同是桃源人，所以，吴显超时不时会到拔茅红洋庙，到我爷爷家里坐坐，吃餐饭，过个夜什么的。有时部队需要吃的，也会派人送来纸条。我爷爷他们就会准备好，送给"显超部队"。

如今，张老师《拔茅纪事》的出版，为我打开故乡历史的卷轴，探究其渊源提供了便捷，还记录了我祖上的故事，尤其是给我这个半截子"拔茅人"，深深地上了一课，弥补了自己对家乡历史知识的缺陷。今天，能参与这部"拔茅村志"的编校，纠谬补阙，实在是我的荣幸。张老师为我家乡的付出和贡献，让我无比敬佩，他丰富了史志文化，解了我的乡愁。

"睹乔木而思故家，考文献而爱旧邦。"《拔茅纪事》的出版，将为拔茅村留下一部传世佳作！《拔茅纪事》的问世，翔实地向世人展示了拔茅村近千年的发展历史，记载了拔茅村从贫困落后向富裕、文明、健康的小康社会发展的脚印。从自然面貌到经济、社会发展变化；从村级组织沿革到教育、文化、医疗、卫生等事业发展；从民情风俗到世系人物都进行了全面的记述，实乃拔茅村人的发展史、奋斗史。

筚路蓝缕启山林，栉风沐雨展宏图。在建设诗画浙江、美丽乡村的潮流中，我由衷祝愿我的故乡——拔茅村更上一层楼！

原载 2021 年 11 月 12 日第 6 版《企业家日报》"潮头"副刊

杨南洪

笔名九门，80后，剡中石城人，初为保安，后入工厂，再为村官，后辗转进入体制，现供职于宣传文化系统。丰富的社会阅历造就了多变的写作风格，擅长乡土文学创作，爱好本土文史研究，语言诙谐，尤以"二狗体"见长。

又逢菜薹绿

每年的二三月间，是菜薹大量上市的时候，在新昌县，菜薹有一个通俗的叫法——"菜脑头"，倒也十分应景。

薹字，意为茂盛或蔬菜的长茎，北宋诗人梅尧臣有诗云："宣城北寺来上人，独有一丛盘嫩薹。"由此可以看出，中国人吃菜薹的历史由来已久，而新昌人对菜薹似乎更是情有独钟。

立春前后，大地开始渐渐回暖，菜园里的蔬菜也开始撒了欢地拔茎、抽薹，这是大自然馈赠的另一种美味，菜薹当之无愧地成了最佳的时令蔬菜。春节期间经过大鱼大肉犒劳的人们，此刻急需一种清淡的食物来去除多余的油腻，而菜薹就是最好的选择。

菜薹既嫩又鲜，采集菜薹，无需用任何工具，新昌人习惯"掐菜脑头"，一个"掐"字，足见菜薹的娇嫩欲滴。菜园里，你只要轻轻地动动指甲，菜梗便断了，而后，你便能吃上最新鲜的菜薹，清香中带着一丝甜，味道是相当不错。

菜薹的种类有很多种，新昌人偏爱白菜菜薹跟青菜菜薹，而新昌本地的市面上尤以青菜薹为多。菜薹可以从二月份一直吃到四月份，先采主茎菜薹，再采侧边长出的小菜薹，一茬接着一茬，不断丰富着人们的餐桌，成为这个季节一道独特的风景。

这个季节，菜薹是随处可见的。菜场门口、背街小巷，不时可见兜售菜薹的菜农身影，他们的面前，堆满了各色的菜薹。菜薹看上去水灵灵的，仿佛捏一把就能捏出水来，有的连花苞都未绽放。如此鲜嫩的货色，价格也是极其优惠，只要花上两三块，就是满满的一袋，既健康又美味。

新昌人吃菜薹，清炒跟放汤最为常见。将菜薹切成寸段而后旺火爆炒，加入盐、味精等调料，一盘家常菜随之而成，清炒菜薹色泽鲜亮、爽滑脆嫩、略带甜味，吃后口齿留香，回味无穷。菜薹放汤更是简单，只要将水烧开，小煮几分钟，起锅加入盐、味精即可，如若喜欢，还可加入一坨猪油，更能衬出菜薹的翠绿，一见便会满满地倾心。

菜薹不仅可清炒与放汤，也可与其他食材同炒，用途可谓百搭，而我最钟情于用菜蕻炒年糕。每年菜蕻上来的时候，菜蕻炒年糕也就成了我的家常便饭。自家粳米做的年糕，与菜蕻同炒，再配上年前自己加工的咸肉或糟肉，不用几分钟，一碗菜蕻炒年糕便可上桌，菜蕻翠绿、年糕白胖，犹如翡翠白玉般，一年又一年地征服着我的胃，一次又一次地让我欲罢不能。

菜蕻是一种十分健康的食材，它富含各种维生素与矿物质，当菜蕻中的大量粗纤维进入人体后，与脂肪相结合，可防止血浆胆固醇的形成，从而使血管保持弹性。还有就是菜蕻的生长时间决定了它的品质，这个季节，虫害少，灰尘少，还没有农药，人们选择吃菜蕻也就可以理解了。

妹妹远嫁宁波多年，每年回娘家她都会带一种"万年青"的干货，后来她告知。其实这"万年青"就是由菜蕻晒干而成，而后，我又侧面了解了一下，原来宁波地区一直就有晒菜蕻干的习俗。当菜蕻大量上市的时候，老城厢的宁波人，似乎约定好了一样，家家户户都开始晒制菜蕻干。菜蕻放入沸水中煮泡至三分熟七分生时，迅速捞起用冷水冲淋，而后再慢慢阴干。要想晒制一把好的菜蕻干，讲究一个天时地利人和，并不是一件容易的事，也算是一个技术活。而新昌人是极少晒菜蕻干的，他们更喜欢菜蕻的新鲜，不同的地方造就了不同的饮食文化，便有了这个包罗万象的世界。

有菜蕻的季节，我时常会做上一碗菜蕻汤。一碗清汤，喝上一口，便会满口生津，浮躁的心情也会随之沉静下来。一碗菜蕻，不仅是一种美味，更是一种对美好生活的向往，承载着不可磨灭的记忆，菜蕻的勃勃生机不正是人生所要追求与努力的吗？趁春暖花开，待风和日丽，去吃一吃菜蕻吧，此时错过，便是来年！

原载 2019 年 3 月 18 日《绍兴日报》副刊

俞杭委

笔名山河、烟山雅客。浙江新昌人，系浙江省作家协会会员，现供职于乡镇。有作品发表于《青年文学家》《浙江诗人》《诗林》《椰城》《绍兴诗刊》等。偶有诗歌、散文作品零星获奖。著有诗集《陌上烟柳》和散文集《坡上桐花》。

又见柿子红

"柿子红了，蓝天白云下的柿红是一道很美的风景，我们拍照去！"朋友"云飞"兴冲冲地邀请我。一下子让我想起许多往事来。

我的老家以前好像没有柿子树的，在我的记忆中，最早知道柿子是在我的儿童时期，是在外婆的三角屋里。

外婆的三角屋就在旗杆台门（敬胜堂）右侧偏门的对面，面积不过十来平方面，两层小楼。一楼靠后壁有一小土灶，紧邻上楼的楼梯，楼梯呈角尺型，而且很是陡峭，上楼得小心翼翼。二楼就面对面铺着两张床，一张床大约是一米五的小木床，另一张床其实就是一对藏谷的柜子。正前方一个小小的门窗，正对着旗杆台门；床右侧一个小门窗朝着东南方。整个房子十分紧凑。冬天的晴天，阳光一早透过缝隙射进来，我就举起小手在阳光中挥动，总想把阳光握在手心里。

小时候去外婆家，我们就喜欢与外公外婆睡在一起。外公八十三岁那年走了，留下外婆一个人住在三角屋里，而我们姊妹每当去舅舅家，就喜欢跟外婆挤在一起睡，冬天天冷，就抱着外婆的脚，外婆也总是很开心，对我们爱护有加，总说我们乖。一直到九十五岁外婆才离开人世，记得那年我儿子宋宋一周岁两个多月。

那时候，只要跟外婆在一起，她总是会拿出些零食给我们吃，如小糖、酥糖、柿饼等等。印象中，柿饼是最好吃的了。记得有一次春节，跟外婆睡，外婆拿出一个纸包，外面一层是一张报纸，打开报纸里边还有一张淡黄色的纸，里边有一些扁圆形的东西，外面有一层白色粉霜，外婆递给我两只，我从没见过柿饼，就问外婆是什么，外婆告诉我说是柿子晒出的干，很好吃的，她也喜欢吃。外婆帮我吹了吹粉霜，我咬了一口，又甜又软，真的是很好吃的美味果品。长大后，每当去看外婆，也带一点柿饼给她。

虽然，这些话题已经很久很老了，但柿饼在我的心中留下了很深很好的印象，而且每当见到柿红就会想起外婆，勾起一些外婆家的童年往事。

后来因为工作，在我所在的山区乡镇那边发现有不少柿子栽种，但平时一直很少关注到它们，那是因为柿子树是一种普通的树，而她的花季也不像其他果木把花开的满树怒放，她那浅黄色的小花几乎不让人察觉，就那么安安静静，默默无闻。结出的果实与树叶色调一致，藏在叶下。直到秋分前后，那高高的枝条上黄叶飘零，才会显露出红黄相接的果实，仿佛一夜之间突然冒出来一样。那个时期，在我们上下班的途中，或者是下村工作，无论村前屋后，田间地头，山脚下，公路边，那柿红便随处可见，只是让人感觉刚刚还是叶茂果青，一下子便果熟色红了，大约是这秋风催得紧，一急这果实便涨红了脸。

"桂花已是上番香，枫叶飘红柿叶黄。社日雨多晴较少，秋风昼热暮差凉。"时光暗移，秋夏交替。那些红默默潜藏在秋风的脉动里，只是我没有觉察而已。其实早已经是"柿叶翻红霜景秋"。

如今，每当柿子红时，微信朋友圈里就会刷出各式柿红的靓照，那深色的红被苍老的枝条高高举起，与那色调古老的村庄形成色差，仿佛一幅拓印在蓝天白云里的山村画图，尽显无限秋意，诗意而沧桑，竟然那么动人、那么靓丽，深深地夺人眼球，仿佛这个秋天的美只属于那一抹柿子的红。于是，各种因柿而生的词语也不断冒出来，如"柿柿如意""每柿每刻"等等。然而，许多时，并非如人们所愿望的那样"柿柿如意"。记得前些年，因为有媒体爆出柿子是结石的罪魁祸首，于是一场因结石而来的风暴席卷柿林，一夜之间，那些爱柿的粉丝便弃柿而去，柿子被打入冷宫，不再为人们所青睐。大市聚镇上百万斤柿子滞销，柿林里落红满地，一片悲凉，柿民们叫苦连天，遭受惨重损失。

其实，完全不必那么诚惶诚恐，柿子是有很多药用价值的，它有清热、润肺、生津、解毒、活血降压等多种功效，而且柿子营养价值很高，含有丰富的蔗糖、葡萄糖、果糖、蛋白质、胡萝卜素、维生素C、瓜氨酸、碘、钙、磷、铁等。那么好的果品，不吃岂不可惜了。其实，许多食物都有其不足之处。因此，只要掌握它与其他食物相生相克的知识，注意食用的方法，你就可以大胆放心的享用了。

前些日子，路过罗溪村时，见路上时有挂满成熟的柿子，那甜美的果汁勾起我强烈的食欲，便想起退休在家的金海师傅，致电相问有没有柿子采摘，金海师傅欣然邀请去他家地里采摘。于是，一行四五人跟他前去。

我们绕过七堡龙亭依山而上，一路上，金海师傅介绍了柿子的品种、质量优劣以及采摘的方法等，他还告诉我们说：柿子的汁液还可以用来制伞防漏。想不到柿子身上还有那么多的知识，真是每一样事物都是一本书。大约步行了一公里，抬头便远远望见一棵高大的柿子树，上得一道山坡，穿过一地红枫树便到了柿子树下。金海师傅准备好采摘工具，他三下五除二竟然利索地爬上几人高的柿子树。我不禁暗暗担心这把"老骨头"。而他，却如灵猴上树，稳坐树干，耐心地用自制的漏勺采柿子。"采柿子要在树梢尽头折下才不影响下一年生产，而且果实也不会有伤害。"他边采边说。不一会就采了满满一篮子，而他却意犹未尽，我们再三催促他才下得树来。

我取出一只成熟的红柿子，除去皮，只轻轻一掰就放进嘴里吮吸，那浓稠的汁液，那么的甜美滋润！

"秋去冬来万物休，唯有柿树挂灯笼。"不知道这是谁的诗句，却把柿子点亮在这静下来的季节里，那种秋野落拓而空旷的意境，唤起我无限想象的空间。放眼山野，秋色尽染。那边稻谷金灿灿一片，山脚下的乡村宁静安详。抬头仰望，透过柿子树光秃秃的枝条，蓝天上白云飘飞，那一盏盏高挂的红色灯笼，恰似秋天点燃的丰硕的光华，在这色彩斑斓的季节里尽情燃烧！

多么美好的季节啊！不经意间，我们拿起手机，按下快门。那星星点点的灯笼，却深深地烙在我的脑海中！

原载 2019 年 11 月 1 日《富阳日报》

烟山问茶

都说国人好饮，以茶为好，于是这茶便遍布大江南北，并有了源远流长的茶文化，有了许多茶的故事，而在我的家乡更有一张与"西湖龙井茶"齐名的金名片——"大佛龙井茶"。当你轻轻打开这张名片，茶的清香就漫漫溢出来。

翻开 3000 多年茶的史页，那些故事便开始流淌，渗透的浓郁的茶香，令人陶醉，但我以为还是不够经典。要说茶的经典，就说这"名茶第一镇"的烟山，只有去那里问过茶的人，才够资格"品茗论茶"，才能品出大佛龙井茶的真正内涵。

所谓"烟山"系今日回山（含双彩）之美称，相传回山（乃新昌最大的台地）因四围皆山而古称围山，历代相称衍化成"回山"两字。此地每当夏秋早晨，山谷中层云迭出，经朝阳照射，状如彩烟，故又俗称"烟山"。

步入烟山腹地，随处可见成片成片碧翠欲滴的茶园，把这块一百十多平方公里的台地点缀成了茶的"绿洲"，灵山秀水织就一幅泼墨浓重的山水画卷，将尘世的喧哗与人心的浮躁都挡在了山的外面。

"寒灯新茗月同煎，浅瓯吹雪试新茶。"文徵明的诗句有着些许夸张，虽霜雪未尽，但新芽初吐。早春的烟山人已经闲不住，但见这山、这水、这人，一路风光一路茶，满山的男女老少与自然高度地统一成一曲采茶舞曲；轰鸣的炒茶声响彻村庄，如一曲曲欢欣快乐的歌谣，演奏着清香馥郁的茶的旋律！

此时此刻，你随便到哪个村落，几乎家家户户都可以看到那些忙碌炒茶的茶农。他们穿着朴素，脸膛黝黑，在不时地比较着新茶的色光、形状等。你不看不打紧，一看包你眼睛发亮，只见那茶碧如翠，莹如玉，光滑通透。这哪里是树叶制成的一芽，分明是一粒粒玑珠的碧玉，雕琢成玲珑精致的珍宝！

掬一杯新茶，热气氤氲。那一叶新芽漫漫舒展，宛如玉女临水，恬静，优美！

请不要急于品茶，且听那茶农讲解那精湛的茶经。从春、夏、秋茶谈起；从如何管理茶园，如何采茶，如何炒制，如何卖茶；从茶的色光到扁平度到如何闻香识味；从原先的手工炒制到机器的一代代更新……那艰辛的历程中闪烁着收获的喜悦，说上三天三夜都说不完。听完这些，你才会明白烟山人为何会把这茶的世界演绎得如此淋漓尽致，把这平凡的一叶制作得如此经典绝妙！

这一流的茗茶，离不开烟山人的淳朴、勤劳。自从他们的祖先走进这片灵山秀水，吃苦耐劳的精神注定了今天茶的完美。想当年，由于这里地处偏僻，交通落后，烟山人一直过着平淡清苦的日子。二十世纪八十年代末，西湖龙井茶的兴起，牵动了烟山人的心，一夜之间，这平均海拔六百多米的山上升起一个美丽的梦。他们尝试着打造一条闪光的名茶之路，一天、两天，一年、两年，甚至十数年，终于，迎来了阳光。一流的功夫，一流的茗茶，成为了"大佛龙井"的主流，并走向全国各地，走向世界！而"烟山"便有了这名副其实的"名茶第一镇"。

这是因为烟山人把所有的爱和希望糅进这茶叶里，以茶叶的完美去追求更高、更远的希望！你可能一时不会明白这句话的内涵，只有当你深入他们之间，去解读他们的思想与生活，你才会彻底明白。那是因为烟山人有一种代代相传的"耕读传家"的烟山精神，沿袭成"父耕子读"的良好民风，如一道清澈的溪流在烟山大地静静地流淌！

他们用勤劳的双手，努力积累财富，然后，用它来培养下一代，有多少优秀的儿女，在父母含辛茹苦的培育下茁壮成才，并被送到山外，送到需要人才的地方，去打造山外更广阔的世界，为社会作出更多更大的贡献！

"春蚕到死丝方尽"，作为父母的自己却艰苦朴素，为子女们的美好明天兢兢业业，省吃俭用，不辞辛劳，用一生的忘我劳动来帮助子女实现最美好的愿望，多么伟大的精神啊！

平凡普通的烟山人总是脚踏实地，却做出令人吃惊的业绩，在诸多领域他们独占鳌头，如最先自主研发出炒制茶叶的机器；在中国茶市里独领风骚的茗茶贩销户，由此"中国茶市"有人以"烟山茶市"代称……太多、太多的骄傲！

新昌这个小小的山城小县，烟山人的美名如影随风，一提起烟山人，人家总是翘起拇指夸奖一番！

可是，在这些成就的后面有多少人知道这里面的辛酸啊！想当年，为了打造这张茶的经典名片，他们日采夜炒彻夜不眠，一双双手掌挂满了血泡。有多少人积劳成疾，有多少人为此断指、缺掌、失臂，甚至烫死在这茶灶里，多么沉重的代价啊，令人痛心！

这些淳朴的茶农，愿与时间较真，不惜慢慢老去，直至用生命去换取心中所爱与理想！就这样，他们以对生活的挚爱，把普普通通的人生编织出最美丽的光环。把这精致的一叶，默默地送到山外的世界。请问，还有比这更经典的茶经吗？

这世界出奇地静，人的思维如立高山之巅，面对无限宽阔的空间，做一次深深的呼吸。

此刻，请品一口清茶，那甘冽的茶水直渗人的灵魂深处，多么温馨啊！清泉泡名茶，馨香醇厚，让人荡气回肠，久久难以平静；这第二口，让人品出了人生最深厚的蕴涵，那是烟山人的手掌里养着的一潭最宁静的净水所冲泡的茗茶，让人静心敛气，思绪万千，你能够品尝到比这更美的名茶吗？这第三口，平平淡淡里渗出最清、最香、最美的茶水！这才算得上人生的最高境界，这才是一流的茶的经典！

是啊，淳朴勤劳的烟山人，甘愿沉潜于寂寞与宁静之中，用对生活的专注，生命的热爱，凝练成茶的精华，以茶的另一种姿态展示出生命的无限魅力，如一泓永不枯竭的清泉，生生不息地传承着"耕读传家"的烟山精神。

金秋把山水点缀得多姿多彩，烟山大地处处洋溢着诗情画意，淡淡的烟雾发出若有若无的抒情乐章，凌空高架的上三高速依偎着烟山的山腰，这条新时代的"茶马古道"穿越一座座青山，将烟山这张充盈美梦与希望的美丽名片伸向山外更远的地方！

原载 2013 年 5 月 20 日《绍兴日报》

俞浩锋

新昌县城乡公交客运有限公司党支部书记兼工会主席。

自幼因家庭熏陶，喜欢文墨。常以书法自娱，对"二王"及米芾墨迹情有独钟，虽天智愚钝，但恪守"汗水补偿墨水"，多年辗转于军营、局办、旅游、汽运行业。现为绍兴市摄影家协会会员。

俞浩锋

怀念当兵的日子

铁打的营盘，流水的兵。写下这个题目我有些怅然，又到了一年征兵季，我不由又想起最初当兵的日子。

25年前的秋天，我把浓浓的乡情装进背包，把痴痴的向往编进圣洁的国防绿，带着激情与憧憬，潇洒地走进军营，开始了人生中的第一次自立。

在绿色军营里，听到的是雄壮的军歌，看到的是直线加方块的队伍。操练中，一个动作不标准，几十次甚至几百次的重复，这其中的辛苦和成长，也只有当过兵的人才懂。

最初的日子，我的心忐忑不安，同乡的几个战友都分到机关分队而我却分到以训练著名全军的特务连。我的心中溢满了委屈，背上的包也显得格外沉重，但我想到当兵就是来吃苦的，就是来锻炼的，心中就觉得平静多了。

我经常一个人在山坡上遥望星空，默默地咀嚼思乡的味道。那情感不定时地化为一份份信笺邮给了父母亲，当远离故土的我第一次收到家信，我内心的激动难以言表。

忘不了那么多的第一次——第一次站岗，天苍苍、野茫茫，我经常激动地睁大眼睛；第一次叠被子，我为直线加方块忙碌得汗流浃背；第一次拉紧急集合的军号，我把裤子穿反的狼狈样还时不时地浮现在眼前，令现在的我仍忍不住发窘。

我更忘不了在训练场上弄枪摸炮练瞄准的疲乏。忘不了在班、排、连长面前受训的委屈，忘不了在狂风暴雨在泥泞中行军的疲惫。忘不了战士们施工一天后，蓬头垢面也只能在山里找从山上流淌下来的小沟沟里的水"洗刷"的无奈，然而我就是怀念当兵最初的日子，是它锻炼了我的体魄，塑造了我的意志，更成就了一个坚强而执着的我。在枪刺的碰撞声中，在方阵的脚步旋律中，我不再为生活的不如意而长吁短叹，不再为美丽的浮想而幻想联翩。更不会在家信中书写下令父母担心的话语。多了对军装更深层次的思索，我不再为入了党后立了功而沾沾自喜。

后来，我退伍到交通系统工作，每当战友聚会，大家就会对新兵连队紧急集合时我把裤子前边穿到后边去了的事津津乐道，还有把一个新兵的衣服穿到自己身上的事，谈起睡在上铺的战友因睡觉不老实，从上铺掉了下来后，吭哧吭哧两声又睡着了的事，我们都为之大笑不止。后来我们又谈起了湖南"老表"的憨厚诚实，江西"老表"的热情朴实，栖霞寺古钟那"咚——咚——"悠远浑厚的声音……

渐渐地，我们都沉默了。大家你看看我，我看看你：岁月沧桑，几个退伍后一直在农村生活的战友更显得比我们苍老了许多，我们心中就又生出些许的酸楚来……

有人说当了兵要后悔三年，不当兵我将后悔一辈子。如果时光能倒流，我有机会重新选择，我还是会选择再当三年兵！

原载 2019 年 7 月 30 日《交通旅游导报》"梅花碑"副刊

平生最爱书

平生最爱书，一捧书，便手不释卷。欧阳公有"枕上、马上、厕上"的三上之说。我小时有点迟钝，马肯定上不去了，不过还多了个"饭上"，正好和欧阳公之言成对，妙哉！

平生最爱书，因为她深蕴了我最初的情、最纯的爱。多少次纵使爸妈喊破嗓子叫吃饭，仍然握卷难释；多少次为争书与兄长相持不下差点"嫩拳相向"；多少次为书中展现的人物同苦同悲同喜同恨同时失去自己……那如痴如醉如癫如狂的样子至今想起来还有点好笑。

平生最爱书，特别是在当兵的日子里我更是积习难改，直线加方块和摸爬滚打之余，我和战友一样领津贴费，一样喝白开水，不吃雪糕。很多战友有了"小金库"，可我没有。我把李白、杜甫请来，把艾青请来，从此我的天空在金戈铁马之余还有诗歌的彩云飘来，是的，买吃的、穿的我要犹豫一番，但是买书是例外的，读书就要读好书，好书才能成为我们精神的营养品，如凶杀、暴力之类的书籍在我眼里是不屑一"瞄"的。只有好书，我们才要深读，精读，直到读懂，读通，读出个中滋味才行。

读一本好书，获得一份好心情、一种深感动、一个新发现、一点新感悟；读书给我带来了欢乐和启迪，让我去掉了高强度带来的疲乏和烦躁，使我充满感激，常常让我感到它着实便宜了一点。

每拿到一本好书我总是先捧在手里，轻轻抚摸其质感的表面，转触及棱角坚实的书卷，心中更掠过一阵颤抖。这分明是一种超然、空灵而真实的感觉，叫我舍不得离手。

平生最爱书，有人读的是文字，有人读的是情绪，有人读的是思想，有人读的是境界。无论读到什么，只要是未曾经历的，就是别样的人生，是一种像照镜子一样的体悟。在一些作家的作品中。我探索着他们的成功之路，品味他们的情怀、品格和道德水准，同时不自觉地升华了自己。每每沉淀于百味人生、世象走笔等哲理丰富的情节中，我总有一种禅家空灵之感，心明如镜，自然而然渗透了一些人生真谛。回忆40多年来经历的风风雨雨，有了茅塞顿开的惊喜，知道了待人当以诚为先、处世则以实当头的道理。

有书的日子永远不会寂寞，有好书读真的是一种享受，隔壁舞厅的音乐不时从窗缝里钻了进来，但我是绝对不会去取这个乐，如今的人各有各的活法。为所欲为这本身就是一种潇洒。有书的日子我会感到浑身轻松，我很笨但我会很努力，我想学就学，用知识的甘泉冲刷心头的不快；想学就学，通宵达旦毫不含糊啃着冷馒头就着书本上的铅字往下咽。说干就干，加班加点不休息更是常有的事。

平生最爱书，读书之余，我喜欢写作，爬格子使我的军营生活更加充实。每当寄来稿费时，部队驻地徐州广播电台播我的稿子时，战友、领导都特别羡慕我。新兵分配时，身强力壮的特别抢手，潇洒大方的也很热门，像我这样的貌不惊人，个子又矮的人本"无人问津"。却意外被首长"点名"做100新兵名额中的唯一文书岗位。因工作需要，入伍第二年调动至卫生训练大队，第三年到特务连，我始终与"文书"相守，退伍回到家乡工作继续我的读写生涯，因此先后获得当地广播电台和电视台等部门的优秀通讯员称号。

平生最爱书。读书悟真理，品文知人生。一个人的一生，不仅是读书的一生，更是读自己的一生。豆蔻年华时，读出的或许是多姿多彩；人到中年时，读出的或许是拼搏奋进；耄耋之年时，读出的或许是豁然自足。

书，让我学会了思考，开阔了胸怀，让我的生活更精彩。如此厚遇！叫我如何不爱书！

原载 2019 年 9 月 20 日《通辽日报》副刊

俞赛琼

新昌县教育体育局教学研究室初中语文教研员，绍兴市作家协会、摄影家协会会员，新昌县播音主持协会理事。客居天地，以闲散心入世，以诚赤心落笔，绘山水，呈人文，初为立己后若能及人亦为善矣。出版散文集《且以清风伴明月》。

从前慢

"记得早先少年时 / 大家诚诚恳恳 / 说一句 / 是一句

清早上火车站 / 长街黑暗无行人 / 卖豆浆的小店冒着热气

从前的日色变得慢 / 车 / 马 / 邮件都慢 / 一生只够爱一个人

从前的锁也好看 / 钥匙精美有样子 / 你锁了 / 人家就懂了"

自打木心先生的小诗被谱成曲登上"中国好歌曲"的舞台后,歌手年代感十足的音色加上钢琴小提琴的极尽缠绵,再融合简单的诗句里营造的浓浓意境,一时间一曲《从前慢》就犹如一块巨石投进每个人的心里,引起了强烈的震颤。社会经济飞速发展的今天,一个"慢"字似乎戳中了所有人的痛点,人们纷纷停下脚步审视因"快"而丢失的种种美好,直至演变为一场集体的悼念……

正如歌词里所说的,那时的人朴实,人与人之间透着温暖与信任;那时的人专注,打造一个精美的物件与呵护一个心爱的人儿是一样的,倾注的都是一辈子的深情。看着诗里提到的"精美物件"四个字不禁联想起早先读过的一篇关于某作家装修新宅的文章。因为喜欢光线透过窗花给人的迷离美感,他特意到古董家具店买了一些清朝的门窗,请木工把窗花的部分拆下来,镶嵌在他新家的门窗上。于是便有了他关于窗子的一番思考。

记得文中提道:"从前的木匠到大户人家做装潢,往往一住就是两三年。如果是到寺庙,一住二三十年也是常有的事。他们花费青春、岁月与心力,选用最好的木材,用最细腻的方法,就是要做出最好的家具,并且传诸久远。因为古代的人盖房子、做门窗,都是为子孙来思考的,他们的眼光、用心,至少在百年以上。而现代人很少在同一个房子住十年以上,何况是对待一扇窗呢?"文中的木匠师傅还算了一笔账:做一个镶满窗花的窗子,至少要花一个半月的时间。以一天工资三千元来算,加上材料,一个窗至少要卖近3万。有谁在装潢时,愿意让工匠花一个半月,只做一扇窗呢?所以,木匠师傅说:在时间上,我不能做;在用心上,我不愿意做。

是啊，正如那位作家所说，很多时候现代的工匠不是说没有古代工匠那样的手艺，只是没有了古人的时空与心情。如此看来，一个时代有一个时代所适配的"慢"，脱离社会生活的"慢"也终归是不太现实，也不太容易实现。

尽管在提到效率和利益的合理性时，普通人都会摒弃所谓的"花钱做窗"之举，因为那是这个时代所不易复制的一种"慢"，但人们亦明白，文中提到的工匠们对待手艺的那份专注和用心却是我们所能沿袭的，这种"慢"也应当被延续。

环顾现下，当一个又一个的人被现代社会的浮躁气息裹挟着埋头赶路时，自我、本真……很容易被忽略，甚至丢失。很多时候人会迷失在一己私欲里，也能幡然醒悟在一念间，快慢间如何"取舍"便终成了一个永恒的难题。

前不久，在网上又出现了一则博人眼球的新闻：一对夫妻，放弃优越的城里人生活，辞去丰厚薪资的工作，身着棉麻，到某山隐居，前山耕作、后山采药，与世无争，自得其乐什么的，再然后就是一阵转发和跟帖，一阵地羡慕嫉妒恨。可过后却又总会陷入不是土豪无法效仿，况你向往某山，某山还不一定向往你的一番争吵中。且不论这里面的事实与写手的炒作成分孰多孰少，仔细想想：那样子的"隐居"是否就等于"慢"？即使是，这样的生活也未必如我们想象般"美好"！纵观史书，虽有性本爱丘山的闲云之隐，但更多的是江湖（官场等现实）失意的遗憾之隐；躲避祸乱的无奈之隐；期待明主的权宜之隐。无论哪一种隐居背后所显现出来的"慢"的表象都有其纠结之处，远没有我们想得那么简单！

谁说在山野找间茅屋，种点小菜，再营造个青灯黄卷的样子出来就一定能叫"慢"了？摆着茶具未必懂茶，柴米油盐又未必不雅。真正的"慢"不在于"形式"，而在乎"人"，在乎"人心"。可以为一段动人的音律循环千遍，知道在劳作案头时偶尔抬头看看天。人生在世，所谓的"慢"，不是一个形式上的结果，而是一段有意义的旅程，一个想活出点滋味的人从容修心的过程。

从前也好，现在也罢，有人一辈子只干一件自己喜欢的事，有人努力把不喜欢的事慢慢干成自己喜欢的样子，有人在闹市一隅专注地著书作画，有人在纷乱的格局中从容应答。这样看来，任何一种"慢"都是来之不易的。那是一种洞悉世事后的睿智与豁达，更是一种明晰自我后的成长与强大。

原载《绍兴教育导刊》2017 年第 3 期

雪夜，一只锅里，两弯汤

全世界都在聊雪的日子里，一切与"暖"相关的词都显得格外亲切：炉子、热汤、被窝、恋人的臂膀……

朋友说，属于你的这场雪下得太久了，是时候在大冷天里让自己暖和起来了，不然呢？

于是，火锅，走起。

"想吃什么？"

"你爱吃啥就点啥。"

"我点的毛肚、鸭肠、黄喉你又不吃。"

"毛肚是胃，鸭肠是肠，可那黄喉又是什么？""大血管。"

"噫，我不吃。"

"吃辣吗？""不吃。"

于是，一人一边，她那里刀光剑影，风生水起；我这边浮叶温吞，清汤一弯。但那又怎样？一切相安。故事就从这"一锅两制"里开始……

我不会吃，也不太会做吃的；她会吃，还很会做吃的。

年节里备两桌菜招待客人是我厨艺的极限。她呢，只要你见过，想过，吃到过的，没有什么能难得倒她。舒芙蕾松饼、芝士面包、风琴土豆、风车披萨、肉松小贝、热狗玉子烧……这还只是早餐，对，是部分早餐！

于是，我又想起，这段时间但凡我说懒得动的时候她都会不管刮风下雨扛上她的厨具往我家厨房钻，就像这一刻腾腾的雾气钻进了我眼里。

也许是屋外冷得过分，火锅店里的热忱加速发酵，高浓度里，她"醉"得八只脚聊天，话语翻飞。从十八岁初恋讲到中年人寻常日子里的小打小闹，从直接经验讲到间接经验，再从自己的事讲到身边人的事，一堆一堆，一段一段，全是证悟。

我喜欢她一本正经里的胡说八道，喜欢她一地苞米里掺杂的闪光"金牙"，可她总说我是个粗人不太会说话，长得小女子，说话是汉子。

"跟你说个正经事？"

"说。"

"听说过一句'全世界的男人都死光了，也不嫁给你'没？""嗯。"（不知道她又要出什么幺蛾子了）

"我不这么想。"

"啊？"

"那你怎么想？"

"你看哦，如果全世界真的只有一个男人了，我是无论如何都会爱上他的。"

"啊？"我愣了两秒后全然不顾形象地拍桌爆笑起来。

十几秒后，对面还是一脸正经。"你看哦，当你在茫茫人海把注意力集中到一个人身上时，不管这个人有多糟糕，总还是有什么值得你去理解，去肯定的吧？那你在寻找自己的另一半时，不就是全世界的男人都死光了，而你只在他身上不停地找你能够接受的东西吗？只是多少而已不是吗？""是哦，有道理的。"我边笑边狠狠点头。

很多时候，"粗人"的话其实很细很细，就像碎后而香的咖啡豆。

每个人来到世间，踏上的其实都是一条"寻亲"之路。

可终其一生寻的到底又是什么呢？与知识匹配的智慧，与身体匹配的技能，与心灵匹配的伴侣，与大自然匹配的吐纳呼吸……

"寻"就是"修"的一个漫长过程。不同的时间，不同的空间，在敲敲打打，磕磕碰碰里学会坚强，在忽高忽低、忽左忽右里学会中正，在残酷里学会仁慈，在寒凉里学会温润，在太多太多的苦难里学会悲悯。

雪夜，一只锅里，两弯汤，这就是人生。

原载《作文之友》2020 年第 1 期

闩里有痛，有坚毅

痛是记忆的闩，它是关也是开，
是裹紧，是深埋。

——题记

一

秋阳正浓，晒垫子被阳台书架的尖角狠狠戳了一下，痛——然后
"木"——然后阵阵隐痛……"你就是走哪儿都不看的！"耳边响起邈远的
嗔怪，想起无数次膝盖、脚趾与硬物的对抗，想起多年前那个被鲜红定格
的黄昏……

4 岁前，我是外婆家的常住居民，"外婆家"三个字自那时起就注定
是我心底最柔暖的角落。4 到 5 岁幼儿园，6 岁蹦到了小学，一年又一年，
15 岁之前的每一年里我都急切地盼望寒暑假，因为时间一到就可以住到外
婆家。

可为什么是"外婆家"呢？明明那也是外公家，且外公还是一家之主
呢！谁更近便是谁的了吧。虽然"二八"自行车横档上带我飞翔的是外
公，但每天搂在怀里哄着睡觉的是外婆。

8 岁那年，嗯，仔细想想，或许 7 岁吧，和舅舅阿姨家的俩奶娃玩捉
迷藏，顶楼晒台上一小人高直径的铁圈，是我们当时的道具，由于"海
拔"超标，带着他们钻进钻出的我连撞了好几下。小孩儿嘛，玩儿是正
经，磕几下算什么，且似乎也完全不痛。

就在分贝冲天的时候忽感脑门一股湿湿的东西顺下，用手一揩，竟不
是"汗"！天呐，红色！于是，慌，愣神几秒号啕大哭，一路揩一路哭一
路往楼下挪，生怕自己走快了那红色的怪物会吃人。身后的俩"小伙伴"
虽不知道发生了什么，但想着也是要跟着一起哭的，于是，一片惊叫里救
星——外婆，出场。

救援的现场是相当凌乱的，先在龇牙咧嘴里用土办法止了血，有没有

去过医院是真不记得了，脑海里最出挑的是事后伤口不能碰水但又要把满头的红"洗"去的画面，外婆用热毛巾一次又一次在伤口之外小心擦拭，盆里的红水倒了一遍又一遍，那泼出去的会不会是我今生的机灵与可爱呢，我曾很正经地想。

二

稍大些，住剡溪上游，在父母身边，夏日玩水是必备。狗刨的泳式是在无数次呛水里习得的，那会儿先是苦练电视剧女主的绝技"飞鱼转身"，再是学人家跳水队员从两人高的小桥上往水里扎，一不小心，妈呀！脚插在了玻璃碎片上，又是血染的风采，钻心地疼。跷脚走了个把月，好了吧，竟还敢往水里扎。

后来的事迹哟，脑袋被手肘怼，天气变变，伤处隐隐；还有那骑车掉水里的，溜冰摔四仰八叉的，高坎上滚落的……

再往后，甚至还有过躺平被推进手术室的经历，过程无力申诉，但因为彼时心是圆的，像儿时铁圈捉迷藏般纯然，所以也便无畏。

一晃多年，渐渐明白：比起外力施加的种种，内心无能为力的痛才是更痛。

就像看着生前的外公什么都不记得了还拄着拐杖给我摘没长开的金橘，楞说好吃；就像近年的外婆老念叨：琼啊，真想来看看你过得好否，腿脚都不听话了，你又在高楼，这辈子怕是没机会了；就像十年砌筑的城墙，一语崩塌；就像太多的离开根本来不及告别……痛！

三

痛，是记忆的闩，抽开是勇气，深埋是砥砺。修修整整里，告诉自己：

春天的扬、夏日的烈，秋天的收、冬日的藏，过去过不去的都在过去，没什么，当下有痛意，未来有坚毅。

原载《新作文·满分素材》2020 年第 6 期

张纯汉

先后供职于党政机关和新闻媒体。主任编辑职称，白云书院导师。系中国作家协会会员、中华诗词学会会员和浙江省戏剧家协会会员等。著有《记录当初》《秋雨闲思》《爱在生命的边沿》《远婚》《报取春阳三月天》等。《下笔就要有担当》一文可窥其创作理念和主张。

一生只在一句话

罗杰·罗尔斯是美国纽约州历史上第一位黑人州长。他出生在纽约声名狼藉的大沙头贫民窟。这里环境肮脏，充满暴力，在这儿出生的孩子，耳濡目染，从小逃学、打架、偷窃甚至吸毒，长大后很少有人从事体面的职业。然而，罗杰·罗尔斯是个例外，他不仅考上了大学，而且成了州长。在就职的记者招待会上，一位记者对他提问：是什么把你推向州长宝座的？面对三百多名记者，罗尔斯对自己的奋斗史只字未提，只谈到了他上小学时的校长——皮尔·保罗。

1961年，皮尔·保罗被聘为诺必塔小学的董事兼校长。他走进这所小学时候，发现这儿的穷孩子不与老师合作，旷课、斗殴，甚至砸烂教室的黑板。皮尔·保罗想了很多办法来引导他们，可是没有一个是奏效的。后来他发现这些孩子都很迷信，于是在他上课的时候就多了一项内容——给学生看手相。他用这个办法来鼓励学生。罗尔斯从窗台上跳下，伸着小手走向讲台时，皮尔·保罗说："我一看你修长的小拇指就知道，将来你准是纽约的州长。"当时，罗尔斯大吃一惊，因为长这么大，只有他奶奶让他振奋过一次，说他可以成为五吨重的小船的船长。这一次，皮尔·保罗先生竟说他可以成为纽约州的州长，着实出乎他的意料。他记下了这句话，并且相信了它。

从那天起，"纽约州州长"就像一面旗帜，罗尔斯的衣服不再沾满泥土，说话时也不再夹杂污言秽语，他开始挺直腰杆走路。在以后的四十多年间，他没有一天不按州长的身份要求自己。五十一岁那年，他终于成了州长。

在就职演说中，罗尔斯说："信念值多少钱？信念是不值钱的，它有时甚至是一句善意的欺骗的话，然而你一旦坚持下去，它就会迅速升值。"

罗杰·罗尔斯的这件事正应了"一生只在一句话"的可能性，罗杰·罗尔斯自然是走运的。然而，这幸运的事不可能降落到每一个人的身上，相反，不走运的事，一个闪失就有可能会轮到。

下面的一件事就与此相反。

在美国芝加哥曾发生过这样一件事：有位丈夫掐死了自己的妻子，原因仅仅是因为他对妻子畅谈白天所干的得意事时，发现妻子不但没有一句称赞的话，而竟然顾自睡着了。显然，这位丈夫的残酷之举，起因于妻子对他的不屑一顾并伤害了他的自尊。

我至今无缘于诗，我认为并不是我天生不爱诗，也不怪如今这个快节奏生活时代诗歌市场的滞销，而真正的原因，也只是少年时代无意间受到过一次的小小伤害。

那年刚上初一，正赶上我国第一颗人造卫星上天。那节语文课里，老师叫我们学写诗，我"搜"遍了脑袋，也想不出一个好题材，突然，附近的喇叭里传来了从人造卫星上发回的《东方红》乐曲，于是灵机一动，便以此为题，写了一首题为《红色卫星飞上天》的诗交给老师，也不知道是好是坏。反正，所谓的诗，严格地说，只能算是口号式的打油诗或顺口溜。

然而，老师却找到我，似乎很神秘地对我笑笑说：你的诗写得不错，你是从哪里抄来的？我红着脸马上解释：不是抄来的，是我自己写出来的！

也许是我爱红脸的毛病使老师对我愈加产生了怀疑，只见他边走边回过头来用不信任的眼光看着我并对我说：没抄，至少也从哪里照过样！

我已没有解释的余地了，只是从心底里产生了一种强烈的委屈感，并发誓：以后不再写诗！

同样的事还有一件，这件事外人是难以觉察的，而当时自己的心灵却受到了强烈的震动。

大概是初中二年级的时候，平时对自己称赞有加的语文老师要进修去了。临别时，师生们依依不舍，老师激动得几乎是含着泪对我们说："到了学校，我会给大家来信的。"

十天过去了，一个月过去了，老师的信也终于盼来了。

老师在信的开头一个个写着我们同学的名字。读信的老师在讲台上也一个个地读着，同学们则在台下鸦雀无声地倾听着。我不知道别的同学当时的心理，反正我的第一希望，是能听到自己的名字。然而，我彻底失望了，听完信后，我的热情就在同学们的一片欢呼声中一落千丈。那种失落感对一个纯真少年来说，无疑是当头一盆冷水。是自己的家境太穷了？自己哪里得罪老师了？或者说自己在老师的心目中终究有没有位置？当然，伴随着怀疑的还有一种自卑感和被欺骗感。回忆当初的情景，今天想来仍不免感到遗憾并耿耿于怀。

一生只在一句话。只是我的个人感受，尽管也不是绝对的，但我认为关键时刻，千万不要吝啬一句话或那么几个字，当然也不要轻率地说一句话或写几个字，也许就是这句话或这几个字便能满足了人性的饥渴，便能影响了一个人一生的走向。

原载《散文选刊》2012 年第 1 期，并被《读者文摘·校园版》2012 年第 8 期转载

醉忆"三泾古王道"

也许你未曾听说过在浙东大地"唐诗之路"上有一条叫"三泾古王道"的古道，虽然它有着近三千年的历史，却养在"深闺"又被太久的岁月封存。

那里沟壑纵横、浓荫蔽日、扑朔迷离、如梦似幻。

那里有碧水清潭、群鱼戏水和苍劲古松。

那里是一幅至真至美的山水长卷。

那里流传着诸多神话般的传奇故事。

那里是我和小伙伴们常去砍柴割草放牧的地方。

那里也许还留着我们的刀痕足迹，也许还回荡着我们"撒野"时的空谷传声，也许还能觅见我们遗落的企盼和梦想。

也许正应着王安石"夫夷以近，则游者众；险以远，则至者少"的名言，记忆中的那里一草一木始终有着"原生态"模样。

"杏花春雨"的江南，柔美本是一种特有的韵味，而古道过处的五彩

缤纷，满目翠黛，更是将这柔美发挥到极致。其四时景色可谓：春来青枝嫩叶，鸟语花香；夏返绿树透凉，沁人心脾；秋复层林尽染，神采飞扬；冬至雪压苍松，冰清玉洁。由此构成多彩而妖娆的图画，着实让人留恋，让人畅想。尤其是那古藤缠树、荆棘横穿、垂蔓悬崖、随风飘荡的动态，分明就是柳宗元笔下"青树翠蔓，蒙络摇缀，参差披拂"意境的再现。

"古王道"，是因西周时一小国国君徐偃王南归时遁迹于此并永伴这方水土而得名："三泾"意为处在三条溪水的相拥处，说确切点，它就隐蔽在诗仙李白的梦游处——天姥山下新昌县小将镇的一个深谷里。父辈们管那里叫"洋坞坑"或"山后坑"。据当地《县志》记载："徐偃王系周朝东夷诸小国中一国君，修仁行义，率土归心，故三十六国皆朝于徐，后因周穆王西巡，国事日非，偃王举兵北上，穆王告楚兴兵伐徐，偃王见乱世害民，遂毅然率部南下，遁迹于此。"

历史的陈迹虽早已远去，神话般的传说却经久不衰。故一直来，这条古道就被当地信奉为合天地之意、顺民心之愿的"正义之路"和"康庄大道"。我想，被誉为"唐诗之路""佛教之旅""茶道之源"的新昌，当年李白、杜甫等大批诗人墨客在极目沃洲天姥之余，一定也会趁机拐个小弯来这里怀古凭吊、歌咏一番的。

我本无意美化那里的环境，然而，大兴旅游业的现代社会，随着古道口与"凤凰湖"环湖路的衔接，那条千年古道终将拨开经年覆盖在古道上面的枯枝蔓叶，揭去笼罩在古道上空的神秘面纱。当当地的"父母官"告诉我这一消息并邀我一同前去试行走时，我是有些愕然的，第一感觉便是：他们是怎么发现并想到要开发这一僻静处的？显然，我私下里是复杂的：既愿借此机会故地重游忆当年，却也担忧此后随之而来不堪设想的人为后果。尽管现代公民的文明意识让人充满自信，但国人的某些秉性不免让人产生点忧虑，这种忧虑在攀谈中难免也就有所流露。

的确，离开家乡后，我的足迹涉及了不少深涧幽谷和"仙人洞府"。尽管那景那情也一样可让人赏心悦目，但总觉无一可与那条古道媲美，尤其是古道过处的"原生态"和"自然美"，从某个角度看，即便是当今闻名世界的"九寨沟"也莫过如此。相比眼下到处污染了的环境，愈觉其珍贵所在。这于我来说，虽未能常回去看看，但梦萦古道千百度。无疑，那里已是我心灵的"避静"处和"卧游""梦游"的"桃源境"。说真的，我是从心底里不愿将这方净土如此这般地公之于世的，而是希望它永远养在"深闺"无人识，永远保住着"原生态"模样，故一直以来我对外界是极其慎言的，哪怕是最知心的亲朋好友。偃王当年为何偏要路远迢迢遁迹于此，道理或许也在这里吧。

"父母官"似看出我心中有碍，便对我笑笑半征询半试探地说："看来，张先生还有点不情愿哩，好地方也该'资源共享'嘛！"

家乡的一草一木无不常系心间。数十载弹指一挥间，"古王道"旧时的景色是否依然？

一个深秋的上午，天空阴暗偶尔有毛毛细雨，那情那景，正如我坐拥窗前悠然的"秋雨闲思"。当我怀着杂乱的思绪随同"父母官"一行十数人从一个叫"象鼻头"的入口处进入景区时，眼前的一切犹在昨天，仿佛又远隔世纪，所有的景物竟如这般的陌生。最大的变化莫过于草木的异常茂密，加上缘溪而行，目光自下而上仰视，便怎么也寻不见当年砍柴割草放牧时那几条异常熟悉的山间小道了。当同行者问我那"戏台岩"在哪里时，我环视了四周好几圈，怎么也辨不清少时常见的那高高矗立在半山腰并颇有神秘传奇色彩的"戏台岩"在什么位置了。所有这些，让行走在途中的我，脑子一不小心便走神，又在同行的年轻人发现野果时的欢快声中惊醒。"人间正道是沧桑。"变，是自然，是真理，是不以人的意志为转移的，信然。

按照当地的俗称，那野果中有"水牛丫""藤公尼""猢狲丝""冷饭团"和"柞叶果"等，这些，不要说城里人连名字也没听说，即便我这个曾经的"乡下佬"，像"水牛丫""冷饭团"这样的珍稀野果，也只听说过它的名字，却从未见过它的模样，至于它的滋味，就更无从想象了，据说是极鲜极甜的。当年生活艰辛，上山劳作肚子饿着时，是多么渴望能在某处发现这两种野果呵！

这两种珍稀野果都是挂结在藤蔓上的，那藤蔓不经一定的年月是结不出果实来的，可想而知，这里的生态环境比之当年，是愈发的"生态"了。此刻的不期邂逅，便令我如获珍宝般毫不犹豫地举起相机将它们逐一摄入，连同无意间朝我们窜来的一只松鼠。

因为那古道实在是掩没太久了，不要说偃王在世时演绎过怎样的"凄风苦雨""金戈铁马"，故事难以考证，就连沿途一些景点的原名也已淡出了人们的记忆。然而，既然偃王遁迹于此，按常理是不会没有名称的。怀着对偃王的崇敬心理，边走边谈中，借着想象的翅膀，石钵岩、黄龙谷、螺蛳潭、落霞滩、偃王池、思民石、松涛古林、戏台岩、竹海清泉、竹里茅舍、町步道、望海竹径等景点的名称便又一一复出。尽管让人绞尽脑汁、冥思苦想，但是否不乏历史沧桑，是否对应于当时的景物，又是否富有景色诗意，就不得而知了。怕只怕偃王笑之为草率，今人、后人和高人笑之为浅陋。

我们说着、笑着、看着、想着，情由景生，思由景起。当来到一个叫"里坞坑"如"桃源仙境"一般的小山村时，呈现在眼前的，是一条当年为生计而往来的"盐帮古道"，再沿着一级一级的卵石台阶往上爬并走过那一个接一个供行人歇息的"泗洲堂"时，眼前似有许多镜头在回放：忆往昔，如这般的古道上，不知走过多少婚丧嫁娶行商赶考的人们，也不知经过多少骑马坐轿的达官贵人，而祖父辈们为生计饿着肚子弓着背挑着重担艰难爬行的画面却让人畏惧，让人退缩，更让人深深地喟叹……

忽而一个念头闪过：如今，我们要将祖父辈们开凿的这条"盐帮古道""商道"或者叫"官道"转变为"游道"，又说明了什么呢？不正说明祖父辈的艰难时世已不复再现？不正说明我们正开创着一个前所未有的新纪元？不正说明我们的未来将越来越美好吗？在青山疏雨、物阜民丰的和谐社会里，"三泾古王道"若能福祉于家乡百姓，利益于清朗乾坤，拥护的不只是这里的子民和四面八方的游客，更有爱民如子的偃王——若偃王在天有灵！

顿时，我的心便又豁然了，闪现在脑海里的则是孔子的得意门生点回答孔子并赢得孔子赞许的那种志向和意境："莫春者，春服既成，冠者五六人，童子六七人，浴乎沂，风乎舞雩，咏而归。"

原载《散文选刊》2012 年第 8 期

老家是幅古画图

"远上寒山石径斜，白云生处有人家。停车坐爱枫林晚，霜叶红于二月花。"

每读杜牧的这首《山行》，老家曾给我的童年带来无穷乐趣的那片古枫林随即映入脑海。每忆及，犹在画中游一般。

这片古枫林多为数人合抱，没人知道它长于何年何月，也没人考证过是哪代太公栽种下的，只见在村口那个叫"墩牛坪"的山坡上"站"得满坡皆是。这里的春天，满目皆绿，生机盎然；夏天，浓荫蔽日，凉意爽人；秋冬季节，遍地黄叶和枫蒲，又为农人无偿提供了生火的佐料；一年四季，百鸟唱枝，莺歌燕舞，还有行梭般的松鼠在那里顽皮地戏耍，整片古枫林充满着无穷的生机和活力。

古枫林下面，是一条卵石和条石铺设成的通向村外的小道，远远看来，整个村庄就全被这一片片蓊蓊郁郁的古枫林笼罩着，来人至此，压根想不到这里还藏着数以百计的农家。

我家就住在古枫林下面。近水楼台，让我从小听惯了百鸟的歌唱，分享到了大自然的灵犀。在我的记忆中，那片古枫林里的鸟类能报得上名来的就有猫头鹰、喜鹊、鹧鸪、乌鸦，等等十数种，名副其实一座天然的鸟乐园。每天的清晨、中午、傍晚和深夜，各种各样的鸟类都会按各自的习性有规律地发出悦耳动听的鸣叫。有一种"当嘟嘟、当嘟嘟"像大珠小珠落玉盘一样动听的声音，我至今不清楚是什么鸟在为我们鸣奏。

从我们孩童的角度看，最有乐趣的莫过于在古枫林下过"天桥"。所谓的"天桥"，就是古枫下面那些皱褶斑斑、弯弯曲曲悬架着的粗壮的根，小伙伴们常常三五成群来到这里，从巨蟒般的树根上跑过来窜过去，玩得乐而忘返，待大人们呼唤着找上前来，才依依不舍地各自散去。

这里，远离尘嚣，空气清新；一年四季除了百鸟的歌唱外，便只有鸡犬牛羊之鸣叫和炊烟之袅袅。村民们一直保持着古朴的生活方式。许多古老的农具不时在为村民发挥着应有的作用。原始的踏碓、水碓、牛磨、碾子、介锭；巨型的人力榨油机、纺车、织布机；还有娶亲用的花轿、眠轿和祭祀用的龛篮等等，在这里司空见惯。整个村子堪称典型的"世外桃源"。于是，便不时有陌生人前来寻访，有的还带着画夹在这片古枫林前涂涂抹抹，每遇此，便和小伙伴们待在一旁傻傻地看。

那片古枫林给村民们最大的作用是晾晒豆子。把刚从山上拔来的一扎扎带着秸秆和黄叶的豆子晾晒到参天的古树上的情景，更是这里一道特有的风景线：只见挂豆的人勇敢地攀上参天的古树，并从空中抛下一根根带钩的绳索；树下的人将用稻草捆扎成"H"形的豆把挂在那挂钩上，挂豆的人就把那些豆子一扎一扎地拎上去，挂在古树的枝枝丫丫上。这期间，遇天气晴朗时，便不时有豆子从豆荚里分离出来并从高高的古树上掉到地面上和草丛里。于是，在草丛里觅豆，便成了小伙伴们的乐事。我们便趁课间跑到古枫林下的草丛里去觅豆；并将觅得的豆，随即放到随身携带的火钵里去煨，待火钵里的豆"嘭"的一声响过之后，便趁热放到嘴里去品尝。那种边煨边品的情调，我至今无法用适当的语言来形容。

大约一个月之后，就迎来了扑打豆子时才会出现的热闹场面：只见那些卸豆扎的人勇敢地攀上树去，纷纷从各树上抛下一根根长长的绳索；再由地面上的人将绳索拉成倾斜状，树上的人就将晾晒在古树上"H"形的豆把骑在这根绳索上一扎一扎像坐滑梯一样滑向地面。地面上的人又将这些豆把拖移到铺有竹簟的晒场上，用一种叫"介锭"的古老农具去扑打。那众多"介锭""吱吱呀呀"的旋转声和"嚓啦嚓、嚓啦嚓"和豆萁之间的碰撞摩擦声，简直就是一曲古老的交响乐。于是，我等小伙伴便在扑打过或没扑打过的豆萁把上和豆萁丛里翻跟斗、捉迷藏。当然，也有顽皮过了头，好端端地将那豆子胡搅到竹簟外的泥地上并惹得大人们好一阵训斥。通常情况下，我们只安静一眨眼工夫，便又我行我素地"胡作非为"起来。

与我们有着同样乐趣的，要算攀上古树挂豆和卸豆的人了，在挂豆和卸豆的时候，为了省时，中午饭和晌后的点心也是用那根绳索将放在小竹篮里的食物吊上去的。常有人好奇地问："在树上吃饭，好吃吗？好玩吗？"那人便故弄玄虚地说："好吃啊，味道好极了！"于是，便引得我们好一阵眼馋，心想，啥时也爬上那高高的古树，尝尝吃饭的感觉多好！

成人后，我的足迹遍及无数的古镇和古村。然而，没有再见过类似老家那片妙趣横生的古枫林，更难逢映入脑海的那意境。

原载《散文选刊》2013年第12期，并入选由商务印书馆国际有限公司出版发行的《2013中国最美的散文》一书

张　炎

　　1981 年出生，男，浙江新昌人，浙江省作协会员，新昌县作协副秘书长。作品散见于《椰城》《当代人》《少年文艺》《青年作家》等文学期刊，入选多个权威选本，著有诗集《江南寻梦》《我的村庄》等多部。

温暖莫过冬至果

告别深秋，冬至便裹着寒衣，牵着初生的阳气降临人间，一元初始，万象更新。身在他乡的游子朝着老家的方向驻足眺望，隐约间看到了土灶前忙碌的母亲，闻到了冬至果的香糯味道。

在我的家乡，冬至是堪比春节的日子。这一天，大家从四面八方赶回家中，准备各色祭品上山扫墓祭祖"做冬至"。冬至果是必不可少的祭品，也是团聚的家人必备的点心。每家每户会选择自己亲手做，时间太赶的则会去农贸市场直接采购。按照老人的说法，冬至是一年之始，昼短夜长，吃冬至果可以辞旧迎新补阳气，祭冬至果则能给逝去的亲人带去尘世的烟火气和新年第一缕阳光的温暖。

小时候，父母不管再忙，我家都保持着做冬至果的传统。提前一天，母亲就开始为冬至果做准备，她会拿着自家种的糯米和粳米，赶到加工厂里碾成粉，去菜地里拔长萝卜，去鸡窝里捡鸡蛋，到市场里买豆馅儿、肉末。冬至一大早，母亲首先会取出糯米粉和粳米粉，以六比四左右的比例加温水搅拌均匀，揉捏成粉团后放在边上醒粉。然后准备三种馅料：素馅是将萝卜去皮刨成丝炒熟，鸡蛋煎成饼切成末，拌在一起；荤馅是猪肉末中加入葱末用酱油食盐等调好味；甜馅则是买来现成可用的豆沙馅儿。最后，母亲会将醒好的粉团分成小份，赶成一张张面皮。

一切准备妥当，我们这些孩子也派上了用场。大家靠着母亲左右排开围在八仙桌旁，左手拿面皮，右手则从盆里摘馅，各展所长，或揉或捏，做出来的冬至果有状如大号汤圆的，有形同饺子的，虽然不正宗，只要馅料包得严实，我们就很得意。母亲做的是冬至果传统模样，她会捏拢放进馅料的面皮，在收口的时候捏出小尾巴，外观白色，底部椭圆，顶部点缀上胭脂，整个果子状如荸荠，样子很是漂亮。

冬至果可以上锅蒸后，母亲会在铁锅里倒入半锅水，放上蒸笼，将冬至果圆周地排好，盖上盖子蒸。我会自告奋勇给灶炉里添柴，木柴经烧，大火熊熊，水烧开了，蒸上十来分钟香味就传了出来。我总是嚷嚷：可以吃了吗，可以吃了吗？母亲说不要急，再等等。再等十来分钟，勾起我馋虫的冬至果终于可以出锅了。

顾不上烫，性急的我抓了一个就往嘴里送，结果被冬至果馅烫得伸长了舌头，使劲地用手扇风。稍微吹凉的果子极富韧性，有咬劲，咬一口甜馅的甜糯，素馅的鲜香，荤馅的流汁，吃进肚子整个身子都是暖暖的。

尝过鲜，母亲可就不允许我们再打冬至果的主意。这些果子要和其他祭品一道装盘，拿到陵园里、祠堂中祭祖。祭祖仪式完毕后，大人才会将冬至果分给孩子们品尝。

时光飞逝，我们长大成人，一直在外打拼。母亲年岁已高，只有得知我们全都回家时，才会起早做冬至果。天时人事日相催，冬至阳生春又来。今年冬至还是回不了家，也尝不到母亲亲手做的冬至果。但是那甜香软糯的感觉一直留在记忆深处，那热腾腾、暖融融的幸福味道不曾远去。

原载 2020 年 12 月 22 日《乌鲁木齐晚报》

向着梦想奔跑

轩轩：

爸爸人在外地，心里很牵挂你。

从你妈妈口中得知，"双减"政策实施后，你们的家庭作业少了、考试少了，在学校完成作业后，回家你就看电视、玩手机，奶奶和妈妈劝你，你根本不听。你的学习状态让爸爸忧心不已，思考再三以这种方式跟你沟通一二。

也许在你眼中，学习是辛苦的，有背不完的书，做不完的作业，学不完的知识。不可否认，学习确实很辛苦，但是爸爸作为过来人告诉你，不学习的人生更苦。

也许你会用"条条大路通罗马"来反驳我。但是你要知道，万丈高楼平地起，没有知识来打基础，即便有一个改变命运的机会出现在你面前，你也很难把握住。

爸爸在人海中摸爬滚打四十多年，虽然事业做得还不错，但爸爸依然常感自身知识的匮乏，时常感到"书到用时方恨少"。你也看到晚上爸爸还在学习，因为现在知识更新换代非常快，爸爸发现知识跟不上，有时候工作起来显得力不从心。爸爸这个年纪还在学习，你又有什么理由不好好学习呢？

孩子，"双减"是给你减负了，但实质上对你的考验却是变多了。国家发布"双减"政策，是希望减去你们过重的课业负担，让你们有更多的时间去提升综合素质，去自主学习、去阅读、去锻炼、去走进自然……你要努力让多出来的时间过得充实而有意义呀。

你要明白，作业少了，不代表知识点不用巩固；考试少了，不代表你就可以安枕无忧。"不经历风雨，怎么见彩虹。"一个人的成功，离不开他日复一日的坚持，年复一年的刻苦。玩乐只是一时快乐，学习才是你终身的快乐。

梦想在前方，而学习能让你更加靠近梦想。你应该制订学习计划，明白每天要完成的学习任务，一点一滴，不折不扣去完成，全力以赴去做好，不松懈、不怠慢，直面各种考验，一一克服。喜欢懒散，你注定被淘汰落败。学会自律，你会变得与众不同。

孩子，别在最好的年纪过安逸的生活，别在最该读书的岁月选择享乐。孩子，去读书吧，去奔跑吧，去热爱吧。相信爸爸下次见到你，一定是又高又壮了，咱们分享彼此的学习收获、共同成长，好吗？

爸爸

2021 年 9 月 30 日

原载《莫愁》2021 年第 11 期

消亡与传承

从某种意义来说，一种戏曲一旦问世，就如同人一样有了自己的命运。消亡还是存活，以什么样的方式传承下来，似乎都是一种宿命。

调腔是一种以南北曲为剧本、曲调体系的古老剧种，为四大声腔之一余姚腔的唯一遗音，兴起于明代，繁荣于清朝，低落于民国。调腔保留的是老南戏所遗留的"不托丝竹，锣鼓助节，前场启齿，后场帮接"的干唱形式，其古朴的表演方式，传递出调腔所特有的韵味。

新中国成立后，处于丘陵地带的新昌县，很好地传承了调腔，成立剧团，培养演员，调腔红极一时。剧团活跃于市井和庙堂间，乡村城镇，集市庙会，都有艺人演出的踪迹。与京剧、越剧等国剧大剧相比，调腔受众面不广，但非常稳定，在新昌民众中烙下了深深印记，男女老幼，尤其是老年人张口就能来上几句。

改革开放后，现代文化大行其道，满足了很多人猎奇和求新求异的心理，调腔的受众也不可避免地受到了冲击。调腔剧团为了演员生计，转而进行越剧表演，让石城的调腔迷们颇觉惋惜。

21世纪初，年事已高的调腔演员多次鼓与呼，希望在有生之年能尽绵薄之力，发挥传帮带作用，他们质朴的想法就是：调腔别断了传承。此举得到了地方政府的重视。当时，笔者在当地媒体工作，策划了新闻专题，全程参与了调腔的抢救性挖掘和保护的宣传报道，切身感受到了老艺人发自骨子里对调腔的热爱。不顾夏日炎炎，他们躲在狭窄憋闷的档案室里，在积满厚厚灰尘的案卷中，收集整理剧本资料；不顾年迈体弱，全力配合文化部门和新闻媒体，一遍一遍，不厌其烦，做好调腔口述资料的录制。

恰巧，国家出台了非物质文化遗产保护的政策，"好风凭借力，送我上青云。"新昌调腔抓住难得的机遇，克服青黄不接的尴尬处境，老艺人登台，新艺人回归，在陈旧的排练厅里，争分夺秒排练出了调腔剧《闹九江》，到省会、赴北京汇报表演，新昌调腔顺利列入国家首批非物质文化遗产名录，章华琴等老艺人也成了国家级非遗传承人。

靠抢救性挖掘和保护，新昌调腔算是勉强存活的资本，但要想良性发展，重新焕发生机就必须直面人才、市场等现实问题。新昌多方合力，打出组合拳：重组调腔剧团，成立调腔保护传承发展中心，举办首届五年制中专班。

老艺人分赴各乡镇街道中小学，逐个面试，优中选优，挑选"调腔新苗"，面对面指导，手把手传授。学业期满，学员们加入调腔剧团登台献艺，为新昌调腔这一拥有 600 多年历史的剧种注入新鲜血液。

调腔剧团重新排练出《北西厢》《玉簪记》等古戏，再次向观众展现出"典雅细腻，体局静好"之美；与时俱进，弘扬主旋律，排练出了廉政时戏《甄清官》，全国巡演，向各地戏迷展示调腔另一种"粗犷强烈，气势磅礴"之美。

"你若绽放，蝴蝶自来。"调腔重回舞台，掀起了调腔迷的追捧热潮，商演不断，热闹非常。可谓是苦尽甘来这一天，人头攒动作赞礼。剧团深知调腔能够重新焕发生机，来之不易，居安思危很有必要，否则免不了抱"林花谢了春红，太匆匆"之憾。

根在哪里？在新昌。根在哪里？在农村。调腔剧团每年坚持送戏下乡，活跃在新昌乡镇街道，田间地头，礼堂戏台。对年长的农民调腔迷来说，目之所及，皆是回忆。他们在观看演出中，重温了熏染进骨子里的调腔韵味，回忆起儿时看戏的点点滴滴，唤起内心里对调腔的喜爱。

传承在哪里？在年轻演员。传承在哪里？在莘莘学子。调腔剧团保障了年轻演员的编制和薪资收入，解决了他们的后顾之忧。主动对接各中小学，送戏进学校，送戏进课堂，向莘莘学子介绍调腔知识，传授表演技巧，激发孩子们对调腔的喜好，更好地培育出优质的"戏曲土壤"。

凡事种种均为序章，所有将来皆为可盼。愿调腔契合文化自信，把握命运；愿调腔展露风姿，华表永远。

原载 2021 年 8 月 10 日《作文指导报》

朱之珩

笔名小北，原名朱永锋，浙江新昌人，曾负笈北京，从事图书出版与文化传播，长期关注文史与国学，整理相关著作若干，译著有《心经随喜》《易经与老子》等，主编《胡兰成全集》。现客居江苏无锡。

张爱玲眼里"出人意料之外的好诗"

——诗人莘牢即倪弘毅的再发现

　　张爱玲有篇散文，叫《诗与胡说》，通篇谈的是诗，说是散文，倒也可说是她的一篇诗评。这在所有张爱玲的作品中，是一篇独特的文章。很鲜见地点评了路易士的《散步的鱼》《傍晚的家》《窗下吟》《二月之窗》《二月之雪》五首诗。

　　张爱玲对路易士，是批评之中予以大加赞美的，譬如她说："路易士的最好的句子全是一样的洁净，凄清，用色吝惜，有如墨竹。眼界小，然而没有时间性，地方性，所以是世界的，永久的。"评价是如此之高，她并且说："在整本的书里找到以上的几句，我已经觉得非常之满足，因为中国的新诗，经过胡适，经过刘半农、徐志摩，就连后来的朱湘，走的都像是绝路，用唐朝人的方式来说我们的心事，仿佛好的都已经给人说完了，用自己的话呢，不知怎么总说得不像话，真是急人的事。"言外之意，张爱玲对当时的新诗是很不满意的，但路易士的诗却入了她的法眼，很得她品赏。

　　这路易士，就是后来跑去台湾的纪弦，一辈子勤勤恳恳地写诗，蜚声文学界，前几年以 101 岁高龄去世。对于他，自不必过多介绍。

　　路易士虽然也早就成名，但张爱玲对他的关注，似乎是因为胡兰成。《诗与胡说》发表于 1944 年 8 月，那时正是张爱玲与胡兰成相恋正酣，即行秘密结婚的时候。胡兰成与路易士于 1938 年相识于香港，据《纪弦回忆录》所说，胡兰成与他初次见面时，竟然能当着许多朋友的面脱口背出他的名作《脱袜吟》《傍晚的家》和《在地球上散步》三首诗，一字不差，这令当年的路易士很是惊服。而胡兰成确实十分欣赏他，后来路易士到南京，胡兰成不但在经济上援助他，还在《中华日报》连续写了《评路易士》《周作人与路易士》两篇评论，公然为他叫好。这不能不影响到张爱玲。

　　除了路易士，在《诗与胡说》中，张爱玲还赞赏了另一位默默无闻的年轻诗人。她说：

可是出人意料之外的好诗也有。倪弘毅的《重逢》，我所看到的一部分真是好：

紫石竹你叫它是片恋之花，
三年前，
夏色瘫软
就在这死市
你困惫失眠夜……
夜色滂薄
言语似夜行车
你说
未来的墓地有夜来香
我说种"片刻之恋"吧……

张爱玲进而评赏道："用字像'瘫软''片恋'，都是极其生硬，然而不过是为了经济字句，得压紧，更为结实，决不是蓄意要它'语不惊人死不休'。我尤其喜欢那比方，'言语似夜行车'，断断续续，远而凄怆。"她接着引述诗文并评析曰：

再如后来的
你在同代前殉节
疲于喧哗
看不到后面，
掩脸沉没……

"末一句完全是现代画幻丽的笔法，关于诗中人我虽然知道得不多，也觉得像极了她，那样的婉转的绝望，在影子里徐徐下陷，伸着弧形的、无骨的白手臂。

"诗的末一句似是纯粹的印象派，作者说恐怕人家不懂——

你尽有苍绿。

"但是见到她也许就懂了，无量的'苍绿'中有安详的创楚。

"然而这是一时说不清的，她不是树上撇下来，缺乏水分，褪了色的花，倒是古绸缎上的折技花朵，断是断了的，可是非常的美，非常的应该。"

张爱玲以小说家的独到眼光，如同画家用画笔重勾了这首诗，而一经她解构，仿佛有一幅灵动的画，呈现在吾人眼前。然而倪弘毅何许人也？竟能让张爱玲费这么多笔墨点评，且赞为"出人意料之外的好诗"。原来也与胡兰成脱离不了关系。这倪弘毅，当时才二十五岁，他不是别人，正是胡兰成的追随者，晚年倪弘毅谈回忆说："我跟胡兰成关系不错。胡兰成有事情需要帮忙时，就会来找我。有一次他接见日本的重要人物，我就坐在旁边，日本人指着我问兰成先生：那位是谁？兰成先生说：这是我的得意门生。"事实上，倪弘毅确可算是胡的学生，1940年10月，他与高汉一起考入南京政府宣传部主办的中央宣传讲习所补习班第一期，时任宣传部政务次长的胡兰成正是该讲习所导师。年轻的倪弘毅对胡兰成甚为崇拜，他说："学员们对上述（其他）人员的讲课，未曾有感兴趣者，唯独胡讲课，人们都注意听，不稍放过。"又说他："既无讲义，又无书本，胡慢条斯理，滔滔不绝地大谈其资本主义世界的经济萧条与政治危机，列强的争夺与帝国主义发展的不平衡，一气讲了足有两个多钟头。"

对于这个"得意门生"，1944年7月，当他打入淮海省郝鹏举部接收《淮海月刊》编辑工作时，为提高刊物水准，胡兰成带着他拜访南京与沪上的名家，其中还曾屡次见到张爱玲。据倪弘毅回忆："我在张爱玲家吃过饭，张爱玲待我很好，她一看胡兰成手下的红人来了，待我很好。那时要张爱玲的稿子很难，我为朋友向张爱玲提出要稿子，她马上就写了《谈画》。"他说的朋友就是淮海月刊社社长高汉，张爱玲的《谈画》与《重逢》同时发表于《淮海月刊》，顺序上，《重逢》之后，紧接着就是《谈画》。因为胡兰成的关系，倪弘毅不但约到了张爱玲的稿子，而且屡次登门拜访张爱玲在常德公寓的住宅，曾得到留下吃饭的待遇，众所周知这在张爱玲的生活中是极为罕见的事。如此，张爱玲对倪弘毅的诗作《重逢》

刊出之后就撰文点评，予以高度的评论，则无足讶异了。

　　然而《重逢》这首诗，张爱玲只截引了一部分，由于张爱玲的评价之高，长期以来颇有人想要一睹此诗完整风貌，而皆苦于其不知出于何处。因为主编《胡兰成全集》的缘故，我在去年终于找到其出处，就是经胡兰成指导下，倪弘毅主编的《淮海月刊》革新号（1944 年 7 月）。这是一期特殊的杂志，社长与主编都是胡兰成的追随者，而所谓经胡兰成指导，自然由其化名撰写数篇文章，乃至其中作者悉数都与他有关，连作为卷首语的《淮海编译社成立宣言》，虽未具名，却也都是胡兰成的口气。意外地见到了张爱玲赞誉有加的《重逢》，现在终于可以完整录下此诗：

　　重逢
　　紫石竹你叫它是片恋之花。
　　三年前，
　　夏色瘫软；
　　就在这死市，
　　你困惫失眠夜，
　　我看你吞 Adren 两片，
　　脸部有石膏像的浮雕，
　　痛苦也消失了。
　　夜色滂薄，
　　言语似夜行车；
　　你说，
　　未来的墓地有夜来香，
　　我说种"片刻之恋"吧！
　　你的忧悒像深海的暗潮，
　　无言似妃格念尔的像；
　　看不到悲愤与苍凉，
　　以后你消失在沉默中。
　　三年，
　　日子像被袭击的商船，

沉重的漂坠；

你挣扎过来了。

而今年的夏；

黯然无色。

倦怠的人彳亍到贫困之街，

阿米巴及其麻痹使眼睛昏黑，

但以急促的步子默然通过，

你衰弱的剩余被发掘了。

当着朋友，

我未淌一滴泪，

心苦痛号叫；

你没有被灭亡，

换取了沉疴，

死生只差了一步。

你说，

去年渡海，

三个月又重返；

又徜徉在死市。

温暖走得远了，

疾病成了腻友。

自己，

你从来冷淡，

一些不含糊；

看一盂水之清冽，

病抑低你的语声，

说一句，每一个词儿，

像古庙堂遥远的音响，

扣碎心曲。

两个布制孩不还在你旁边？

看你无言的忧悒，

足足三年；

沉默与你一样。

可是，

冰层下你有岩浆的炽热，

它们虚无，

憎爱之洋溢系不住它们，

看寂寞的空气！

你在同代前殉节，

疲于喧哗，

看不见后面，

掩脸沉没；

生之呼吸也"片刻之恋"？

潮来掩没小草，

但有浅砂与阳光的时分；

虽惨淡淋漓，

有生命之招唤。

把片刻拉到永恒吧，

大水泛滥时，

尝试自己的招唤，

你尽有苍绿！

　　长达六十九行，像是一首对恋人的告白诗，而又像是作者内里的自述。此诗发表于 1944 年 7 月，而张爱玲的评论发表于 1944 年 8 月，真够及时的赏析。但《重逢》的署名并不是倪弘毅，而是莘牢。由此我们便可知，莘牢就是倪弘毅的笔名。如此便也破解了路易士主办的同人诗刊《诗领土》中的作者莘牢的身份，诗领土第五期即有莘牢的诗歌《荒城之月》。《重逢》中屡屡出现"三年前""三年""足足三年"，以及"你说，/ 去年渡海，/ 三个月又重返"，是在述说别离三年后的重逢，似在讲述倪弘毅东渡日本时与恋人分别后重逢的经历。说来这倪弘毅的经历，也着实奇怪。按他自己提供的简介：

1919 年出生于沪西金山泖港，1934 年松江全县小学生作文比赛名列榜首，1938 年抗战时在临海医药专门学校细菌室工作，后转政工队，因与国民党头目发生争执，于 1939 年到了上海，同年成为南京汪办中央宣传讲所第一期学员，1940 年到日本，回国后担任汪宣传部出版科长。在此期间结识中共地下党员陈一峰以及胡兰成、张爱玲、池田笃纪等人。1944 年冬季，在徐州参加高汉同志主持的徐州抗战小组，主要负责策反与搞情报工作。1946 年底到大连，任日报资料室主任，后任总编室编辑。1957 年涉右派，下放在北山乡，参与农事劳动，1975 年被召回大连，1982 年，平反恢复原级别，时届退休年龄，1984 年返上海，作为离休人员，一直卜居上海。

二十岁时就已在临海医药专门学校细菌室工作，从上海跑到了浙江台州，二十一二岁加入南京中央宣传讲习所，而后赴日本，他在日本大概待了三年，这是去留学吗，还是别有任务？回国后即担任汪政府宣传部出版科长，期间加入共产党，1949 年以后虽几番起落，竟也一切安然无恙，直到九十多岁接受了胡兰成研究者的专访。倪弘毅的身份与经历也可谓传奇。

《诗领土》中的《荒城之月》是一首短诗，兹亦完整录出：

荒城之月
几时扎起你清冷的光圈
是教堂摇晃的烛光么
你几度冷缩
映到神甫一脸的寒伧

你从炎阳照到寒冷
招来高原的风
吹着打颤的脸
流星一样地飘堕
堕到十字架头
于是你唤了

唤起他倾听

从半夜到拂晓

听了你一曲

悲凉的

乱世之吟

　　这荒城是哪里呢？是南京，是苏州，是上海，是每一寸中国的土地，此诗亦极状沦陷区之夜色，清光冷冷，而心无所安。以莘牢之笔名检索，则 1945 年 3 月的《文潮》月刊上也有他的一首诗，题为《秋的门口》，非特格调与《荒城之月》相似，而《文潮》月刊其他作者也很多都是《淮海月刊》与《诗领土》上的同人，据此基本可以判定这个莘牢也是倪弘毅。今将此诗也完整录出：

秋的门口

似黄昏影子的沉没

夏天默默地走出

高夜空

看见星子喘出

时分的残破

矮墙后的野麻

似女人消失半世青春之窈窕浓妆

狂妄的半身炫耀了小巷

屋角斜刺来的秋阳

把椰子似的大叶浇亮一方

衬着蓝空

一幅清淡的图画

轻轻抹出生涯之苍凉

偶然停泊一只临死的虫子

沉沉没有清醒

当着夜昏昏暮色的来到

弹九月失意者的恸哭

漫步过的

买熟水的邻女

嘴角边流出了低唱

是青春渴恋的悲怆

淋雨的日子

有秋潮泛滥时的湿味

麻叶吸蚀过多的水分

色度到苦绿了

虽还是蓬勃野气

但渲染了活着的空虚

似神女怀孕的空虚

空虚到中期生命之没落

而人的憎恶

无端也溜到它的身边

楼头失眠的少女

茫然看叶隙间滑来的

亮致的月光

墙间烟雾的舒卷

诉说

岁月之流亡

黑蜮蜮枝桿的摇摆

指着年青代忧悒的黑流

与季候

与这一代的人

在黑暗中萌长

清澈如秋花
但满爬了历乱
断伤的
饮恨的
疮疤

　　作于 1944 年 9 月 1 日的南京，写的应该也是南京的秋。有一种悲怆，但又很安静，忧色也是淡淡的。要说当时南京的生气，经过了大的破坏，而看起来现世安稳，汪政府成立四年有半，一切秩序或已恢复，然而整个中国在乱离中，所谓和平区也只是在日本人卵翼之下，对于市井之人而言或说不上惨荡与否，而世景再繁华也是别扭的。其"岁月之流亡"今可叹，而这一代的人"在黑暗中萌长 / 清澈如秋花 / 但满爬了历乱 / 断伤的 / 饮恨的 / 疮疤"。这或许正是沦陷区的一代人心之思。倪弘毅的心思也竟有如此之细，其抒之于胸的诗情如此静谧而使人不安。

　　目前所见，倪弘毅留下的诗不多，加上《苦竹》上还有一首，总共才四首，或许还有别的笔名暂不为吾人所知。而以现在所见的四首而言，诚不失为好诗，像是悬之于民国时空的一轮明月，或是南京古城墙上的一块残破的古砖，忽然掉落至眼前，却一点也不过时。当年张爱玲所谓"出人意料之外的好诗"，洵不为过誉也。1944 年 10 月，胡兰成主编的《苦竹》创刊，倪弘毅署名弘毅发表了诗作《开往北方的夜车》：

你轰然一声
上了荒凉的征程
到辽远的北方
那样急促地
我猜是古代彼得格勒流亡水兵的精舍
在你身上发作了

你抛弃了龌龊的
多嘴的市尘

像火线退下来的士兵
对市街只瞥了一眼
厌恶地摇头
摆着腿
一阵风往北疾走了

多颜色
多事的白天
你咒诅了
此刻是濛濛的黄昏
抹去了白日的纷扰
之后
黑夜即刻来了
驱走了太阳下的烦恼
此刻，在负起星光的晚上
你倨傲地
从南部到北方
作一路
一夜庄严的思想

你的轮子
像一条伶俐的马鞭子
轻轻拂上发着青光的
铁轨的面孔
一面走着
一面唱着初秋夜
森林中徘徊流连的笙歌
唱出你行经的
江水滚滚的黑流
广东辽阔的原野

逶迤连绵的山岭
和隧道那边的山腰里
冒着星火的小站

你慢慢地
从容地
唱呀唱了
唤出你自己的
北方安阑的归宿
而我
久已伤感的我呵
被你唱出的是南方
未完成的
碎乱的
落泪的旧梦

　　此诗题为"开往北方的夜车"，当为送别青年诗人夏穆天。苦竹第二期，即刊有沈启无署名开元的《十月》，副题"给夏穆天"，也提到北行车。《沈启无自述》说："1944年，周作人同我破门以后，我在北京无法立足，遂往南京谋生。在路过徐州时，碰见伪北大中文系同学冯春、傅韵函等，他们都在徐州工作，留我在那里玩两天。他们介绍我与当地文艺协会负责人高汉见面，高汉是胡兰成的追随者，他召集一些青年作家，举行一个茶话招待会。当时有几个爱写新诗的青年，其中夏穆天，跟高汉很要好，他们又请我讲演一次。讲的什么，现在已让不清楚，大约是讲新诗的问题。高汉曾打电报给胡兰成，让他来徐州相会，胡兰成没有来。我在徐州逗留几天，就去南京。"沈启无应胡兰成之邀南下是在1944年10月，途经徐州，而据他所述，夏穆天当时也应在徐州，他与倪弘毅交好，两人都加入了共产党，一起参与策反郝鹏举。这个夏穆天就是后来的河北师范学院教授与中国诗经学会会长夏传才。而当时的夏穆天为北京师范大学的学生，他比倪弘毅还小，当时才弱冠之年，倪弘毅《开往北方的夜车》与沈启无《十月》应该都是在当年十月夏穆天离开徐州返回北京时，为赠别夏穆天而作。曾经有人误以为夏穆天就是倪弘毅，这个疑问今天也终于解开。

夏穆天与倪弘毅都是诗人路易士发起的"诗领土"同人社的同人，在《诗领土》第五期（十、十一、十二月合刊）上《同人氏名录》中，两人的名字都赫然在列，不过倪弘毅用的仍是笔名莘牢。随着《重逢》原诗的发现，莘牢即倪弘毅也就白于天下了。三焦先生十年前访得倪弘毅先生，但后来失去了联系，今年倪先生应该102岁了，沪上君子可曾有人知其尚安否？作为政治人物与历史人物的倪弘毅，留下了他自身的传奇，而作为诗人的莘牢或终其一生默默无闻，但有过此几首诗，得到了张爱玲的好评，也足矣。

原载 2020 年 6 月 20 日《湖州晚报》副刊

竺小琳

笔名三响，女，2008 年出生，新昌七星中学学生。

和手机过招

假期生活的标志词是什么？自由？确实很自由，独自在家看电视，或者出去逛一圈，脱离父母，避开老师，自由到希望假期有三年。可是，我认为假期的关键词应该是自律。

学生生涯就如同一个游戏，不断学习、刷题就像玩家在不断提高等级，才能击败"考试"这个大 BOSS。既然有升级，必有降级，手机就是一个"阴间道具"，用完以后不知道是接地气还是接地府的毒药。学生总说，你看，我魔防都拉满了，区区毒药还能"药死"我不成？然而，确实"药死"了不少学生。

手机会对人进行无差别攻击，但并不是百分百命中，本人创造了学生界的奇迹——

这天，阳光明媚，深绿色叶子的间隙中能看到燃烧的太阳。大好时光，当然是来玩！我翻乱了叠得整整齐齐的衣服，搜寻了家中所有的柜子，终于找到了手机。按下开机键，随着一阵不怎么动听的铃声，我玩起了手机里的一些单机小游戏。可趴着玩，脖子太累，躺着玩，手又太酸。我下意识地看了看时间，天呐！怎么就过去了半小时？我一手翻开作业本，用另一只手按下手机开关键，放在书旁。我抓起笔，拔掉笔盖，奋笔疾书。可手机的诱惑实在是大，不一会儿，我又偷摸着将手伸向手机，但在触摸它的那一刻，我用另一只手抓住我的手腕，将它拽回作业本前。

于是，一场辩论爆发了。正方观点是玩手机，反方观点则是宁死不玩。正方说得口干舌燥，喝了两瓶矿泉水，试图说服反方，但失败了；反方不甘示弱，以作业威胁正方，正方无言以对。于是，我将手机藏进书架里，作业本翻了一页又一页，盖上笔盖，这场战争结束了，我打败了手机，并且赢得彻底。

这是一个自律的故事，一场与手机的战争。

原载 2021 年 9 月 9 日《中国妇女报》

拥　抱

小时候，每次放学我都会给妈妈一个大大的拥抱。特别是幼儿园的时候，放学铃一响，我总是最早被妈妈牵着出园门的。那时，我还不够高，只到妈妈的膝盖，不过，我也不重，于是，妈妈有时牵着我走，我一走累了，一撒娇，妈妈便会立即停住脚步，蹲下身来，将我双手抱进怀里，就像这样抱着我走。那时妈妈骑的是自行车，她坐在我前头骑车，我就坐在她后头，跟她讲着幼儿园里的事，双手紧紧环住妈妈的腰，因为手不够长，我的半个身子都贴在妈妈的脊背上。一路上，我们有说有笑，说着，笑着，就过了三年半。

小学那回，我长高了不少，但也没长太高。一二年级时，我才到妈妈的胸口处，我变得不爱撒娇了些，妈妈骑的不是自行车了，换成了一辆鹅黄色的电瓶车，后座那有个把手。我减少了抱妈妈的次数，一路上的说笑倒还是有的。

现在呢？我确乎是好像许久没抱过妈妈了。

这天，我试着抱了抱妈妈，妈妈和我差不多高了。我不用像小学时那样踮着脚尖才能抱住她的脖子。我发现她的皮肤变差了不少，脖颈上有了几条明显的皱纹，何况是脸，就像一座山，皱纹就像是山里的河那样泛滥、蜿蜒。双目布满了血丝，不像之前那样清澈了，但这丝毫不会阻碍妈妈眸中的善意和亲切。双唇不知不觉间裂开了许多处，这不是岁月的痕迹，而是风留下的深沉的印迹。我将头缓缓埋入妈妈的怀中。妈妈的怀抱不论过了多久，那份温暖并不会随着岁月流逝。

于是，我似乎又回到了只有妈妈膝盖高的日子。

原载《美文》杂志 2021 年 02 期

·

诗

歌

陈清波

笔名青波，浙江省作协会员，中国诗歌学会会员。20世纪80年代末开始诗歌创作至今。诗作散发于《诗刊》《扬子江》《中国诗歌》《世界诗人》《文学港》《野草》《当代华文文学》等50余家刊物。作品入选《诗探索年度诗选》《当代诗歌精选》《中国21世纪抒情诗精选》《宁波当代诗人诗歌选》《浙江诗人》《七人诗选》等。曾应邀编撰《中国廉政文化丛书》(韵文碑刻卷)。一级播音员。曾在新昌县广播站工作。现居宁波。

事物之中的鱼

月光树

既然是种植
时间就会还原树本身高贵的一切

当树的脚步开始移动
便是梦的脚步启动
重量、形状、色彩、声音和气息
向着澄明和空阔的腹地投胎转世
我赞美月光树植在南方和北方的
崇山峻岭，植在一个人
死去的记忆之中

为了写作月光诗
我打破逻辑
掘入善的甘甜的源泉
于是那棵皎洁月光下的树
关闭了空气、水和土壤的感观
以月光的名义存活着
并种植我的生活
种植出我高贵的渴望

梦之景园

我说如柳树一般我站在这里
这里气氛祥和　植物生长的细节都清晰生动
这里石柱和木板上的墨迹如燕子

飞着飞着就回落到了原处

这里，梦从来就不会止歇。穿过

周庄那翩跹的蝶群，在水的这边能看见

一处处的景致，安详平衡在和谐的状态里

有清澈的倒影在自然的水景之中

一脉金辉于夕阳下斜映于饱含山头的水面

有周身被红玫瑰及杜鹃花围绕着的我

正想采摘一些名义上的红

在一种疾病般神秘的微笑和准许里

把相见相知如初顷刻间送到在水一方的伊人那里

景园之中任何的你及你所显现出的景之秀雅

柔美与霞烟　仅仅是你虚幻景色的一部分

我同时可以想象　长风之出谷、雷鸣电闪的女神

那又是另一个你之影

大河狂飙的奔腾与小河的涓流也都是景

呵，景中之景

是景　那母亲就是理想之中的园中园

咽喉之鱼

这是表达主题最为无助困难之时

但这并不等于

我居住的身体内外无有海水

在小镇上，一些居民无论什么时候看之

或思之，那些染有小农思想的气息就会在

他们的脑海中作怪。当我试图

把心池之中的鱼放入城墙的内河

缘何我的咽喉不管触及什么

它都是那么地压抑　而且

浑身的符号像是被更换　或者
改变了一样。于是

某一天大雨滂沱
让我无奈地来到这小镇的边缘上
一处最为寂静而灵气充盈
福星高照的大小池边
在此我放声歌唱
那是什么呀？它突然会在水中
涌动激起层层浪花，又欢快
从水面飞跃而起让我目瞪口呆

是的，生活在事物相同相连的暗河之中
如果在精神的家园再次受到摧残
如果当隐匿无形的巨手再次
伸进你春笋茂盛的家园
即使万般的事物失灵或黑暗压阵
那么，不妨你也可以来到
这众人仰慕朝拜的圣地
仿佛，那颗无法被理解的心啊
即使众者被咽喉之鱼卡住了
无路可出，而你
也唯有你依旧会被水和空气、鱼儿
及诸多生命之中的元素
带回村镇和家园
在那里我们欢快地畅游着
并且生命啊从此并不感到孤独

事物之中的鱼

事物之中的鱼就是事物之中的事物
游动飞翔　假如不按照其积极一面的姿势
行进
那这样的事物就如同画框之中所凝固
的事物一般　事物之中的

事物　如果你是一种见解的持有人
或孵化者，那你就应该急速到一个池塘里
垂钓上
一条鱼，你就应该设想许多事物在它运行
的时候，它总是以你先前预定的那条
沸腾咆哮的活鱼为菜单及先决条件并成为
伟大之定义的。其实，事物中的事物
当我们在春夏秋冬在水草之中呃取一些
微不足道的浮游微生物之时
另一些鱼的持有者　他们安放在古典陈列室
里的精美化石对我们来讲都是无所谓的
或谈及有余的　而我眼下最想要去做的
一件事情就是重新把事物之中的
那条还没有发动起来的理念之鱼
再次放回到大海之中
让我们美好的信念不再成为一条
封冻观赏的鱼　由此深信
当我们依然真实游动之时　那些还在现实之中
存在的庙宇对我们而言是毫无意义的

原载《诗刊》2012年9月号下半月刊

东坡居士

从古至今
那是被手筛落的一些姓名和事物
仿佛，一个阴郁之人
在夜晚吟唱
让月亮没入水中
现实　浪漫地上浮
自然　就会进行叙事的胚胎

在海南诸岛，在琼州与
椰树芒果树的园林或
五指山脉　我没有看见更多
唯有当时光流动
原野山谷中的溪水涓涓而流
晚钟敲响　明月倒影于水中
一个人把耳朵贴近寺院
"放生池"的池壁，
灵魂沿着松树标记所指的
方向前行，那历史中众多文人
墨客诸多的话语自然会被
苏仙的诗文质问得心跳持续
我从不怀疑

原载 2013 年 4 月《中国诗歌》

万家灯火

情网

应该首先寻觅到点，一个人与事物相关联的
一个个点
它们皆可以形象地被称之为柔性叠合的十字架
此时，无数人在走动，形成的流水一样的
感觉及印象
也不必消除，就让他们在网的范围里
——这想象中的景中之景里继续走动
如同水流和网中物。然后，即便你有
身在不生茅草的野外无人问津的荒地之感
你还是能感到某种神秘莫测的暗光
在夜雾之中运行穿梭，让你就算
哑口无言也仍有活跃的猜测不为人所见地
在事物与事物之间做着与其并驾齐驱的直线
运动，其中可能还暗藏有另外几种运动方式
于是，一名未曾起身的探险御寒者分外留心
听猫头鹰在网状潜行潜影的格子里
暗藏机智潜伏下一座最佳距离的夜森林
在此，所有这一切最终成为理由和证据：
一事物在茫然时定会诞生
一双照亮自身的慧眼及其夜鸟啼鸣

乡村的云烟

起初是家家户户的炊烟
袅袅升腾后　便似一个人

水粉画里的云烟了　某个经典
画思画意的遗漏　携带一丝声音
渐渐远去低沉微弱了
野风吹散片刻云烟里的某种规矩
村庄被白茫茫弥漫成云雾一片
某支理想主义的笛音在其间亮出飞翔的
翅膀后也已消失得无影无踪

我呀真的是不甘心　仍在
云合云散　线条被晚霞笼罩之际
企盼某种神奇变幻莫测　揣测联想此刻
凡俗人间里的一片小叶子、细藤蔓
兴许亦感念云烟而在某处暗暗欣然
吐蕊　萌芽出某种新鲜异样的造型？
而我精神上的"废墟"似火山岩浆
重复堆积之后　未曾祈祷　此生
也还是自行寻求到了自身的希望之路
一条生路　在夜晚　在乡村以外
寻找到众群岛中的暗礁　立于岛中之岛上
看自然风景的人看见自己摇篮晃动的地域
之船上仍有唐宋风物在散发缕缕清香
乡民村庄的不死记忆里飞出再生
在世的火鸟　开始用我的喉咙鸣唱

森林之歌

唱着，听着她
起伏喧嚣地一浪高过一浪
渐渐地，昏暗之中一片片
晃动着的翠影远去

隐去了身影，隐去

打破了单纯传统思维，打破了

意义的形而上学，任凭一些鸟儿

掺进自己的歌唱

而森林之歌全体

仍在浪的顶端、云端上方

受自然电光闪烁雷鸣的邀约而遨游

天空虚无一片里的尤物

让人倾听，让人听见

飞翔的声音

万家灯火

不言说在天上，言说在人间

黑夜仍旧让它黑着吧

黑到最深处。飘摇浓重的黑经

就会与你结缘，像与我的尘缘未了

一样，钟情顾念夜色中

点缀着众多流光的表象

是与现实大地上万家灯火的结盟

亮的地毯铺向夜色混沌的遥远

我知道依旧会是你乘着夜色苍茫

如手执黑色玫瑰的暗影

轻轻向我走来。虽然

我仍旧看不见你，闻不到

你在那座城郭中沐浴时

所沾染的胭脂香气。我所见闻

仍是夜空中静谧不喧气味冷冰冰的星星

目极之处，终于众多

纷乱的影子也视而不可见了

一切流经，归属于既无声亦无息的黑
倘若那伪装的光从不剥离，我们
就不会在黑色中诞生
脱胎换骨的生

原载《诗刊》2016 年 6 月号下半月刊

何海玲

中学语文高级教师，国家二级心理咨询师，绍兴市作协会员，新昌县政协常委，新昌县作家协会秘书长。热爱生活，热爱阅读，努力在文字里优雅穿行，在尘世中诗意栖居。

致杨绛

远涉重洋，你们
沉溺于知识的汪洋
熟悉了柴米油盐的算式
你把每一个贫寒的小日子
写成一首首隽永的诗
黄昏陌生的街头，清晨闪亮的露水
都是生命慷慨的馈赠

重压也好，磨难也罢
你都微笑着接纳
你以柔弱的身躯撑起了一片晴空
你以海一般的胸怀
包容了一切的过往与无奈

你清脆的足音里
写满淡定，从容
是三月的田野里那一缕熏风
流淌着泥土般质朴的馨香

你100多年的厚重人生
如一朵莲
在岁月泛黄的书页里
永不老去

原载 2017 年 12 月 13 日《绍兴教育导刊》

乡村的早晨

被无数鸟儿啄醒的清晨
连空气都是葱郁的
水稻在耐心地拔节，抽穗
柿子树终于挂起了第一面中国红

一切都在优雅的梅湖里汇集
淡淡的月痕，碧蓝的天宇
风中摇曳的狗尾巴草
远方绿荫中的红屋顶

选择最美的姿态吧
把自己交给这崭新的黎明
挂一根鱼竿
与湖水深情对白

闲步，慢跑
与清风在耳鬓厮磨
打开书页
让清浅的文字在氤氲的花香里发酵

原载 2018 年 11 月 7 日《绍兴教育导刊》

在茶园，等一缕风（外一首）

时光静谧
拒绝了所有的噪音与杂质

排列有致的茶园
是大地的诗行
清丽，脱俗

远山沉默如画
小村庄的灯火
渐次苏醒
点亮了一个缥缈的梦

夕阳的余晖柔软，细腻
亲吻每一片
正在醒来的茶叶

无须言辞
更不必着急
第一缕柔嫩的春风
已经上路

立秋

秋天来了
大地在到处传说
在 17 楼封闭的等候中
我听见了

刀锋谨慎游走的脚步声
一度失联的骨头
终于握手言欢

我听见
那些隐秘的疼痛
在四处，耀武扬威

我听见
自己和无数人内心的潮汐
听见，窗口的梧桐树叶
亲吻泥土的声音

原载 2018 年 3 月 28 日《绍兴教育导刊》

在那梅花盛开的地方

在那梅花盛开的地方
是我们可爱的家乡
稻香在古老的村庄里穿梭
四季的鲜花吹响了幸福的号角

每当季节的寒风
裹挟着成堆的期盼
每当黏稠的黄泥饱受雨水的洗礼
空气里便浸透了梅的芬芳
田野上到处传诵着梅的佳话

那笔直的枝干就像红色的标语
直窜到了蓝天之上
把一份铁骨铮铮的豪气与胆魄
把一首首励志的诗行
把曾经荡气回肠的故事
写在了清明的大地之上

在那梅花盛开的地方
是开国少将沙风的故乡
钢筋水泥的碉堡里尘封了当年纷飞的炮火
却无法尘封您戎马一生的赫赫战功
您用血热之躯给家乡带来了光明与希望
身披战袍，您过家门而不入
却把最后的心念
都系在一个梅花盛开的小山村
满山坡灿灿的梅花哦
都是您深情的目光含泪的嘱托

枕着水的涟漪燕的呢喃入梦
梅一样清香的品格早已流淌
在每一个梅林人的血液里

获 2021 年浙江省第十一届"中国梦·故乡情"乡村诗歌大赛三等奖

孔庆丰

笔名（网名）孔小尼。吉林扶余人，现居浙江新昌。曾为高中教师、纪检干部、企业管理者，现为杭州某高校兼职副教授。20世纪90年代开始习诗，在《诗刊》《星星》《南京评论》《诗江湖》《青年诗人》等文学刊物、媒体发表文学作品300余篇（首），著有诗集《含羞的情人》《另一半隐喻》等。

巧英^①山水三十行

巧英，是栖居江南山水的
一阕宋词，冷艳的风景串成珠链
婉约派的心思来小小的庭院，张望
满树绯红的桃花保持羞涩，不忍离别

春天，一场深刻的挽留
一种巨大的宁静，结束了
生活之城的兵荒马乱
灵魂在肉体中归来，而归来的
是梦境中永恒的自我的鸣奏

白鹭的翅尖掠过竹海，加快了
无限消逝的来临，生命再一次
"没有惊叹也没有胜利，
而仅仅是被朴素地接纳"
有必要对虚妄的光阴申明
愿意生愿意死的地方，仅仅是这里
现在和曾经的雨，从广阔的虚无中
悄然落下，神秘主义者的面容

山脚下寂静安详的水面，试图止住

通向深邃的崩溃和泪水
远古的传说，让人爱上巧英的夜色
爱上山坡顶端碧绿的茶园
秘密就在这里，隐遁的静谧在这里完成
永无止境的意义和形而上的不朽

仁慈的誓言召集廊桥旧梦②
和亘古不变的人性沉思

解甲归田的徐偃王③，宽容并收留了
原本颠沛流离的江南烟雨
叫作"莒根"④的杜鹃花，把绚丽的乡愁
开满曙光的山崖，那些低沉的火焰
不再仅仅具有世俗的美学特征

注：①巧英：乡镇名称，位于新昌县境内。
②廊桥旧梦：巧英景观名称。
③徐偃王：西周时一小国国君，修仁行义，率土归心，因见乱世害民，遂毅然率部南下，遁迹于巧英。
④莒根：即巧英乡莒根村，因偃王之封地在"徐"，据此谐音而得名。

原载《绍兴诗刊》野草增刊 2014 年下半年刊

梁相江

　　笔名梁子，1990 年毕业于杭州大学历史系，2000 年北京大学 MBA。先后在《文学港》《人民文学》《芒种》《鸭绿江》《辽河》《安徽文学》《国际诗坛》《诗参考》《诗选刊》等发表作品并入选数十种选本，现为《诗人地理周刊》执行总编，《绍兴诗歌选》（2011—2020）主编，文艺丛刊《天姥山》主编。系浙江省作家协会会员，新昌县作家协会副主席。个人诗集《南酸枣语》由百花洲文艺出版社出版。

大雨就要来了

在北方

少有这么柔美的山

这么清的水

我在山涧呆坐

我在找一个词

来形容溪水中的水草

想来想去

也只有一个词

干净

小鱼儿越来越多

在鹅卵石与水草间穿行

我就想到子安来就好了

她最喜欢和小鱼儿玩

她说不行

整个暑假都不行

学校规定不准出省

她在各种培训班兴趣班间

穿行

大雨就要来了

大雨马上就要来了

大雨一来

就可能有山洪

危险来临

我不知道怎么告诉这些鱼儿

这让我着急

而我又必须在大雨来临之前
赶回市区

2021 年 7 月 10 日于野三坡

老单身汉之死

柏拉图

一位即将步入婚姻深渊的学生
发出邀请
年逾八旬的柏拉图欣然前往
当众人在欢声笑语中
共度良宵时
老柏拉图退处屋里
一个安静的角落
在一个躺椅上
小憩
酒宴散场
当疲倦的人们
过来试图叫醒他时
他已安静地
把小憩改成长眠
整座雅典城哭了
仿佛一夜之间
一座城
变成了一片墓地

亚里士多德

父亲是宫廷御医
自己又是未来领袖的导师
从出生地色雷斯来到雅典
亚里士多德
度过人生中的辉煌岁月
一边讲学
一边著作
并周游世界
亚里士多德讲课
常常漫步于走廊和花园
因此被称作逍遥的哲学
漫步的哲学
公元前 323 年
亚历山大突然死亡
作为亚历山大的老师
和坚定支持者
亚里士多德被指控
反对祈祷和对神不敬等罪名
为了不重蹈苏格拉底覆辙
也不愿意看到雅典第二次
犯下对哲学的严重罪行
他选择逃亡
并选择自己的方式
在哈尔斯基服毒自杀
一部古希腊百科全书
就此徐徐展开

培根

从伦敦前往海洛特
一边骑马
一边思考一个问题
用雪覆盖的肉体
到底能保存多久不腐坏
这一发现
让他浑身发冷
无力
但他没有放弃
继续着实验
他人生最后的实验
1626 年 4 月 9 日
培根死了
享年六十五岁
虽有过短暂婚姻
未能留下子嗣
他在遗嘱中写道
我将我的灵魂赠予了上帝
将我的躯体随意埋葬了吧

斯宾诺莎

1677 年
对于斯宾诺莎来说
剧终的一幕到来了
他才四十四岁
他的家族有肺痨病史
而他一直租住在

狭小的空间里

在充满粉尘的环境下写作

他的呼吸越来越困难

肺部在衰竭

他安于早逝的现实

只是担心

他生前未敢出版的书

死后会丢失

或遭到破坏

他将手稿

锁进了一张小小的书桌里

当詹利乌威茨

阿姆斯特丹一个出版商

赶到

斯宾诺莎已经走了

房东转交了

他临终前托付的

书桌钥匙

伏尔泰

他渴望死前去巴黎看看

他说他要做一件蠢事

没有什么能够阻拦

他启程了

穿越整个法国

他的马车到达首府时

他的骨头都快散架了

他见到年轻时的朋友让泰尔

第一句话是

我是放下死亡来看你的
第二天
到他房间的访客达三百人
每个人都希望他的瘦弱的手
抚摸他们的额头
他去法国科学院
夹道欢迎的人们
爬上他的马车
将沙皇叶卡捷琳娜
送他的贵重披风
撕成碎片
留作纪念
那时巴黎的剧院
正上演他的戏剧
伊蕾特
他身体极度虚弱
却不遵医嘱
非要亲临戏院
热情的人们
大声欢呼
淹没了舞台上演员的声音
这位八十三岁的老孩子
在巴黎
几乎天天成为一个事件
让当时的路易十六
都感到嫉妒
1778 年 5 月 30 日
他终于走了
却被拒绝葬在巴黎
他的朋友

让他阴森地坐在车上
连夜出城
假装他还活着

康德

把一生
活成一枚规则动词
康德做到了
论精神凭借坚定意志克服病痛
康德做到了
当他身着灰色大衣
手执拐杖
走出家门
朝菩提树小道
现在被称作哲学家之路
出发时
邻居们知道
是三点半了
一年四季
无论风雨
每天散步
老仆人兰普
则夹着一把伞
天天焦虑而谨慎地
跟在后面
成为象征
1724 年
康德生于柯尼斯堡
直到 1804 年 2 月 12 日病逝

世界那么大
除了柯尼斯堡
一辈子没去过其他任何地方
康德做到了

叔本华

陪伴叔本华最后岁月的
是一条小卷毛狗
叫阿特玛
镇上人喜欢叫阿特玛
小叔本华
英伦花园
是叔本华常去的餐馆
每次吃饭前
他会从口袋里掏出一枚金币
放在桌上
吃完饭
又放回口袋
每日如此
让人百思不得其解
尽管年事已高
晚餐时
他总会忘情地吹起长笛
感谢时间
让他从青春的火焰中解脱出来
1860 年 9 月 21 日早晨
他往常一样
独自进餐
身体硬朗

一个小时后
女房东发现
他还坐在桌边
但人已经死了
桌上放有一枚金币
没来得及放回口袋
阿特玛则不知去向

斯宾塞

有时候
真正了解你的
懂你的
不是你的爱人
不是你的朋友
而是你的对手
你的敌人
当他的著作
第一原理出版
原先他的忠实读者
粉丝
纷纷取消订单
拒绝付款
斯宾塞几乎为此破产
一度放弃写作
这时
人类历史上鼓舞人心的事件
发生了
斯宾塞的劲敌
穆勒

给他写了一封信
肯定斯宾塞的作品
并号召自己的粉丝
购买斯宾塞的著作
可斯宾塞并不买账
要知道
此前
穆勒一直把持着英国的
哲学高地
斯宾塞用四十年时间
战胜贫困和病痛
让综合哲学全部付梓
1903 年斯宾塞去世
关于为什么终身未娶
他说
在这个世界上的某个地方有个女人
因为没有做我的妻子而获得了幸福

尼采

1889 年 1 月
都灵
疾病给予尼采
最疯狂的一击
尼采中风了
几乎失明的他
跌跌撞撞回到自己的阁楼
仓促地把几封信写完
给瓦格纳的
他仅写道

阿里阿德涅

我爱你

给布兰代斯的信稍长

以被钉死者署名

给伯克哈特和奥弗贝克的信

如此荒诞

以至奥弗贝克匆匆赶来救他时

他正用双肘猛击着钢琴

带着酒神般的狂喜

歌唱着

喊叫着

然后进了疯人院

最后是母亲和妹妹

接他回家

他偶尔清醒

但更多时候清醒被时间淹没

当人们谈起他的书

苍白的脸上会突然泛起红光

1900 年尼采大喊一声

上帝死了

然后他也死了

死在魏玛

原载《湛江文学》2021 年第 6 期

娄国耀

　　男，浙江新昌人，浙江省作家协会会员，毕业于浙江师范大学中文系。有《在最深的呼吸里》《辞君向天姥》《月在沃洲山上》等著作出版。

娄国耀

烟山行（组诗）

上下宅、中宅、旧里都是新昌县回山镇下辖行政村。回山镇地处新昌南端，西与金华市磐安县毗邻，南与台州天台县接壤，平均海拔412米。回山地区因四围皆山而古称围山，历代相称衍化成"回山"两字。此地每当夏秋早晨，山谷中层云迭出，经朝阳照射，状如彩烟，故又俗称"烟山"。

上下宅：彩烟之上的日月清风

我确信，彩烟之上一定还有日月清风
为何，我从道南中学的门前走过
或醉，或醒，分辨不出你的草木山水

此刻，我必须蹑手蹑脚，尾随你的足迹
进入墙陌的深处，一定还有被遗落的姓氏
在褪色的岁月里，依然还在花开花落

徒步时光，那棵村后的大树，从冬天出来
接着又回到冬天，从弥漫的夜色里
收拾了春秋的鸟鸣和岁月流逝的风声

伫立在彩烟望族的匾额下，无须言说
那些熠熠生辉的风华，在我的指尖盛开
此去经年，老旧的村庄，现在静谧，安好

中宅：今天，我邀你入诗

靠近你时，其实我已经听得见岁月的风声

在呼啦啦地吹，如你门廊下的风铃
那舒缓的叮叮当当，轻敲慢慢老去的村庄

是啊，当我手抚你村前的护栏
屏息，闭眼，一些喧嚣，一些汹涌
在你的村口，那条路上，纷至沓来
是的，无论从哪个方向走来，对你
我该对你赞美些什么，在你逼仄的墙角
我此刻应该是，呼吸着你的呼吸

从西园公祠出来，我突然发现你
你的时光从来不曾消失，也不曾将你遗忘
一些故事，总温柔地降临于我的身边

今天，我邀你入诗，让那些旧时光
在村前依次走过，等待草木再一次枯荣
在这人间，有些话，我们可以选择不说

旧里：黎明在轻烟之上静静而歌

我是循着苍茫的风声，寻你而来的
在烟山台地，我以为
穿过那些低矮的松树林
就会遇见你，那些浮动的黄昏

芍药花开在墙角，你是不是想提醒我
一场大火留下的硝烟还在弥漫
那些来来往往的日子，慢慢老去
唯独三百年的枫香，仍叶绿枝繁

是的，你有许多的故事，我必须
多一些赞美，穿过你晴晴雨雨的天空
这时候，气宇轩昂的庙殿在静静地听
所有的植物，都将竖起它们的耳朵

这样的时候，村庄总会寂静祥和
你的每一条小巷，都是通往田野金黄
你的每一个时辰，都在携云带雨
你的每一个黎明，都在轻烟之上静静而歌

获 2020 年浙江省第十一届"中国梦·故乡情"乡村诗歌大赛一等奖

骆艳英

女，浙江省作协会员。20 世纪 80 年代末期习诗，20 余年后，与之重逢。作品见于《星星》《诗歌月刊》《诗江南》《延河》《山西文学》等。著有诗歌合集《越界与临在——江南新汉语诗歌十二家》(2013 年)，辑有个人诗集《鹿鸣呦呦》(2018 年)，诗集《从树皮和苔藓中诞生》(2022 年)。有诗作获全国性诗歌大赛奖项。

骆艳英

夜聊（外一首）

天冷，我抱着被子
他在床边给我说鬼故事
说奶奶去世时
天下着大雪
奶奶的躯体像一块巨大的砖
被殡仪馆的人扔进炉子
砖不会痛
那痛却在他心里长出来
也难怪，
他心里有泥土，又泛潮
到半夜，那鬼从床下爬起来
它走路，说话，还坐到床上来
叫我的乳名
半夜，我被一只鬼温暖着

这可怜的人

这可怜的人
再一次在镜中忘掉自己
镜面上只剩下雾霾
向他呈现城堡的牙齿
他把脸贴过去
风吹起旧时光
他什么都不用想
天气会怎样，木槿树上停着几只麻雀
周日烘烤箱里的面包，爱情有没有来过……
这寂静的时刻降临

唯有忘掉自己是个可怜的人
他才有可能成为幸福的人
成为一个再也不喊疼的人

原载《诗江南》2015 年第 1 期

文成书

1

现在，每一座山都有了火焰的肤色
每一只铜铃都被山鸟的鸣声摇醒
壶穴众多，隐匿在树木深处
不知何来，不知何归

然而，壶穴自有它的形状
在山谷与山谷，星光与明月之间

它们迁徙，走失，相聚
一次次抱头辨认，以泪珠

倾尽全力的碧绿，一颗一颗
挂在昏暗的悬崖

一壶提着一壶，一潭连着一潭
不同的情节却在相似的梦境呈现

由此，我确信自己闭上了双眼
听见泉水将一壶山煮沸

2

"一路狂奔而去"
其实不用这么拼命
像英雄无处还乡

水与水连在一起
必须是白的颜色
必须是整块丝绸折叠九次

"一瀑秀，二瀑奇，三瀑诡"
三潭三瀑，百潭千瀑
仿若帝师的布兵之道

素练挂空，变幻无穷
只是早已预见了自己的粉身碎骨

到了这里，
一切只接受自然的安排：
夜晚只为火焰存在
秋天也只为保管这些树叶
而古道，依旧错落在低矮的草丛

十一月，逶迤，辽阔
采集凛冽的气候与无边的斑斓
词语复述着羽毛与青砖
旧日子从脚底浮上来

露出炭火与嘴唇

需要一担盐挑在肩上
需要一双脚遇到岭脚的哑巴
需要盐粒飘忽不定的闪烁
拨亮古道一身的黑

一路红枫，甚好

3

留一块青砖给村庄
再留一块桃花石给算命的手掌

"来来来，递一杯酒给月老"
这座山，除了月老
还有一万朵妹妹

4

去文成老车站，有一趟车
可以到达帝师故里
车费计 40 元

掐指算来，40 元足够消耗
一对鸡翅，两块牛排
外加几只甜甜圈

谋臣，名士，神
我要去见一见机关术的主人公

如何在奔命的狼烟里
获得一个王朝的梦境

只是他来不及修建地铁
（傻鸟，没地铁照样玩穿越）
来不及举办奥运会，甚至
来不及替天上的星宿买下一块地
然后坐等发财

原载《诗歌月刊》2018 年第 5 期

11 月 26 日：会饮西白山

1

这因火裂开的山体
如今却被榧树林看守
巨石，青苔，冬虫
只拥有一条围裙的白雁
……
仿佛神赋予的一粒粒种子
在尘世重新获得居所

2

为何叫她榧子
为何火山也没能将她摧毁

为何黑雪的躯体里
我尝到的却是她野火的香味

3

冷风吹来细雨，也吹来
"我们身上爱的森林"
众多的伞，撑开火山的音乐厅
那是谁的二轮摩托
熄火在词语的喉咙
我个人的虚无主义：
鼻尖的温度已被西白山吃掉

4

而实用主义的客厅里
波光重现。我们似乎靠得很近
其实，却比傍晚远
比还未到来的夜，更远。
此时，离我最近的只有胃：
复述着榧子的饥饿与她的生死旅行

5

"如此幸福的一天"
经络的衣针穿过榧子眼
她的眼与我们的眼如此相似
四顾茫然，无处慰藉
这一天，不相关的事物
都不存在，不相关的山脊线

穿过同一天的雨水

魁星，临岐一跳

终于，他们戴上面具
等待着被鼓点赶往《思旧赋》
红脸，黑脸与白脸
面具背后，是他们
彼此张望的复眼
伟大的魔鬼，发明了黑夜
它用一只脚跳进了酒香
另一只，我没看到
假面舞会的悬念太过坚硬
破碎的星星与皇后
观星术不过偏差了一分
那美貌却已受困于画皮

原载《山西文学》2019 年第 3 期

她赤脚跑向十九峰（组诗）

1. 一颗，二颗，三颗……十九颗……

它们彼此相连，远远望去
就像一排刚刚出土的牙齿
紧紧咬住天空
一颗，二颗，三颗……十九颗……

你依然可以数下去
在阿拉伯数字的递进中
数出陨石，板块，恐龙，白垩纪
数出矿藏，水光的油彩
丝绸的折痕，以及江南的烟雨
那瓦蓝的弧度连接起来的遗韵
这岩石的博物馆，美的诗经
时光摁在大地上的一枚印章：
冰火在第三纪砂砾层
交换变迁的信息
乃至三角形的倒影
近似于另外一颗星球摊开的词典
那幽谷的深度——
不断向上攀爬的溪流与抒情
这棋布的丹霞，黑夜里的灯盏
在大地上狂奔不息……
而最后一颗是否真的存在
像一座彻夜未眠的村庄被你热爱
终究成了一个悬念

2. 坐上小小火车，带你去看十九峰

一列小火车
顶着工业时代的蒸汽
从方言无法转译的鸟鸣中
——滚滚而来
如同一个来不及做醒的梦
在钢轨与枕木彼此咬紧的睡眠里
它获得了自身的积雪与呼啸

经过左于村的时候
一条江使它拐了一下
从左边拐到右边
江堤也在设计师的图纸中
获得了归隐的龙鳞
到了这里，尘世已被推远
像一节一节车厢
驶离站台时的背影
被一条环形的轨道
遣返给两岸行走的水草

3.草坪，喊泉，狐巴巴

泉水被喊。隔着一座幽谷
蝴蝶是否被寂静听见
我想象自己正在变成一只蝴蝶
一只向夜晚与篝火致意的蝴蝶
一只面临危险的蝴蝶
它翅翼的薄与透明，它的斑驳
不被泉水所见
更多的喉咙并未将歌声升起
草坪也已收紧蟋蟀的鸣声
狐巴巴隐匿于星球
不存在的第三只眼睛后面
蝴蝶的翅翼
鼓荡着一段旧事寂静的部分

4.深秋，在十九峰的背面数山峰

就这样，想起我们曾经是谁

天还没有完全黑
但是，月亮已得知将会发生什么

也是深秋，深秋总是让人记忆深刻
像似漆黑的枕木突然明亮
像似飞雪疯狂，正被一列火车从西伯利亚运出
而芒花，只在风中调整了一下方向

我们还碰巧看到过四顶斗笠
戴在南方的稻草垛上
从旧式的雨具过渡为新农村
对气象的设计

碰巧，还有一池枯荷
在深秋的肺里等着我们赶来
难以控制的一个喷嚏
打在辽阔的田野
像油彩泼向画布后的杂音
在听诊器里吱吱震响
直至一排山峰，从早雾中出现
像一把白垩纪刚刚哺育的牙齿
咬住崎岖的天空。最后
要谢谢你把不存在的一颗指给我看

2020 年，获绍兴市"行走乡村、文化润乡"文学征文大赛三等奖

来自西塘的倾听，辨认与呈现（组诗）

1. 西塘纽扣①

这光扣，恰似沉潜于西塘水波里的一轮圆月
照亮你心底的旧记忆，有点潮湿，有点泛黄

是唐诗宋词里越滚越远的句号
别在地老天荒的衣襟，如珍珠，如宝石

将春秋与流水纽结在西塘，将唐宋与瓦当
飞檐与明清相系于西塘

如悲风中的梅树在寻访翠鸟圆润的鸣叫
如胸针的暗眼在回首一幅水墨的丝绸

西塘的纽扣，是一枚浓缩的地球送给水乡的礼物
她错综的盘扣，将青衫与诗经装订在一起

那回味不尽的纽襻，丝线，扣眼
将西街与河道，石皮弄与种福堂，粉墙与黛瓦
一起紧锁于时光的烟雨

注：①西塘，中国纽扣之乡，全球一半纽扣来自西塘。

2. 二十四个下弦月，二十四根白玉条

给它青石板，梅树，鸡鸣里移动的行人
给它傍水的美人靠，夜空中孤寂的星辰

给它词语的苔藓，弯曲的野烟，织满细雨的乌篷船

二十四座古石桥静卧在九条河道之上
如同二十四个下弦月，二十四根白玉条
西塘的流水掩盖不住对它的挽留
好比陈子良策马扬鞭时对晚晖的频频回望①

那份不舍与依依。从他乡赶来的游客
一边眺望隐隐青山迢迢水
一边效仿古人，斗酒桥头压水平
偏偏委屈了那春风黄鸟
空对着杨柳岸下哀愁的绿波与江楼

为邀请与送别构建的水乡
无论桥上还是桥下，总看得见
有人提着红灯笼在桥洞里侧身飞翔

注：①化用唐朝诗人陈子良诗句：日暮河桥上，扬鞭惜晚晖。

3. 为水失眠的西塘

我赞叹这柔肠百结的水，是如何
以她的轻拢慢捻引出花窗，古树与街巷
并与西塘的忽隐忽现互为梦境

更远一些，尘世的灯火也浮出了烟雨
让人怀疑，种下红菱的春秋
是朝代与朝代的分野，还是
气候学意义上季节的衍生

或者，翠鸟已代替我
向伍子胥的眼窝捎去问候
那从水中捞出的过往与现世：
斜塘是她的名字，平川是她的名字
吴根越角是她的名字，越角人家是她的名字

直至吴语翻译出她的静美与逶迤
我发现这更像是一次精神探险：
纤细，辽阔，曲折，清澈，从容……
足以洗去她一生的风尘

4. 西塘田歌

请你一定要带上心爱的妹子
走一走西塘，她的温婉与忧愁
像月光中迎面落下的花瓣
你要伸出双手，接住她的缓慢与轻柔

几株沿阶草埋首于青石板的幽绿
风吹过来，从石皮弄纤瘦的西头
如果妹子贴耳过来，你要唱给她听：
水中升起的月亮，草丛中一闪一闪的萤火
请你一定要到西塘的酒吧坐一坐
带上心爱的妹子，把悲欢交给廊下的暮色
也可以交给新酿的米酒
子夜歌的河网里，你是远去的一株白梅
也是幽暗中到来的一道柔波

5.明天见，西塘

好在有这样一长溜廊棚
搭建在濒临黄昏的旅途
廊棚之上，有悠闲的云朵，有薄薄的烟雨
盛夏的右手边，河水抱紧了月光
不知道有多少蛙子，此时
要把内心的管弦弹奏给荷塘
我想再一次走进临河的灯火里
倾听月光敲击陌生的屋顶
这声音多么慈悲
夜色越来越深，我却越走越慢
我想与靠背长凳一起留下来
跟尘世说一声：明天见
也跟尘世中的西塘说一声：
明天见——

原载《星星》诗刊 2021 年 12 期下旬刊

吕来燕

吕来燕

笔名雁儿在林梢，浙江新昌人，绍兴作协会员，原创诗歌选入《浙江诗人》《天津诗人》《野草》《钱塘江文化》《鉴湖》等。

安吉相逢在七月

看到安吉字眼，让我回荡起了
八年前。铿锵有力的声音
瀑布群里，飞溅起来的水花
颤动整座山谷。浸淫在水的喧闹里
整个身子都迷魂的，忘了出口的方向
顺着，吴昌硕题的"藏龙百瀑"
才找到了来时的路

江南天池。储存了和西湖一样的水
和西子湖一样的羞涩
它矗立在，高高的天荒坪
在七月的晚上，如果没有雨
璀璨的星星，让你从低低的尘埃里
开出迷人的双眸

安吉的竹林。一直带着绿色的温柔
无论我走近，或者离开，向我敞开
它都沉默地驻进了，我的灵魂
在这个七月，和诗歌有关的季节
再一次激起，我的每一条纤细的动脉

2016 年获第四届"禾泽都林杯——城市、建筑与文化"诗歌大赛优秀奖

新昌风光（组诗）

想在彭顶山虚度时光

想在彭顶山虚度，比如低头看湖
顺着龙吟台的对角线，看一株树在水里游荡
惊起的撩拨声，迷离了文王岭

比如在苦槠树林踱步，消磨
叽喳叽喳的鸟语从我头顶飞过，鸟巢的方向
是我怅然的目光，内心荒芜

比如呆坐在岸边的石头，繁花岛抛在一边
听呼啸而过的山风，吹来，吹去
和我的身心一样，欢畅自由

在半亩方塘里攫取晚霞，跳一支和湖水一样
晃动的晋朝舞
一直追逐到星光满天，寻觅猎户座的轨迹
和一夜无眠的对白

杨树坪，七彩森林

这个初夏，一条晋朝平仄的古道被时光所替代，在通往高高的
山岗上
流动着更多的白云

杨树坪。把城市喧嚣挡在流年之外，
坐拥着自己的江山，在山顶的云雾里

李树身怀暗胎，不理一池的蛙鸣

青山翠绿，荡漾着被尘世割离故土的伤口
被移栽折腾的命运
收集着雨水，在此疗伤
山风轻轻一吹，重生

树和树之间牵手，对视，相遇
像乡村爱情的意合
用一支笔描绘出一片七彩森林
此刻，我像一只从梅溪湖归巢的白鹭，欢呼雀跃
与世外隔阂

尚诗堂

呆仁，路的尽头。是千年驻守的千坑村
烟涛缥缈处，伴着一袭春雨
浸湿。带来无尽的青山缭绕
可以静下来，可以倚木窗前
可以坐在秦汉楼上，寻觅秦时的一轮月亮

一条潺潺的溪流，从山巅滚落下来
在屋旁的石梯上。每一个晚上听星空私语
每一个清晨都心神气爽
给我以静穆清新，想象我是隐居山林
过好这一天，不负这尚诗堂的一草一木

这流淌的水啊，这满山的青翠欲滴
是乡愁的绵绵呼唤，是缓缓归来
心从未如此洁净，山居荡漾原始纯朴的颜色

我想我们是幸福的。可以避开喧嚣
一伸手可以触摸书架，一坐可以写一首诗

芹塘的枫杨

水口庵前的枫杨树，是最古老的
慈颜，看过沧海桑田
看过往事的离开，听过菖蒲和水芹的私语
我也会走远，远到你每年不停地在村口翘首探看

划过 165 道年轮，从那个春天到更远的春天
皲裂的树皮，写过一截又一截情书
江东才子罗隐来借宿　引得
疯咬的蚊子，只藏匿在竹林深处

今日，我与你同着春衫，同看溪前的春山
和满枝的鹅黄细语，系着的红丝带是我前世的标记
指引我找回宋代遗落的绣花鞋

原载《野草》2019 年增刊

寻金庭李花而来

我们寻金庭李花而来
1600 年前的石鼓寺在翘首

翻阅寺庙的沧桑

从东晋到明清的香火鼎盛
到脚踏花岗岩铺成的虔诚
说不清羲之和许玄度论了多少诗

阳光钻进千孔的紫色背心
热烈地和我的每一节骨骼触碰
和一朵一朵的李花相拥

李花便有些醉了，无从招架
低垂羞涩，隐约间跳动的音符抽出了微小的绿意

原载《浙江诗人》2018 年第 4 期

在海边，一条鱼穿过岱山岛

1

在海边，想象我是一尾鱼
眼泪洒在东沙角青石板的缝隙里
晃动着古镇三百年的悠悠时光

潮汐里有着原初的生命力和各种情绪
自主呼吸。表达自己的悲喜

自赎是唯一的选择，我的泪汇聚的是一个人的岱山岛
没有人来分散命运

2

置身坐在岛的一角，任海水打磨四千年的时光
涛声起伏，邂逅一根根船桨
爱的语言从暗夜里吱出声来，怀想诗和远方

望得见蓬莱仙岛的日子，就是安静的日子
远离尘世的喧嚣繁杂，纠结和郁郁寡欢
任盐的咸涩味流入血脉之中，不断膨胀

布道者的呐喊，旧银器和经卷
在北纬三十度盘旋窃窃私语，或许是个谜底

3

鹿栏晴沙一意孤行地站在海边
看海的广阔无边，我的祈福像阳光一样，洁白无瑕

潮涨潮落如一根绳子，一边系着湮灭，一边系着春秋
按住内心，不让它泛滥暗涌，隐退到时光深处

4

凌晨，在一次潮水中惊醒
星星归隐，月亮归隐，日出自海面升起

欣喜若狂。感动像一粒盐，晶莹剔透的泪光
瞬幻的云彩，在沉默里发芽，谁也无动于衷地
目睹这场穿过云层的缠绵

5

潮汐里布满咸涩的水，交换出的一粒盐
来自液体的骨骼，暗语锋芒，起伏跌宕
想过一些绝望和赴死的词语，最终被一波浪花吞噬

表面，在月亮下闪闪发亮的海水
隐私的纸页，写满内心的挣扎和引而不发的痛楚

6

闭上我长睫毛温柔的眼睛，倾听划过海上鸥鸟的尖叫
内心被大海充盈，需要一滴水理解我的无知
奢望遇见另一条小尾鱼，喊一声美人鱼就心碎
在耳边边轻轻呢喃，海誓山盟
打动天和海，交叠合一

7

潮水隐退，犹如收回燃烧过的身体，激情和澎湃如烟花般消逝
突然间感到寂静，捡一枚有思想的贝壳

抹平眼眶涌出的海水。有潮水冲积过的痕迹，诗意回想
一粒一粒珍珠间深情的鳞隙，安放自由的灵魂

8

浪花一朵朵，在激情时满足欲望
从心底开出灿烂的笑，没有一朵是沉默寡言的

浪花想着爱情，必须要歇斯底里的爱
被大海拥在怀里，疯狂覆盖整个海面

9

岱山岛是一片大路遗落的桑叶，是原始帝王的原始梦想
一个长生不老荒谬的念头，托起了一座蓬莱的雅号

秦皇遗石和海水的千万次撞击，藏着不朽仙丹的秘密
攫取猎户座和银河的轨迹，跳跃的音符在轻轻拨动海螺的耳朵

10

磨心山的佛光，磨去浮躁的江湖，在海面上站成一株菩提树
一圈一圈盘旋出博大精深的禅语，为在尘世里一万个寂寞的灵
魂，排毒

岱山的蔚蓝星海，悠闲自在
漂浮的云朵，和岱山的天空对白
只在岛屿和岛屿之间行走。相守千年的誓约

2019 年获第九届"岱山杯"全国海洋文学大赛优秀奖

华堂古村

一进古村，和前朝的马头墙近了一步
墙上挤出的草不卑不亢，喊着华堂是画堂

从牌坊下进去，被春天吹成一条柳枝

精致的楼台水阁，掀起一轴王氏家族长卷的墨香
斑驳的石栏杆，刻上光阴和书法的故事
花瓣落在池塘。遇见漂浮不定的自己

河边的一座碉楼，被春天的雷声惊醒
轻叩着鹅卵石路，仿佛置身棋阵，穿梭时光
一个回眸，击碎一滴水的柔情

原载 2021 年 9 月 15 日《绍兴晚报》

吕 玲

绍兴市作家协会会员，新昌县作家
协会副秘书长，闲读诗书，略著文章，
有诗文零星发表、获奖。

相约廊桥（外一首）

我已念你经年
亲爱的你不会知道
当这刻再听见你的名字
相思忽然泛滥
有种柔柔心疼
甜蜜地
漫过了心间

风雨廊桥
想起来几多旖旎
有舒袍广袖
曾拂过廊柱桥槛
那步摇轻坠
荡开了打马而过那个秀才
心中的涟漪

哦，不
该是晚归的少年
将牛拴在了桥畔
接过一碗凉茶的欣喜
那个和羞跑开的身影
就此融进了一桥烟雨里
叫我念记

打住，打住
这想象太过缱绻
只怪你名字太诗意

我盼着和你相遇
也在风雨
一袭青花
我将拥你在怀里

风雨廊桥的一个晴日

我见你在晴日
亲爱的这叫我意外了
一川浅水
夹岸洋楼
你在那里古朴庄重，毫不起眼
刹那
叫我心疼了

轻轻走近你
那些喧嚷远远着不见了
窗棂褪了朱红
乌黑的新漆的柱联
木板在脚下笃笃着
恰似我急速
心跳的响声

有多久
这里不曾如此热闹了
诗人们采撷着古老的味道
越音绕梁
巧笑嫣然
一伞艳红
镂空了时光的窗

谁能有如许洒脱
淡看了繁华
或落寞
水浒的生涯
容留得几分红楼的丽影徘徊
百年的老树又发了新绿
桥畔已是水泥的屋

或许不必慨叹
你还在亲爱的你还有人珍爱
那些轻抚你的掌心
是热的
风雨应已过去了
我搂着你，喃喃一句
晴比雨好
你听见了吗

原载《野草》2014 年增刊

彭顶山的月夜怀想

我期待有一轮夜月
照在彭顶山
那时湖面波光粼粼
大地一片宁静

银月清晖

已不照旧时村落的窗棂
东邻吹箫的儿郎
在新家植下了
芭蕉和桃林
雨打蕉窗的时候
他听到了故乡的声音
月上东山的夜晚
彭顶山的古槠林
听见了幽远的箫吟

没有谁会忘记
碧波之下
那些古老的传承
星星闪耀的天穹
如水一般浩瀚无垠
人们仰望
发出由衷的赞叹
依恋在这刻
化成永恒

彭顶山的花儿已开到了极致
那是这个留守的村庄
对他那些沉眠水下的兄弟村的致敬
换一种相守的方式
他们依然并肩
在岁月的长河
踏歌而行
遥遥的新林特大桥
霓虹璀璨
长桥卧波串起

古往与今来、新家和故邻
我知道
一定有那拼搏他乡的游子
在这夜月的桥头
深深凝望
复又踏上征程
那时山风正盛、月色正白
见背影一身豪情

获 2020 年浙江省第十一届"中国梦·故乡情"乡村诗歌大赛一等奖

惊心动魄溯石梁

辛卯夏，实地行走唐诗之路古道，由沃州、天姥山驴行至天台山，沿水路溯溪至石梁，初，天清气朗，溪水轻柔，午后暴雨突至，山洪涌来，便恰如翻江倒海，惊心动魄，邑人云数十年未见也，特记之。

平生溯溪第一桩，惊心动魄观石梁。
天姥天台天下知，太白文章光万丈。
石梁险峻飞瀑轻，邑人赞颂有名望。
由来只道水清浅，未料暴雨翻浊浪。
才怜幽潭喜晴柔，霎时咆哮直欲狂。
怒涛汹涌声震天，碧玉顷刻化河黄。
风催伞折雨迷眼，江天上下俱茫茫。
心惊不敢稍停步，破伞互遮齐奔忙。
且喜已是景区路，回望谷底神犹慌。
豪放张扬真壮士，跌宕奔突铁儿郎。

中天一泄效壶口，可怜阳刚亦惶惶。

犹记镜中多温顺，几疑所见皆彷徨。

见此唯感人渺小，安全量力不可忘。

从来幸运是天悯，未雨绸缪宜思量。

强弱虽别非为凭，驴程且慢论短长。

自然宠我可撒欢，莫轻自然呈好强。

但祈尽享平安驴，逍遥山色笑溪窗。

我自合掌暗庆幸，点滴驴途不相忘。

辗转难眠心常悸，梦中犹自渡石梁。

2021 年，获"浙东唐诗之路"全国诗画大赛入围奖

潘丽萍

笔名青荷，中国作家协会会员，绍兴市作协散文创委会副主任，新昌县作协主席，先后在《人民文学》《海外文摘》《诗歌月刊》《经济日报》《女人街》等报纸杂志发表作品500多篇（首），出版有散文集《女人有味》《许我一段光阴》《那一场繁华如锦的相遇》、诗集《花朵的内伤》等书。曾在《绍兴晚报》上开设"听她说她""生活大爆炸"散文专栏。荣获2019年度中国诗歌春晚"十佳新锐诗人"奖。

潘丽萍的诗（4首）

当桃花遇上春天

骨头一定轻了
说开，就无羞无耻地开
你簇拥着，我挨挤着
花枝乱颤媚眼如飞
脂粉一层层
留着隔夜的香

一场风的约会
漫山遍野都是卖笑的欢场

桃花轻贱
必是春天的缘故

桃花痛

这场肆虐的阴谋的雨
鞭子一样疯狂
黑夜里承载的伤痛，从枝头
直抵心上

总是迟了一步
不是错过花期，而是
你喊痛的时候
我在准备风和流水的插图

流水辽阔成沃州，风翻开了春天
而一场雨的经过
令桃花的容颜破碎，零落
瘦成一地散曲

梨花白

你说冷，昨夜
在梦里你告诉我
雪下了一宵，地就白了
你赤裸的身体
等来了一件白色寒衣

漫长的一个冬
你一直无法呼吸
种植在心底里的疼
一点一点长出来
风一过，便飘上树梢

你说，这不是雪的衣裳
是你心里的忧伤
开了花

摇着风，等你

一片月光挤进来，端详着
熟睡中的叶子
另一片月光想了想，停在树梢
整个夜晚丝绸一样
柔美。安静

像极了我梦里的故乡

此境此地定居最好
我来，取一片上等月色
研墨，写诗
然后与叶子一起醒来
摇着风，等你

原载《诗歌月刊》2013 年第 12 期

时光中的叶子（组诗）

小岜记

今天的小岜
每一株植物摇头晃脑，学会了吟哦
一种不知名的小虫子戴一朵白色小花
来来回回练习礼仪
那条意味深长的路直抵画图山
风从头上吹过
山峰说低就低了
此刻的小岜村
一色红瓦，端坐在青山之中
数不清的小窗户，像黑亮的眼睛
集体望向山顶，深情而又专注
我感觉自己败得很彻底
仅剩的一点墨水

都不够写小崀村的一个窗

关于麻雀

窗外的麻雀把声音递过来
仿佛要提着我的耳朵
喊我起床了
这让我怀想童年的时光
妈妈像钟表一样
准时喊醒我的好梦
那时候乡下的麻雀成群结队
但它们喊破嗓子都喊不醒我
现在，麻雀跟在一阵细雨后面
伸起脖子喊一二声
我过敏的耳朵
便一只一只跑出门去

时光中的叶子

总之，我把日子过得很小
小得像树上一片简单的叶子
一点不影响树的形姿
唯有自己感觉到自己的存在

风在高处，云在高处
阳光不定时地探身进来
一寸寸读它的心事与冷暖
它无言，轻轻举起镀亮的一面

一片叶子没有谁与它相同

仿佛世间小小的我
在人潮中沉寂
一如时光的某种隐喻

从一条路深入任家

这条沉寂已久的山路
它的前世被草反复咀嚼
呻吟来自心底
欲望冲破身体

路的尽头，杜鹃在大岩岗上
露着天然的色相
嫣红，娇媚
春天总是无比多情

花朵所包揽的天空
你有一颗不肯老去的心，和
一个倔强的梦想
仿佛长出翅膀的蝴蝶

这斑斓的小翅膀
承载着朴实沧桑的基石
用心齐劲足的任家精神，剪开一条
通往大岩岗的天梯

原载《椰城》2017 年 12 月

春天的暗疾

多年前的春天
一棵貌似桃树的枝丫上
两只麻雀蹦来跳去
大概它们前世相识
在荡来荡去的风中彼此相望

这无人知晓的秘密
是一场鲜活的雨引起的
在某个黄昏，我奔向花朵
花朵却在别处
风也转移了方向
相爱过的两只麻雀
一只在东，一只在西

春天的暗疾早已埋下
原来，被麻雀温暖过的树
坐落成一种意象
我所嗅过的花朵，并非桃花

原载《品位·浙江诗人》2018 年第 1 期

遇见你的忧伤（组诗）

蝴蝶的翅膀呈现天空的颜色
飞翔的快感是真切的，仿佛梦里
你温暖而忧伤的手指
指点着我的江山。是的
我一定遇见过你，遇见过你的忧伤
潮汐是缓慢流动的时光
一寸一寸漫过我的脚趾
头顶上光线分明，看得见我们的前世
或者来生。被束缚的灵魂
被解散的肢体，都是海蓝色的
此刻，我像一只漫无目的螃蟹
坚硬的躯壳下，心自由地走动
而忧伤在我的身后，打量着
这一片陌生的海滩

梅雨泪

梅雨拉出二胡的音调，愁落江上
那两条被我们看过的鱼
已并肩离去
我背过身，泪水滴在雨里
忧伤被悄然藏起
你在对岸，薄雾轻锁
像一个隔世的梦境
梦里有花啊，梦里全是落花
纷纷扬扬的凋零，江山已失
一杯淡茶，一盏浅酒

怎敌它漫漫长夜的凄风苦雨

思念太瘦，风满袖
此刻的梅雨在哭泣
却发不出声音

乡村书

在乡村，我惦念的一株草
已经长成我想要的模样
碧绿的枝叶，几粒红果
甚至白蒙蒙的芦荻，我都喜欢
看她们在瓶中娇艳，枯萎
每一个过程，美得惊心
天空蔚蓝，白云成鱼鳞状
青山与我隔岸相望，一起怀想
那个美好的春天
麻雀熟悉的身影在窗外的枝头上跳跃
乡音一茬一茬，满口清香
仿佛饱满的谷穗
这样寂静而空旷的余生
与爱的人一起，在湖边
把日子过成流水
梦境接近现实

金峨山上看杜鹃

金峨山上
春风不会让我看到它的形体
但是，花朵被它吹开了

从第一朵开始
杜鹃的脸红成了朝霞
然后，那么多杜鹃手拉起了手

一株杜鹃故意将身子弯曲得很美
几个女孩把脸贴过来
我不知道，哪一张脸更让我动心

其实我还爱着春天
爱着云外的阳光和雨水
对你的爱意，却不会随便说出来

生日

我喜欢的十月
有我命里逃不掉的一个日子
此刻，梅花还未落满山坳
零星的几株白发，还在顽强地生长
像在等待一场白雪的降临

劈开流水，我走进故乡的麦垛
与往事再一次促膝长谈
阳光正好，酒里荡漾着些许暖
金黄般的岁月里
恣意的花朵正散发着清香

而四季是分明的
大好的光阴正渐行渐远
我看见，芦荻占领了一方水土

白茫茫地漫过头顶
无色无香的妖娆，开着自己的寂寞

我坐在一堆金色的阳光里
慢慢地过着我的生日
风燃起了蜡烛
梅花的水袖一舞
冬雪便纷纷赶来

暗语

春天离我太远
桃花绚烂在别处
隔世的小鸟说着新鲜的语言
喊醒了梦里的花花草草
天空依旧空寂
像一张干净的白纸
云朵来了几次，却没有留下
美好的画面
其实又有什么呢
所有的秘密被雨水不断书写
蝴蝶不需要漂洋过海，神秘的翅膀
布满一场龙卷风的暗语

水杉，兼致李中水上森林

笔直的树干撑起一把绿的伞
这巨大的宁静，比夜空更加深邃
从叶子里分泌的清新，如新生婴儿的脸
我举着江南的秋色，和着秋天的脚步

走近苏北，靠近水杉的内部
眉头收紧的疙瘩停在树梢
像一朵云飘过天际

你在水里，向阳而生
甚至盖过了太阳的光芒
你提着板桥的笔，写一篇醒世的糊涂文章
喝完高粱酒，一百零八个好汉立地而起
所有的王朝都输给了时间
只有流水在你脚下，而如今
一棵诗树魂系海峡两岸，大江南北
一位诗人跳进水里大声朗读屈原

你在彼岸，风含笑意
我失血的唇渐渐丰润起来
是的，我要撕掉那些错爱的病句
解开杨柳散在水中的发辫
在卧波桥边发呆，与一只野鸭对话
看河水流成一首诗的样子

原载《延河》诗歌特刊 2020 年 5 月

在彭顶山

湖畔的风，像恋人的手
撩来春天的气息
我提一把竹椅，坐在彭顶山的观景台

看远山起起伏伏，颇有意境
看湖中的涟漪画了一圈又一圈
一只麻雀从我眼皮底下
不慌不忙地闪着翅膀
发呆，或者交谈
但别谈俗事
各自的痛苦和忧伤也不要提及
最擅长抒情的云朵，和
长势最为放肆的花草围着我们
让灵魂和灵魂挨得更近

风景很美，我很静
阳光的温度恰好
我喜欢这样的青郁
并试着用叶子碧绿的眼睛
看遍人间

原载《今古传奇》中华文学 2021 年第 6 期

桑 子

　　籍贯浙江新昌，诗人，小说家，中国作家协会会员。著有《栖真之地》《得克萨斯》《永和九年》《雨中静止的火车》《野性的时间》等诗集、长篇小说和散文集十余部。获第七届扬子江诗学奖、第二届李白诗歌奖·提名奖、第十二届滇池文学奖、《文学港》年度文学奖、浙江省作协2015—2017年度优秀作品奖。曾参加诗刊社第29届青春诗会、鲁院第31届高研班。现居绍兴。

柠檬树（组诗）

——听我给你讲一场战争

在你小寐时，我静坐床边守候着你，你梦中的呓语，呢喃着惨烈的战事。

——莎士比亚《亨利四世》

晚餐时间

四月真是好时节
紫百合开得猛烈
"穿山甲"触到了地雷
车身翻进了树草丛中
我们在小树林里用军刀把啤酒罐弄破
就着饭盒里的咸肉和豆荚
夕阳照着往来的运输机

两分钟后　炮弹飞来
啸声尖锐又沉闷
尘土把我们埋了起来
枯枝断裂，豆荚打翻
啤酒倾倒在地汩汩冒着泡

第二枚炮弹离我们更近
我们身子贴在地上
空中一层层弹道波
像孟拱河水的波纹
二十分钟后，炮声稀少
我们拣拾起冷饭和剩余的咸肉

听窦上尉给美国联络员电话
窦上尉，听说你要升少校了
也许——也许，窦上尉回答

为什么要说也许呢？大家都笑了
笑声很快像落日一样枯萎在
"马戏场"的废墟上

饭盒中的一只雏燕

他试着让一只缺乏稳定性的动物站稳
在他的饭盒中　有一只雏燕
它二十四小时前从树上掉下来
一些柔软的叶子铺在它身子底下
他越过警戒线
去摘一些好看的果子
又弄了一些蚜虫来喂养它
他一定在它身上发现了一种美德
——活着

二十四小时后，他被一枚榴霰弹击中
雏燕从饭盒中掉了出来
用嘴不停地啄他的衣领
它在他身上发现了一种有害的东西
譬如死亡

一切都已盛开

为什么要来到这里
这个遥远的地界

猩红的蛇芯子和龙舌兰争相斗艳
这四月的清晨
你想得到的东西很难得到
自然的聪明总是高于人类

为什么要来到这里
一切都已盛开，你看到的
瓦房在炮火中绽放
子弹像节日的烟花
战士空荡荡的袖管飘扬如旗帜
鸟儿已把坏消息
驮向了四面八方

为什么要来到这里
就因为我们的名字相仿
就因为我们的年龄相仿
就因为我们的父母爱我们
就像你们的父母
就因为我们会有自己的孩子
孩子也爱我们
就因为爱
就因为你固执地认为世界必须是奇数
必须有缺陷必须有责难必须有忏悔
所以你要不远万里来到这里

好吧　那就成全你

孟拱河谷

许多人

357

最初并没有把这儿当成归属地

孟拱河谷，阳光在宽阔的地方停留

小舢板泊在岸边

当东风吹来

空气中就有柠檬的香味、薄荷的香味

假如风从西边吹来，就是温暖的蛰气

除非早已习惯偶尔会飞来一只长尾猴

用灵活的身子去威胁三两只鸟雀

它也观察扛枪的人类

好奇那些伤口上流出的血

是否泄露了秘密

而必须用止血带密不透风地缠紧

它好奇，树下几窝老鼠越来越肥

它们有一尺长

为此眼睛看上去更小了

身上的味道越来越难闻

它们噬血，吃腐烂的肉

吃那些不缠绷带　身子青而绿

没有秘密的人

在如此干净体面而略带庄严的四月里

中弹经历

中弹是种多少可以引以为傲的经历

我是说你应该能够常常谈起它

弹头的猛击犹如重拳

它使你喘不过气来

还有眩晕的感觉

自身血肉的气味

中弹后你的所想所说

和所能做的事

你盯住一颗小白石子

或者一根草叶的样子

你知道，那是你能见到的最后的东西

那石子，那草叶，它让你想哭出来

而德文也中弹了

他被击中了头部

躺在地上嘴张着

牙齿被打碎了，颧骨没了

他死了，这家伙死了

我是说真的死了

不会错，围绕他四周的是浓雾

潮湿的土壤

圣经的气味和奢华的黑夜舒适

原载《解放军文艺》2019 年第 9 期

松针上行走的人（组诗）

山毛榉

每个夜晚，我们领受着神秘之物

成为它的舌头、眼睛和心脏

我们驾车或飞行，它在山坡上

在铁路桥两旁，火车呼出热气

铁轨发出尖叫

它在那些我们不曾去过的地方
尖细的树梢是鸟的长喙和群山的骨架
那儿应该有一万个铃铛
像齿轮一样打破时间黑色的沉默
枯叶翻滚着，阳光鸟瞰它
我们盯着山毛榉，它总朝我们走来
每一分钟每一年，一千扇窗和偶尔的
思念，夕阳是它最后的一撮灰烬

时间还在

中年后变得迟钝的人
细腻又枯燥
简朴的食物值得信赖
月亮从老旧的时间里发出叹息
全能的哑巴在修建房子
如一幅没有上色的图画
历史不是时间
未来不是时间
它们只是时间的问题
暮春的夜晚属于所有人
直到所有人都成为石头
时间还在，时间还没到
谈论时间如同谈论一个危险
它从没有存在过但无所不在
谁能了解那沉默的语言
夜吞没了每一条道路
真正的无边无际
黑暗无所顾忌
朝每个人内心崩塌而去

谜和谜底，来自同一个问题
问题总是存在
庞大的不可捉摸在指挥我们
感受来自不可知的触摸
缓慢地、迅疾地向着寂静与喧嚣
一切光都能把我们打碎
我们胆怯地认识另一个自己
如当众被识破的谎言

洱海夜捕

巨大的黑色花朵盛开
男人们如工蜂在花蕊上忙碌
不可见的蜜在夜的心脏跳跃
之于肉体就是夺眶的泪水
渔夫陷在夜的沼泽
白帆和铁锈色的桨略胜于我们
大湖敞开
把无可描述说成无限
一切细微和庞大之物
无可辩驳的意志和局限
鱼被网住
如我们迁怒于自己的肉体
小小的波光粼粼永不磨灭
来自不可把握之事
不能抵达之处
是涌出之物汲回自身
它闪耀，如我们被唤醒

永恒的迁徙者

从明亮处走入浓荫
洪水淹没了我们，在我们体内汹涌
借助浮力我们从灰暗的底部升上来
灵魂呈现，初具形体
光不假思索的每一步
都蛰伏在令人信服的时间里
我们忧心忡忡于命运的无常
光在赦免，在寂静中闪耀
像一首诗被反复记起
住在大湖的东岸
湖是我们仅有的孩子
是大地永恒的迁徙者
是炽热的正午与严霜的隆冬
是一场暴雨后
变得深蓝的我们的眼睛鼻子和身体
是我们的此时此刻与百倍的加速度

雪山浴雪，天空空着
时间虚构，声音存在亦不曾存在
我们害怕暗处的敌意和亮处的盛大
光从不同的角度进入
阴影是永不离开的死亡本身
众多空房子通过一道生锈的铁门
杀死自己
肉体掉进肉体中，眼泪流入干涸处
藤本植物在攀缘，果实累累
空房子指挥着一条街、一片原野和永恒的天空
人人将一无所有，在身体里迎接风暴

这是离去的时刻
水手在舱底也在浪巅
光和影是最好的罗盘
探险者死于探险，火焰自火焰升起
我们在世界之外，在一百所空房子中间

湖边散步

光模仿鸟的鸣啾
荡起一个个旋涡
谁在等待，一封没有地址的信
我们可以感知湖底石头的温度
和雪线之上炽烈的光芒
万物皆在迁徙
伟力犹如神迹
光在无限拉伸
在阴影处复活
光阴啊，一大片光秃秃的光和影子
我们踩着迅速下降的暮色
空旷处布满荆棘
行走在陌生之地
远处是连绵的雪山和呼呼的大风声
星相家在暮色中主宰着村落的命运
技艺娴熟已达到了死而复生的境界

原载《扬子江》2021 年第 4 期

此时此地（组诗）

光之歌

巨大的花朵盛开
不可见的蜜在心脏跳跃

一座座塔徐徐升起
白帆和铁锈色的桨，略胜于我们

大湖敞开，一面神秘莫测的镜子
多少人曾凝视它

把无可描述说成无限
一切细微和庞大之物

无可辩驳的意志和局限
鱼被网住
小小的波光粼粼永不磨灭
来自不可把握之事不能抵达之处

是涌出之物汲回自身
它闪耀，如我们被唤醒

观察是另一种迁徙

捕食的鸟群夺目如石头的反光
那白色，那杂草丛生的枯水季
我听到大船擦过河床的咔咔声

阳光最接近自由
它终日高翔
但只在植根大地时
才获得不竭的力量

红嘴鸥在古老的漩涡里
在空旷中越过藩篱
把我们带回群山的鞭梢
浮在梦的湖泊之上
观察是另一种迁徙
鸟鸣披着雪的寂静
这小小的生存
回声一次次注满大地

秋天要给予每一个人

夏日从某个黄昏开始
我们举杯
树叶哗哗落
大地的雀斑
明亮的沙沙声把万物托举
所有的枝丫都朝一个方向
白色的积雨云
负担镜子里多余的部分

星星回到天穹下
像众多的蜜蜂归巢
拥挤在一起长出触须
无非是一时
经历着未曾到来的一切

失眠的人保守秘密
是年夏天
我们坐在花园的木椅上
秋天逐渐敞开了心扉

岩石重构

岩石有时滚落
我们在河滩边枯坐

看石头落进自己体内
陈旧的一切风化剥落

时间是一门生长的学问
顺从的力量

山水已久
落石填进裂隙

流水向东
天空低沉

巨石常在夜里
滚落

从时间之河又冉冉升起
不灭之门

缓慢静止的生活内部
"瞬间"是它全部的法则

我们几乎来自另一个地方

一条陌生而寂静的路
通向小小的蜂鸟和最庞大的山系
光在永恒中行走

光在刈草
凝结着旧日的露珠
楼道的侧面如峡谷的深喉
词与词流逝，我们所看到的
并不同于我们所理解
光预示了即将发生的事
但谁又能真正了解
你站着的地方谷物正大片大片生长
你并不一定能看到
光笼罩着我们
如抵达自身的纵深

后山披着铠甲被钉在高处
光线最亮处可以穿透时间
门楣上亮出未曾到来的时日

许多年的树叶在纷纷坠落
像告别仪式
真是好日子啊
阳光长流不息，如一条鱼游入
永恒之河
我们几乎来自另一个地方

原载《人民文学》2021 年第 11 期

石晓晖

浙江新昌人，1978年出生，现居新昌。

我的心是一块透明的石头

时光对我而言

不仅仅是一种流逝

也是积淀与精炼

在镜子中慢慢地呈现

每一个痛苦

虽然有时它是金色的

而每一个幸福

并不像星星那样明亮地悬挂

现在，我终于明白了

无论给予多少

时光对我而言

不过是在磨砺自己的心

越来越白，越来越厚，越来越辽阔

像一块透明的石头

注：2014年4月12至13日，我参加了绍兴诗人作家巧英采风活动。作为新昌人，第一次来巧英水库，有点惭愧。我凭栏远望巧英水库。比起沃洲湖，它更小，却更精致，更安静，像一面镜子，照出自己的灵魂和走过的人生。故作诗记之。

原载《绍兴诗刊》2014下半年刊

童玉姣

童玉姣

笔名童鹿，浙江新昌人，小学教师，绍兴市作协会员。诗歌作品散见于《绍兴晚报》《浙江诗人》《星河》《富阳日报》《富春江》等。

凡·高的天空

向日葵花瓣状的小鱼四处逃散
仿似烟花在头顶盘旋
（那个光束急遽下坠
尖芒却像毛毛虫般蜷缩
反向抵抗地心引力）

抱住满是毛刺的
一个怪家伙——
地球垂下的大钟摆
从左耳晃荡到右耳
凡·高的血迹被指纹质控

北极圈的星空
跟太平洋的海浪签订协议
我委身于海水的酣梦
却从星光的口袋里
滚落

沙 子

灌木丛疾速擦拭天空
光斑如电鳗穿梭，沙漠
巨型沙丘坍塌，
我以为兜里已装满。

在沙子上静坐，燃烧

灰烬吐出一颗沙子。

突然的亮光，

它眨了一眼，感觉体内

晶莹之物攒动。

原载 2021 年 3 月 27 日《绍兴晚报》

我只需要被我看见（组诗 4 首）

你喜欢白色、浅色——

以及一切好看的颜色，那些颜色

像是从体内爬出的神经元分支，支撑你

行走、说话、拥抱……

你让我穿的颜色鲜亮些。我脱掉了黑色，

像蚯蚓成蜕下灰暗的表皮。鲜白的肌肤裸露，

灵魂再无处遮蔽。跟蓝天、太阳甚至目光较量，

被一种乐观代替，仿若是另一个自己。

黑色还是来找到我。

哪怕曾经的话依然如麦浪在微光下闪烁，

我还是小心地穿上了黑色——

不需要被人看见，

我只需要被我看见。

微笑的乌毡帽

微笑仿似绣花镶嵌于帽檐，
乌毡帽在泥泞的长岭中跋涉。
（帽檐下的那一对眼睛沉睡了三十年）
又飞落在我手掌心，
温热的纹路在手上延伸
没有尽头。

微笑逐渐扩大，如同一阙宋词在丝竹中
起舞。
那暗夜里升起的迷雾，
缠绕于山间的羊肠小路，如迷幻乐中的低沉贝斯
时间慢了下来。

我手上拎着一顶乌毡帽
在迷幻的泥泞小路边等待
直至落日掉进地球的裂缝。

夜·楚门

一只塑料袋径自栽下来了，
像深秋凌晨结的冰晶，
是具体的一颗。
摇摇晃晃——东张西望——
物理学意义上的力已被顶替，
惟剩虚弱仍下坠。

天空倾倒进酒窖——
镜子的那一边，

一个陌生人，好像长得很像自己。
再盯一会，便能见到雪国——
雪荧幕上映出两张脸：
一张向左，一张往右。

谈笑风生的人啊，
你看
楚门已经打开，
我们陆续登场，
饮着最后的晚餐，左顾右盼
在死去之前，一切都已复位。

更大水花

当手指将碎发拨至耳后时，
引来一阵飓风。
印度洋上被放大了的空气粒子
嗅到海啸的气息，海鸥捂着胸口
身体倾斜呈 45 度，
与透明的另一个自己平行。

一个软体组织
急遽地放大、收缩，
随之而来的痛感——
暗地里往后躲闪，那尖锐的一头
刺破罂粟花瓣。蔚蓝的汁液，
激起大卫·霍克尼的《更大水花》，
在这一片激烈的白中，
听觉抱紧了视觉，双双坠落
于真实与虚幻的漩涡中央。

棕榈树在湿漉中嗅到了章鱼，仍
不动声色地盯着飓风——
正在粉饰的蔚蓝里打盹。

原载《浙江诗人》2021 年第 2 期

王银灿

浙江新昌人。1951年6月生。省诗
词楹联协会、省市群文协会、市姓氏协
会，县作家协会、老年协会，中国民俗
摄影协会会员。新昌县唐诗之路研究开
会社特约研究员，原天姥诗社副社长。
1994版《新昌县志》"城乡建设志""名
山胜迹志"分志稿主笔。《新昌寺庙志》
副主编。现供职于《新昌乡村志》编纂
室。著有《人在旅途（刊发与获奖作品
选）》《人在旅途（诗歌选）》《医者无疆》
等。

村四时（节选）

题记：或许因为我是一个农民的儿子，因此乡村四时流淌在我的血液里，我要为她而歌……

秋之韵

是一个季节的憧憬、牵挂与顾盼
春天的小船已驶进清凉的港湾
桂花香橘子熟蟹黄肥枫叶红了
大红的中国结，奥运的中国印
世博的中国馆
是那么的夺目、娇艳
飒飒的秋风拉开了稠密的雨帘
道道的山梁涂满了色彩的斑斓
我们穿梭于时光的隧道，以中年的名义迎接秋天
我们穿着合体的唐装，刻意地把秋色打扮
我们读懂了野菊花的馨香
领悟到秋景下博大精深的内涵
我们品尝了莲子的一片苦心
书写出秋风中满目迷离的诗篇
那橙红橘黄的秋之韵，天高云淡
那黄花纷呈的秋之趣，万山尽染
那稻谷归仓的秋之意，心情舒坦
那举杯抓棋的秋之乐，茗茶畅谈
哦，秋天，把美丽的一切录进自然
哦，秋天，它发出了惊天动地的宣言
我是秋天，举起红灯笼似的柿子
穿街过巷走进了你家的庭院

我是秋天，炒制出的小京生花生

送给你满口香甜

我是秋天，毛茸茸的山栗子脱去带刺的衣衫

爆出红嘟嘟的脸蛋

我是秋天，浙东水灵灵的高山蔬菜

已装进我的提篮汇聚在餐桌的锅盘

我是秋天，放飞的思绪停泊在大佛寺放生池两岸

将高耸的红枫点燃

我是秋天，敞开的胸襟纳藏着玲珑剔透的十九峰岚

观四时之变幻

我是秋天，沃洲湖、真君殿上空有雄鹰搏击长空

一派碧水蓝天

我是秋天，在巍巍的天姥山下，这里有万丰奥特

三花冷暖，京新药业、新和成、美盛文化、医药化工，捷报频传

我是秋天，在南明山侧，新昌江畔

这里有薄如蝉翼的春饼，滑溜溜的芋饺

烟熏烤制的白术，金灿灿的玉米饼，

甜津津的番薯干，风味小吃，农优特产

秋天哪，是那么辉煌，不甘平凡

秋天哪，是那样绚丽，无岸无边

秋天在孩子的脸上，是一轴长长的画卷

绽放出无邪的浪漫

秋天在老人的心目中，是一股温顺的清泉

流淌着岁月的甘甜

秋天在妇女的瞳仁里，录制了满目精湛的图案

满心欢喜无法抑制的笑颜

秋天的岁月，是丰收的稻谷与成熟的标志

它使人百读不厌

我喜欢秋天，是累累的硕果对原野的礼赞

我喜欢秋天，是索取与奉献在同一时刻兑现

我喜欢秋天，是事业的追求与理想的企望不期而遇
携手结缘
我喜欢秋天，是油墨的芳香同叙述的诗文
在此时此刻一道分娩
我喜欢秋天哟，是因为我与秋天有着共同的语言
我喜欢秋天哟，是因为赏心悦目的人世间每日在刷新生活的版面
我愿以手中的秃笔，描绘出这秋天的宏著巨篇
我愿以方寸之芳心，抒发出对秋天的无限眷恋
让我们振奋精神，不畏霜寒，珍爱生活，创造明天
拥有秋之韵，播撒生命的无限

　　　　　　　　　　获 2013 年省第四届乡村诗歌征文奖赛二等奖

王樟林

王樟林

全国公安文联会员、浙江省摄影家协会会员、绍兴市摄影家协会理事、绍兴市作家协会会员、绍兴公安文联理事、新昌县摄影家协会副主席兼秘书长。1996年开始从事公安宣传工作，爱好写作和摄影，常有一些文稿和摄影作品在国家、省、市媒体上发表或获奖。

横板桥——捡拾唐诗遗落的地方

斑驳的石板路，整齐的鹅卵石
一行行孤寂凌乱的脚步，越叠越厚
有渐行渐远的车马，也有愈来愈老的诗句
真想邂逅太白，做一回最原始的皈依

此时沿着犁铧解开的老村，踽踽独行
我要感谢设计师和这里顽固守旧的人们
他们温暖了废墟，让人痴迷地抚摸着记忆
可以清空皮囊，安放不断增厚的历史

古驿道，黑风岭，威震关，关公殿
苍茫的烟尘窥知了生命的沧桑和孤傲
天姥寺，太白庙，梦游碑，金家祠堂
捡遗一段诗路，足以让我咀嚼一生

我没有谢公的山水，也没有太白的诗情
但灵魂曾经沸腾，此处的宁静可稀释岩浆
叩放今世被摆渡的灵魂，枕着年轮入睡
不用考虑流逝的心疼和那身后的葱茏
此时此刻此处：真好

原载香港《财富世界》2019 年 4 月

吴钊谦

资深媒体人，1964年4月出生于新昌东茗白岩村。1985年毕业于浙江农业大学农业机械系，历任绍兴市农业局干部，绍兴晚报副总编、天天商报副总编、绍兴日报副总编、文汇报浙江记者站副站长、绍兴日报广告中心主任、绍兴《文都》杂志副主编，小说、散文、诗歌、评论、文史均有涉猎，作品散见于《诗刊》《星星》《诗歌报》《野草》《文汇报》《浙江日报》《绍兴日报》等。

现在说再见是不是太早

一

姝姝，昨晚我又梦见你了
于我来说
你不曾离开，从未走远
犹如空气
你无处不在，无孔不入

梦里我们仨挤在一张床上看电视
除了工作，你没什么别的爱好
你看电视时不知不觉张着嘴
笑着
那模样别提有多傻
我笑过你几次
你依然故我
一派天真烂漫

去青岛前你依然在追剧
日追夜赶
可是两部热剧还是没看完
其实两剧都只剩最后两集了

看电视前
我和女儿会给你烫个脚
给你擦脚时你总会说
不好意思不好意思
这时我总会别过脸去

怕你看到泪
一辈子，我又为你做过些什么呢
我时常觉得我只是一个陪客

陪你走路是我日常的功课
你总是比我走得快
总是回头嘲笑我
一路上我们有说不完的话
国事家事公司事
偶有争执，以你为准

我们常走的路
我还在常走
一路上
我和你无数次相遇
你在沙滩椅上假寐浅笑
在花园里嫣然巧笑
在河边拈花微笑
在林荫间朗朗大笑

这条路
其实是一条时光隧道
我看见初恋时你脸上的第一抹绯红
看见你在师专读书时
骑车穿过半个城市给我送早餐
我看见我们蜜月旅行时
我被人无端辱骂
你冲上前去
给人就是一个耳光

二

前几天翻晒你的衣物
衣帽间里
你的每一件衣服还是那么栩栩如生、楚楚动人
只是大多显旧了
偶和闺蜜逛街
买回来的往往是便宜货
前年我实在看不下去
买了一件羊绒短袍
可你一次也没穿过

姝姝，你对父母至孝
对家人至爱
对亲朋至真至诚
可是对你自己呢
你难道忍心让我们这样
负疚一生！
痛悔一生！
煎熬一生！

姝姝，你说过要陪父母终老
要看着女儿结婚生子
我也跟你说过
许多事，我一个人承受不来
承受不来
你答应过我们的
答应过我们的呀！

你肯定舍不得我们

放不下我们
走的时候
你的眼角噙着一颗泪珠
化过妆了，那滴泪还在
我几次想拭，可终究不敢
唯恐惊扰了你
如今想来
那是你对生的眷恋啊！

二三十年来
我几乎没怎么见过你的泪
你是一个那么要强、坚强、处处逞强的女子
从中学语文老师到
女作家协会会员
从女企业家协会会员
到市政协委员
你的一生
是性格决定命运的最好写照

是的，你的生命长度令人扼腕
但你的宽度厚度精彩度
赢得了更多尊重和怀念

三

姝姝，前段时间翻看手机
找到了一段你和闺蜜唱歌的视频
视频上你唱得很 high
唱的正是你的保留曲目《鬼迷心窍》
"其实人生也就这样了……

现在说再见是不是太早……"

姝姝，现在我的脑海里关不掉一只疯狂的录音机
现在说再见是不是太早……
现在说再见是不是太早啊……

原载 2015 年 4 月 6 日《绍兴晚报》

徐金超

　　新昌县教体局教研室教研员，正高
级教师、浙江省特级教师。浙江省基础
教育课程指导委员会委员，浙江师范大
学教育硕士研究生导师、绍兴文理学院
兼职教授。浙江省诗词楹联学会理事，
新昌县诗词楹联学会会长。有《得仙馆
诗稿》数辑。

七律·秋日山村（二首）

其一

日月推移忽变迁，晴空寒叶各欣然。
香枫红到村边路，晚稻黄分岭外田。
雀为粮多声愈俏，菊因霜重色偏妍。
偶逢驴客高谈笑，指点清平大有年。

其二

九月乡村景物妍，晴晖步出岭头田。
山因霜染千层画，水落溪留一线泉。
檐下巢寒辞旧燕，池边柳瘦老枯蝉。
农家收拾风车罢，盘算桑麻待过年。

原载《中华诗词》2016 年第 8 期

七律·游天一阁

兴废无端五百年，嬷嬛一阁绪绵绵。
时经乱世逃秦火，代有明贤作郑笺。
玉简层楼嘉后学，梨洲旧迹是前缘。
书因人读斯为宝，莫作遗珍雅玩传。

原载《中华辞赋》2018 年第 12 期

七古·哀篾行

南亩有稻渐可穑，北屋有箩破已极，东山有竹翠欲滴。

遂邀匠人镜岭客，入山相竹抡斤劈，曳归轻轻以肘腋。

挥刀凝神始惕惕，俄尔剖竹声的的，裂帛如有千钧力。

眼底自然有刀尺，手到篾舞不相失，片片如纸皆手擘。

乃取主家旧凉席，把锥先将陈腐剔，指动葳跃细细织。

箩筐簟箕不同式，精粗异道辨疏密，要在新旧巧相辑。

我见此技久叹息，师亦年岁过半百，试问谁可传此术？

师曰六十头斑白，田园多已成新宅，塑料廉价竹难敌。

人多从工农事息，青壮无人从斯役，此技终究归陈迹。

我闻其言久悒悒，岁月播迁如朝夕，一技将逝良可惜。

新陈代谢本天则，文明演化岂不识，仍感伤逝心恻恻。

童稚百匠皆目击，世移时易皆将佚，愈觉韶华相追迫。

篾片飞舞移魂魄，一时师我两默默，屏气无言若有失。

原载《中华辞赋》2018 年第 12 期

七律·晏如摄证件照遂存手机以备时览

犹记飞轮学步姿，踏车江畔看花迟。

廿年幸作同行者，寸影最宜相念时。

如矢流光原不住，佑人造物定无私。

青春苦乐知多少，试上钱塘一问之。

原载《当代诗词》2021 年第 2 期

七律·夜读为晏如所扰戏作

不悲书剑两无成，望月庭中慰此生。
惜命何尝劳扼虎，放怀或可拟骑鲸。
唯将白发孺牛势，以待碧梧雏凤声。
忽有奔星光闪烁，周天如水正澄清。

原载《当代诗词》2021 年第 2 期

余昭昭

　　笔名江南梅，1964 年 9 月 18 日出生，湖南华容人，曾在新昌工作和生活。20 世纪 80 年代初开始写作。初涉诗歌，后兼涉散文、小说，作品散见于《人民文学》《星星诗刊》《诗刊》《美文》《文学港》《南方周末》《文艺报》等报刊。出版有个人诗集《江南梅萼》，散文集《今夜的月光》（与王学进合著）、《你是我的天籁》《低徊》以及长篇报告文学集《烈火作证》等。生前供职于新华通讯社《现代金报》任副刊编辑。2018 年 10 月 26 日，病逝于宁波。

无端欢喜（组诗）

在大山村访印雪白茶

从此以后
我要学会把灵魂
安放在更高处
学会远离声色　与晨岚暮露相依
即使冬天
也要学会看护住内心的绿色
还有春天的语言春天的温度　我都要一一掌握
并学会把最完美的生命内核
留给一捧　洁净的甘泉

从此以后
我就是草木中的一棵
执着于不卑不亢的沉默
从此以后
红尘如海　与我誓不两立

商量岗小憩

来得不是时候
两位高僧　早已去得远了
那三局下了三百年的棋
终于没有人
有幸成为观众
还好啊，随行的人说
雪窦寺还在

不见升腾的香火　正为当时的棋局复盘
那些来来往往的众生
就是被各种心思支配进退的棋子
只是人在局中　不知凶险
输赢　唯有梵呗才能说出

那就放下这棋事吧
且放性在这四明第一山
做一次超然物外的神游
假若神明有闲
就举头与他作一商量：可不可以
把这满目青山碧水　放入我的心间
从此　我就是棋盘
世事动　我心不动

在仰天湖，成为一片竹林的囚徒

画地为牢之后　刘伯温
就把开启它的钥匙丢了
养在深闺的湖　不敢独自老去
只好几百年
明眸澄澈　翠袖罗衫

我在山下　耽搁了几十年
不断地被一把叫时间的刻刀　雕凿
我已经成了一只　风情万种的木偶
时时被一根看不见的线
指挥着　举手投足　一颦一笑
我一直以为　这世俗的表演
到极致　就成了艺术家

直到这一天　仰天湖明镜高悬
我阴差阳错撞入这里
仿如自投罗网
把一身尘土　满怀杂念　一一招供
然后有风吹来　对我凛冽宣判
从此　这片秀骨淡然的竹林
就将我锁为　囚徒

吴桥杂技

落第的书生走累了
于是弹一弹衣冠上的尘土
踏进了吴桥的道观

吴桥的风水好啊
如花的女子，似玉的男子
稻米的香气
飘满，一马平川的黄昏
陌生人洗了手净了面，才出得门来
偶遇的异乡，就成了故乡

锦绣文章已是陈年旧事
浮世功名，哪及得这民间野趣
来来来
且跟我玩一玩这三百六十套把戏
看看吕洞宾那个祖师爷
如何数得清，他这一众徒子徒孙
于是，种田的汉子吞金碎铁
缝补浆洗的女人，将一口大缸蹬得转如飞轮
那是谁家的少年郎呀

居然踩着细细的钢丝
悄悄滑出了人群

然后天色就晚了
兴尽的书生，回到道观安然而卧
浑然不知
门外的吴桥人，已背着他的全套把式
披星戴月地，闯世界去了

在迎宾馆与施耐庵虚谈

"天凿地刻的版图
你让一场虚拟的大雪，将它彻底遮蔽了
白茫茫中，林教头花枪一挑
由此，这自古传名的水旱码头
便被世人误读"

"沧州自然无辜
羌笛不闻，阳关未叠
好梦如若顺风
一夜便随古运河，到了杭州
但那又如何？
发配是汉语中，无法剔除的土著
一直与屈辱和耻辱为邻
偶尔也像黑店
横陈在，英雄的去路
自古英雄皆寂寞啊
这尚武之乡
只好与英雄，一同寂寞了"

"如今我来，天高日暖
你的夜梦迢迢，只成
一盏茶水、几支曲子的距离
书生们煮酒笑谈
闭口不提，当年的风雪
只把一管狼毫点向
万顷良田，十里荷花"

"时间是一匹白马
总是在搬来送去中奔跑
它带走了山神庙
带走了草料场
带走了英雄
当然，也带走了我
留下的你们
就在干戈止息后
将静好岁月绣于玉帛，作为枕席吧
晚安"

年复一年，见字如面
——致友人寒冰

自你走后
这座城市就成了默片
宝善路开始生锈、停摆
来来去去的人流
将天一广场，泡成了一杯淡茶
柳汀街午夜的咖啡
越来越苦
再也没有人问我，要不要加糖

你来之前
我与这座城市，缘深交浅
你走之后
这座城市与我，相对无言

我是活在旧词章里的人
安静，孤绝
一痛就是一场大雪
一冷就是一朵梅花
我一生的温柔
只够给远方修书
那些在长夜安慰过我灵魂的名字
都是我遥遥想念的故乡
年复一年
我与他们，见字如面

此刻，我又在给远方写信
梦里为我流泪的人啊
我该寄你一棵绛珠仙草
还是一块不会开花的石头

我从来没有喜欢过三月的样子

梅花懒得再香
桃花的妆浓得雨都化不开
有人剪了几枝杏
在小巷里踱来踱去
有人备齐九九八十一天的粮草
去远方寻蝶问柳

我启动一百年的痛
在三月大病一场
辗转难眠，相思成疾
一回首就是画角残阳
一回首他就在江上吹笛中宵舞剑
我爱他爱得流离失所
我爱他一瞬一生，一生千年

野渡的舟子说
"我只载离愁，不载四季"

所以我从来没有喜欢过三月的样子
等你们都去赞美春天了
我就起来研墨
给山中青苔写一封
长长的无字书

冬夜

冬夜漫漫
听雨是最好的消遣
灯光一温暖
雨声就愈发地冷寂了

书，总是读着读着就走了神
音乐的节拍，也一支比一支缓慢
两只家狗
不时冲晚归的邻居吼几声
然后入窝酣睡
窗外，雨顾自纤纤舞蹈

在黑暗中自怜

等天晴了
应该去郊外走走
告诉原野上沉睡的亲人：
我很好
一如既往地，在替你们活着

将来

将来，要去更多更远的地方
跟白发的爱人一起
万水千山走遍

将来，要认识更多的草木
鲜龙葵，蒲公英，苍耳子
亲近它们，像亲近久别重逢的亲人

将来，要加倍热爱四季
春葬花骨，夏颂流萤，秋赏桂子
到了冬天
就生火炉，暖新酒

那时，所有的亲人和朋友
你们都来吧

寒风到江南

立冬后的第一场寒风
终于到了

白围巾蓝围巾，依次登场
文化广场的咖啡馆
灯光有些温暖
年轻的情侣
隔着袅袅升腾的热气
正窃窃私语

我假装是一个过客
在街头东张西望
对着了然于胸的景物
行新奇的注目礼
这是我的日常
家门外看天看云，跟某一株植物说话
仿佛自己，正在踏遍万水千山
我爱这蜜蜂一样的日子
仅仅因为芬芳，便努力活着
就像现在
细雨纷纷，被淋湿的茶花
竟比往日更加好看

感谢江南的四季
凉与热
都是无法言说的欢喜

原载《文学港》2019 年第 6 期

俞杭委

笔名山河、烟山雅客。浙江新昌人，系浙江省作家协会会员，现供职于乡镇。有作品发表于《青年文学家》《浙江诗人》《诗林》《椰城》《绍兴诗刊》等。偶有诗歌、散文作品零星获奖。著有诗集《陌上烟柳》和散文集《坡上桐花》。

莒根片花（外一首）

捣麻糍　话家常
豆奶飘香　俚语温馨
三年前　一次美丽的邂逅
醉成一杯农家新酒
落下醇厚的相思心病

王坟山　偃王亭
盐帮古道　三泾湖畔的故事
轮回中的前尘后世
在眼前　却恍若千年
如初恋心跳　害成一波一波的缠绵

翠竹倩倩　春风含笑
层层暮色　一浪一浪涂抹了水中村花
今夜　我不说：燕语卿卿　群山脉脉
今夜　那一湾湖水
是我最美的梦中情人

沃洲湖

划波荡舟　第一次
我怀揣别样的心情　走进你的波心
走进白居易的眉目里
找寻唐朝那位风流倜傥的书生

梦醒的山水
被这清风细雨　涂抹了七彩的春色

烟雨轻轻　妆点眉目

阡陌红尘　渲染了素雅的笔墨

淡出的诗卷　绰约不减当年

走进你

我便再也走不出你的万般风情

一次次地惊叹　一次次地回味

是谁的画笔　把这一方山水书写成

一湖的相思

原载《野草》增刊 2014 下本年刊

乡村素描（三首）

此时，在乡村一角

冬天正被几位老人提前点燃

他们烤着火

嗑着瓜子，闲聊

野菊花缀满山坡

一簇簇

抒发着十月的情怀

村道又小又弯

却驮起一个古老的村庄

小石块堆砌的四合院

已显苍老，弓背弯腰

乡村安静成一条看家狗
懒散地
躺在四合院的过道上

畏寒的溪盖树
正在一叶一叶
计算离别的最后日子

乡村漫步

时光一节一节从花枝上脱落
季节由绿转青
来去之间
是一群迁徙的候鸟

当黄昏再次来临
我便漫步在他乡的另一条村道上
金银花的芳香随风弥漫

乡村如诗
暮色静美
时光在枝叶间移动
小桥流水收拾起夕光晚照
脚步轻轻地　追逐着
悄悄躲进农家灯火中的乡村

臻园，一部诗的史话

站在水上，仰望
一座别样的城

那金色的一叶

探出贵族的前额

焕发诗的光芒

那一年

第一次与你相逢

却似曾相识

今天，怀着阔别的思念

又一次想起臻园

思念，似乎

是秋季别有的情怀

穿过和煦的阳光

在你的庭园翻阅一部经典的藏书

那金黄色的

是臻园染色的诗句

一排排，换上了

银杏的新装

而此刻，风荡起水的离愁

寄一叶小小的相思

秋水一样的怅惘

这个秋天　每一片叶子落下

便有一部诗经诞生

原载《诗林》2017 年第 5 期

一场爱情正穿过丛林（组诗）

风在吹，云在赶路

一场爱情，正穿过丛林
架构在阔叶林的梦里
山水，纠集成堤
阻断退路。秋风失势
一路迂回向西

寂寞是今夜的孤月
被你抚摸的魂灵，深陷一场梦
一只狼，徘徊在你的窗前

从来没有一个女子
像你那么动人，让每一次
心跳，把光阴缩短

有些痛，睡在你
孤傲的目光外面，如同
影子散落在地上

脚下的泥土是真实的

把每一寸光，铸进
秋季的树林，铸进雨
对大地的无限思念

阳光下，五颜六色的色彩
不是季节的全部，如同
风对云所说的每一个词语

把所有的疑虑，变成落叶
让徘徊的脚步紧靠泥土

唯有脚下的泥土是真实的

阳光下，爱情也是真实的
如同叶对花的执念，昼夜不停地
塑造花无可比拟的美

八月之歌

所有的沉默，都是
为了最后的发声。所有的期待
就是为了，美好的开始

八月啊，请把狂热降下来
像水流一般，在低处流淌
潜心颐养，你日夜操劳的身心
紫薇花开，喊出粉色的
爱情。季节闪亮辉煌的明灯
这一生，只为你歌唱
在人世间，你是我精心打理的
江山，每一首诗篇所承载的日子
如流星划过天际

风念

风把雨，给了黑夜
沉入无底的深渊。每一朵
雨花，虚拟着拥抱的美丽
陶醉在苦痛里

落叶轮回，把爱情

举起在高枝上，让风无数次地
回望，而你的身影却一再
摇曳在虚拟的梦幻里

像海浪拍击堤岸
你是否感知水的急切
踯躅的脚步，反复踩踏海的领地
如绿叶簇拥花枝

孤独的窗

雨，给了绿叶
太多的伤痛，日子清浅
流星坠入的夜空，漫无边际
寂寞孤夜，你是我的宿命

思念成殇，绾成
解不开的死结。每一声
午夜更鼓，串结成煎熬的梦
从黑夜到黎明。雨水

侵袭的日子，躁动难安
以长夜的苦痛，腌制每一寸旧时光
从此，我要把所有的门关闭
只为你，留一扇孤独的窗

时光祭

水中的脚步，不留
痕迹。日子清浅

如风嵌入崖石，无声无息
开始遗忘
有些时光，重复着时光
岁月却无法停滞
如同衰老写进脸上
一天比一天沧桑

前进也好，回头也罢
这一生，做一个
无挂碍的人，梦一个
没有四季的梦

原载《椰城》2017 年第 10 期

雪还在仰望之上静静地下着（组诗）

用爱情追逐一场雪，雪
在高山之巅，纯白而宁静
铺盖在我宿命的前沿

穿越在命运的高速上，积雪
冰冻，生命的坡度倾斜打滑
甚至游移不定，背负巨大的风险

操纵那难以掌控的方向，那些
宁静的雪，让我感到从未有过的沉重
仿佛下在了生命的至高点上

堆积的思念，压弯理性的枝条
让我怀疑过以爱情的温度，是否可以
融化一座落满冬天的雪山

雪还在仰望之上静静地下着
仿佛我从未停止，但你的冰洁高冷
足以让我感受此刻深切的痛

桃花小令

冬风吹起雪落，吹起梦的羽衣
寒冷吻过的日子，岁月峥嵘
唯有你，是那寒夜里的一抹晶莹

梦中的火，点燃夜阑人静
一再洗劫我青葱的午夜时光
而我，今夜无眠

我的失眠，是冬天一场
避不开的桃花劫难，如冰花束起
子夜幻梦，独自孤芳零落

多么念想，有一场春风的怒放
催开那冰冻的桃花三月。依栏红尘
只为你，吟唱一曲别样的桃花小令

原载《浙江诗人》2019 年第 3 期

在城市的六楼念想一场雨（组诗）

如否让风再轻一些
在我的思维之下。把窗打开
光线越过的眼帘，隐约
闪发一丝虚拟的异彩

这个清晨，在
城市的六楼，念想一场雨
隐隐的痛，开始发炎
病变成三伏天无法消停的高热

一场雨，把我
带入季节的漩涡，构建起
一座城的废墟，把花园
荒芜在了城边街角

一切声嘶力竭的躁动
无法平息内心的虚空
唯有把一场雨，从念想中
脱化成橄榄的绿

立秋

风，把日子摇成
落叶，在窗口的阳台
静静侯立。秋天
过来的方向，云很淡
一丝丝，游走在心底

阳光，火辣辣的
知了歇斯底里，依然鼓噪
夏天的狂热。汗水
淌过季节的薄衣，滴穿
每一个虚空的日子

而你，依然静立在
夏天的影子里，细数阳光的碎片
那些新鲜的雨滴
正背着我，悄悄地
打开另一个秘密

冬夜思绪

炭火还在燃烧，灵魂
的蓝烟，飞跃火坑
在冬夜的寂寞里，冰冷

代言深远，封杀思维
蜷伏在，案前的肉体下
如同，冬眠前的猛兽

烦躁不安地，舔着梦的绒毛
一个长夜，被遥远的涛声
浸润，浪花翻飞

每一声，都是那么的熟悉
盐水浸泡的躯体，忘却
生活的疼痛。灵魂的鸥鸟

飞跃海岸，寻觅另一种颜色
以静谧拯救自己，而影子
牵着灵魂的手，越拉越长

原载《野草》2019 年增刊

袁方勇

　　1961 年出生，新昌人。从事文学创
作和文学组织工作近三十年。习诗亦习
散文、小说兼习文学评论。曾在《诗人》
《诗神》《东海》《江南》《青年文学》等刊
发表过文学作品。作品被选入多种选本。
浙江省作家协会会员，曾任绍兴市作家
协会副主席、新昌县文联副主席和作家
协会主席。2021 年逝世。

袁方勇

报喜鸟

在莒根
我看到
一只喜鹊飞过
又一只喜鹊飞过
在清清纯纯的水面上
惊起一阵弱小的微波

乡村旅游
我就住在村长的房间里
窗外有几棵高大的树
眼中有镜面般的水
近处是竹子在轻舞
与天共一色的白雾在远处

这个早上没有阳光
万绿丛中的杜鹃
在我此刻的眼中
向世界放射它高贵的荣耀
我浮华不安的心
瞬间变得宁静

喜鹊飞去的方向
是我目光投注的方向
在树的顶端喜鹊窝的边上
我感觉到生命在蓬勃生长
村长说了
漫山遍野破土而出的春笋

是乡野回馈给乡民的奖赏

一只喜鹊飞过
又一只喜鹊飞过
我推开门看见了村长
满面春色笑意盈盈
活跃在那一群喜鹊的中央

原载《绍兴诗刊》2014 年下半年刊

重相聚（外五首）

是时候了
那些久违的时光和兄弟
箭一样的光阴
把我们切割得
支离破碎
在山的那边
在海的那边
在遥远而不可及的距离里
那些岁月
终于没能
让年少时的情谊
随风淡去
那么让我们相聚
让过去的日子
衣锦还乡

告别秋天

坐在秋天的末端
看云朵来来往往
这时候一些粮食开始成熟
一些花朵开始孕育
蔬菜生长在物质的中央
而花朵在精神的高地
开始走向远方
总有一些表面
是我们不知道的
总有一些深度
是我们无法企及的黑暗
层林尽染的时刻
听风吹送五颜六色的斑斓
把粮食和精神调在一起
把花朵和物质揉在一起
最深的黑暗可以洞穿
最表面的赞歌也可以
无声无息

面对蜡梅树下一把静静的茶壶

四月的最后一天
春天脱下它温和的面纱
举办一场华丽的盛大葬礼
下午时光
泡一杯绿茶
点一根香烟
看树叶的晃动

这个时间

可以审视石头的坚硬

可以聆听到石头风化时

与花瓣一起

零落的声音

笑着与哭着

都是曾经的绚丽

没有哪个生命

可以拒绝死亡

这天使让魔鬼发出的呼唤

面对蜡梅树下

一把静静的茶壶

让我静静地送别春天

在明天到来之前

冬景

谁用浓重的笔

在天地这块画布上

划写了

这重重的思绪

春天花朵的芬芳

夏天飞鸟的叫声

秋天里斑斓的思绪

全被收在了

一个叫冬天的布景里

零乱但是有序

低调却不萎缩

四面八方到处都是力的震撼

竖竖横横

笔笔画画
那些逝去日子中的生动
枝枝杈杈
在积蓄着奋发的能量

歌唱落英

如何让我
停止对落英的歌唱
那些阿娜的身姿
竟如此曼妙
飞舞在天地之间
一个一个
在群山的环抱下
欢欣
一朵一朵
带着母亲的体温
带着父亲的嘱托
奔向梦开始的
地方

结束
是另一种开始
踩在落英之上
我感觉到一种萌动
那是对父亲的回报
对母亲的感恩
被风撕成
千丝万缕
依然吐着最后的芳香

如何让我
停止对落英的歌唱
我看到了树在
成长

美丽丝绸

现在
我依然无法忘记
丝绸的光芒
是如何映照
从古到今的穿越
在丝绸面前
麦子和花朵
都成了星星般的点缀
一棵桑树
又一棵桑树
又一树桑葚
成群结队的蚕
把天的蔚蓝
大地的深沉
花的艳丽全织成了
远方

原载《江南诗》2016 年第 3 期

祭奠一个村庄的离去

真的，我无法想象
一个村庄就这样轰然倒塌
在车水马龙之间
钢筋铁骨都抵挡不住
一阵风的骚动
却与背井离乡无关

一个市井之人走过这堆废墟
感慨着大唐盛时
怀念起明、清时工匠的精细
当河道不再弯曲
那些粉饰的墙壁
如何撑得起爬山虎的力量

远去的村庄
走近的行人

原载《品位·浙江诗人》2018 年第 2 期

袁远望

生于 1989 年 10 月 3 日，诗歌爱好者，日语翻译，业余摄影师。诗歌作品散见于《江南诗》(原《诗江南》)、《野草诗刊》《天姥山》等省内诸刊，诗作《行走》获第十三届天姥山文学艺术奖提名奖。现为绍兴市作家协会会员。

念（外一首）

如果，如果可以
带我再去看一眼　这
江南的春天
那是透明的风
水色乌篷船
甜蜜细雨中的你

我日夜思念的人啊
青草的芬芳气息的你
请用三千青丝
缠绕我流连的马蹄

让这异乡客的躯干
溶化在故土的春天里吧
杜鹃遍野
你，可人儿
那可是你朱红泪滴？

不是情诗的情诗

姑娘
你就在那微笑里看我
像一朵甘甜的紫罗兰
我多想走向前
闻一闻你多情的芬芳
在你耳边轻轻低唱
但太阳出来了

于是我将一切流转的音符扼杀

仅留一滴露水

在你盛开的土壤

原载《绍兴诗刊》2013 上半年刊

行走（外四首）

有时

也会幻想是一匹马

不载刘皇叔

也不驮唐三藏

做一匹远行的瘦驹

我的马蹄在四方

我只带一个行囊

里面装着起风的夜晚和流泪的太阳

每经过一个遥远的他乡

就悠扬地响起　我哒哒的马蹄声响

外公与桥

有一座

扁扁窄窄的木桥

外公说

马头鬼不要从桥上跑

晃晃的桥上跑

94 年

我在桥这头

童年在那头

嘎吱，嘎吱

三月春雷带着狗尾巴草来了

我看见

野草莓在向我招手

天打岩下的野草莓

马头鬼

外公说，

被虫爬过的

那是蛇嘎工

嘎吱，嘎吱

我在桥上跳

带着极为乡土的童年

马头鬼不要在桥上跳

摇摇晃晃的桥上跳

外公说

嘎吱，嘎吱

我跳了二十年

从木板这头

跳到那头

从童年这端

跳到那端

油菜花与春天走远了

外公也是

马头鬼

我听见外公又说

嘎工红了

一念

如果，如果可以
带我再去看一眼　这
江南的春天
那是透明的风
水色乌篷船
甜蜜细雨中的你

我日夜思念的人啊
青草的芬芳气息的你
请用三千青丝
缠绕我流连的马蹄

让这异乡客的躯干
溶化在故土的春天里吧
杜鹃遍野
你，可人儿
那可是你朱红泪滴？

不是情诗的情诗

姑娘
你就在那微笑里看我
像一朵甘甜的紫罗兰
我多想走向前
闻一闻你多情的芬芳
在你耳边轻轻低唱

但太阳出来了
于是我将一切流转的音符扼杀
仅留一滴露水
在你盛开的土壤

夜歌

蛙鸣升起又降落
此刻你在哪儿
还在山头徘徊吗
黑夜似要替你作答
却又婴孩般
沉沉入梦

我正烦躁呢，别叫
（吱喳，吱喳）
飘浮在空气里
候一位老友到来
（骑在我身上好玩吗，调皮鬼）
睁眼你不来
闭眼
你还在哪

十一点了吧
（小虫们也困了）
今晚你来吗
问问开花的闪电
今晚你还来吗

我只等远方的你
落到眼前来
哗啦啦我就等你
落到眼前来

原载《江南诗》2013 年第 6 期

张轩宇

2009 年出生，男，新昌县作协会员，新昌县"新时代好少年"、绍兴市"书香少年"。自 2019 年起，在《十月》《花溪》《花火》《意林》《小溪流》《少年文艺》等文学和教辅类报刊发表作品 200 多篇次，多次获得省市级以上征文大奖。

抢先（外一首）

篮子里有很多水果，
我挑出最鲜亮的苹果。
洗干净后，咬上一口，
真甜。

靠近果核的地方，
有深深的虫洞。

真快啊，虫子像个先知，
找到了最好的美味。
又像优秀的同学，
抢先填上了正确答案。

炊烟美不美

大漠孤烟直，长河落日圆。
炊烟升腾，远远看去真美。

又见炊烟升起，苍茫照大地。
歌词里的炊烟，唱得也很美。

过年啦，在老家，
奶奶做饭，妈妈打着下手，
我坐在灶前添着柴火。
想象着自己生产的炊烟，也很美。
不过，这烟辣得我直流眼泪。

原载《十月·少年文学》2020 年 3 月

月 亮

一

黑夜偷走了村庄的力气
月亮把光明还给我的眼睛
眼睛装下了村庄沉睡的身体

二

月亮，你别再躲猫猫
不要躲进云朵睡大觉
晚归的爸爸还没回家

三

月亮出来
小草、小鸟睡着了
只有刚做完作业的孩子
看着天上最亮的星星

四

月亮是天空孕育的小鸟
摊开小手，用手纹织网
捕捉月光，放在胸膛

原载 2021 年 1 月 12 日《语文导报》

我爱我的祖国

我的祖国，
是屹立在东方的雄鸡。
喔喔喔，赶走黑夜，
迎来破晓后的黎明。

我的祖国，
是拿破仑害怕的雄狮。
吼吼吼，吓跑敌寇，
锤炼伤愈后的泰然。

我的祖国，
是历百劫浴火生的凤凰。
锵锵锵，自强不息，
展露五十六族的曼妙。

我的祖国，
仰首能九天揽月，
俯瞰可五洋捉鳖。

我的祖国，
让所有人远离了战争，
让所有人摆脱了贫困。
衣食无忧，载歌载舞，
我爱我的祖国。

原载 2021 年 10 月 15 日《山海经（想象作文）》

张　炎 /

　　1981 年出生，男，浙江新昌人，浙江省作协会员，新昌县作协副秘书长。作品散见于《椰城》《当代人》《少年文艺》《青年作家》等文学期刊，入选多个权威选本，著有诗集《江南寻梦》《我的村庄》等多部。

我来，错过花期（外一首）

桃花的滋味是雨水鞭打
加上黑夜浸染的绯红
只有喊疼的眼睛才能拾起

透露花蕊的瞬间
春风、烟波似轻纱笼漫
将女子的痴情映照成镜面

我涉水而过，草地正绿
桃枝正虬，你已随雨纷落
化作一地散曲随风翻阅
就在这隔世的重逢中
清冷了回忆

落魄而归，沃洲湖柔软氤氲
我把一湖流水倒入心田
把你破碎的容颜点燃
就是那样，那样地
清清淡淡

沃洲湖

你的娴静之外
是环绕的青山和太白的诗意
是躲闪的鱼一路追逐云彩

我踏歌而来时　桃花柳梢

你古镜一面　四季的波纹流转
习习凉风　眷顾天上的羽毛
眷顾岸畔的花与柳絮的飘散

隔夜的宿酒里
一叶轻舟　垂钓着时光
荡漾在你怀里
回眸含笑　已薄暮夕照

原载《野草》2013 年 7 月

夜游蟠龙山（外一首）

八月的蟠龙山
松林密密匝匝，让出
一条绕着炊烟的泥路
延伸至深处

有江南女子以及痴儿
踩着乳名、鸟语
探寻

皓月正好当空
顺着风，柴门"吱呀"一声
道地上，竹椅张开怀抱
有不眠的目光
就着木柴熊熊燃烧

泥墙的厚嘴唇
不经意泄露的秘密
被蒲瓜藤破译成
山之子的眠床

重阳宫

随飞鸟而至。结缘桂竹谷
山峦张开环抱，碧泉溢出酒杯

我看见谪仙太白
抛却仕途，甩开升官的羁绊
昂首抚须，系剑吟诗
重阳宫，开出一贴一贴的良药
救赎浮生

我的浮生片刻：
与道长对酌
芭蕉树下论道，挥毫
修性养生，率性而为的姿态

钟声
从久闭的胸腔响起
蒲团，团坐。或者朝山跪拜

重拾心头的金子
度日，消耗
戴着镣铐跳舞，一步
两步，三步

原载《新华文学》2014 年 1 月

活着的小崑村（外一首）

沿着西白山指点，晨光比鸟鸣
来得更早。榧叶绿出新年景
飞鸟驾云而来，留下短啼长鸣
你从榧林经过，拿不出祝词
却采得温暖的种子

小崑村深处，时间漏着风
渗出旧时光。泥塑的心活着
家族的野心活着，老人的
故事活着，即便村子的皱纹
也活着。迎着雁阵，迎着未知
活着

雨中芝樱

风车放肆后，地面裸露一切
游移不定，心思像极鼾声
扰人清梦

梦醒时分，芝樱开了
撑着红伞的芝樱，伫立
春雨中，目送四月
渐行渐远

那开在春雨里的芝樱
独自描红秀眉，不厌其烦
陷入安静的蛾眉

到底是谁，值得你
悄悄地收回

原载《延河》诗歌特刊 2017 年 4 月

酒厂江的夕阳

临近黄昏，江上人多了起来
热气已经消散，但还有些燥热
酒厂江上，喷泉鼓动
水中的阳光碎金浮动
一群人下车，四处张望
拍照留念，留影里夕阳变瘦

一位诗人说，江中的水
泛着酒意，鱼虾鳞片上
记载着江的历史与饭香

白鹭横过水面，没有一声啼鸣
轻盈地栖落水葫芦上。
夕阳西斜，酒厂江更加金黄
掬手就是温暖
就像故乡的那个湖

就那样站在金黄中，一动也不想动
直到诗友拍我肩膀，提醒我该去下一站

原载《浙江诗人》2018 年 12 月

元旦颂（外二首）

白雪降落，江南的小村庄
无限的白。老旧的灯笼
替换成新的。一整年的不易
溶解雪水中。整个村子的生气
从这里蔓延开来

元旦的太阳

旧年谢客太久，往事微凉
一步一坎的日子过来了，目光
还卡在沙漏口不曾落地

站在元旦的门口
一束光从远方来，照在
茫茫田野，静静村庄里
喧闹街道上

站在元旦的门口
一束光从心中来，落在
母亲的唠叨，媳妇的埋怨中
落在爱的答案上

此刻的时间是静止的，我抓住了
这束光，摁进隔着厚厚外套的心脏
让她陪我走过日后的每一天

照相

三十年后我们赶回家乡铺着青石板的小巷子
与头顶挂着霜雪的照相馆招牌打了照面
曾经让我回味的，绿框玻璃门还在
左脸长着青斑，笑得赧然的店主还在
推门就可以搭讪，可以把家人留在光影中
比打越洋电话召集到一起容易太多

究竟是什么消解了拍合影的愉悦
纯粹的愉悦。我们各自为家
奔流、歌唱和哭泣，对另一个我

我们登山狭仄楼梯，一个个整理衣装
母亲前排落座，坚持身边留个空位
姐弟仨后排站好。随手拍落母亲掉在
肩上的白发。没有人再对着镜子梳发型
没有人穿着卡其外套，挺着腰板端坐
没有人再嚷着过年要一身绿色小军装
没有人发出爽朗笑声。都过去了

我轻声走下楼梯，不吵醒那个十岁的我
三十年前，他嘟囔着等穿上军装再拍张合影

原载 2021 年 1 月 1 日《海口日报》

后 记

2022 年 4 月，新昌县作协开始着手编纂《新昌文学作品选（2011—2021）》。此举得到了新昌县委宣传部、县文联的大力支持，也得到了全县作家和文学爱好者的关心和帮助，经过半年的组织、征稿和编选，书稿终于完成。

早在 1993 年，新昌县文学工作者协会（新昌县作协前身）出版了一本《诗路雨花——新昌县文学作品选》，此书选编了新昌业余作者自党的十一届三中全会以来，发表在市级以上报刊、文学杂志的小说、散文、诗歌、故事、剧本、报告文学等作品，这本选辑可以说是对新昌文学界创作成果的一次回顾。

新昌作为唐诗之路的精华地，吸引了众多诗人流连驻足，留下了大量脍炙人口的精彩华章。文学最能反映一个时代的巨大变迁和一个地区的历史文脉，新昌的发展蜕变和世事民生，都能在文学中得到最形象、最生动、最鲜活的集中体现。近些年来，新昌作家关注现实主义题材，贴近地域文学创作，推介新昌地方特色，辛勤耕耘、笔耕不辍，自觉把艺术追求融入时代潮流，创作了大量优秀的文学作品，并在国内各大期刊上发表及获奖；一些作家也纷纷著书出版，形成了良好的创作氛围。

借梦游天姥之韵，托浙东唐诗之路之势，新昌曾与《青年文学》举办过全国性的散文诗歌征文大赛,与《诗刊》联手搞过广场诗歌活动,并结合地域文化、唐诗之路,成功举办"第三届浙江省地域与文学研讨会""全域旅游·诗韵新昌"采风活动。县作协多次举办文学讲座和作品研讨会,赴嘉善、慈溪、宁波、岱山等地考察交流,参观学习;开展"行走乡村、文化润乡"主题活动,组织绍兴诗人"重走唐诗之路"——沙溪、儒岙、小将、回山、新林等采风。这些活动的举办和展开,更激发了作家们的创作积极性。

2011 年至 2021 年期间,是新昌文学创作史上值得记录记忆的一段历史,也是作家们创作力爆发的阶段。他们默默无闻、潜心耕作;他们深入基层,采风交流;他们凝心聚力,抱团出击,作品频频亮相于《人民文学》《小说选刊》《散文选刊》《诗刊》《海外文摘》《诗歌月刊》《星星》《青年文学》《北京文学》《江南》《山东文学》《野草》等。为了集中反映新昌文学创作所取得的成就,检阅阶段性成果,我们把散落在各个作家手里的"珍珠",串连成这串美丽的"项链"——《新昌文学作品选》。

本书选编了新昌作家创作发表的 119 篇(首)文学作品,包括 9 位作者的 15 篇小说,24 名作者的 41 篇散文,22 名作者的 63 首(组)诗歌。入选作品为省市级以上报纸杂志、省市级文学征文获奖作品,作者为新昌籍或在新昌工作、学习、生活的外地作者,小说类限报 3 篇,总字数不超过 2 万字;散文限报 3 篇,总字数不超过 1 万字;诗歌限报 5 组,总行数不超过 300 行。本书作者排列按姓氏拼音为序,作品排列以发表先后为序。

据统计,入选者有中国作协会员 4 名,省作协会员 11 名,市作协会员 13 名。应该说,这部作品凝结着新昌作家们的心血和智慧,他们用优美而富有思想的文字,抒写着新昌的山水风光和人文历史,赋予这座城市新鲜而律动的生命,当然也是新昌这座城市的一笔精神财富。

　　萌动于春，成熟于秋。此书的顺利完成，离不开大家的鼎力相助。在此，感谢《诗刊》社、黄亚洲书院和绍兴市作协的指导！感谢霍俊明老师作序！

　　由于时间和信息传播等多种原因，一些作品未能收全或入选，抱有遗珠之憾；囿于篇幅，入选作品略有删改和节选。编选中难免有疏漏之处，敬请读者和作者鉴谅。

潘丽萍

2022 年 9 月 23 日